壮丽嘉陵

李荣普　李果　编著

中国文联出版社

图书在版编目（CIP）数据

壮丽嘉陵 / 李荣普，李果编著. -- 北京：中国文联出版社，2018.5（2024.6 重印）

ISBN 978 - 7 - 5190 - 3635 - 5

Ⅰ. ①壮… Ⅱ. ①李…②李… Ⅲ. ①散文集—中国—当代Ⅳ. ①I267

中国版本图书馆 CIP 数据核字（2018）第 094896 号

编　　著　李荣普　李　果
责任编辑　刘　旭
责任校对　乔宇佳
装帧设计　中联华文

出版发行　中国文联出版社有限公司
地　　址　北京市朝阳区农展馆南里 10 号　　邮编　100125
电　　话　010 - 85923025（发行部）　　85923091（总编室）
经　　销　全国新华书店等
印　　刷　三河市华东印刷有限公司

开　　本　880 毫米×1230 毫米　1/32
印　　张　11.75
字　　数　292 千字
版　　次　2024 年 6 月第 1 版第 2 次印刷
定　　价　80.00 元

前　言

南充地势平衍，丘陵起伏，嘉陵江横穿南北，将市辖三区裁成东西两半。顺庆居北，市政中心；高坪居东，谓之江东；嘉陵居南，谓之江南。嘉陵江东岸山脉连接巴山，金城山高，冠于全市；西岸山脉连接剑门，金宝诸场，称为上西高原。低丘浅谷，错列如绣，农田水利，无异平陵。一江六溪，风景秀丽，十座名山，各呈其异，大有江南风光。嘉陵江穿越阆中、蓬安、南充三大历史名城，孕育十座江畔古镇；崎岖蜿蜒，滔滔东逝，流经石门、龙门两大奇峡与马回坝、（牛肚牛渚坝）两大菌形曲流。来到嘉陵区处，折转南下，江面宽阔，大有“衔远山，吞长江，浩浩汤汤，横无际涯”之势。其地左有朱凤山，右有凤垭山，江水如龙，被誉为“龙凤呈祥”的风水宝地。

嘉陵区历史悠久，早在唐朝时期，就设置了流溪县与徽州。嘉陵区以江名区，源远流长，江美区美，相得益彰。河流乃人类文明的发祥地，伏羲和女娲，据传就诞生在嘉陵江畔的雷泽（今阆中七里坝），女娲用泥土造人，传为人类始祖，故今之阆中七里坝塑有女娲巨像，南充北湖竖立女娲石柱来纪念她。古代的巴人沿江而居，故留下有果氏之国、巴子国都、巴賨国都三国都城的遗址，以及巴郡、巴西郡等古迹。壮丽的嘉陵江中既有石门与龙门两大奇峡和马回与牛渚两大菌形曲流，更有新政离堆奇景和白塔下的大洲小洲。古人云：“大洲连小洲，此地出公侯。”纪信捐生，誉为忠义之邦；相如奇才，尊为汉赋辞宗。王平封侯拜将，陈省华子孙四相。嘉陵区内居有十大名人后裔，内有六将（蒙恬、纪信、蒲猛、冯绲、王平、韩世富）、三相（陈平、文彦博、范仲淹）、一尚书（苏轼），名垂史志，载于族谱。逐渐形成陈、韩、罗、王、杨、蒲、杜、冯、文、张十大名门望族。到了明朝时期，人文鼎盛，这里出了父子宰相陈以勤与陈于陛，兵部尚书韩士英，兵部侍郎杨松年与杨文岳，济济一堂，堪称将相故里。嘉陵江畔的珠山汉墓与凤垭山的汉代都尉墓，他们的离奇史事流传民间，值得开发利用。更有初唐时期的流溪县，晚唐时期的徽州故城，亦应广为宣传。陈以勤宰相的陈公祠与韩士英尚书的韩氏宗祠，应该逐步恢复重建，以扩大嘉陵区的声誉。这里有唐代仙人徐佐卿与谢自然的仙洞，传说他们得道成仙的事迹，惊动了玄宗与德宗。

嘉陵区境内的水利资源十分丰富，素有“一江六溪，鱼米之乡”的美称，沿江的文峰、曲水、李渡、临江诸地，土地肥沃，盛产稻麦；西溪、曲水、盐溪、流溪、吉安河、龙滩河等六溪，从西北穿山越壑，弯曲纵横，流向东南。蓄水保水，灌溉农田；山美水美，风光旖旎。在奇山丽水之间，有很多名胜古迹。据李荣普先生考证，嘉陵全区有二十八处奇景，宛如天空的二十八宿，闪烁在四面八方，誉为江畔明珠。诸景中有古县古州、古洞古墓、古桥古坊、古寺古观、古祠古寨，书院会馆，绸坊庄园，桃花白鹭。景物殊异，人文荟萃，一景一文，有理有据。发掘历史名人之多，优于他县，展示了我区昔日的辉煌史事，增大了知名度。唐宋年间，这里的人们，每年都要举办崇祀嫘祖的蚕桑节，产妇救星临水娘娘的圣诞节，趋吉避凶、祈福消灾的蟒蟆节。这三大民间节日，规模之大，流传之广，隆重热闹，实属罕见。凤垭后山的孝心观始建于明朝，在民间影响很大。今建孝心阁、天乐谷与索桥，较前更为壮丽。

两位同志长期从事地方文化研究，尤其荣普先生退休二十余年来，著述颇丰。先生今已高龄八十有二，寓居嘉陵，不遗余力，不辞劳苦，数年艰辛，著成《壮丽嘉陵》一书。既有史学研究价值，又有文学欣赏价值。大器晚成，可敬可贺，特写此序，以嘉其功。

中共嘉陵区委宣传部部长　刘猷文

暮年壮怀，矢志春秋（代序）

我是一名党员干部，一生酷爱文学，乐于笔耕，购买了大量古典文学书籍，置放家中，品读为乐。古人云："读书破万卷，下笔如有神；观今宜鉴古，无古不成今。"人生于世，十分短暂，必须有立功、立德、立言的品德；荣华富贵如过眼烟云，只有文字才是永恒的珍宝。因此，我从1992年起，便利用闲暇，开始搜集南充的地方历史资料，借阅了各地明清县志，广泛收集各县市党政所编印的历史文史资料与旅游文化丛书。立志在退休后，竭诚弘扬地方文化，为党的旅游事业奉献力量，编写一些既有史学研究价值，又有文学欣赏价值的书。集成地方文化的珍贵文史资料，将散失在民间的珍奇传闻汇集起来，集腋成裘，编辑成书，以免流失。十余年来，自费走遍了南充的名山胜水，邀约好友何天义，深入实地，考察胜迹，拍摄了大量珍贵的地面文物风景图片，珍藏家中。1992年，我写了一篇《刘备寨与嘉祐岩》的游记，刊登在《南充日报》和《巴蜀史志》上，使我备受鼓舞，更坚定了创作的信心，誓为地方文化的大发展、大繁荣奋斗终生。

一、追述历史的辉煌

光阴易逝，人生易老，老牛明知夕阳短，不用扬鞭自奋蹄。退休二十余年来，我一直从事文艺创作，时而实地考察，时而伏案著书，不知不觉，已满八十岁。好在身体健朗，视听灵敏，思维敏捷，记忆尚佳。1997年，我以旧县志为脚本，历史为背景，山水为陪衬，诗文为佐证，时间为顺序，人物为中心，参考正史、野史和民间传闻，编成《蓬州逸史》，将自汉至清发生在蓬州的古人古事以及名胜古迹尽载书中。并借李昭举人之名，写了一篇

《临江仙·忆蓬州》的词，中有“相如诞生地，周子讲学处，嘉陵桥畔冯绲墓，更有王平故居”，掀起了司马相如考察热。2003年，我应营山县委、县政府的邀请，编成《营山揽胜》一书，为建市十周年献礼。书中的杨贵妃复活之谜一文，掀起了贵妃传说的研讨高潮。2008年，我应高坪区委、区政府的邀请，编撰出版了《锦绣高坪》和《凌云山民间故事集》二书，以适应旅游产业的需要。2011年，我给西充县委、县政府编著了《纪信故里》一书，以适应忠义文化的需要。2013年，南充市政协给我出版了《文苑钩沉》一书，记录了自汉至清，全南充三区六县市的文苑佳作。2015年，我给嘉陵区委和区政府，编著了

《壮丽嘉陵》一书，弘扬地方文化。我在创作中，始终坚持：再现历史的辉煌，赞颂名人的业绩，追述诗文的来历，介绍民间的珍闻，以激发人们热爱故乡，建设故乡，崇敬先贤，爱护胜迹，使地方文化更加丰富多彩，把党的旅游事业越办越好。

二、甘当文化传播人

文化遗产是社会的财富，发掘与宣传地方文化，是光荣而又神圣的义务。南充的地方文化和旅游资源异常丰富，价值贵如黄金。奇山异水是旅游的源泉，名人逸事是城市的灵魂，发掘的名人名胜越多，越能彰显地方的声誉，越能激发游者雅兴。前人给我们留下了很多文化遗产，很值得开发利用，很需要大力宣传，以提高当地的知名度。二十年来，我竭力收集历史资料；精诚创作，已给南充市辖三区六县市，各编了一部地方文化书籍。宣传名人名胜，古为今用，推陈出新，丰富文化生活，给人美的享受。昔日的名胜古迹已不复存在，追述历史的辉煌势在必行。从前名人雅士来游历南充各地胜迹，吟诵了很多山水诗文佳作，确实需要大力宣传，发挥名人效应，发展旅游事业。因此，我立下誓言：“名胜古迹虽不存于地面，而跃然于纸上；山水诗文不能束之高阁，而公之于社会。”甘当文化传播人，将南充的巴賨文化、忠义文化、

相如文化、三国文化、易经文化、神话文化、宗教文化、贬官文化、地方文化、风水文化十大文化，编进书中，流传后世；使诸多文化，再现昔日的辉煌，更加繁荣昌盛，永放光芒。

三、誓为名人写春秋

我不是文学家，也不懂艺术，更没有什么才华。我热爱南充，我要用爱心来描绘这里的奇山异水，我要用创作来报效祖国和人民，誓将地方文化发扬光大，用古之财富来创造新的财富。我在写作过程中，始终坚持四大原则：（一）溯古钩沉，充实创新，尊重历史，撰写珍闻。（二）既有史学研究价值，又有文学欣赏价值。（三）发掘地方文化，发展旅游事业，丰富人民文化生活，激励人们热爱故乡。（四）有利于弘扬巴蜀文化，有利于改革开放，有利于存史资政，有利于恢复古迹。誓为名人写春秋，务使业绩传千古。凡当地名人的丰功伟业，外来名人的遗尘风范，清官廉吏的惠民建树，墨客骚人的丽辞华章，择其精华，尽载书中。不苛求古人的思想与今人同轨，不隐瞒历史的真相而文过饰非。我将多年收集的历史资料编成《三州纪胜》（阆州、果州、蓬州）一书，追叙三州四百余处名胜古迹的古貌，阐述珍贵的山水诗文四百余篇的出处，涉及历史知名人物两千余名，并为当地四百余名英雄儿女和清官廉吏写传，彰显他们业绩。

四、精心打造三部曲

我是一个闲不惯的人，虽年满八十，依然喜爱读书和写文章，这就是我的乐趣和追求。为了适应党的旅游事业的需要，提高阆、果、蓬三大历史文化名城的知名度，我花了数年时间，将原来的《三州纪胜》改编成三部曲。将第一江山的阆中，编成《阆苑仙境》；将第一桑梓的蓬安，编成《相如桑梓》；将第一曲流的南充，编成《辉煌顺庆》。同时，我又将十余年的收集资料，择其精华，编成一部《果国春秋》（即南充五千年）。从伏羲、女娲时起到清末为止，全书分为夏商周时期、秦汉时期、三国两晋南北朝时期、隋唐五代时期、宋元时期、明清时期。这些历史资料，是我二十余年千辛万苦，费尽心力，从地方志、历史书籍、个人藏书、古碑古庙、深山古洞、民间采访、今人研究成果以及报纸杂志上，各个方面收集整理出来的，可以说是集大成的珍贵文史资料。这些文化遗产既是社会的财富，也是我个人的心血结晶，价值连城。我期望我写的这些书籍，能正式出版服务社会，能得到充分的利用，若是束之高阁，实在可惜。

二十余年来，我应当地党政邀请，编写出版了《蓬州逸史》《营山揽胜》《锦绣高坪》《凌云山民间故事集》《纪信故里》《文苑钩沉》等书。后又编成《阆苑仙境》《辉煌顺庆》《相如桑梓》三部曲，以及《果国春秋》《神秘南部》《璀璨仪陇》《壮丽嘉陵》《果国传说》《李氏族谱》等书，数百万字，搁置家中。编书之余，我还写了《相如生平事迹考》《东晋抱朴洞之谜》《巴西谯氏兴衰史》《杨贵妃复活之谜》《周敦颐与周子镇》《五大皇妃留遗迹》《苏轼后裔居四县》《陈氏一脉多宰相》《张献忠血洗果城》《海神妈祖灵迹考》《奇丽西山胜迹多》《嘉陵江历史文化》等十二篇论文。并作有《相如桑梓赋》《阆苑仙境赋》《辉煌顺庆赋》《纪信故里赋》《锦绣高坪赋》《凌云仙山赋》《壮丽嘉陵赋》《凌云山乡赋》《周子古镇赋》《陈寿公园赋》《翰林公园赋》《李氏族谱赋》等十二篇赋文。这些文章或载书中，或登报刊，在社会上影响很大。近年来，我被聘为《中国民间故事·四川南充卷》副主编，南充市嘉陵江文化交流中心顾问，南充市民间文艺家协会副秘书长。我虽年已八十，齿落发秃，背驼眼花，依然发愤忘食，从事写作，乐以忘忧，不知老之将至。

古稀愚翁　李荣普

羊年金秋写于南充养怡书斋

目录

CONTENTS

嘉陵概况

情系嘉陵

嘉陵俊杰

祖德流芳

史事钩沉

名胜古迹

煌煌寺观

绿野仙踪

绸都珍闻

民间传说

作者寄语

嘉陵概况

嘉陵区以嘉陵江命名，其地东连高坪区，南连武胜，西接蓬溪，北邻顺庆。嘉陵区历史辉煌，人杰地灵，唐宋年间，这里设置有流溪县与徽州，历六百多年。江岸有朱凤与凤垭二山对峙，江水居中弯曲若龙，被誉为“龙凤呈祥”的风水宝地。

本篇简述嘉陵建置沿革与区情区貌，浅谈嘉陵人文资源与嘉陵江畔的名胜古迹，并配李荣普先生所作之《壮丽嘉陵赋》与《陈寿公园赋》，以彰其美，以显其怀。

建置沿革

如今的市辖三区，以嘉陵江为界，顺庆居于江北，高坪居于江东，嘉陵居于江南。在漫长的奴隶制王朝与封建社会时期，皆以顺庆为行政中心，一起度过了三皇五帝夏商周统治时期，一起度过了夏朝的有果氏之国，周朝的巴子国，秦朝的阆中县，汉朝的安汉县、巴郡、巴西郡，隋朝的南充县，唐朝的果州，宋朝的顺庆府直至清末，史称上下五千年。

民国二年（1913 年）全国废除府、州、厅，在南充设置川北道，辖二十六县；民国二十四年（1935），实行“行政督察区制”。四川分为十八个行政督察区，南充为第十一行政督察区，督察专员公署驻南充县，辖南充、西充、南部、仪陇、营山、蓬安、岳池、武胜八县。

1950 年 1 月，南充解放，成立川北人民行政公署，辖南充、达县、遂宁、剑阁 4 专区 35 县。南充专区仍辖 8 县，后来加增阆中、苍溪、广安，共辖 11 县。1978 年，成立南充地区行政公署。1993 年国务院调整行政区划，撤销南充地区，建立南充市，分设顺庆、高坪、嘉陵三个市辖区；并辖西充、南部、仪陇、营山、蓬安与阆中市。原南充地区所辖的岳池、武胜、广安、苍溪等县，划归新设立的广安市。嘉陵区人民政府设在嘉陵江畔的火花街道办事处。

今之嘉陵区内，在唐高宗开耀元年（681），分南充县置流溪县，其县治在金凤镇县坝，历五代时期，隶属果州。北宋神宗熙宁六年（1073），省流溪县入南充县。南宋高宗绍兴二十七年（1157），复置流溪县，县治仍设原处。元世祖至元二十年（1283），省流溪县入西充县。明太祖洪武七年（1377），省西充县入南充县。继于洪武十三年（1380），复置西充县时，流溪县地留属南充县。时设时撤，时断时续，此地共置流溪县五百一十八年。

前蜀王王建统治蜀国时期，于天复三年（903），在今之嘉陵区内的盐溪，设置徵州，以课盐税。直至应顺元年（934），孟知祥灭前蜀，在成都建立后蜀，废徵州并入果州，此地共设徵州三十二年。

区情简介

嘉陵区历史悠久，早在唐高宗开耀元年（681）分南充县置流溪县，其县治设于今金凤镇县坝境内。前蜀王王建统治蜀国时期，于天复三年（903）在今嘉陵区盐溪乡境内设置徽州，以课盐税。1993 年 7 月南充撤地建市，撤销南充县，成立顺庆、高坪、嘉陵三区。嘉陵区位于四川盆地东北部、嘉陵江中游西岸，北靠顺庆区，南邻武胜县，东连高坪区，西接蓬溪县，距南充市中心城区仅 2 千米。至 2016 年，全区面积 1177 平方公里，其中耕地面积 5.9 万公顷。全区辖 20 镇、20 乡、6 个街道办事处、530 个村、51 个居民委员会。全区总人口 69.3 万人，其中农业人口 59.40 万人；境内有苗族、土家族、彝族、布依族、壮族、藏族、傈僳族、羌族、侗族等少数民族 641 人。全区森林覆盖率 29.83%，城镇化率 43.79%。2016 年，全区第一产业增加值 34.89 亿元，第二产业增加值 69.1 亿元，第三产业增加值 33.02 亿元；民营经济增加值 78.65 亿元，粮食总产量 33 万吨，肉类总产量 5.73 万吨。

一、区位优势日益明显

嘉陵区地处川东北中心，“西通蜀都、东向鄂楚、北引三秦、南联重庆”，与成都、重庆构成三角形的 2 小时经济圈，是四川省“K”字形的重要节点，在地理位置上有着非常重要的衔接、带动和辐射作用。交通四通八达，达成铁路横贯东西，建设中的兰渝铁路纵贯南北，成南高速、南广高速、渝南高速、南充绕城高速、遂西高速与国道 212 线、318 线在此交会，距高坪机场仅

5千米，嘉陵江南充段298千米的水域全面通航，使嘉陵区成为水陆空立体交通枢纽。

二、自然人文资源丰富

嘉陵境内名胜古迹众多，沧桑巨变，毁多存稀。至今尚有保存完好的七宝寺古刹，有建于清代乾隆年间的双桂田坝会馆，著名佛学家王恩建立的龟山书院，彰显孝道文化的桥龙贞节石牌坊等，太和白鹭自然保护区常年有3万只白鹭在此栖息，堪称“中国白鹭第一乡”。境内的淄佛寺遗址、流溪故城遗址、文峰汉墓等古遗址是历代先民们为后世留下的宝贵精神财富和文化遗产。嘉陵自古人才辈出，明代兵部尚书韩士英，明朝父子宰相陈以勤、陈于陛，著名佛学家王恩洋，革命家任白戈等彰显了嘉陵的人杰地灵；嘉陵历史文化源远流长，李渡高跷狮舞、跳喜乐神、积善蛤蟆节等民间文化艺术独具特色，体现了嘉陵人民勤劳、勇敢的品德和聪明、超脱的智慧。嘉陵地方特产丰富，“天冠冬菜”“大通热凉粉”“蚕丝被”“桥龙黑山羊”等蜚声省内外。嘉陵区属大安寨油层产油区，石油和天然气资源较丰富。地处三叠系中统雷口坡组气藏的李渡镇有闭合面积14.5平方千米，地质储量约29亿立方米。

三、经济发展潜力巨大

建区以来，嘉陵经济社会持续、健康、快速发展，产业结构进一步优化，综合经济实现历史性突破。“四城两园一山”“两园两中心”等建设加快推进。百万平方米城市商业综合体加快建设，盛世天城正式营业，结束了嘉陵区多年无大型卖场的历史，嘉陵核心商圈逐渐形成。已初步形成以丝绸服装、石油化工、汽车汽配为主，以食品、建材、农产品加工为辅的“三主三辅”产业格局。新型农业稳步发展，已建成蚕桑、水果、畜禽、蔬菜、水产五大基地，培育了凸酒、天冠、天生集团等农副产品加工龙头企业。以“五园两带一环线”为核心、面积达100平方千米的“大凤垭”社会主义新农村建设样板区已初具雏形。现代服务业持续升温，光彩大市场配送中心、南充烟草配送中心、物流配送中心基本建成，集美食、休闲、娱乐为一体的“环城黄金商圈”已经形成，现代物流热区的格局呼之欲出。

今天的嘉陵，正围绕“产城互动、城乡共荣、宜居宜业”这一中心目标，突出“促发展、求和谐、强保障”三大主题，全面推进“南充新中心、宜居新嘉陵”建设，着力构建富裕、文明、平安嘉陵。在川东北这片热土上，一颗璀璨的明珠——嘉陵，正以崭新的姿态焕发出蓬勃的生机与活力。

浅谈嘉陵名人名胜

李荣普

人们常说，嘉陵区是个新区，建置时间不长。若从1993年7月2日设置市辖三区算起，当然不长。据《南充县志》记载，早在唐高宗（李治）开耀元年（681），就在今之嘉陵区金凤镇境内，设置了流溪县，隶属果州管辖。奇异的是，唐朝以流溪名其县，如今以嘉陵名其区，溪水虽美，哪及江水壮丽。奇异的是，南充古有三国（有果氏之国，巴子国，賨国），今设三区（顺庆、高坪、嘉陵），古之三国实是巴賨族人所建之国，国之都城，皆在江边；如今市辖三区，亦设在嘉陵江畔。更奇异的是，市辖三区沿江之地，有朱凤、舞凤、凤垭、火凤等四座凤山。江水如龙，环绕诸凤山滔滔东逝，构成了“龙凤呈祥”的风水宝地。真是天造地设，得天独厚。

一、历史名人

历史名人是城市的灵魂，名人遗踪是社会的财富，今之嘉陵区在明朝时期，名臣武将，济济一堂。陈以勤父子宰相，韩士英兵部尚书，功勋卓著，名震朝野，人们誉其故里是将相之乡。其实陈、韩二人的始祖，却是宋朝的陈彦真与韩世富二位将军，解甲归田后，寓居此地。唐宋以来，更有蒙恬、纪信、冯绲、王平、范仲淹、蒲宗孟、文彦博、苏轼等名人后裔寓居流溪县，逐渐形成陈、韩、罗、王、杨、蒲、杜、冯、文、张十大名门望族。明清时期，出了二宰相、二尚书、二布政使、二御史、二兵部侍郎、十知府、五翰林、十才子。

1. 宰相尚书，御史布政

在漫长的封建社会时期，宰相是百官之首，总揽政务，辅佐国君，时称“一人之下，万人之上”的人物。唐宋时期，朝中设吏、户、礼、兵、刑、工六部，每部设尚书一人，分别办理国家大事，时称国务大臣。明初设布政使，为一省最高行政长官，时称封疆大员。又派监察御史分巡各地，考核吏治，称为巡按。

陈以勤宰相的血缘始祖名叫陈省华，南部大桥镇人，后迁阆中。据史籍记载，他是汉初名相陈平的后裔。其孙陈彦真（陈尧佐之子）为果州大将，解职后，寓居李渡。传至明朝，陈思永（陈彦真的九世孙）任山阳知县。其子陈珍，官至御史。到了陈以勤时，已是第十四代，他中进士后，授官翰林编修，长期为裕王朱载垕的讲官。后来裕王被立为太子，继承帝位，史称穆宗。穆宗任陈以勤为相，四年后便告老还乡。他将平生积蓄，助建西桥，又捐修金泉书院与慈云寺。他喜欢青居烟山，长期住在山中，自称青居山人。他喜欢游历名胜古迹，金城山、诸葛山、凌云山、朱凤山、东高山等地，至今尚存他题刻的诗文，堪称墨宝珍品。其子陈于陛，在神宗万历年间任相三年，积劳早逝。神宗十分悲伤，曾三次下诏，褒奖忠良。世称“父子宰相”，卒葬栖乐山麓。

兵部尚书韩士英，是宋朝名将韩世富的后裔，韩将军解职后，寓居果州的琴台村（今属高坪江陵镇）。到了明朝时期，韩士英出生于琴台村，后迁世阳（今属嘉陵），曾任兵部尚书、大司徒、大司马等职。抗击外寇入侵，屡建奇功，凯旋回朝，赠蟒衣玉带，荣耀已极。七十告老还乡，卒葬故居龙凤山麓，建有韩氏宗祠。陈以勤宰相为之作传，碑刻祠中。据其母《何太夫人墓志铭》记载：“何氏归（嫁）韩氏，赠通奉大夫，云南布政使。子男八，长士魁，次士杰，前母孙氏出（生）。士英、士元、士经、士登、士旂、士美，俱夫人出也。孙二十四人，曾孙十五人，实繁有众，洋洋英英。”韩士英是个文武双全的人，作了很多赞颂当地名胜古迹的诗。诸如《登小方山（今西兴镇境内）》诗云：“援萝直上小方石，乾坤池水流高滴。环视峰烟叠千万，坐对仙岭仅咫尺。春风此时能醒酒，客子何人解吹笛。夕阳古道联镳归（驱马而回），明日西山已陈迹（过去的事情）。”

明朝时期，藏珠山一带（今金宝镇）的罗氏家族，十分兴旺发达。武宗正德六年（1511），考中两个进士，后来都在朝做官。一名罗方，历任南京光禄寺正卿，云南布政司左布政使，政绩显著，名重一时。曾为故乡七宝寺作《重修龙台院记》，载诸《南充县志》，流传至今。一名罗玉，初任安县与武进县令，因治民有方，巡抚向朝廷推荐，选任御史。奉命出巡云南、贵州，罢免贪官污吏，保荐廉政官员，以德治理地方，民皆感化。后任山西兖道副使，驻节沂州，除灭海盗，保护了漕运畅通。后来辞官还乡，奉养双亲，卒葬西山官鹿山之麓。明崇祯年间，余尚慎为官顺庆，作有《罗侍御传》。

明朝时期，龙滩河与西溪汇合处（今嘉陵区金宝镇境内）的王氏家族，亦很兴旺发达，他们本是安汉侯王平将军的后裔。世宗嘉靖十一年（1532），王廷考中进士，授官御史。因弹劾吏部尚书汪鋐贪赃枉法之事，被贬任苏州刺史，旋又回朝任左都御史，正气凛然，直言谏君。后来告老还乡，卒赠刑部尚书。王廷之弟王遵，嘉靖十四年（1535）进士。初任浙江东阳县令，很有政绩，晋升为贵州、福建布政使。曾在楚雄练兵，防止倭寇入侵，被调京任刑部郎中，曾弹劾奸相严嵩。后来辞官还乡，隐居藏珠山中，乐享天年。

世宗嘉靖年间，太和场出了一个冯荐御史，他本是三国蜀汉名将冯习的后裔，冯习战死夷陵，为国捐躯。嘉靖二十年（1541）冯荐和本乡陈以勤同中进士，授官湖北谷城知县，因政绩卓著，晋升御史。当时世宗崇尚道教，期求长生，选童女四百进宫，以供炼丹使用。冯荐御史冒死直谏，世宗感其诚意，命他巡按山东与湖广，两主试事，选拔英才。奸相严嵩恨其刚直贤能，将他排挤出朝，调为知府。冯御史以疾辞归，效范仲淹置义田济贫之法，在故乡买田置业，周济穷人。

2. 武林群英，精忠报国

明朝时期，南充出了两个著名的兵部侍郎，功勋显赫，名震朝野，青史留名，万古流芳。一是杨沂之子杨松年，世居都尉坝（今属嘉陵）。神宗万历进士，由知县晋升徽州太守，朝廷考察百官廉政，称为天下第一，享誉全国。后任贵州按察使，以军功闻名，授南京光禄寺卿。死后，赠兵部侍郎，御赐在城南凤垭山修墓安葬。二是兵部侍郎杨文岳，世居曲水场（今属嘉陵），幼时读书于故乡龙洞山，曾作《圣兴院碑记》。神宗万历进士，历任太仆寺、兵科给事中等职。后任湖广、广西按察使；云南、山西布政使等职，颇有政绩。崇祯年间，升任兵部右侍郎，总督山东、河北等地军务。在抗击义军的战争中，时胜时败，时升时降。后在驻守汝宁府（今河南汝南县）时，被李自成战败生擒，壮烈牺牲。《明史》为他作传，颂扬备至。

明朝末年，天下大乱，李自成攻进北京城，崇祯帝煤山自缢；张献忠在成都建立大西政权，亲统大军攻克果城。这时，南充有两个孤胆英雄，为国捐躯，忠义事迹，载入县志。一是罗为恺，双桂场（今属嘉陵）人。他见国家患难，百姓恐惧不安，乃弃文习武，保卫故乡。被州官任为游击武官，捍卫果城，战败被杀，壮烈牺牲。清初才子罗为赓，作有《罗为恺传》，载入《南充县志》。二是王景启，吉安场（今属嘉陵）人。幼习武艺，考中武举人，立志报效国家，舍生取义。他见张献忠占据蜀川，便暗约亲朋，阴招义旅，以图恢复。事泄后被执杀，从容就义。清初，南充县令仇凤冲，作《明烈士传》，彰显王景启，载入《南充县志》。

清朝同治五年（1866），羊口场（今属嘉陵）有个武举人侯会同，上京应试，文治武功居冠，考中武状元。主考官轻视汉人，将他列为武探花（第三名），长期不得重用，任以侍卫，守卫宫门。因擒刺客有功，调任福建建宁府总兵。他见清廷腐败无能，外受列强凌辱，内有百姓起义，国无宁日，内外交困，自觉人微言轻，报国无门，忧郁不安，愁闷不乐，毅然辞官还乡，奉养双亲。

南充是“忠义之邦”，早在汉朝时期，安汉县（今南充市）城南的凤垭山麓（今嘉陵都尉坝），曾出了一个为国平叛的女英雄纪兰英(纪信将军的后裔),原籍西充扶龙沟人,后随父迁居此地。因是将门之后，幼习武艺，自强不息。汉献帝初平二年（191），益州人马相叛乱，凶猛异常。纪兰英女扮男装，更名纪猛，投奔益州牧刘焉，助其擒杀马相，因功封都尉。后来辞职还家，卒葬凤垭山。巴郡太守庞羲为其建墓树碑，彰其功勋，因称她的住地为都尉坝。《蜀中名胜记》中，亦详载此事，当时墓前石人石马尚存。后来墓荒碑毁，民间盛传墓中女英雄是西充人。

忠义之邦的南充，自汉至清的文臣武将中，有很多忠义之人。在民众中亦以忠义为荣，为国尽忠，舍生取义。历代官员，以彰显忠义为己任；当地文人，以赞颂忠义为荣幸，树碑立传，颂扬忠义，蔚然成风。明崇祯九年（1636），都尉坝人崔维坤考中举人，授贵州湄潭县令，政绩卓著，晋升刑部司官，遂带妻女赴京上任，不幸病逝涪州(今四川涪陵)。当地剧贼窃其财物,欲夺崔小姐为妾。崔女节烈自杀，其母亦投江而死。康熙年间，南充知县王鹤，探知此事，遂作《崔烈女传》，表彰节烈。咸丰四年（1854）都尉坝的刘怀贞，自幼与同乡易元定订婚，约定当年八月结婚。不意这年五月，易郎患病而死，刘怀贞悲痛已极，誓共生死。夜半起床，焚香哭于堂前，烧毁嫁衣，服毒自尽，以死殉节。当时，南充训导陈玉晓其事，乃作《烈女行》一诗来赞颂她。大兴场（今属嘉陵）贡生蒲谷，闻知此事，亦作《烈女吟》来赞扬她。二诗载入《南充县志》，流传至今。

3. 知府知县，勤政爱民

据我考证，今之嘉陵区境内，自宋至明时期，出了十位知府，都是勤政爱民的清官。唯有张琚一家祖孙三代，出了四个知府，堪称世所罕见。一是大兴场的蒲谦益，北宋名臣蒲宗孟的后裔，宋孝宗乾道年间（约1170）进士，任知府，有惠政，名驰果郡。《南充县志》记载有："蒲谦益，宋进士。"《大兴场蒲氏宗祠叙》中，亦记载着："北宋建隆二年（961），蒲姓由麻城徙家蜀北，数传至宗孟，勋名赫奕，称巴阆望族。而益谦以乾道进士，蜚声果郡，追尊本枝始祖。"二是张琚，文峰场人，明宣宗宣德初年（1426）进士，任深州知府，为官清正，仁慈爱民，子孙昌盛，遐迩远闻"三是张永（张琚子），代宗景泰三年（1452）进士，任严州知府"据《南充县志·人物篇》记载："张永，南充人，景泰中进士，选翰林院庶吉士，授礼部主事，擢知严州府"为政严明，岁饥，不待报请，减税额，辟沙渚，没豪右田，以给贫民"御史上其状，赐玺书褒美。"四是冯孜，太和乡人，三国蜀汉名将冯习的后裔。天顺元年（1452）进士，任延安知府。据《南充县志·人物篇》记载："冯孜，南充人，明天顺元年（1457）进士，授户部主事。擢知延安府，改郡城，宽赋役，雪冤疑。建阳贼啸聚，直抵巢穴，擒斩贼首，民赖以安，升湖广参政。以亲丧去任，庐墓哀毁，养疾不出，上论高之。"五是张惟（张永子），明孝宗弘治九年（1496）进士，任莱州知府。为官正直，因忤逆权贵，诬陷下狱，几死狱中。后辞官还乡，在凤垭山建孝心观，劝人忠孝，乡里称赞，卒葬此山。六是张苹（张惟子），明武宗正德十二年（1517）进士，任汉中知府。据《南充县志·人物篇》记载："张苹，南充人，正德中进士，为郎中。榷税浙江，以廉名，擢汉中知府。持法公平，不逐时好，所至遗爱，人争传颂。"七是杨丽，都尉坝人，正德十二年（1517）进士，任楚雄知府。据《南充县志·人物篇》记载："杨丽，南充人，正德中进士，授户部主事。历任陕西布政使司左参政，楚雄知府。勤政清廉，民立生祠以祀之。子弟怡怡一堂，分财让产，人称君子。为故乡作有《重建果南桥记》。”八是文阶，金凤场人，北宋名臣文彦博的后裔，嘉靖二十九年（1550）进士，任望江知府。清正廉明，爱民如子，民呼青天，无不赞颂。有次景王朱载圳（明世宗之子）到湖广去，路过望江，随从官员索求供给物资过于繁多，文阶知府以民困财乏为由，裁减过半以献。随行官员惧怕文知府参劾，只得收敛，隐而不宣。九是张有光，曲水场人，清朝康熙三十三年（1694）进士，任直隶知府。导民兴修水利，旱涝保收，百姓安居乐业，齐颂升平。不久晋升吏部文选司郎中，严禁私自登门拜访，深受朝廷信任。后来辞职还乡，奉养年老母亲，人皆赞颂。曾作《韩氏族谱跋》，赞颂韩氏为嘉陵名门望族，笃于仁义，富有诗书。十是王灏，金宝场人，三国蜀汉名将王平的后裔。雍正二年（1724）进士，任连州知府，很有政绩。后来告老还乡，捐银立义仓以救灾民。又在故乡藏珠山修建南池书院，亲自讲学，培育后生，卒葬金宝场郊。

明清时期，嘉陵出了很多知县，内有数位知名人物，其一，范希正，南充彭城坝（今属嘉陵）人，北宋名臣范仲淹的后裔，明世宗嘉靖十九年（1540）解元，任曹县知县。据《蓬州志》记载：“范仲淹之孙，徽献公正已，京城陷（金灭宋），逼迫奔窜，徒步携幼入蜀，终家于蓬州。”据《南充县志》记载：“范希正，范仲淹之后裔，迁居南充。明嘉靖解元，知曹县。奸吏诬陷入狱，百姓上诉通政司，官复原职，严惩奸吏。”其二，杜地载（字厚庵），明知府杜沂（真定人，顺庆知府致仕后，寓居此地）的后裔，都尉坝人。康熙五十九年（1720）举人，曾任贵州余庆、云南河阳等地知县。后来辞官还乡，任教南池书院，培育英才。其时杜伯宣举人，授官不任，亦来南池书院任教，作有《南池书院记》。其三，王秉三，王灏（字文川）之曾孙，金宝场人。道光二年（1822）举人，任湖南安乡县知县。后来辞官还乡，任教南池，著有很多诗文，人皆称颂。光绪八年（1882），德宗帝念其耄儒硕德，召京赴宴，蒙获殊荣，誉为“百岁寿星”其弟王秉缙，亦是诗文双绝的人，不图仕进，终身任教南池书院。成为“三王（王文川、王秉三、王秉缙）、二杜（杜地载、杜伯宣）教南池，官员才子讲儒学”的盛事。其四，文邦从，金凤场人，北宋名臣文彦博的后裔。同治三年（1864）举人，历任直隶平谷、顺义、房山、东安等地知县。做官清廉，政绩卓著，诗文俱佳，更善书法，为世人珍藏之宝。他所作《重阳百韵》，成为稀世遗作，人皆赞颂不绝。

4. 翰林才子，丽辞华章

唐宋以来，在进士中拣选英才，进入翰林院，称为学士。给皇上草拟诏书，誉为内相，荣耀已极。明清时期，这里出了五个翰林，十名才子。这五个翰林是：其一，明代张永，景泰进士，任翰林庶吉士，授礼部主事，后任严州知府。其二，陈以勤，嘉靖进士，授翰林院检讨，后任宰相。其三，陈于陛，隆庆进士，选为庶吉士，授翰林院编修，后任宰相。其四，清初才子罗为庚，双桂场人。自幼勤奋好学，博览群书，诗文俱佳，名重一时。顺治十一年（1654）举人，任浙江孝丰县令，兴办学堂，培育人才。康熙十一年（1672）进入翰林院，后来晋升行人司，推荐很多名士为地方官员，感其恩德，建祠以祀。一生著述甚多，晚年辞官还乡，著有《西溪杂著》等书行世。其五，牧童翰林胡大成，曲水场人。幼时父母双亡，成了孤儿，给人牧牛维生。他从小就志趣不凡，喜好读书，常在私塾外偷听老师讲学。老师深感惊奇，视为王冕（元代牧童诗人与画家），收为义子，供其读书。乾隆五十九年（1794）举人，嘉庆四年（1799）进士，选任翰林院庶吉士，晋升编修。后来出任山西道监察御史，政绩功烈，升任吏部掌印给事中。他秉性刚直，直言谏君，弹劾首相勒保以权谋私。勒保怀恨，将他逐出朝廷，远贬广东雷琼道。又罗织罪名，将他削职为民，放归故里。他在故乡创办嘉定书院，培育人才，著有《墨耕轩诗文集》行世。

这十名才子是：其一，柳稷，盐溪场人，明武宗正德三年（1508）

进士，在刑部做官，卒于京城，著有《封建论》遗作。其文气势宏丽，雄奇峭拔，堪与唐朝诗人柳宗元的《封建论》相媲美，时人誉为“封建二柳”其二，韩敬，双桂场人，正德十年（1515）举人，好学不仕。一日游于天台山（今嘉陵区集凤镇天台山村），见天放五彩，遂作《五色云赋》。其赋辞藻秀丽，用典繁多，简洁明快，堪称一绝。其三，何辅极，晏家场人，当地名士，作有《藏珠山记》，将其地山光水色、古刹古洞的奇异景物，描写得淋漓尽致，恍若读《岳阳楼记》一般，叹为观止。其四，韩一韩，世阳场人。顺治十四年（1657）进士，任夔府奉节县教谕，卒封登仕郎。他将亲身经历写成《流离传》，详尽地记述了明末清初，李自成与张献忠起义期间，发生在顺庆府与阆中的战事始末，真是难能可贵。其五，杜伯宣，都尉坝人，明朝杜沂知府的后裔。他学识渊博，书法精美，乾隆四十二年（1777）举人，任为知县，辞不就职，任教南池书院。作书《南池书院记》，古碑至今犹存。其六，王秉三，金宝场人，道光二年（1822）举人，曾任湖南安乡县知县。致仕后，任教南池书院，博古通今，文章盖世，作有很多诗文。其《于思记》《典铺说》《论贫富》《论征三费》诸文最华丽，读者赞叹不绝。百岁后卒，誉为长寿老人。其七，张受谦，文峰场人。博览群书，诗文俱佳，其书法与绘图亦很精绝，时人求之，争相珍藏，誉为晚清才子。同治三年（1864）举人，选任四川理州学正。不意父母相继病故，居家守孝，未能上任，长期任教。其八，蒲毓庚，大兴场人，学识渊博，很有才华，光绪二十年（1894）拔贡。曾协纂《南充县志》，作有《顺庆丙戌殉难补记》，将明末张献忠攻克顺庆，居民十余万人，皆举火自焚，一片焦土的史事，写得异常详尽。其九，文邦从，同治举人，学识渊博，诗书双绝。长期担任知县，以清廉正直著称。后来告老还乡，于光绪六年（1880）重阳佳节，邀约当地宿儒会友咏诗。继于九月十九日，又邀集众友人聚会，再咏重阳，编成诗集。他所咏《重阳百韵》，居众诗之首，丽辞华章，绝妙好词，古今罕见，百读不厌。其十，王恩洋，集凤场人，王平将军的后裔。博学多才，精通儒家经典与佛教三藏，誉为佛学大师。著有《儒学概论》与《佛学概论》等书。并在故乡创建龟山书院，作《龟山书房记》，阐述儒释二教之精华，教育后生，尊儒崇佛。

二、名胜古迹

什么是名胜？就是著名的风景区；什么是古迹？就是古人留下的遗迹。年深月久，沧桑巨变，很多优美的风景区，一片荒凉，面貌全非；很多古人的遗踪，山河依旧，踪迹难寻。只有在地方志上，能了解古人古事；只有在民间传说中，能知晓旧事珍闻。要洞察名胜古迹，贵在探索发现，贵在推理察传，不能因胜迹不存，而全面否定；不能因一叶障目，而不识泰山。当然，挖掘古之胜迹，要有一定的佐证，不能捕风捉影，要尊重历史的存在，不能瞎编乱造。谈到嘉陵区的胜迹，人皆以为只有“曲水晴波”一景，如果到这里去寻古探幽，山秃水穷，已无昔日流觞咏诗的盛况。其实嘉陵区的胜迹甚多，无数明珠埋厚土，藏在深山无人识。这是珍贵的社会财富，亦是发展旅游的源泉，应该将即将消失的胜迹挖掘出来，以免泯灭；应该将鲜为人知的古事整理出来，流传后世。下面仅就历史存在的古貌古景，谈一下嘉陵区昔日的诸多名胜古迹。

1. 嘉陵江畔，景色殊异

嘉陵区的历史胜迹，大多集中在名山胜水之间。其名山有天台、翠屏、太霄、大方、总真、龙洞、蒙山、藏珍、龙凤、酒泉等十座名山。其胜水是嘉陵江、西溪、曲水、盐溪、流溪、龙滩河、吉安河等一江六溪。嘉陵江畔的凤垭山中，埋葬着汉代女都尉的忠骨，墓前竖有石人石马。因年久日深，古墓荒冢，碑碣毁坏，难查真名。人们只知是西充女子，传为纪信将军的后裔，称“凤垭都尉”一景。

西山十二峰中有座总真山，位于玉屏山后，山中建有观音寺，任瀚太史幼时读书于此。其地崇山峻岭，群山环亘，古木参天，异常幽静，称为“总真禅林”一景。珠山中有一汉代古墓，古朴壮丽，高深宽阔，墓室玲珑，非同寻常。因无碑可考，墓室空无一物。传为刘邦之子赵王如意，为逃避吕后虐杀，由襄平侯纪通（纪信将军之子）带回安汉避难。卒葬于此，殉葬珠宝甚多，因名“珠山汉墓”一景。珠山下的嘉陵江畔，栽植有万亩桑园，这里的百姓们，世代在此栽桑养蚕，缫丝织绸。如今仍保留着古代缫丝织绸等工具，堪称南充历史丝绸博物馆，誉为“千年绸坊”一景。嘉陵区是牛肚（牛渚）坝菌形曲流的外环，嘉陵江绕坝环行三十余里。烟山居于上，青居镇建于下，素有“逛街吃袋烟，乘船要一天”的天下曲流奇观，称为“牛肚曲流”一景。古时的曲水场建在嘉陵江畔，为古代的水运码头。曲水河激流而下，在江边冲击着一个深潭，潭侧风景绝佳，当时建有水榭凉亭，荷池假山。文人雅士常聚居于此，流觞咏诗，有若绍兴兰亭风光，为南充八景的“曲水晴波”一景。嘉陵江岸的李渡场，亦是古代的水运码头，比曲水场更为繁华。宋朝的陈彦真将军，统兵镇守果州，解甲归田后，寄居此地的平川坝（今李渡镇阁老坟村）。他的后裔便是陈以勤和陈于陛父子宰相。陈氏居此数百年，留下很多遗迹。特别是陈以勤宰相的母亲王氏逝世后，安葬在凤凰山麓的飞凤衔书处，其墓壮丽堂皇，高大如丘，当地人尊称阁老坟，称为“陈母芳冢”一景。嘉陵江岸的羊口场（今并入李渡），亦是古代的水运码头。传说当地盛产山羊，远近客商常来此地贩运山羊，逐步形成羊市口岸，遂取名羊口码头。清朝咸丰年间，这里出了一个武探花侯会同，称为“羊口探花”一景。如今这些嘉陵江畔的八景，仍是依稀可见。

2. 溪河奇丽，胜迹若鳞

嘉陵区境内有西溪、曲水、盐溪、流溪与龙滩河、吉安河六条较大溪河。这些溪河岸畔，亦有很多名胜古迹。明代的王美中（浙江人），为官顺庆，游历西溪全景后，作有《西溪》一诗，中有“高贤良托迹（在此寓居），山泽媚此邦（山川秀丽）。清泉纪南国（南充国县），自西绕东江（流入嘉陵江）”。清代才子罗为赓，世居嘉陵西溪，作有《西溪考》，阐述了西溪沿岸的名人名胜。西溪从西充流入嘉陵区的西阳河，岩边敕建有西阳寺，寺下建有石桥，宛如长虹卧波，称为“西阳长虹”一景。西充的长滩河流入嘉陵区的七宝溪，溪岸的藏珠山建有龙台寺，称为“龙台藏珠”一景；寺侧有南池，建有南池书院。七宝溪经金宝镇境流入西溪，经过太和乡，地势低洼，形成湿地。万千百鹤栖居此地，成为鹭鸶王国的天下奇观，称为“太和白鹭”一景。西溪下游的双桂场中，建有“田坝会馆”与戏台，建筑精湛，堪称一绝。第二条大溪曲水，源于集凤镇的天台山，古建云封寺。明代嘉陵才子韩敬游于此山时，天放五彩，作有《五色云赋》；清朝著名高僧破山和尚，曾住锡此寺，称为“天台云封”一景。曲水流经世阳龙凤山麓，山上建有韩氏宗祠，祭祀着宋代韩世富将军的后裔，明代兵部尚书韩士英，称为“龙凤韩祠”一景。其水流至曲水场的龙洞山，因唐朝果州女道士谢自然，曾在此山修道炼丹，敕建圣兴院道观；明代兵部侍郎杨文岳，幼年曾读书于此，后又作有《圣兴院碑记》，称为“龙洞御庙”一景。第三条大溪盐溪，从遂宁流入大兴场的蒙家山，山上建有蒙山寨，称为“蒙山古寨”一景。山麓建有蒙家大院，传为秦朝名将蒙恬的后裔。盐溪场境内，古有四十八处盐井，故称盐溪。据《南充县志》记载：前蜀王王建，曾在流溪县的日富镇（今盐溪乡）设置徽州。因其地古有盐井，当征赋税。后蜀王孟知祥，废徽州，并入果州，称为“徽州故城”一景。明代刑部官员柳稷，家居盐溪，其父为盐商富贾，建有很大庭院，称为“盐溪柳府”一景。柳稷作有《封建论》，与唐代文学家柳宗元所作的《封建论》相媲美，誉为“封建二柳”。盐溪流经安平场，附近有座酒泉山，山上建有酒店寺，金碧辉煌，香火鼎盛，称为“酒泉梵宇”一景。溪水流经云台山麓，山上奇峰异石，松柏繁茂，唐宋以来，皆建道观，称为“云台琳宫”一景。盐溪流至龙岭场，与流溪汇合，流入吉安河中。流溪从遂宁黄泥场（原属南充）流入嘉陵区的白家场，这里群居着文氏家族，世传为宋朝名臣文彦博宰相的后裔，如今马鞍山中尚存明代文氏古墓。唐朝时期在流溪设置流溪县（今嘉陵金凤镇县坝），直至明初始废，五百余年，古迹众多，今已荡然无存，称为“流溪古县”一景。流溪县城附近，尚有彭城镇遗址，瓦砾遍地，街基犹存，称为“彭城古镇”一景。世代相传，宋朝名臣范仲淹宰相的后裔范希正寓居于此，曾任曹县知县，载入《南充县志》。

3. 深山老林，古刹仙洞

嘉陵区的江边与溪边胜迹如鳞，其深山老林中，亦有很多名胜古迹。龙蟠镇的翠屏山，为唐朝琉璃镇遗址，山上建有广丰寺，称为“琉璃翠屏”一景。礼乐乡的徐仙洞，据《南充县志》记载：“富安镇（今礼乐乡）太霄山，有太霄观，登览凭眺，呼吸之气，恍通太虚。岩中有仙人洞，不可至。相传徐神翁（徐佐卿）飞升之所，尔朱洞（唐代仙人）养静于此。”称为“徐仙古洞”一景。西兴镇的大方山，是谢自然的故乡。她修道成仙后，此山誉为第三洞天，故称“大方仙山”一景。桥龙乡的羊龙山，建有羊龙庙，庙下有小溪，建有石桥，取名龙桥。清朝道光年间，为罗天明遗孀唐氏，敕建“节孝牌坊”，造型美观，庄严古朴，字画人物，雕刻精妙，俗称羊龙庙牌坊，至今保存完好。集凤镇的龟山上，建有“龟山书院”，为王平后裔、佛学家王恩洋所建，古迹至今犹存。木老乡的桃树甚多，阳春三月，桃花盛开，万紫千红，芳香四溢，人们络绎不绝，陶醉于花海丛中，称为“木老桃花”一景。

嘉陵区的名山胜水中，蕴藏着这二十八处奇景，宛如天空的二十八宿，闪烁在嘉陵四野，期待人们去开发利用，变废为宝，

嘉陵江畔名胜古迹
分布示意图
绘图
云台山
苍溪鼓楼铺
临江寺
开元寺
灵山蜀王墓
张飞庙
大获山
华光楼
仙鱼驿
阆中市
状元洞
白塔
大佛寺
香城宫
南池
嘉
女娲故里
圆觉寺
彭城千佛岩
永安寺
将军山
罗升高故里
旧县坝
李协恭状元故里
马涓状元故里
火烽山
灵云洞
禹迹山大佛
漱玉岩
陈省华故里
岱城山
兰登山
清风楼
严遵修道处
南部县
新政离堆
鲁公祠
鲜于仲通故里
仪陇县
蓬池坝
李士宁故里
富村驿
陵
石门寺
石梁桥
地藏寺
金溪芳溪馆
华法庵
万和千佛岩
笔架山
龙云寺
母恩故里
仙林石塔
将军坟
广慈寺
财神楼
古佛洞
古蓬州
蓬安县
妈祖庙
西充县
纪信将军故里
凤凰山
老君山
石佛寺
青云塔
濂溪祠
张献忠殉难地
老君庙
龙溪驿
马回坝
运山城
鹫鹫山
大夫第
小乐山大佛
何炯故里
江陵坝
相如琴台
相如故里
长卿祠
一字岭
南岷山
任瀚故里
冯江寺
龙门寺
程太虚修道处
杜尚书牌坊
藏珠山
大方山
嘉陵驿
清泉寺
龙门峡
陈寿故里
七宝寺
谢自然故里
万卷楼
望娘滩
白云山
谯周墓
江津楼
游似宰相故里
黄家坝
南充市
朱凤寺
朱凤塔
黄辉故里
金城山
千佛岩
白塔
仙鹤楼
抱朴洞
诸葛山
凌云山
江
世阳乡
张飏故里
来苏寺
王平墓
灵泉驿
韩士英故里
牛肚坝
青居烟山
淳祐故城
大佛洞石窟
李渡镇
陈以勤故里

嘉陵区名胜古迹
分布示意图
李荣普 绘图
西 充 县
顺 庆 区
遂 宁 市
广 安 市
南充市
嘉 陵 江
高坪区
高 坪 区
龙 滩 河
西 溪
曲 水
盐 溪
流 溪
吉安河
七宝寺镇
西阳寺
西阳长虹
七宝寺
藏珠山
龙台藏珠
南池书院
金宝镇
太和乡
太和白鹭
巢南桥
积善乡
青龙寺
田坝会馆
双桂镇
石楼乡
天台云封
广丰寺
翠屏山
大方山
大方仙山
龟山书院
天台山
琉璃翠屏
乳泉仙踪
谢仙石室
里坝镇
集凤镇
龙蟠镇
礼乐乡
太霄山
西兴镇
徐仙古洞
木老桃花
凤垭都尉
凤垭山
木老乡
杜氏宗祠
总真山
一立镇
苏氏宗祠
嘉陵区
总真禅林
大观乡
宝玉寺
宝玉山
寒坡岭
大通镇
文峰镇
蒙家山
蒙山古寨
临水院
龙凤山
珠山
珠山汉墓
大兴乡
龙凤韩祠
千年绸坊
蒲氏宗祠
天星乡
龙归院
圣兴院
龙洞御庙
酒店寺
世阳镇
龙洞山
牛肚坝
第一曲流
徽州故城
酒泉山
酒泉梵宇
曲水镇
青居烟山
节孝牌坊
盐溪乡
安平镇
曲水晴波
牛肚曲流
羊龙庙
羊龙山
云台琳宫
云台山
桥龙乡
移山乡
盐溪柳府
羊口探花
羊口乡
黄泥镇
白家乡
流溪古县
彭城古镇
金凤镇
龙岭镇
李渡镇
新场乡
陈母芳冢
双店乡
阁老坟村
临江乡
吉安镇
安福镇

为发展党的旅游事业和文化大发展、大繁荣，再现昔日的辉煌。

壮丽嘉陵赋

李荣普

壮丽嘉陵，源出嘉谷（陕西凤县嘉陵谷），流泻千里，汇入长江。千溪百河，融合嘉水，横跨川陕，润泽万乡。仇夷神山（今阆中七里坝），诞古帝之伏羲；彭池大泽，育造人之女娲（伏羲妹）。青崖仙窟（今阆中彭城镇青崖山），栖寿高之彭祖；禹迹神山（今南部禹迹山），留夏禹之遗踪。壮丽嘉陵，源远流长，奇山异水，龙凤呈祥（嘉陵江如龙，两岸有朱凤、凤垭）。仙人会聚，名流向往，寄迹江畔（蒙恬、纪信、蒲猛、冯绲、王平、文彦博、范仲淹、苏轼、韩世富、陈彦真十位名人的后裔寄迹嘉陵），万古流芳。嘉陵江岸，夏朝有果之国；宕渠山麓，古国巴賨之都。舞凤仙山，王君栖真飞霞（今顺庆舞凤山中的飞霞洞，古仙王君栖真所）；栖乐山中，巴人凿洞从居。壮丽嘉陵，景物殊异，天造地设，举世无双。墨客骚人，高官贤良，留恋徘徊，来去匆忙。石梁龙门，为江中之奇峡；马回牛肚，呈菌形之曲流。鲁公（唐朝颜真卿）挥毫，颂离堆之胜迹；道玄（唐朝吴道子）绘江，现嘉水之浩荡。壮丽嘉陵，大洲小洲（今南充白塔下的嘉陵江中），世代公侯，忠义之邦。风流韵事，情系嘉陵，辉煌峥嵘，无限风光。果州境内，九相（赵彦昭、陈尧叟、陈尧佐、何金、何贱、徐凯、游似、陈以勤、陈于陛）辅君治国；蜀汉名将，层出安汉之乡。相如文君（司马相如与卓文君），筑琴台于江旁；杨慎黄峨（新都状元夫妇），恋嘉陵之情长。

名山胜水，钟灵毓秀，文臣武将，济济一堂。将相桑梓，忠孝之乡，名垂青史，辉耀一邦。奇秀珠山兮，埋赵王（汉高祖刘邦之子如意）之丽质；巍峨凤垭兮，葬都尉（女都尉纪兰英）之忠骨。徐仙跨鹤（徐佐卿在嘉陵徐仙洞修道成仙）兮，明皇（唐玄宗李隆基）箭射其翼；谢仙（谢自然）飞升兮，德宗褒赐东极（封为东极真人）。北宋陈将军（陈以勤宰相的祖先陈彦真），解甲寓居西水（今李渡镇平川坝）；南宋韩将军（韩士英尚书的祖先韩世富），致仕寄居琴台（古琴台镇）。李渡平川兮，诞生父子宰相（陈以勤与陈于陛）；世阳龙山兮，润育兵部尚书（韩士英）。柳稷博学兮，杰作封建之论；辅极（何辅极）奇才兮，谱写《藏珠山记》。罗方罗玉兮，位居布政御史；松年文岳（杨松年与杨文岳）兮，名列兵部侍郎。置业济贫兮，冯荐效法仲淹（范仲淹）；牧童翰林兮，胡用（胡大用翰林）类似王冕。烈女（崔维坤之女）抗暴兮，投江水以全节；侠士（王景启与罗为恺）爱国兮，舍生命而取义。嘉陵名区，人文荟萃（二宰相、二尚书、二布政史、二御史、二兵部侍郎、十知府、五翰林、十才子），圭璋之彦（俊秀的人才），琬琰之章（华丽的文章）。宰相尚书，御史布政，翰林才子，云集庙堂（朝廷）。罗布政（云南布政使罗方）恋乡，撰写《龙台院记》；杨侍郎（兵部侍郎杨文岳）怀旧，欣作圣兴院碑。王廷王遵兮，官至尚书布政；文衡文阶兮，位列主事知府。韩孜韩敬兮，誉为梧桐双凤；秉三秉缙（王平后裔王秉三与王秉缙）兮，世称兰桂齐芳。重阳集韵（文邦从作重阳百韵诗）兮，效羲之于兰亭；忧国忧民兮，祖孙之叙流离（韩一韩与韩祥龙写《流离传》）。罗为庚翰林，华章尽载县志；张受谦才子，奇文广传乡里。张知府劝孝，抄讲曹娥之碑（汉代曹娥碑）；王恩洋（佛学大师）讲学，弘扬儒释二教。将军（蜀国名将王平）后裔兮，筹建两大书院（南池书院与龟山书院）；宰相（陈以勤）怀德兮，捐修西溪石桥（西桥）。王进士（王辉之）爱鹤，赞扬太和白鹭；张翰林（张永）集诗，歌颂木老桃花。

果城南隅，嘉陵名区，唐设流溪（唐置流溪县于金凤镇），蜀置徽州（后蜀置徽州于盐溪）。景色殊绝，胜迹如鳞，二十八景，灿若星辰。流溪古县兮，徽州故城；彭城古镇（今金凤镇境内）兮，盐溪柳府。蒙山古寨（今大兴乡与世阳乡境内）兮，琉璃翠屏（今龙蟠镇翠屏山）；千年绸坊兮，田坝会馆。西阳长虹（西阳桥）兮，节孝牌坊（今桥龙乡羊龙山上）；羊口探花（清朝武探花侯会同，羊口乡人）兮，龟山书院。牛渚曲流兮，曲水晴波；太和白鹭兮，木老桃花。珠山汉墓兮，凤垭都尉；陈母芳冢（陈以勤母墓）兮，龙凤韩祠（龙凤山韩氏宗祠）。徐仙古洞兮，大方仙山；龙洞御庙（龙洞山圣兴院）兮，云台琳宫（云台山古道观）。源泉梵宇兮，总真禅林；龙台藏珠兮，天台云封。二十八景兮，二十八宿；天生三台（天台山、龙台山、云台山）兮，曜接三能（三台六星，两两而居）。十座名山，六条溪河；山美水美，江南风情。千岩竞秀，万壑争流，草木葱茏，云蒸霞蔚。天台名山兮，异彩奇光；藏珠岛国兮，烟霞水乡。太霄仙山兮，徐仙洞府；大方洞天兮，谢仙石室。酒泉灵山兮，清泉美酒；龙洞奇山兮，御赐道场。翠屏秀丽兮，琉璃古镇；总真佛地兮，天降观音。蒙山挺拔兮，蒙恬后裔；龙凤雄山兮，韩公故里。百里西溪兮，高贤托迹；四十曲水（曲水四十里）兮，山水绚丽。奇异盐溪兮，军需民食；狭长流溪兮，古迹如林。龙滩长河兮，汇聚西溪；吉安古河兮，直泻嘉陵。壮丽嘉陵，以江命名，日月同辉，天地并存。

陈寿公园赋

李荣普

壮丽嘉陵（区）历史悠久，唐设流溪（县）蜀置徵州。山川奇异，得天独厚，古木荫翳，溪河绕流。千里嘉陵（江）东环文峰诸乡；百里西溪，穿越太和数镇。金宝集凤，为上西之高原；西南群山，咸发脉于剑门。

嘉江如龙，凤山（朱凤山与凤垭山）高耸，龙凤呈祥，举世无双。奇山异水，钟灵毓秀，将相故里，忠义之邦。飞凤衔书，莹葬慈母（陈以勤母亲）芳冢；锦绣西水（里）诞生父子宰相（陈以勤、陈于陛父子）。崔嵬凤垭，埋都尉（女都尉）之忠骨；龙凤奇山，建韩公（兵部尚书韩士英）之宗祠。

美哉嘉陵（区）江南名区，园林繁多，芳香四溢。花木繁茂，四时常青，游憩园内，心旷神怡。丝绸公园，赞千年之绸都；陈寿公园，颂桑梓之俊彦（优秀人才）。园林姣好，尘嚣幽静仙境；结构巧妙，恍若水晶龙宫。

前向凤垭，后倚西山，右连都尉（坝），左临嘉陵（江）山环水抱，风光无限，水泻长江，雾连剑门。金泉山麓，为陈寿之故居；都尉坝中，有承祚之妻冢。嘉陵江畔，碧水盘绕凤山；玉屏山内，万卷楼插霄汉。

伟哉陈寿，良史之才，辞章粲丽，并迁双固（与司马迁和班固齐名）。炳炳麟麟（文采华美，光辉显赫），一邦增辉；光前裕后，名垂千秋。陈寿奇才，誉为史学泰斗；三国之志，列为四史冠冕。先祖陈禅，汉朝司隶校尉；严父陈式，历任蜀汉参军。街亭失守兮，参军连受髡刑；椿萱仙游兮，良史迭遭贬废。陈寿忠孝，唐封昭德惠侯（文惠侯）；陈阶（陈寿子）太守，还乡哭祭慈母。名门陈氏，汉晋清官廉吏；陈寿含冤，位望不充其才。

眉山三苏祠（苏轼父子），新都状元府（杨慎），南充著作郎（陈寿），名望扬中外。今建陈寿园，瞻仰我先贤；城市树灵魂，黎庶笑开颜。感陈寿之德望兮，誉我安汉；慕陈寿之奇才兮，见贤思齐（催人奋进）。缅陈寿之遗骸兮，远葬洛阳；冀陈寿之英灵兮，佑我故里。

情系嘉陵

人们常说："源远流长嘉陵江，千年绸都南充城。"千里嘉陵江流经南充境内，约占三分之一。沿途山水奇丽，美不胜收，自汉至清，很多名人雅士游历嘉陵江，咏诵了很多的诗文来赞誉嘉陵胜迹。牛肚曲流三十里的天下奇观，嘉陵区为曲流外环，更为壮观。本章阐述了吴道子、颜真卿、韦应物、武元衡、薛涛、元稹、白居易、宋祁、苏轼、杨慎、杨瞻、陈以勤等名人游江咏诗的盛况，激励人们认识嘉陵，了解嘉陵，热爱嘉陵，建设嘉陵。

嘉陵山水美如画

南充历史悠久，人杰地灵，奇山异水，名驰全川。千百年来，帝王将相，达官显贵，墨客骚人，高僧高道，来此游历者，代不乏人。其旅迹游踪，遍布南充，流风逸韵，墨宝犹存。名人游历山水咏诗作文以消遣展才，山水因名人来游而顿增光辉，人因地传，地因人传，两相帮衬，俱著声名，遂成名胜。南充境内的名胜古迹甚多，尤以嘉陵江为最，千里嘉陵横穿阆、果、蓬三州，流程三百余里，沿途奇山异水，美不胜收。引动吴道子画嘉陵江，颜真卿挥笔写离堆，杜甫高咏阆山水，苏轼题匾将相楼。唐明皇（李隆基）驻跸佛都，高节度（高适）秋登琴台，风流宰相（元稹）宿嘉陵，红杏尚书（宋祁）游果城。李元婴（滕王）营造阆苑，张商英（宰相）修瑞莲亭，蒲宗孟修清风楼，周天柱修青云塔。陈子昂游光圣寺，陆放翁浮桥咏诗，黄庭坚游朱凤山，杨慎游览龙门峡，极大地丰富嘉陵江的历史文化，使之更加富有魅力。

南充有很多天人合一的奇异景观，更有丰富多彩的独特风情，而这些景观又集中在嘉陵江畔，钟灵毓秀，代有能人。这里是伏羲、女娲诞生之地，更有夏禹治水的遗迹；这里是忠义之邦，更是洞天福地。纪信、相如（司马相如）堪称文武二星；范目、谯玄誉为初汉二杰。落下闳创太初历，任瀚深山读易经。谯周、陈寿世称史家双璧；尹枢、尹极（兄弟状元），时谓梧桐双凤。冯绲、王平为汉、蜀二名将；李雄、谯纵为成、蜀两国君。范三侯（范目）平定三秦，马将军（马忠）威镇南境，韩尚书（韩士英）老年平叛，陈道台（陈琮）治水功臣。何炯、薛道光各为佛道第五祖；程太虚、谢自然皆受御封为真人。鲜于兄弟（鲜于仲通）造离堆，陈氏（陈省华后裔）世代为宰相。马涓、二陈（陈尧叟、陈尧咨）三状元，游似、以勤（陈以勤）两宰相。张嶷、张宪死国难；黄辉、王廷直谏君。自汉至清，三州嘉陵江畔英雄儿女难尽数，皆是国家的精英。张飞庙、万卷楼、王平墓、谯周墓、诸葛山、姜维山、刘备寨、张桓侯祠，残存三国遗迹。大像山大佛，禹迹山大佛，彭城千佛岩，青居大佛洞，尽皆唐宋石窟。阆州的白塔、华光楼、大佛寺、滕王阁；蓬州的青云塔、财神楼、广慈寺、买闲亭；果州的白塔、江津楼、白塔寺、仙鹤亭，都修得宏伟壮丽，形成三塔三楼镇三州、三寺三亭屹江畔的奇观。新政离堆山、蓬安石梁砣、南充龙门峡，堪称江中三绝；马回坝的菌形曲流，牛肚坝的菌形曲流，誉为江中仙岛。阆中的彭城坝古迹甚多，传说是古代彭祖的封地（尧帝时为大彭氏国）；南充的江陵坝汉砖遍地，残存着南充国县和相如琴台的遗迹。大获山、运山城、青居山，为南宋的抗蒙三大要塞；开元寺、石佛寺、甘露寺为晋唐的三大古刹。这些名胜古迹都在三州的嘉陵江畔，遗迹犹存。南充境内有十大文化，大多是诞生在这里的名人所形成，诸如：汉初纪信将军舍生救主的忠义文化；汉代辞赋家司马相如的相如文化；晋代史学家陈寿的三国文化；唐代佛教何炯和道教程太虚、谢自然的宗教文化；明代太史任瀚的易经文化。有贬官还家，或贬官来此做官所咏山水诗文的贬官文化；有来自福建沿海移民，客居的林氏妈祖文化；有南充境内盛产丝绸的丝绸文化；有当地名人雅士的大量山水诗文和当地浓郁风情的巴渝舞、木偶戏、皮影戏、竹枝词、龙舟赛等文学艺术所形成的地方文化；有阆中古城山水与南充凌云山天生四象的风水文化。这十大文化多兴盛于嘉陵江畔，嘉陵江如像一条玉带、十大文化好似十颗明珠，这条带子恰巧把十颗璀璨明珠串联起来，堪称无价之宝。

嘉陵江畔胜迹稠

嘉陵江畔，巴人丛居，伏羲后裔，巴人始祖（后照）。阆中巴子国，宕渠（今嘉陵区宕渠山麓）賨国都，西山巴人洞，汉水（嘉陵江古称西汉水）巴人舞。始建巴郡（南充巴郡），后更巴西（阆中巴西郡），千里嘉陵流川陕，阆南（阆中至南充段）中游胜迹稠。奇山异水，郁郁葱葱，誉为九曲回肠，堪称中流砥柱。唐宋年间，水运繁荣，商贾船只，往返如云，滚滚嘉陵东逝水，险滩常闻纤夫声。来往官员，常住嘉陵，阆南江畔修有仙鱼、富村、芳溪、龙溪、嘉陵、灵泉六座馆驿，专供官员食宿。沿江有阆中、蓬安、南充三大历史名城，南部与新政二县。沿江建有保宁、南隆、新政、金溪、周口、锦屏、利溪、正源、龙门、青居十大古镇。江中有石门与龙门两大奇峡，马回坝与牛肚坝两大曲流，更有一百余处名胜古迹，四十余处自然景观。游奇峡看洪水冲断山脉的奇迹，游曲流看妈祖庙与淳祐故城。文人墨客，喜游嘉陵，达官显贵，喜居嘉陵。乐天（白居易）《竹枝词》，元稹嘉陵诗，吴道子绘嘉陵江，颜鲁公作离堆记。

人们常说，阆苑仙境。上古为华胥国之辖城，曾诞生女娲与伏羲，禹迹山有夏禹治水之遗迹，彭城坝为彭祖晚年隐居地。巴人助武王伐纣，遗下巴渝之舞；范目助刘邦攻灭三秦，南池建有范侯之祠。蜀王鳖灵来游，留下灵城岩胜迹；张仪攻灭巴国，东河岸畔建阆城。蟠龙雄伟，天纲（袁天纲）锯山；玉台幽奇，滕王（李元婴）建亭；东山险峻，居士（何东山）造佛；锦屏秀丽，杜甫来游。巴子国都，巴西古郡，庞羲初建，张飞扩城，李元婴营造阆苑，渐成历史名城。东山香城宫，白塔刺云天；三陈状元洞，美名天下传。观天楼，张桓侯祠，将相堂，张宪祠；华光楼，巴巴寺，川北道贡院，黄家亭子。陆游游锦屏，望城如丹青；杜甫咏阆水，城南天下稀。

人们常说，相如（司马相如）桑梓。梁武帝始建相如县，武则天移置锦屏镇，相如诞生瑞兴（今蓬安利溪镇），鲁公（颜真卿）贬官蓬州，东门树碑曰：“相如故墅，鲁公旧治。”嘉陵江水绕城过，玉环溪水穿城流，家家泉水户垂杨，宛如济南风光。前障龙角山，后峙玉环山，左有大小蓬山，右耸五马排空。太极山水，天造地设，日月二岛，各呈其异。胜水太守（汉朝李温住胜水院侧）宅，蓬州皇后（宋神宗陈才人）祠，周口御史（明朝毋恩）里，利溪大夫（清朝伍隆全）第。蓬莱阁，伴江楼，古佛洞，天后宫；文武庙，青云塔，濂溪祠，财神楼。遥望蓬州城，宛如蓬莱仙境，四围丛林映碧江，数里平沙接古渡。

人们常说，有果氏国。巴人助少康复国，赐名夏朝雄邦；纪信诳楚，赐名安汉县，唐赐果州，宋赐顺庆，四大御赐，震古烁今。西山十二峰，西溪绕城流，三国文化源头，易经文化圣地。谯周陈寿，史学泰斗；陈抟任瀚，易学魁首。飞霞洞、栖霞洞、天纲宅、朝阳洞，栖居四大仙人（王君、陈抟、袁天纲、谢自然）；栖乐寺、舞凤观、本笃院、清真寺，四大宗教殿堂。巴人古洞，白塔卓云，万卷楼高，开汉楼峻。凌云仙山，金城（山）险峻，螺溪清幽，鹤鸣（山）仙境。江陵（镇）相如琴台，永安（镇）王平古墓，游似宰相故里，黄辉侍郎桑梓。太和白鹭，万桑绸坊，大方山谢仙石室，七宝寺佛教圣地。李渡宰相（陈以勤）宅，世阳尚书（韩士英）里，凤垭山中都尉墓，双桂场中田坝馆。

吴道子画嘉陵江

嘉陵江为长江第二大支流，源出陕西凤县之嘉陵谷，往西南流，经略阳县北纳西汉水。入川后，在广元昭化纳白龙江，南流南充、合川，于重庆注入长江，全长1345公里，世称千里嘉陵江。昭化以上为上游，昭化至合川为中游，合川以下为下游。嘉陵江从阆中石子乡入境后，往南流经阆中、南部、蓬安、南充、岳池、武胜等地，在武胜真静乡出境，其流程达117公里，占嘉陵江全长的三分之一。山势回还，曲流蜿蜒，形成了大量的环形与菌形河曲，以蓬安的马回坝、高坪的牛肚坝、武胜的东西关寨最为突出，故有“九曲回肠”之称。南充境内的嘉陵江畔有朱凤朝霞、连洲古谶、白塔晨钟、青居烟树诸景，更有南充国县、相如古县、石门龙脊、龙门奇峡、淳祐故城诸景。从前人们苦于蜀道崎岖难行，山路跋涉艰辛，多舍陆行船，因此嘉陵江便成了水路交通要道。汉初纪信，经过此江，远去安徽从戎，随沛公刘邦起兵攻秦；司马相如幼时，经此江随父西迁成都，后回安汉故乡营造别业。唐时，西川节度使武元衡，沿江而上，奔赴长安为宰相；诗人韦贯之沿江而下，贬官果州为刺史。宋朝的苏东坡游历朱凤山，逆流而上，去游览阆中；周敦颐在南部访友招亲，顺江而下，偕妻回归合州。明代的新都状元杨慎乘舟而上，来果州访友；川北分巡杨瞻泛舟而下，游览龙门峡。清朝的洪运开沿江而上，游览琴台古寺，去蓬州赴任；白莲教总首领王聪儿，领兵沿江而下，冲出三峡，回到湖北故乡。千百年来，许多达官显贵与骚人墨客，或上任官员，或贬官之人，皆泛舟嘉陵。或临江而吟诗，或游景而题壁，或临境而作画，或高歌而抒怀，使嘉陵江更为绚丽多彩，顿增光辉。

肃宗至德三年（758）春，玄宗思念嘉陵江的奇丽景色，在“安史之乱”幸蜀时未经全览，乃命宫廷画师吴道子和李思训将军二人入蜀写生，画一幅《嘉陵山水图》。他二人自长安出发，来到嘉陵江源头的嘉陵谷（今陕西凤县东北），乘船顺流而下，途经略阳，进入蜀川的广元、昭化，南下至阆州、蓬州、果州。沿途滩多水急，碧波滚滚，峭壁流泉出松阴，嶙峋怪石悬山峦，翠微古木浮白云，曲岸山花似红颊。看不尽的奇异山峰，写不尽的江水秀色。嘉陵江全长2200多里，自北而南，蜿蜒曲折，纵贯阆、蓬、果三州境内784里，沿途风光，美不胜收。吴道子用心默记，李思训处处作画，将三州江畔的锦屏山百花烂漫，禹迹山鬼斧神工，离堆山突兀连云，龙角山太极图形，马回坝菌形曲流，琴台镇的琴台古刹，果州嘉陵江心的连洲古谶，青居山的烟云倒影与山麓的菌形曲流，诸处奇丽胜景尽画下来。吴道子在阆中的大佛寺，画了唐僧取经与镇宅龟蛇二像，还在阆中三清宫（今阆中元山乡境内）、南部罗寂寺（今南部三清乡罗寂村）、新政离堆（今属仪陇）等地，画了白描观音像；又在蓬州古镇肖口江岸楼上画了财神（今称财神楼）。然后乘船而下，经合州等地，最后到了重庆朝天门（下游为长江）。数月后，他俩重返嘉陵江回到长安，玄宗召见，欲看画稿。李思训将沿途所绘奇伟状美的嘉陵山水数十卷呈上御览，玄宗惊叹不已，转问吴道子写生情况，吴道子奏道：“臣沿江细心观察，没有画稿，只有腹草。”玄宗素知吴道子作画神妙，遣他速去大同殿壁上作画。吴道子成竹在胸，挥笔如风驰电掣，一日之中将嘉陵江沿江两岸的奇丽山水，描绘得尽善尽美。玄宗大悦，说道：“李思训数月之功，吴道子一日之迹，皆尽其妙！”乃赐名吴道子为道玄，自此名满天下，人们皆称吴道子为画圣。

颜真卿作离堆记

唐朝时期，新政县的鲜于仲通兄弟子侄皆在朝为官，世为名门望族，名震华夏。仲通历任益州长史、剑南节度使等官，天宝十年（751），他率兵进攻南诏，大败于泸南（今云南姚安境），丧师八万。杨国忠为相，报答旧恩，掩败为胜，谎报战功，反荐他为京兆尹，后因与杨国忠不和，被贬为邵阳郡司马。天宝十二年，复任汉阳郡太守，这年冬卒于任所，终年六十一岁，其子鲜于昱扶柩还乡，葬于离堆山（今仪陇县城附近的嘉陵江畔）祖墓之侧。鲜于仲通弟叔明，历任遂州、梓州刺史，川东节度使，后迁京兆尹。肃宗至德五年（760）出任商州刺史时，在故居离堆山建“景福宫”（后为忠贤祠）。鲜于兄弟在朝做官时，与颜真卿十分友善，结为生死之交。颜真卿的侄儿颜纮为阆中尉时，亦与仲通之子鲜于昱、鲜于炅情谊甚笃，两代相交，结为通家之好。

肃宗上元元年（760）秋，五十二岁的刑部侍郎颜真卿因言事忤旨，贬为蓬州长史。不意在嘉陵江中遇见鲜于昱，留住离堆，恳请颜公为文，记述其父开凿离堆之事。颜公欣然应诺，感今怀昔，挥毫书《鲜于氏离堆记》，文曰：“阆州之东百余里有县曰新政，新政之南数千步有山曰离堆，斗入嘉陵江，直上数百尺。形胜缩矗，欹壁峻肃，上峥嵘而下回洑，不与众山相连属，是之谓离堆。东面有石堂焉，即故京兆尹鲜于君（鲜于仲通）之所开凿也。堂有室，广轮袤丈，萧豁洞敞，虚闻江声，彻见人群象，人村川坝，若指诸掌。堂北磐石之上，有九曲流杯池焉，悬源螭腹，蹙喷鹤味，酾渠股引，迴坐环溜，若有良朋，以倾醇酎。堂南有茅斋焉，游于斯、息于斯、聚宾友于斯，虚而来者实而归。其斋壁间有诗焉，皆君舅著作郎严从、君甥殿中侍御史严侁之等，美君考槃之所作也。其右有小石盧焉，亦可荫而踆据矣。其松竹桂柏冬青杂树，皆徙他山而栽莳焉。其上方有男宫观焉，署之曰’景福'君弟京兆尹叔明，至德一年十月，尝在尚书司勋员外郎之所奉置也。君讳向字仲通，以字行，渔阳人，卓尔坚忮，毅然抗直。《易》有之曰，笃实辉光，《书》不云乎？沉潜刚克。君自高曾已降，世以才雄，招徕贤豪，施舍不倦。至君继序其流益光，弱冠以任侠自喜，尚未知名，乃慷慨发愤于焉。卜筑养蒙学文，忘寝与食，不四三载，展也大成，著作奇之，勖以宾荐，无何以进士高第，骤登台省。天宝九载，以益州大都督府长史兼御史中丞，持节剑南节度副大使知节度事，剑南山南西道采访处置使。入为司农少卿，遂作京兆尹，以忤杨国忠，贬邵阳郡司马。十有二载秋八月，除汉阳郡太守，冬十有一月，终于所任官舍。悲夫！雄图未伸，志业已空，葬于县北表附先茔，礼也。君之薨也，冢子（长子）光禄寺丞昱（鲜于昱），匍匐迎丧，星言泣血。自沔沂峡，湍险万重，肩槁足蹋，板笭引舳，凡今几年，皲瘃在目，因心则至，岂无童仆。洎昱之季，曰尚书都官员外郎，炅（鲜于炅）克笃前烈，永言孝思，恳恳一志。反葬于兹，行道之人孰不䠶？而真卿犹子（侄儿）曰纮（颜纮），从父兄故偃师丞春卿之子也，尝尉阆中，君故旧不遗，与之有忘年之契。叔明、昱、炅亦笃世亲之欢，真卿因之又忝宪司之僚，亟与济南蹇昂，奉以周旋，益著通家之好。君兄允南，以司膳司封二郎中；弟允臧，以三院御史，偕与叔明首末联事。我是用饱君之故，乾元改号上元之岁，秋八月哉生魄（初三日），猥自刑部侍郎以言事忤旨，圣恩全宥，贬贰于蓬州。沿嘉陵江而路出新政，适会昱以成都兵曹取急归觐，遭我乎贵州之朝，留游缔欢，信宿陉岘，感今怀昔，遂援翰而志之。叔明时刺商州，炅又申椽京兆，不同跻陟，有限如何。”鲜于昱喜之不尽，将此文镌刻离堆，古迹至今犹存。

韦应物咏嘉陵江

凡读过《唐诗三百首》的人，无不喜爱韦应物所作的《滁州（今安徽滁县）西涧》一诗，历代传唱不绝。其诗道："独怜（爱）幽草涧边生，上有黄鹂深树鸣。春潮带雨晚来急，野渡无人舟自横。"此诗是韦应物在唐德宗（李适）贞元元年（785），任滁州刺史时所作，写景清切，悠然意远，笔墨流畅，寓意闲雅，如独坐看山，澹然忘归。韦应物是唐朝著名的山水田园诗派，他和王维、孟浩然、柳宗元并称于世。其诗风格婉丽，音调流美，简洁朴素，高雅闲淡，如行云流水，情文相生，令人寻味不尽，愈读愈见其妙。韦应物品性高洁，其居处常焚香扫地而坐。时人誉为："兵卫生画戟，宴寝凝清香。"他平生向往陶渊明的山水诗文，曾作《效陶彭泽（陶渊明曾任彭泽县令）》诗云："霜露悴百草（霜使百草枯悴），时菊独妍华（美丽的华姿）。物性有如此，寒暑其奈何。掇英（拾取落花）泛浊醪（浊酒），日入会田家。尽醉（醉倒）茅檐下，一生岂在多。"据地方志记载，唐德宗贞元年间，韦应物应召入朝，取道嘉陵江，曾在果州咏有《听嘉陵江水声，寄深上人（僧人的尊称）》一诗，又在阆州咏有《游开元精舍》一诗，后来皆载入《唐诗》中。

韦应物是长安（今陕西西安。人，性格狂放，不拘小节，机智勇敢，行侠仗义。天宝年间为玄宗（李隆基）侍卫，常出入宫闱，扈从游幸，深为玄宗亲信。天宝十五年（756），安禄山叛军攻破潼关，将进攻长安，玄宗奔蜀避难。韦应物护卫玄宗，驻跸龙山（今蓬安石梁乡境内。月余，直至秋凉方乘船泛江（嘉陵江），移住阆中，经剑阁去至成都。后来唐将郭子仪收复两京（长安与洛阳），肃宗李亨在灵武即位，迎玄宗回京，尊为太上皇。玄宗喜爱嘉陵山水壮丽，在幸蜀时未能全览，乃命宫廷画师吴道子入蜀画江。肃宗懦弱无能，宠信宦官李辅国，移玄宗于简陋的甘露殿居住，供以粗茶淡饭。放逐高力士等侍卫，韦应物亦被取消三卫郎之职，黜归故里。韦应物遭此打击，失职流落，乃立志读书，深居简出。代宗（李豫）宝应元年（762），玄宗忧郁而逝，韦应物闻讯，悲伤不已。广德元年（763），韦应物进士及第，授官洛阳丞，后迁京兆府功曹。德宗（李适）建中四年（783），出为滁州刺史；贞元元年（785），调江州（今重庆市）刺史；贞元三年（787），召回朝中为左司郎中。当时蜀道险难，外任蜀官往返京城，多取道嘉陵江水路。此江源出陕西凤县的嘉陵谷，至四川重庆入长江，上游在高山峡谷间穿流，水急多滩，波浪滔滔，水声如雷。流至阆州、蓬州、果州地段，江面开阔，仍有不少激浪险滩。韦应物在回京时，取道嘉陵江，从江州逆流而上，途经果州、蓬州与阆州。游览了果州甘露寺与陈寿故居，南部禹迹山与阆中锦屏山。平生喜同僧道闲谈，曾咏“岧峣青莲界（僧寺），萧条孤兴发”与“今朝郡斋冷，忽念山中客（道士），等诗。此次泛舟回京，穿行嘉陵江中，见江水静静流淌，每到悬崖峭壁之下，相互撞击，便发出惊雷般的轰鸣声，震响山谷，惊心动魄，遂咏《听嘉陵江水声，寄深上人（内有德智，外有胜行的高僧）》诗云：“凿崖泄奔湍（奔腾江流），称古神禹迹（禹迹山）。夜喧山门店，独宿不安席。水性自云静（柔静），石中本无声。如何两相激（两静相遇则动生），雷转空山惊。贻之道门旧（赠送佛门旧友），了此物我情（物我两忘）。”他游历阆州开元寺时，曾作《游开元精舍》一诗云：“夏衣始轻体，游步爱僧居。果园新雨后，香台照日初。绿阴生昼静，孤花表春余。符竹（郡守别称）方为累，形迹一来疏。”贞元四年（788），韦应物出任苏州刺史，三年罢职还家，病逝故居。

武相国夜宿嘉陵

古往今来绝色佳人很多，而美貌多才的较少，唐朝女诗人薛涛却被列入《唐才子传》中，确实难得。薛涛字洪度，原籍长安人，父亲薛郧在蜀做官，她从小就和母亲一道来到父亲任所居住。薛涛聪明美丽，九岁时就能作诗抚琴，很逗人喜爱。一天，父亲纳凉庭院，指井旁一梧桐树咏道："庭除一古桐，耸干入云中。"叫薛涛接续，她立即咏道："枝迎南北鸟，叶送往来风。"父亲见女儿作诗咏风嘲月，含迎来送往之意，恐日后沦为妓女，甚是不悦。后来父死家贫，遂堕乐籍。德宗贞元元年（785）韦皋任成都尹兼剑南西川节度使时，闻薛涛精通音律，能歌善舞，又善诗词，擅长书法，乃征为乐妓。凡官府宴会，便召她在筵前歌唱侑（劝）酒与咏诗。薛涛机警善辩，文思敏捷，才貌双全，名播西蜀。在宴会上总是谈笑风生，令人爱羡。高骈任西川节度时，令薛涛陪酒，所行酒令改一字，须押韵，又须象形。高骈出句说："口，似没梁斗。"薛涛对句答道："川，似三条椽。"高骈说道："怎么有一条是弯的？"薛涛说道："宰相大人当西川节度使，尚且用一个没梁的破斗，我这个穷陪酒的，只不过掺杂了一条弯椽，有什么值得大惊小怪的呢！"在座客人大为赏叹。薛涛写的诗很多，用词一丝不苟，情尽笔墨之中，诗坛地位崇高，有很多是与名臣公卿相互酬赠的作品，亦有写景佳作。她所作的《四季回文诗》（可以倒读的诗），为世人所倾倒。一春："花朵几枝柔傍砌，柳风千缕细摇风。霞明半岭西斜日，月上孤村一树松。"二夏："凉回翠簟冰人冷，齿沁清泉夏井寒。香篆袅风青缕缕，纸窗明月白团团。"三秋："芦雪覆汀秋水白，柳风凋树晚山苍。孤灯客梦惊空馆，独雁征书寄远乡。”四冬：“天冻云寒朝闭户，雪飞风冷夜关城。鲜红炭火围炉暖，浅碧茶瓯茗注清。”历届镇蜀名宦如韦皋、高骈、严武、高适、武元衡、李德裕等人，均与之有诗函往来。宦游入蜀的著名诗人如白居易、元稹、王建等人，亦与之有诗篇唱和。薛涛常居成都浣花溪，广植桃树与枇杷，人美地秀，来往车马旅人都舍不得离开此地。唐宪宗元和年间，元稹奉旨至蜀中办公事，秘密地寻访薛涛，节度使严武知道后，就把薛涛送去侍奉元稹。元稹留住浣花溪数日，互相敬爱，咏诗酬唱，难舍难分。

元和二年（807），武元衡以宰相身份，出任剑南西川节度使，居蜀七年，颇著政绩。政事之余，游览蜀中山水名胜，作诗数十余首，赞誉蜀地风光。诸如：“巴江暮雨连三峡，剑壁（剑门关）危梁上九霄。”“山近峨眉飞暮雨，江连濯锦起朝霞。”颇令人流连玩味。评论家说，因善诗至高位者只有高适，因官高而作诗精美者，唯有武元衡。武元衡镇蜀时，最喜爱薛涛的才华，夸她是旷世的著名女诗人，曾奏请朝廷授薛涛为女校书，虽未授职，人皆呼其为女校书。自此，蜀地之人就把妓女称为“校书”而沿袭下来。唐诗人王建《寄蜀中薛涛校书》诗中云：“万里桥边女校书，枇杷花里闭门居。扫眉才子知多少，管领春风总不如。”元和八年（813）春，武元衡奉召还京，复为宰相。取道嘉陵江，夜宿果州嘉陵驿（今顺庆舞凤镇打铁垭），乃作《题嘉陵驿》诗云：“悠悠风旆（旌旗）绕山川，山驿空濛雨似烟。路半嘉陵头已白，蜀门西上更青天。”遣人送给薛涛，以示留恋之情。薛涛立即用自制的深红小笺（世称薛涛笺），亲书《续嘉陵驿诗献武相国》诗云：“蜀门西更上青天，强为公歌蜀国弦。卓氏长卿（卓文君和司马相如）称士女，锦江玉垒献山川。”回赠武元衡，令来人带转，书法笔力峻激秀丽，诗意情深，武元衡喜之不尽。

薛涛千里追檀郎

果州北郊五里许，修建有一座富丽堂皇的嘉陵驿（今顺庆区舞凤镇打铁垭），这里是唐宋时期广安、岳池、邻水、渠县、渝州（今重庆）、合川等地入京的要道，来往官员，多住此驿。这些达官显贵和文人雅士住宿此驿，题写了很多诗文，使嘉陵驿大增光辉而名极一时。据《蜀中名胜记·顺庆府》记载：当时嘉陵驿题诗的有元稹、白居易、欧阳詹、陆龟蒙、李洞、薛能、刘沧等名人。据《南充县志》记载，尚有唐朝的张蠙、武元衡、薛涛、贾岛、雍陶等人的诗。这些题诗中，唯有白居易和元稹的友爱唱和诗，武元衡与薛涛的爱情唱酬诗，最富有故事性和趣味性。人们常常谈论“元白友情深似海，薛涛千里追檀郎”的故事。

薛涛是成都著名的官妓，她貌美多才，出口成章，使文人雅士倾慕不已。薛涛是唐代的女诗人之冠，编有《锦江集》诗集五卷，存诗五百余首，《全唐诗》收录了她八十一首诗，余诗可惜失传。薛涛本是官宦之女，原籍长安人，她父亲薛郧在蜀做官时，因亏空钱粮而罢官，她亦受到牵连，被没入乐籍，成为官妓。唐德宗（李适）贞元元年（785），在蜀任剑南节度使的韦皋，发现了这颗明珠，将她召至府中侍宴赋诗。十五岁的薛涛在韦府住了二十一年，成为韦皋的校书与外室，直到韦皋六十一岁暴卒，三十五岁的薛涛方离开韦府，住在成都浣花溪内。四年后，监察御史元稹来到成都，时年三十岁的元稹，非常喜爱这位“半老徐娘”的薛涛，二人一见钟情，结成知己，成为姐弟恋。两人郎才女貌，热恋缠绵，同居了三个月，元稹枕上盟誓，要娶薛涛为妾。薛涛很崇拜元稹的才华及其英俊的体貌，真心实意地爱上元稹。她明知元稹是有妇之夫，而且地位悬殊，一个是朝廷要员，一个是官妓之身，没有好结局。她不管这些，依然和元稹双宿双飞，尽情欢乐。薛涛哪里知道元稹是个薄情浪子呢？他在年轻时，曾诱奸过痴情的表妹崔莺莺，也曾山盟海誓要娶她为妻，却始乱终弃，很是绝情。元稹一生初与韦丛结婚，韦丛死后，继娶安仙嫔为妾，安仙嫔死后，又娶裴氏为妻。他还霸占优伶刘采春达七年之久，逼得她投河自尽。元稹从成都返回京城，把薛涛的深情忘得一干二净。薛涛数十年的官妓生涯中，陪伴了十一位剑南节度使，接触了很多文人雅士，最使她钦羡和爱慕的是武元衡宰相。宪宗（李纯）元和二年（807），刚任宰相不久的武元衡，出任剑南西川节度使，居蜀七年，很有建树，并作诗十余首，赞颂蜀地风光。他最喜爱薛涛的才华，称她为旷世奇才，时常留在身边，助理政务，人皆称薛涛为女校书。元和八年（813）春，武元衡奉召还京，复任宰相，他恋恋不舍地离开成都，取道嘉陵江，沿途跋涉，来到果州，夜宿嘉陵驿。时年五十五岁的武元衡，深感年老力衰，蜀道艰险，乃作《题嘉陵驿》一诗，派人送赠薛涛，以示眷恋之情。武元衡走后，薛涛怅然若失，忽得来诗，喜出望外，深感武元衡对她的疼惜与爱怜，便雇了车骑，不远千里，星夜奔赴果州嘉陵驿，与武元衡重温旧情，并亲书《续嘉陵驿诗献武相国》一诗，中有“卓氏长卿称士女，锦江玉垒献山川”，隐含文君相如两相爱，愿献丽质伴檀郎之意，留下了“檀郎薛女眠何处，楼台月明燕夜语”的千古佳话。

风流宰相宿嘉陵

盛唐时期，出了两个名满天下的诗人李白和杜甫，到了中唐时期，又出了两个名扬四海的诗人白居易和元稹。李杜二人把我国古代诗歌创作推到了高峰，元白二人倡导新乐府运动，更把诗歌创作推向了新的高峰。元稹，字微之，原籍河南洛阳人，其父为长安万年县令，遂居万年。元稹生于代宗大历十四年（779），八岁父丧，家贫，由其母郑氏教读。他九岁就能作诗，十五岁明经及第，授校书郎。德宗贞元十六年（800），白居易中了进士，亦授校书郎，二人志趣相投，结为知己。白居易，字乐天，其先太原（今山西太原市西南）人，后迁居下邽（今陕西渭南县），出生于河南新郑，大元稹七岁。不久出为陕西周至县尉，继为翰林学士，左拾遗。宪宗元和元年（806），元稹为右拾遗，元和四年任监察御史。这年春，元稹奉命出使剑南，十日后，白居易与其弟白行简同游长安郊区的风景胜地曲江，并游历了慈恩寺院。日晚归家，兄弟开怀畅饮时，白居易想起元稹，停杯说道："微之可能到了梁州（今陕西兴元县）啊！"乃书诗于壁云："花时同醉破春愁，醉折花枝作酒筹。忽忆故人天际去，计程今日到梁州。"不久，元稹从梁州托人寄来《纪梦诗》云："梦君兄弟曲江头，也入慈恩院里游。属吏唤人排马（放马）去，觉来身在古梁州。"奇怪的是，元稹题诗日月与白居易兄弟游寺之日，恰是同一天，真是感情至深，梦魂相依。元和九年，元稹奉命出使剑南东川，暗查七刺史贪贿一案。他来到成都，闻歌妓薛涛貌美多才，诗画俱佳，名倾一时，十分爱慕。元稹本是风流才子，喜遇佳丽，两厢倾慕，唱和诗歌，留住薛涛私宅浣花溪数日，难舍难分。又将薛涛带去梓州（今三台县）住耍月余，许娶为妾。元稹回到长安，弹劾贪官，七刺史皆削职夺俸，朝野震动。不意此案触及宦官刘士元，是以结怨。元稹时常想念薛涛，乃作《寄赠薛涛》诗云："锦江滑腻峨眉秀，幻出文君与薛涛。言语巧偷鹦鹉舌，文章分得凤凰毛。纷纷词客多停笔，个个公侯欲梦刀（西晋王浚梦三刀悬梁上，后为益州刺史）。别后相思隔烟水，菖蒲花发五云高。"孰料这诗竟落在刘士元手里，作为弹劾元稹入蜀狎妓的证据。

元和十年（815）春三月，元稹被弹劾为"入蜀狎妓，有失官体"之罪，远贬通州（今四川达川市），时年三十六岁。在赴通州上任时，途经广元、苍溪，游览了苍溪临江寺与杜甫放船亭，遂作《苍溪县寄扬州兄弟》诗云："苍溪县下嘉陵水，入峡穿江到海流。凭仗鲤鱼将远信，雁回时节到扬州。"一日来到阆中，游览了城东的开元寺（今阆中市保宁醋厂内）。这里殿宇宽敞，翠竹松柏繁茂，面对嘉陵江，背负觇星台，小桥流水，清静幽雅。他远离京城，十分怀念挚友白居易，遂向僧人宣释索笔写了《阆州开元寺壁题乐天诗》于壁云："忆君无计写君诗，写尽千行说向谁？题在阆州东寺壁，几时知是见君时。"然后乘船顺流而下，又吟《嘉陵江》诗云："千里嘉陵江水声，何年重绕此江行。只应添得清宵梦，时见满江流月明。"是夜宿于新政县（今仪陇县城），又咏《新政县》诗云："新政县前逢月夜，嘉陵江底看星辰。已闻城上三更鼓，不见心中一个人（指白居易）。须鬓暗添巴路雪，衣裳无复帝乡尘。曾沾几许名兼利，劳动生涯涉苦辛。"是夜宿于蓬州芳溪馆。次日，宿于果州嘉陵驿（今顺庆舞凤镇打铁垭），想念白居易，天各一方，不能相见。夜月朦胧，江水奔鸣，辗转反侧，彻夜不眠，乃吟《使东川嘉陵驿二首》二首诗云："嘉陵驿上空床客，一夜嘉陵江水声。仍对墙南满山树，野花撩乱月胧明。""墙外花枝压短墙，月明还照半张床。无人会得此时意，一夜独眠西畔廊。"

白乐天夜宿嘉陵

中唐时期，我国诗坛上出了一位杰出的大诗人，这人名叫白居易，字乐天，自号香山居士，下邽（今陕西渭南县）人，生于河南新郑。少年家贫，过着颠沛流离的生活，他从小刻苦学习，十九岁时就能写出很好的诗。德宗贞元十六年（800）中进士，时年二十九岁，授官校书郎。宪宗元和元年（806），出任盩屋县（今属陕西）县尉，他在这里写了著名的叙事诗《长恨歌》。同情杨贵妃，谴责唐明皇，首次提出贵妃复活，尚在人间的事。元和二年（1807）冬，白居易被调回长安，授官翰林学士；元和三年（1808），被任命为左拾遗与左赞善大夫。这期间，他写了大量的讽喻诗，揭露了朝中权贵们的巧取豪夺与地方官员的进奉邀宠，以及他们的穷奢极侈和荒淫无耻的生活，如一把利剑刺痛了官僚们的心，当权者大为不满，怀恨在心。元和十年（815）夏，藩镇李师道派人刺杀了宰相武元衡，白居易以为奇耻大辱，愤然上书，要求严缉凶手，触怒权贵，权贵们借机生事，指责白居易越级奏事，干预朝政，在皇帝面前造谣中伤，最后将白居易贬为江州（今江西九江市）司马。

白居易和元稹友谊甚笃，常相作诗唱和，他俩同是新乐府运动的倡导人，皆齐名，世称“元白”。二人结为生死之交，友情十分深厚。元和十年（1815）春三月，元稹为监察御史时，因得罪宦官及守旧官僚，遭到贬斥，被远贬通州（今达川市）任司马；这年秋八月，白居易亦被贬为江州司马，行至蓝桥驿（今陕西蓝田县蓝桥镇），见元稹题壁诗（这年正月，元稹自唐州返长安题），中有“云覆蓝桥雪满溪，须臾便与碧峰齐”等语，乃题诗于壁云：“蓝桥春雪君归日，秦岭秋风我去时。

每到驿亭先下马，循墙绕柱觅君诗。”随又取道嘉陵江来到阆中，游览数日。一日，船顺流而下，游览了相如县的司马长卿祠（今蓬安利溪镇境内），题《司马宅》诗云：“雨径绿芜合，霜园红叶多。萧条司马宅，门巷无人过。唯对大江水，秋风朝夕波。”随之来到果州嘉陵驿（今顺庆区舞凤镇打铁垭）。这里是水陆交通的枢纽，陆路可通岳池、广安、邻水、渠县、通州；水路直达合川、重庆等地，来往官员多住此驿站。时值傍晚，白居易便宿于此驿，抬头见驿站墙上书有元稹题《嘉陵驿》诗二首。其一：“嘉陵驿上空床客，一夜嘉陵江水声。仍对墙南满山树，野花撩乱月胧明。”其二：“墙外花枝压短墙，月明还照半张床。无人会得此时意，一夜独眠西畔廊。”白居易读罢此诗，叹道：“元稹呀，您此时在想我，我也时常在想念您啊！”遂索笔在元稹诗旁题《嘉陵夜有怀》二首诗云：“露湿墙花春意深，西廊月上半床阴。怜君独卧无言语，惟我知君此夜心。”“不明不暗胧胧月，非寒非暖慢慢风。独卧空床好天气，平明闲事到心中。”元稹远贬通州不久，身染重疾，几乎病死，他时常想念白居易，两地相隔数千里，山长水阔，书信难通，内心悲苦，可想而知。突然听到白居易蒙冤被贬，内心极度震惊，从病中挣扎起床，给白居易写一诗云：“残灯无焰影幢幢，此夕闻君谪九江。垂死病中惊坐起，暗风吹雨入寒窗。”派人送去。白居易在途中接到元稹捎来的诗，感动得流下泪来。一时，离别之情、相思之意、迁谪之悲、身世之感，涌上心来，便情溢笔端，满纸悲怆，遂作诗一首，叫来人带转。诗云：“忆昔封书与君夜，金銮殿后欲明天。今夜封书在何处？庐山庵里晚灯前。笼鸟槛猿俱未死，人间相见是何年。”后来，元白二人被召回朝做官，元稹官至宰相，好作艳诗，人称“风流宰相”。白居易官至刑部尚书，一生作诗近三千篇，被誉为“讽喻诗人”。

红杏尚书游果城

宋仁宗（赵祯）时期，朝中出了一个著名的文学家和史学家，这人姓宋名祁字子京，幼居安陆（今湖北安陆县）人，后迁开封雍丘（今河南杞县）。天圣二年（1024），与兄宋郊同登进士第，宋祁考中头名状元。章献太后（仁宗母亲）以为弟不可先兄，乃擢宋郊为第一，置宋祁第十名，时称“大小宋”。宋祁在二十七岁中进士后，任复州军事推官，天圣七年（1029）迁益州知州。后来当了翰林学士，史馆修撰，与欧阳修等合著《新唐书》。书成，进工部尚书，拜翰林学士承旨，嘉祐六年（1061）卒，终年六十四岁，谥景文。宋祁善诗词，多写个人生活琐事，语言工丽，描写生动。其《玉楼春》词中有“红杏枝头春意闹”之句，一时名扬词坛，世称“红杏尚书”相传这首词是他在游果州莲池（今北湖）时所作，后来当了工部尚书，便称他为红杏尚书。

宋祁最敬重汉代辞赋家司马相如，他在益州任知州时，曾游成都与临邛（今邛崃县）二处琴台，听说果州相如县有相如故宅及琴台，十分向往，遂于天圣八年（1030）春乘兴来游。他来到果州，受到了果州魏知明知州的热情接待，特意安排了画舫与歌妓陪他游览莲池。时值阳春三月，春光明媚，池中碧波粼粼，画舫荡漾，晓雾萦绕，杨柳依依。杏花园中红杏竞放，争鲜斗妍，烂漫璀璨，春意盎然。大家坐在画舫之中，饮酒作乐，歌妓玉手拨琴，轻舒歌喉，轻歌曼舞，美酒鲜鱼，十分畅快。魏知州说道：“今日园中翠绿的杏叶托着艳丽的杏花，密密层层，掩映池中，像仙境般的优美，使我想起昔日庾信（北周文学家，南阳新野人）所作《杏花》诗云：‘春色芳盈野（充满原野），枝枝绽翠英（叶翠花红）。依稀映村坞（村庄），烂熳（花色鲜丽）开山城。好（喜爱）折待（招待）宾侣，金盘衬红琼（喻杏花为赤色美玉）。’我真想摘些杏花来赠送宋大人。”宋祁说道：“感谢盛情款待，无以为报，试作《玉楼春》一词相谢。”随之咏道：“东城（莲池在果州城东北隅）渐觉风光好，皱縠波纹迎客棹（船桨）。绿杨烟外晓云轻（晨早寒气轻微），红杏枝头春意闹（杏花盛开，春意浓郁）。浮生长恨欢娱少（漂浮不定，苦多乐少），肯爱千金轻一笑（寻求欢娱，不惜金钱）？为君持酒劝斜阳（把酒敬劝落日），且向花间留晚照（在花间留下晚霞，不要匆匆归去）。”咏罢，余情满怀，又咏《燕子呢喃》一词云：“燕子呢喃，景色乍长春昼（春天日长夜短）。睹园林万花如绣，海棠经雨胭脂透。柳展宫眉（柳叶似宫眉），翠拂行人首（头）向郊原踏青，恣歌携手。醉醺醺尚寻芳酒。问牧童，遥指孤村道：杏花深处，那里人家有。”魏知州听后，大加称赞道：“宋大人之诗词，写尽莲池水、树、花之春色。言情缠绵而不轻薄，措辞华美而不浮艳，将惜时自贵与流连春光之情怀，描绘得淋漓尽致，诚千古之绝唱也。”是夜宿于莲池馆驿。次日，魏知州又陪宋祁乘轿同游相如琴台（今江陵镇琴台村），魏知州说道：“相如幼时曾在此读书，后在此修建琴台，常和文君来游，相如舞剑，文君弹琴，故名曰舞剑台和弹琴台。”宋祁说道：“古之文人好琴棋书剑，自相如始，亘古以来，能有几人像相如夫妇情深意重的。相如有功于蜀而不自骄，闲居茂陵而不慕官爵，死前犹献封禅书，劝武帝至泰山封禅，浩然正气，充塞天地。”一时诗兴大作，乃咏《司马相如琴台》诗云：“故台千古恨，犹对旧家山。半夜鸾凰去（相如文君夜奔成都），他年驷马还。死忧封禅晚，生爱茂陵闲。惟有飘飘气，仍存天地间。”

二别驾游朱凤山

宋徽宗即位初期(1101)大赦天下，被远贬儋州(今海南岛儋县)为别驾的苏轼，遇赦北还，被贬谪在涪州为别驾的黄庭坚，亦同时遇赦。二人摆脱羁管，心情舒畅，相约游览果州。他俩从眉州出发，途经简阳、遂宁，来到果州。果州知州李修儒，乃文坛名流，平时最敬仰苏轼和黄庭坚，闻苏黄二别驾来游，异常高兴，忙将他俩迎到府衙，盛情款待。席间，李公说道："我朝文人荟萃，坏在互相残害，两败俱伤。皇上偏信，权臣嫉能，大有偶语弃市(暴尸街头)之势。文人难逃厄运，国家焉有不败！昔日神宗召苏君(指苏轼)问政令得失。你说'陛下天纵文武，不患不明、不患不勤、不患不断；但患求治太急、听言太广、进人太锐'神宗不纳，国事日非，苏君枉受贬谪之苦。"苏轼说道："李公所言即当。表兄文同生前曾告诫我'北客若来休问事，西湖虽好莫吟诗'。我自远贬儋州，心有余悸，不敢写诗著文，喜与僧道田夫为伍，遨游山水以消愁。"是夜宿于府中。

二日，李知州陪同苏黄二别驾，游览了陈寿万卷楼。此楼位于果城西二里许的金泉山腰（今南充蚕校处），为陈寿少年读书修学和中年归隐著书的地方。但见此楼倚岩而建，飞檐斗拱，金碧辉煌，楼阁耸峙，殿宇宏敞。楼高三层，第一层四壁书刻历代文人游此所咏赞陈寿的诗文；第二层为藏书楼与陈寿手稿真迹；第三层是祀陈寿塑像之地。楼侧为唐时所建甘露寺。李知州说道："此楼始建于蜀汉后主建兴年间（约232），当时藏书达万册，诸子百家无一不备，故名万卷楼，惜已荡然无存。"苏轼说道："伟哉陈寿，以史为据，秉笔直书千古史学名著《三国志》，记录了魏、蜀、吴三国惊心动魄的群雄争霸史。他家世居于此，这里可称为三国文化的源头啊。”李知州说道：“这里的三国古迹甚多，果州境内有万卷楼、谯周墓、王平墓、诸葛寺、姜维山；阆州有张飞庙、瓦口隘；蓬州有桓侯碑、刘备寨、王平故居、张公桥等十余处胜迹。”黄庭坚说道：“陈寿之《三国志》为我国前四史之冠冕，真良史之才。无怪乎，当时的夏侯湛自愧不如，要毁《魏书》而搁笔了。可惜陈寿天生奇才不受重用，死后方流芳百世。”大家纵谈陈寿，皆愤愤不平。三人游罢西山，回转果州，乘舟去游朱凤山（今南充高坪镇都京坝村张爷庙渡口处）。舟中，李知州说道：“朱凤山距城南六里许，北临嘉陵江，南靠都京坝，孤峰突起，地势险绝，山高一百七十二丈，周回二十里。嘉陵江水从果州分两支沿中坝两侧流来，相汇朱凤山麓。冬春季节，江水澄碧，微波荡漾；夏秋时令，江水暴涨，洪涛雷鸣。昔日凤凰集栖，每当晨雾淡开，朝霞初露，凤凰展翅，彩羽斑斓，故称‘朱凤朝霞’胜迹。山上建有朱凤寺三重大殿，气势宏阔，峰岭环列，花木荫翳，香火鼎盛。还有丹霞亭与栖真洞诸景，绝壁遍镌游人题诗。”苏轼说：“江水如龙山似凤，堪称龙凤呈祥。”不时来到山中，寺中住持名叫怀善，见知府领苏黄二别驾来游，喜出望外，留住数日，畅游诸景，并恳求黄庭坚写《准提神咒》镌碑留念，其文曰：“准提神咒。稽首皈依苏悉帝，头面顶礼七俱胝，我今称赞大准提，惟愿慈悲垂加护。南无飒哆喃，三藐三菩陀，俱胝喃，怛侄他唵，折戾主戾，准提娑婆诃。”此次，苏轼来到果州，既敬佩李知州的才华，又钦羡他是一个勤政爱民的清官，临别时特地写了一首《送李果州》的诗赠给他。诗云：“十年流落敢言归，鱼鸟江湖只自知。岂意青天扫云雾，尽呼黄发（老人）寄安危。风流吾子（李知州）真前辈，人物他年记一时。我欲折繻留此老，缁衣（古诗名）谁作好贤诗。”诗中流露出他远贬海外，不敢言归，幸遇赦返里，如拨云见天的喜悦心情。这年秋七月，苏轼病死常州，此诗成为他在果州的遗作。

陆放翁浮桥咏诗

如今南充市的嘉陵江大桥处，在唐宋年间，曾修建了一座浮桥，浮桥的跨度很长，从如今的模范街口一直延伸到对岸的鹤鸣山白塔古渡，好似一条巨龙横卧江面，异常壮观。南宋爱国诗人陆游，在宋孝宗（赵昚）乾道年间，从夔州（今四川奉节县）出发，到汉中去做官时，曾在果州住宿数日，游览了果州的名胜古迹，并题咏了《嘉陵江浮桥》一诗。陆游字务观，号放翁，越州山阴（今浙江绍兴）人，他出生于一个官宦家庭，祖父陆佃，曾任尚书右丞；父亲陆宰，曾任京西路转运副使，皆被奸人所害，祖父贬死任所，父亲免职还乡。陆游的父亲病逝后，家境日益贫寒，只存万余册藏书留给子孙。那时候宋徽宗与其子钦宗二帝，被金人俘虏北去，囚居五国城（今黑龙江依兰县），最后死于此地。高宗不思报仇雪恨，只图苟且偷生，偏安一隅。陆游亲见国破家亡的惨状，义愤填膺，立志练成文武，精忠报国。不意他刚考上状元，便被秦桧奸相黜落，回到故乡研读兵书，学习剑法，渴望做一名战士，驰骋疆场，收复中原。秦桧死后，陆游被任为福建宁德县主簿，孝宗皇帝听说他很有才华，召为枢密院编修，后又被谗，出任镇江通判，几起几落，时官时民。直到乾道五年（1169），他才入蜀任夔州通判，时年四十五岁。当时国土分裂，战争频繁，朝政黑暗，人民痛苦，空怀凌云壮志，报国无门。恰好驻守在汉中的四川宣抚使王炎聘请他为幕僚，襄理军务，乃欣然前往。他在乾道八年（1172）春，从夔州出发，乘船沿江而上，不日来到岳池，已是深春，水田中冒出嫩秧来，村里的姑娘们舞着一双雪白的手，正在忙着喊女伴们缫丝。他看到这些丝绸之乡的美景，便咏了一首《岳池农家》。这天夜晚，他住宿在果州嘉陵驿站（今顺庆区舞凤镇打铁垭），已是“池馆莺花春渐老”的时刻，又题了一首《果州驿》于壁。

第二天，他探知好友王觉民住在果州城中，便登门拜访。这位王觉民原在朝中做官，性格刚直，力主抗金，反对屈辱求和，与陆游相交甚厚，后被主和派排挤去职，回到故乡。忽见陆游来访，非常高兴，盛情款待，留在家中，住耍数日，并同陆游一起游览了果州胜迹。当时，果州城附近有两处名胜古迹，最为秀丽：一是会仙溪与柳林路一带，那里有天纲庙、金泉观、卧佛庵、朝阳洞、甘露寺、万卷楼等胜迹；二是鹤鸣山，那里有白塔、白塔寺、东岳庙、仙鹤楼、浮桥和江中的大小二洲等胜境。这天恰好是清明节，桃花盛开，柳叶翠绿，他二人久别重逢，格外高兴，在西溪园的柳林路酒店中，谈古论今，纵情饮酒，都喝得酩酊大醉，倒在椅上睡着了。他俩游罢诸景来到浮桥边，细雨纷纷，已近黄昏，但见车来人往，人声鼎沸，匆匆忙忙，举火过桥，陆游即景咏诗，乃咏《嘉陵江浮桥》道：“阴风吹雨白昏昏，谁扫云雾升朝暾。三江水缩献洲渚（大小二洲），九顶秀色欲塞门。西山下竹十万个（竹林），江面便可驰车辕。巷无居人亦何怪，释耒来看空山村。竹枝宛转秋猿苦，桑落潋滟春泉浑。众宾共醉忘烛跋，一径却下缘云根。走沙人语若潮巷，争桥炬火如繁星。肩舆睡兀到东郭，空有醉墨留衫痕。十年万事俱变灭，点检自觉惟身存。寒灯夜永照耿耿，卧赋长句招羁魂。”陆游诗兴未尽，又咏了一首《长相思》，表达他对王觉民的深情，以及二人游历白塔与浮桥的情境。其词是：“桥如虹，水如空，一叶飘然烟雨中，天教称放翁。侧船篷，使江（嘉陵江）风，蟹舍参差渔市东（果州渔市），到时闻暮钟（白塔钟声）。”

状元伉俪游嘉陵

凡游历过新都桂湖的人，无不赞颂其园林奇丽醉人，无不知晓这是杨慎状元昔日的府邸。杨状元的父亲杨廷和当过十年宰相，古人云："天上神仙府，地下宰相家。"杨慎父子都在朝做官，在故乡新都修了这座壮丽庭院，留下一笔社会财富。杨廷和为官清正廉明，刚直忠诚，兴利除弊，誉为贤臣。明世宗（朱厚熜）嘉靖三年（1524），嘉靖帝拟尊生身父母为兴献皇帝、皇太后。杨廷和据理力争，帝怒其忤旨，削职为民。杨慎于武宗（朱厚照）正德六年（1511）状元及第，授翰林院修撰，充经筵讲官，年二十四岁。时武宗弃政，冶游选美，杨慎谏阻不纳，遂称病告假还蜀。正德十四年（1519），他与遂宁女诗人黄峨（工部尚书黄珂之女）结婚，居桂湖，栽桂植莲，咏诗作画，佳偶天成，百般恩爱。次年春，黄峨随杨慎奉诏进京做官。嘉靖三年，杨慎见父亲劝谏皇上，忤旨罢官，他正气凛然，约集同僚，跪门哭谏，屡遭廷杖，死而复苏，被贬戍云南永昌卫（今云南保山县）终身。杨慎在贬所壮心不已，创诗社，授门徒，与友唱和，著书立说，滇士相从如云。杨慎贬滇时，黄峨护送杨慎到湖北江陵驿，夫妻洒泪而别，黄峨独回新都，天各一方，时常想念，曾寄一律云："雁飞曾不到衡阳，锦字何由寄永昌？三春花柳妾薄命，六诏风烟君断肠。曰归曰归愁岁暮，其雨其雨怨朝阳。相闻空有刀环约，何日金鸡下夜郎。"又寄去《黄莺儿》一词云："积雨酿春寒，见繁花树树残，泥涂满眼登临倦。江流几湾？云山几盘？天涯极目空肠断。寄书难，无情征雁，飞不到滇南。"杨慎才华盖世，遂作别和三词遥寄爱妻，中有："费长房（古仙人）缩不就相思地，女娲氏补不完离恨天。别泪铜壶共滴，愁肠兰焰同煎。和愁和闷，经岁经年。”其离别苦衷，催人泪下。嘉靖五年（1526），杨慎回新都探父病，返滇时，携黄峨同归永昌。嘉靖八年（1529）秋，杨廷和病逝家中，赠太保，谥文忠。杨慎夫妇回新都料理丧事，事毕，杨慎返滇，自此，黄峨独留新都。

嘉靖二十一年（1542）春，杨慎状元因事返蜀，回到新都，携黄峨同游嘉陵江，作有《出嘉陵江》《司马长卿祠》，与赠任瀚太史、韩士英尚书的诗。杨慎曾咏《出嘉陵江》诗云：“嘉陵驶且长，千里如投梭。洋洋者绿水，触石扬白波。逶迤似有情，相送出褒斜。云气接江脑，日色破浪花。冥冥下无极，疑似神龙家。垂藤饮猿穴，渊沦栖阳阿。中有南行舟，遥遥通三巴。惜哉不可往，巨石剧狼牙。我欲镵安流，手中无莫邪（宝剑）。长歌行路难，日暮犹天涯。”船行至蓬州石梁砣，见新雨初晴，石梁若龙，纤夫拉船而上，卷起阵阵浪花，又咏《浮舟溯流》诗云：“江干新雨晴，江缆新流上。船头转云峰，船尾叠花浪。中州蹇谁留？渺渺临风望。”他俩还瞻仰了司马长卿祠，黄峨咏诗道：“买赋金钱出后宫（陈皇后千金买赋），长卿文采冠诸公。梁园未至时名大（梁园作赋），蜀道前驱使节雄（出使巴蜀）。已托焦桐传密意（琴挑文君），更因残札寄遗忠（劝帝封禅）。如何一讽神仙事（作《大人赋》），却得飘云起赋中（武帝读赋，飘然若仙）。”

游曲流漫话两宋

太史任瀚和新都状元杨慎品德高尚，友情最浓，在朝做官时，忠君爱民；在野为民时，精心著述，成为立功、立言、立德的楷模。他二人常常咏诗寄怀，以表相思之情，有如唐朝诗人元稹和白居易一样。嘉靖二十一年（1542）秋八月，杨慎思念好友任瀚，特意来顺庆探望他。任瀚见杨慎远道来访，喜出望外，待若上宾，畅谈古今，雇船游览了龙门峡（今高坪龙门镇处），二人在江上咏诗酬唱，高兴已极。任瀚说："奇丽的嘉陵江涌波逐浪，气势磅礴，可与桂林的漓江媲美。今天我俩游览了龙门奇峡，明天去游历青居曲流奇观。"杨慎说："是不是那个逛街吃袋烟，赶船要一天的牛肚坝曲流呀？"任瀚说："正是。从青居场的前津乘船，绕行牛肚坝三十里，到青居场的后津上岸，确实要大半天时间，青居场正修在肚把上，真是奇观啊。"

二日晨，任瀚和杨慎从大北街（任瀚故居）来到嘉陵江边，跨过浮桥，登上鹤鸣山，观赏了白塔与白塔寺。任瀚说："今日游江观景，先游北宋初年所建的白塔，后游南宋晚年建筑的淳祐城，最后漂游曲流，夜宿青居场。"杨慎说："好呀，既赏嘉陵风光，又游宋朝古迹，宋兴建白塔，宋衰筑山城，有趣有趣。"游罢鹤鸣山，下得山来，在白塔古渡雇船顺流而下，来到朱凤寺山麓。任瀚说："朱凤寺是顺庆一大著名古刹，苏轼遇赦北还，曾邀黄庭坚来此游江，驻足此寺多时。"杨慎说："昔日苏黄游嘉陵，今日我俩游嘉陵，遭遇和心情正相同啊！"二人谈古论今，不时来到青居山麓。他俩上得岸来，登上数百级石梯，来到前津码头，坚固的城墙城门，历历在目。徐步登上烟山，来到淳祐故城，但见城郭雉堞，蜿蜒高昂，古木阴森，山道雄险。任瀚说:“此山形胜,杰峙千仞,依山筑城,俯瞰大江。余玠镇蜀时,徙城高山,移顺庆府于此,防御蒙军入侵,余玠死后数年,蜀川终失于蒙。”杨慎说:“宋室君庸臣奸,每长城自坏,焉有不灭!北宋之亡,亡于奸相蔡京。宋徽宗赵佶任用蔡京、童贯等主持国政,贪污横暴、滥征捐税,他穷奢极欲,兴建宫殿,尊信道教,大建宫观。民怨沸腾,爆发了农民起义。靖康二年(1127)徽宗父子被金兵所俘,后来死于五国城(今黑龙江依兰县)。南宋之亡,亡于奸相秦桧。宋高宗赵构宠信秦桧,言听计从,杀害抗金英雄岳飞,罢免韩世忠、韩琦、张浚三员大将的兵权。割弃秦岭、淮河以北的土地,向金称臣纳贡,尸居临安(今浙江省杭州市),偏安一隅。到了宋理宗赵昀时,虽然联合蒙古灭了金国,晚年委任贾似道执政,蒙军大举攻宋,疆土日削,国势益危。理宗死后十七年,终被蒙军所灭。”任瀚说:“南宋从高宗到帝昺,历经九帝一百多年,而卒归于覆灭,确是朝廷腐恶所致。奸相秦桧排除异己,杀害忠臣,给南宋留下祸根。文臣武将,贬斥罪谪,报国无门,只好逍遥湖上,寄沉痛于消闲。理宗宠信蟋蟀相公贾似道,此人全无治国本领,只知贪财好色,戏斗蟋蟀。当国大臣如此骄奢淫逸,昏庸腐臭,国家安得不亡!从秦丞相到贾丞相以及他们的帮闲们,真是民族的罪人啊。”游罢烟山古城,下山回转前津,乘船游览曲流,沿途奇丽山色,美不胜收。杨慎喜咏《致任瀚太史》诗道:“五岳山人(任瀚自称)相忆,八行书札遥通。吹箫夜郎月下,采药白帝云中。尘世英雄易老,浮生踪迹难同。张衡(东汉文学家)四愁吟断,宋玉(战国时楚辞赋家)九辨悲穷。”傍晚回到后津,宿于青居江楼。

游龙门杨瞻咏诗

顺庆东北二十里许的嘉陵江中，有一条狭长的龙门峡，两岸高山万仞，峭壁对峙。滔滔江水，势若游龙，自北向南流入峡中，山光水色，雄奇壮观。峡口有一长大石盘，犹如门阈横卧江中，江水自此陡然下跌，深陷数十丈。水涌银浪，吞天沃日，水瀑轰震，声如崩山，俗称龙门沱。冬春水落时，沱水平静，澄碧可照，风景清绝，舟楫横渡，如履通衢大道。夏秋水涨，高七八尺时，江涛自石阈下跌，一落数丈，冲江底为深洼，乃腾突上涌，潆洄于龙门峡外，成为漩涡。摆渡停楫之人放舟不当，每随水盘旋，竟日不得抵岸。夏日洪水泛滥，峡口陡涨数丈，洪涛巨浪，如屋如阜，激昂沸腾，冲击崖岸，水声雷吼，震天动地，观者莫不惊心骇魄。其险山洪峰，宛若洛阳南郑伊水之龙门一般，壮丽宏阔，峻极异常。峡口江岸有一安福场古镇（今南充高坪区龙门镇），茶楼酒肆，弦歌不绝，艨艟数百，停靠江岸。入夜，水陆灯光，高低明灭，宛如海市蜃楼，萧台蓬岛。今之龙门峡处原是一座高山，名叫龙山，雄挡嘉陵江，江水环绕山麓西转南流。千百年来，此山被江水蚀穿若干洞穴成为潜流，年久穴大，山石崩裂。后遇宋哲宗元祐元年（1086）特大洪水拦腰冲断，劈为二山，西称庞家山，北称龙门山，两山夹峙如门，遂称龙门峡。或云："明洪武元年某日，雷雨交加，洪水暴涨，水漫至山顶，把这山活活冲断了的，洪水退后，便成了峡谷。"或云："从前有个贫儿名叫聂郎，在这山上割草，捡得宝珠一颗，财主逼宝，聂郎将宝吞入腹内，变成孽龙一条，跳下江中，闯开此山，便形成峡门。故称这里为龙门峡，将安福场更名为龙门场。"

明世宗嘉靖二十二年（1543），山西蒲坂县进士杨瞻，任四川巡检司佥事，分巡川北道，常驻顺庆、保宁二府（今阆中市）。此人善诗工文，才思敏捷，修举废坠，整饬文学，著有《舜原诗集》行世，赞颂阆、果、蓬三州的秀丽山河，中吟阆苑名胜达五十余首。一日乘舟而下，来到龙门峡，在龙门场上岸，登上龙门山的龙门寺顶峰。俯视嘉陵江水奔腾龙门，若玉城雪岭，天际而来，鲸波万仞，真是天下奇观，诗兴大作。遂以“龙门寺”为题，写了十首七律，仅录八首。诗云：“龙门不让禹门（今山西河津市龙门山的禹门口，龙门山夹峙两岸，山顶建有禹王庙）奇，上有摩崖佳句题。烂漫红花恣蝶恋，参差绿树尽云迷。漫看流水僧独立，稳坐蒲团日已西。极目烟花消俗障，翻疑身在武陵溪。”“龙门风景望中奇，怪底频招杜甫题。斜日远随白塔转，晚烟故向小舟迷。风翻绿树岳门外，云点青山筍坝（搬罾镇石筍坝）西。独立江干频伫目，奔腾推石是狂溪。”“景物山中种种奇，风云泉石尽堪题。昙花合与三生遇，智烛无烦七圣迷。江鼓雷霆齐上下，峰屯剑戟列东西。禅门气味凡间隔，月夜猿啼亦五溪。”“古寺风光分外奇，骚人到此便留题。楼台高处山河会，花竹频招烟雨迷。幽景自同朱凤（高坪朱凤山）内，丛林独胜鹤鸣（高坪鹤鸣山）西。长江旋涨汪洋急，插入长江无数溪。”“闻说龙门风景奇，从来骚客几经题。云开山顶猱猿叫，日落江头鸥鹭迷。锦绣乱铺舞凤（顺庆舞凤山）上，笙簧巧奏飞仙（谢自然白日飞升）西。出门漫向夕阳眺，两两渔舟过柳溪。”“风景龙门第一奇，游人若咏好诗题。渔舟一叶轻鸥傍，竹院千门狎鹿迷。郁郁松围佛阁外，翻翻鹤舞琴台（江陵镇琴台村）西。禅厨回水周旋去，绕遍石墙入小溪。”“嘉陵古数此中奇，墙上纱笼吕相题。林谷风声万马斗、亭台日出五云迷。清幽不减灵山下，险绝原同剑阁西。试取流觞对客饮，门前曲水自成蹊。”僧人刻诸寺中，古碑至今犹存。

陈太师独爱烟山

古之高人雅士与达官显宦，凡有深谋远虑的人，见主暗臣奸，国事日非，便急流勇退、辞官归隐。或隐姓埋名，浪迹天涯；或退居田园，飞遁离俗，避免飞来横祸而乐享天年。春秋末期，越国名臣范蠡辅助越王勾践灭吴后，毅然辞官隐退，改名陶朱公，即“逃诛”之意。又暗中写信给好友文种（越国大臣）说：“飞鸟尽，良弓藏；狡兔死，走狗烹……子何不去？”文种不纳，终被越王所杀。东晋大诗人陶渊明，辞去彭泽县令，退居林下，醉心田园，写了著名的《桃花源记》。一些被贬谪的官吏，将心中之忧郁与悲愤，寄情山水，写了很多山水诗文而驰誉文坛。诸如唐朝颜真卿的《鲜于氏离堆记》，柳宗元的《永州八记》，北宋范仲淹的《岳阳楼记》，欧阳修的《醉翁亭记》。明朝的徐弘祖应试不第，向往问奇于名山大川，自费游历了大半个中国，三十年来，写成《徐霞客游记》，被誉为古今游记之最。诸贤的游赏佳作，犹如一座座花苑，姹紫嫣红，争奇斗艳；宛若一串串珍珠，璀璨明丽，光辉夺目，而久传不衰。

明穆宗隆庆四年（1570），在朝任太子太师、吏部尚书的陈以勤致仕还乡，时年六十岁，这时，他的儿子陈于陛在朝中任翰林编修。陈太师祖籍西水里平川坝（今嘉陵区李渡镇阁老坟村），其血缘始祖乃阆中陈省华一脉相传，后裔迁此居住。他在嘉湖之滨的报恩寺旁修建了别墅，又在青居烟山修建了书房，在山麓嘉陵江畔修建了一座江楼，效苏轼筑室东坡之故，别号青居山人，常居烟山。此山岿然杰峙，高耸入云，正顶名叫金楼峰，峰顶广阔数十丈，四围石壁，中拥天池，林木葱蔚、青翠重重，朝云暮霭，烟树朦胧。唐时在峰侧建有慈云寺、七佛堂，更有晒经石等古迹，石刻甚多。寺外平畴数十亩，复起危崖，壁立七八丈，周回十余里，雄险天成。后魏在此置清居郡，宋淳祐中筑城，徙顺庆府于此，元军入蜀，建征南都元帅府于此山之龙笻坝，定天下后始迁回故治。今城迹为寨堡，西经门外长墙东迤接于青居尾峰之东岩，山势较低，为故城外障。岩中有大佛洞、光相台、千佛崖和碗泉、丹井，陈太师曾书“壁立万仞”四字于壁上。山下建有青居场，扼守前津与后津，亦筑有城堡。水陆两途，俱可把控，号为充国第一雄关。陈太师最喜烟山，每当旭日东升，山顶浓云密布，峰顶仅露一髻，微风鼓之，峰或出或没，如海中孤岛。浮云卷舒奔驶，则如涛涌浪翻，倏忽万状。少时，日渐高，风渐止，飞光停积于山洼，犹如铺绵堆絮，置身其间，如居天宫。或泛舟江上，仰望烟山，或静坐山庄，俯视渔火，更为乐趣。他曾作《舟游望青居山》诗云：“独舸中流江路遥，有声呕哑荡兰桡（划船的桨）。远山风雨胜秋色，傍岸烟波起暮潮。老去生涯偏水竹，兴来行迹半渔樵。山中坐盼有丹井，何日青童（仙人）来一招。”有时宿于江楼，又作《舟游宿江上》诗云：“数声归棹泊江边，月出山高木到舟。人影依依看不见，为分渔火照孤眠。”回到烟山书房，静坐观景，乃作《山庄夜坐》诗云：“野老山庄夜语，不知门外云深。僧寺钟声入座，渔家灯火穿林。”他以烟山为家，称青居场为天街，留恋难舍，曾作《思家》诗二首，其一：“雪满天街没马蹄，五更孤枕听朝鸡。何时归卧青居月，山寺钟鸣日已西。”其二：“春鸟催归竟不归，纶竿猎屐愿多违。此生剩得青山趣，何必功成始拂衣。”陈以勤活了七十六岁，卒后谥文端公”人们在他居住的烟山书房侧一奇石上刻“陈文端像”，大如人身，遗迹至今尚存。

嘉陵俊杰

名胜古迹是旅游的源泉，名人逸事是城市的灵魂。名人名胜是社会的财富，亦是城市的声誉。嘉陵区名人众多，超乎邻区邻县。嘉陵区既有陈以勤父子宰相，更有兵部尚书韩士英，还有兵部侍郎杨松年和杨文岳，堪称“将相故里”。还有二布政使、二御史、十知府、五翰林、十才子，人才济济，一邦增辉。本章阐述了当地历史上较知名的五十余人的史事与业绩，以及他们所作的诗文；堪称文能安邦、武可治国的英雄人物。

陈彦真果州为将

每个人步入老年时，总想有个好的归宿，找个风景优美的地方，乐享天年。故唐朝诗人张祜作有《纵游淮南》一诗云："十里长街市井连，月明桥上看神仙。人生只合扬州死，禅智山光好墓田。"表明了他在生不慕城市，死后葬于扬州的心愿。宋朝时期，有两个镇守南充的大将，解甲归田后，热爱嘉陵美景，寓居此地，卒后亦葬于此。一是北宋仁宗庆历五年（1045），陈彦真（或谓陈彦良）将军统兵镇守果州，解职后，遂寄居果州西水里平川坝（今嘉陵区李渡镇阁老坟村），卒后亦葬于此。据《南充县志·流寓》记载："陈彦真，阆中人，秦国公陈省华之后（后裔），太师陈尧佐之子。为果州大将，解职后，寓居于邑，遂家焉。传至明，有山阴知县陈思永，永子珍，永乐（明成祖年号）举人，官御史，其裔孙也。"二是韩世富将军，原籍凤州河池（今属陕西）人。南宋理宗端平元年（1234），以行军镇抚使领兵平蜀，食邑顺庆；解职后，寓居琴台村（今高坪江陵镇境内），卒后亦葬此地。其后裔明兵部尚书韩士英，迁居世阳（今嘉陵世阳镇），卒后亦葬于此，后裔建有韩氏宗祠。

陈彦真的祖父陈省华，原籍南部大桥镇人，后迁阆中城。祖母冯氏，知书达理，生有尧叟、尧佐、尧咨三子。后来尧叟与尧咨高中状元，尧佐中进士；尧叟与尧佐相继为相，尧咨当了将军。陈省华逝世后，赠太子太师，封秦国公。尧叟三兄弟中，唯尧佐最为聪慧，最为豪爽。他在宋太宗端拱元年（988）中进士，时年二十六岁，比其兄尧叟早中进士一年。初任朝邑知县，后迁秘书郎、真源知县、开封府录事参军等职。真宗咸平二年（998），下诏求直言，陈尧佐上书指责时弊，事涉皇室宗亲。真宗不悦，将他贬为潮州通判。潮州鳄鱼为患，猎吃百姓，陈尧佐关怀民众，组织勇士捕杀鳄鱼。并效唐朝韩愈之法，写了一篇《戮鳄鱼文》，焚化水中，鳄鱼顿去，消除了鳄鱼之患。他在这里修建了孔子庙与韩文公（韩愈）祠，激励民众，好学成风。朝廷嘉奖，晋升他为寿州知府，时逢天旱大饥，他将薪俸捐出，买米煮粥，以救灾民。一时，地方官员和富裕之家，都纷纷捐献钱粮救灾民，使数万灾民存活下来，无不感激。朝廷又派他任两浙转运副使，当时钱塘江以篝石（用竹篓装石头）为堤，频坏频修，水患不已，百姓遭灾。陈尧佐遂改用“下薪实土”（用树和土筑堤）之法，来修筑堤坝。并在堤上广植树木与芦苇，以防风固土，自此水患顿息。百姓感激，建祠祀之。天禧元年（1017），母亲冯氏病故，陈尧佐辞官守孝，回到故乡。次年，黄河决堤，灾情严重，朝廷特召他为滑州（今河南滑县）知府，治理水患。他带领民众，修筑了长堤，百姓呼为“陈公堤”，以示敬仰。仁宗天圣八年（1030），朝廷任陈尧佐为副宰相，八年后，任宰相。他为人宽厚，为政清简，节俭朴素，勤于著述。庆历四年（1044）逝世，时年八十二岁，谥号文惠。仁宗恭俭仁恕，怀念老臣，遂于庆历五年（1045）春，荫封陈尧佐之子陈彦真为将，统兵镇守果州。当时国泰民安，四方宁靖，即使西夏人侵犯边境，契丹国背盟动武，仁宗帝亦仁慈宽恕，议和息战，免动干戈，危及百姓。当时，有个读书人，献诗给成都知府说：“把断剑门烧栈道，西川别是一乾坤（意即可以自立为国）。”知府逮捕了他，上表报告朝廷治罪。仁宗说：“这是老秀才急于想当官而做下的事，不要治罪，可放到边远小郡，当个司户参军。”此事传遍蜀川，无人不知晓。陈彦真在果州为将多年，后来解甲归田，寄居嘉陵，子孙兴旺，成为这里的名门望族。

韩将军镇守顺庆

顺庆山川俊秀，人杰地灵，是个藏龙卧虎的地方。宋朝时期，有两个镇守顺庆的武将，解甲归田后，留恋顺庆的锦绣河山，遂寓居这里，乐享终年，子孙昌盛，成为这里的名门望族。一是北宋仁宗（赵祯）嘉祐年间（1056—1063），陈尧佐将军的儿子陈彦真（南部大桥镇人），统兵镇守果州，解职后，寓居果州西水里平川坝（今嘉陵李渡镇阁老坟村）。他的后裔陈以勤、陈于陛父子在明代当了宰相。二是南宋理宗（赵昀）端平元年（1234），韩世富将军（陕西凤州河池人）以行军镇抚使领兵平蜀，食邑顺庆，解职后，寓居顺庆琴台村（今高坪江陵镇境内）。他的后裔韩士英，在明代当了兵部尚书。韩世富将军本是抗金英雄韩世忠将军的堂弟，韩世忠将军在宋高宗建炎三年（1129），曾任果州团练使，孰知到了宋理宗时期，他的堂弟韩世富将军又来顺庆做官。韩世忠将军统兵驻守果州，以防止金国入侵；韩世富将军统兵镇守顺庆，以防止蒙军入侵。他俩都是赤心忠胆的英雄。韩世忠将军在果州当团练使时，是南宋建国初期，那时金国十分强盛，灭了北宋，占领了淮河与秦岭以北的土地，时常派兵南侵意在一统。高宗（赵构）建炎四年（1130）初，金将兀术领大军占领了江、淮重要城镇，赵构召集诸将计议迁都，以避其锋。韩世忠将军说："国家已经失去了河北、山东，如果再丢掉江、淮，还有什么地方可去呢？"赵构便委任韩世忠为浙西制置使，守卫镇江。这年三月，韩世忠与兀术在金山展开激战，他的妻子梁红玉擂鼓助战，杀得金兵丢盔弃甲，大败而逃，险些活捉兀术。自从绍兴元年（1131），奸臣秦桧当了宰相后，深受赵构宠信，主张议和投降，向金国称臣纳币。

秦桧玩弄权术，为了扫除议和投降的障碍，千方百计陷害残杀岳飞、韩世忠、张俊、刘锜四大抗金猛将。他在绍兴十一年（1141）诬陷岳飞谋反，将其杀害；继又罢免了韩世忠、张俊和刘锜的兵权，瓦解宋军，达成和议。

宋理宗端平元年（1234），宋朝联合蒙古消灭了金国，蒙古大汗窝阔台（元太宗）翻脸无情，遣子阔端与大将塔海率兵侵蜀。不到一月，凡成都、利州、潼州三路所属府州军，多被陷没。西蜀全境，唯夔州一路，及潼州所属的泸、合二州及顺庆府，还算保全。理宗闻报大惊，乃遣大将韩世富为行军镇抚使，领兵平蜀，驻军顺庆，指挥战争。蒙军素知韩家将威震天下，锐不可当，探知韩世富将军统兵入蜀，皆望风而逃，放弃所占城池，向北撤退。韩世富将军驻防顺庆多年，蒙军不敢入侵，蜀地赖以生存，尽皆称颂。开庆元年（1259），贾似道为丞相，他的姐姐是理宗的贵妃，深受宠信。当时，元军分头向蜀川、鄂州、云南、广西、湖南发起进攻。理宗派遣贾似道统兵驻军汉阳，增援鄂州，打了败仗，死伤一万多人。贾似道派人到元军中求和，答应南宋称臣纳贡，恰巧蒙哥（元宪宗）战死合州钓鱼山，方允许和议，往北撤退。贾似道谎报军情，上表朝廷已击退元军，大获全胜，奏凯还朝，理宗组织文武百官出城迎接，称赞贾似道立了“再造大功”韩世富将军见朝中奸臣当道，恐步堂兄韩世忠后尘，遭人陷害，便告老辞官，解甲归田，定居顺庆，安度晚年。

王辉之以鹤为友

古时候的高雅之士最爱白鹤，祝贺赞颂他人，每以鹤为词。诸如：祝人健康长寿，谓之“鹤寿”；尊称隐居之士，谓之“鹤鸣”；仙人驾鹤升天，谓之“鹤驭”；佛入灭（死）的处所，谓之“鹤林”。历史上有两个最爱白鹤的名人，一是春秋时的卫懿公，喜其色洁形清，能鸣善舞，在宫廷养鹤数百，呼为将军，后被狄人杀死，史称“好鹤亡国”。二是宋朝时的林和靖，隐居杭州西湖孤山，无妻无子，种梅养鹤以自娱，终老孤山，世称“梅妻鹤子”。西汉初的著名学者浮丘伯（山东临淄人），写了一篇《相鹤经》，文曰：“鹤，阳鸟也，而游于阴。因金气，依火精以自养。金数九，火数七，故鹤七年小变，十六年大变，百六十年变止，千六百年形定。体尚洁，故其色白。声闻天，故其头赤。食于水，故其喙长。栖于陆，故其足高。翔于云，故毛丰而肉疏。大喉以吐故，修颈以纳新，故寿不可量。行必依洲渚，止不集林木，盖羽族之宗长，仙家之骐骥（骏马）也。鹤之上相：隆鼻短口则少眠，高脚疏节则多力，露眼赤睛则视远，凤翼雀毛则喜飞，龟背鳖腹则能产，轻前重后则善舞，洪髀纤趾则能行。”苏轼曾作《放鹤招鹤之歌》曰：“鹤飞去兮，西山之缺（缺口）。高翔而下览兮，择所适（所去的地方）。翻然敛翼，婉将集兮，忽何所见，矫然而复击（奋然一击）。独终日于涧谷之间兮，啄苍苔而履白石。鹤归来兮，东山之阴。其下有人兮（隐士），黄冠草履，葛衣而鼓琴。躬耕而食兮，其余以汝饱（喂鹤）。归来归来兮，西山不可以久留。”

明朝时期，南充有个名叫王瑛字辉之的人，很有才华，诗文俱佳。他是蜀汉名将王平将军的后裔，元朝兵部侍郎王觐（卒后赠兵部尚书）的裔孙，明太祖（朱元璋）洪武二十三年（1390）考中举人；成祖（朱棣）永乐二年（1404），高中进士，在朝为官。因其清高孤傲，不善逢迎，又无突出政绩，未得重用。为官数年，忧郁寡欢，便辞官还家（1410），移居太和白鹭之乡，以鹤为友，躬耕而食。常将节余粮食，饲养白鹤。白鹤亦颇多情，朝去夕来，止于屋后竹林之中，相亲相近。当时，他家屋侧天生一石如睡鹤，遂亲书古人的《睡鹤记》刻于石上，自我陶醉。文曰：“人之情有所甚好，有所甚好而不得，则必见似之者而喜，非徒好之，盖感而有所得焉。濠梁之鱼得之乐，山阴之鹅得之书（王羲之得鹅写经），支道林之鹰与马，得之神俊。不有所得，夫何好焉？鹤鸣之好鹤，亦犹是也。鹤也者，物之生于天而异者也，其性洁而介（耿直），其声亮而清。洁而介则寡所合，亮而清则寡所和，独以孤高自处，飞鸣于霄汉之上，岂求其异也哉？盖天之所赋者异也。夫才高则无亲（无人亲近），势孤则失众，鹤奚恤焉？若或矫情自浼（不受污染），下同于频频之贵，变常而丧其真，非鹤之德也，非鹤鸣之所好也。叔世道衰，天物暴夭，思其所好而不得。逮丙申岁于新居之侧，有蹲石曰睡鹤，昔人取其似而名之，鹤鸣见其似而喜之。事与心会，岂偶然哉！三复观之，其骨耸而奇，其背瘠而偻（弯曲），其颈宛其喙，钳若无意飞鸣者。虽沉潜静默，有飘然物外之想，疑其孤高之过，为众所弃而自晦欤？抑卫人之轩，不足弃欤？乌程之树，不足栖欤？将遗世远举，羽化而仙，此特其化身欤？不然，何为不飞不鸣，日游于睡乡者乎？谓其果不能鸣，则陈仓之鸡，胡为而鸣耶？谓其果不能飞，则零陵之燕，胡为而飞耶？吁！是时也，以飞鸣而望于鹤不可，望于石尤不可，姑以其似而又有所得，故感而为之记云。”

冯知府辞官奉亲

嘉陵山川秀丽，令人陶醉，唐宋以来，寄居此地的人很多。这里有秦朝名将蒙恬与宋朝名臣蒲宗孟的后裔，寓居大兴场；有蜀汉王平将军的后裔，散居南充各地；更有蜀汉冯习（汉代车骑将军冯绲的后裔）将军的后裔，寓居在太和场的西溪。这里有北宋名臣文彦博宰相的后裔，散居在金凤镇与白家乡；更有北宋名臣范仲淹宰相的后裔，居住在彭城古镇。这里有宋朝名将韩世富与陈彦真两位将军的后裔，居住在世阳场与李渡场两地。由于这些宰相与将军的后裔长居此地，子孙兴旺发达，出了很多文臣武将与清官廉吏，逐渐形成陈、韩、罗、王、杨、蒲、杜、冯、文、张十大名门望族，车马盈门，使嘉陵大增光辉。

唐宋年间，太和场的西溪岸畔冯家山下（今太和乡四村），居住着一些冯氏家族，族人们世代相传，他们是汉代车骑将军冯绲的后裔。到了三国蜀汉时期，这里的冯习将军，跟随刘备讨伐东吴时，战死沙场。明英宗正统十一年（1446），这里的冯孜考中举人，继于天顺元年（1457）中进士，授官户部主事。当时的户部掌管全国土地、户籍、赋税、财政收支等事务。冯孜干练多才，办事果断，擢升延安（今属陕西）知府。此地干燥贫瘠，主产小麦与玉米。他带领百姓改建郡城，宽减赋役，洗雪冤疑案件，百姓称他为“冯青天”，深受爱戴。延安府辖甘泉、延长、延川、安塞等县地，他时常到各县视察民情，赈济灾困，百姓们更是喜悦。那时，近邻建阳地方的土匪啸聚山林，常下山抢劫百姓钱粮，杀伤人命，弄得百姓惶恐不安。冯知府本是将门虎子，精通武艺，便招募勇士千余人，严格训练。一日，他带领这些勇士，身先士卒，奋力杀上山去，直捣土匪巢穴。经过激烈战斗，活捉土匪头目，斩首示众。对胁从匪徒，严加训斥，全部放归家乡。一时土匪尽散，民众得以安定，无不歌功颂德；朝廷闻其贤能，晋升为湖广参政。他刚上任不久，闻听父亲病逝，异常悲痛，立即上书朝廷，离职还乡守孝。他回家给父亲办理丧事，安葬之后，又筑庐墓旁，日夜守墓，因悲伤过度，得了一场重病。病愈后，时常陪伴母亲，百般孝顺，人们都夸他是个孝子。三年守孝期满，朝廷屡次征召，他皆以母亲年老多病为由，辞不就职，人皆颂其清高。他将其友翰林院编修罗玘所赠的《西溪渔乐说》，悬于书室，自我陶醉，以示其向往田园生活，鄙视追名逐利。其文曰："渔与樵、牧、耕，均以业为食者也。其食之隆杀（隆重和简省），惟视其身之勤惰，亦无以异也。然天下有佣樵、有佣牧、有佣耕，而独无佣渔。惟其无佣于人，则可以自有其身。作吾作也，息吾息也，饮吾饮而食吾食也，不亦乐乎？盖乐生于自有其身故也。若夫佣，则身非其身矣。吾休矣，人曰作之；吾作矣，人曰休之，不敢不听命焉。虽有甘食美饮，又焉足乐乎？岂惟佣哉，食人之禄（当官），犹佣也。故夫择业莫若渔，渔诚足乐也。而前世淡泊之士托而逃焉者，亦往往于渔：舜（舜帝微时业渔）于雷泽，尚父（姜尚垂钓）于渭滨。然皆为世而起，从其大也，而乐不终。至于终其身乐之不厌，且以殉者，古今一人而已，严陵是也（东汉会稽人严光字子陵，曾与刘秀同学。刘秀为帝，即位后，他改名隐居。后被召到京师洛阳，任为谏议大夫，他不肯受，归隐于富春山）。义兴吴兴远先生渔于西溪（江苏宜兴境内），亦乐之老已矣，无它心也。宁庵编修（罗玘）请曰：'仲父得无踵严（严光。之为乎？'先生曰：'吾何敢望古人哉！顾吾乡邻之渔于利者乐方酣，吾愚不能效也。聊以是相配然耳。'有闻而善之，为之说其事以传者，罗圮也，南城人。"

张翰林钟情桃花

明朝时期，南充文峰（今属嘉陵区）一带的张氏家族，是个世宦人家，名门望族，在外做官的人很多。最兴旺的是张永之家，他的父亲张琚中举后，曾任深州（今河北深县）知府，其兄张高，于明成祖永乐二十二年（1424）中举，任岳池县教谕。张永于英宗正统九年（1444）中举，代宗景泰二年（1451）中进士，任翰林院庶吉士，授礼部主事，后任严州（今浙江建德县）知府。他的孙儿张苹，于武宗正德八年（1513），与弟张芮同中举人。张苹在正德十二年（1517）中进士，曾任郎中，榷税浙江，居官清廉，人皆尊重。后升汉中知府，执法公平，勤政爱民，深受百姓爱戴与赞颂。他的侄儿张惟（张高之子），于宪宗成化二十年（1484）中举，继于孝宗弘治九年（1496）中进士，任莱州（今山东掖县）知府。任官九年，不带家眷，穿着朴素端庄，为官清正廉明。后因忤逆权贵，陷狱中，险被关死。张氏祖孙四代，每代一个知府，一门四知府，世所罕见，荣耀已极。

张永在翰林院任庶吉士时，因其文学与书法俱佳，不久升为礼部主事。在英宗天顺年间（约 1460）出任严州知府，当时严州辖浙江的建德、淳安、桐庐三县地。他为官清廉，勤政爱民，恰遇天灾，百姓饥馑不安。他一面上报朝廷拨粮赈饥，减免赋税，一面组织民众开辟沙渚，种粮备荒，并没收豪强农田，分给贫苦百姓。御史将他的政绩上疏朝廷，皇上大悦，特赐加盖玉玺的诏书来褒美他，荣耀已极。张永在外为官多年，政绩卓著，民皆称颂。后来告老还乡，喜爱故乡奇山异水，劝谕民众广植桃树，培植武陵风光。数年间，文峰与木老一带，桃树成林，荫翳蔽日，芳香四溢，令人陶醉。每当桃花盛开，万紫千红，蜂舞蝶飞，别有天地。张翰林酷爱桃花，特地亲书明代文学家唐寅所作的《桃花歌》，碑刻庭园桃花丛中。文曰：“桃花坞里桃花庵，桃花庵里桃花仙；桃花仙人种桃树，又折花枝当酒钱。酒醒常在花边坐，酒醉还来花下眠；半醒半醉日复日，花开花落年复年。但愿老死在酒边，不愿鞠躬车马前；车尘马足贵者趣，酒盏花枝贫者缘。若将贵者比贫人，一在平地一在天；若将车马比花酒，他得驰驱我得闲。世人笑我忒疯癫，我笑他人看不穿；不见五陵豪杰墓，无酒无花锄作田。”一些种桃的人们，见张翰林刻碑赞桃花，亦恭请翰林为其写诗，树碑桃园。一时刻碑成风，桃源四处皆碑，游者蜂拥而至，络绎不绝。有刻唐代书法家张旭的《桃花溪》诗云：“隐隐飞桥隔野烟，石矶西畔问渔船。桃花尽日随流水，洞在清溪何处边？”有刻唐代诗人王维的《桃源行》诗云：“渔舟逐水爱山春，两岸桃花夹古津。坐看红树不知远，行尽青溪不见人。”有刻唐代诗人崔护的《桃花诗》诗云：“去年今日此门中，人面桃花相映红。人面不知何处去？桃花依旧笑春风。”有刻唐代诗人白居易的《大林寺桃花》诗云：“人间四月芳菲尽，山寺桃花始盛开。长恨春归无觅处，不知转入此中来。”有刻北宋文学家苏轼的《过都昌》诗云：“鄱阳湖上都昌县，灯火楼台一万家。水隔南山人不渡，东风吹老碧桃花。”园中碑碣桃花诗甚多，不胜枚举。每首诗包含一个故事，张翰林皆一一讲述，百姓无不喜悦。自此木老桃花蔚然成风，世代相传桃花故事，传颂不绝。张翰林死后葬于西山二郎庙（今玉屏山中）岬下的父母墓旁，故乡百姓无不怀念。

柳稷遗作《封建论》

从前南充日富镇（今嘉陵盐溪乡）地方盛产井盐，古有盐井四十八处。有个姓柳的人经营盐业致富，修了一座壮丽的庄园，人称柳府。柳翁乐善好施，待人谦和，尊称柳公。柳公生子柳稷，勤奋好学，博览群书，诗文俱佳，名重一时。明武宗正德三年（1508）中进士，留于刑部做官，掌管法律与刑狱事务。曾作《封建论》一文，气势宏丽，雄奇峭拔，堪与唐朝柳宗元所作的《封建论》相媲美，时人誉为“封建二柳”。数年后病逝，成为遗作，天生奇才，尽皆惋惜。

柳稷的《封建论》文曰：“封建之法，诸儒论之备（完备）矣，其大端有二，泥于古者（拘泥古代的制度），以三代（夏、商、周）之制为可复（恢复）；达乎变者（通权达变的人），以嬴秦（秦始皇）之法为当守。虽有得失，要非至论也。夫天下之不可兼得者，势与权而已矣。势之重者，则当损其权，而不可假借以益其势；权之重者，则当抑其势，而不可崇长以助其权。二者惟人主（皇上）得兼之，而他人莫可使与。在昔之明圣，所以操握天下之大分，而不可以告人者也。彼所谓封建者，或以王室之懿亲，或以公家之勋阀，其势之重，固已贰于天子，而盖夫天下者矣。乃列壤而君之，官属惟其所制，戎赋（兵役与赋税）惟其所征，刑赏号令惟其所施。以势若彼，以权若此，则强与乱相成，嫌与逼相属。求其奉法守分，如周之伯禽（周公旦长子，封于鲁），汉之刘苍者，故不易得也。王者制天下，顾可侥幸万一，而恃之以为久安之计耶。余故曰，二者皆未及其至也。然则孰为至抑？求其无弊而已矣。昔者舜之处象（舜之弟）也，使吏代之治，而纳其贡税。则优游于富贵之乐，而无歉。上之恩以浃（遍及），而下之乱自消；君之疑不生，而臣之禄有终。是非特因其不肖（品行不好）而为之，抑求其无弊而全之耳。世谓舜之处象，因其不肖而为之也。故始以肖望其亲为嫌，而卒乃陷其亲于大恶，而不能救，周公之于管蔡（周武王之弟管叔与蔡叔，叛乱被杀）是也。向使周公之子管蔡如象之于有庳，则何至于杀之，囚之降之也与其杀之，囚之，降之而不赦，孰若不任以事之为得也。或者曰：‘王者之封建，盖将公天下于同姓、异姓之贤，使各私其民，而共戴王室也。’如舜之法，则贤者无所施，而周召为弃材，以是不然。方周公（周公姬旦）使管、蔡之监殷也，岂不以为此吾之亲，而可依以无患者。而管、蔡亦振振然良公子，未闻有显过者也，而卒乃挟叛人，连诸侯以危社稷。夫人臣之恶，莫大于叛逆，而管、蔡则为之。盖匹夫无道，恶止于杀人；而王侯犯分，必至于凌上，其权与势使然者。使象居管、蔡之地，又安能晏然而已耶。周召（周公与召公）之贤，固所当用而用之，必不为国家之祸者。然求之后世余千百年，如周（周公）之元圣者几人？如召（召公）之敬德者几人？继此复千百年，吾知求一人而不可得也。以千百年所无之一人，而以之待千百年之人，虽愚者亦知其舛（错误）也。固必如周召之元圣敬德，而后可用；如管、蔡之中材则不可用，而况如象者乎。或者又曰：‘三代之君，皆古圣人也，而为法若此。其弊何也？’是又不然，盖凡法之立而行之久也，则一利一害出焉。法之善者其利多，其不善者其害大。乘其后者，乃斟酌其利害而更之，而不能无弊也。屡更屡是，而后知古人之得失，而良法出焉。是非知之所不及，而谋之所未尽也，势使然也。夫舜之法达权与势而行之，无弊者通乎此，岂独可与议于封建也哉。”此文全赖清康熙《顺庆府志》记载下来，而流传至今。

明代奇人罗顺子

唐宋年间，流溪县(今嘉陵金凤镇县坝)境内的韩、陈、罗、杨、王、蒲、杜、冯、文、张十大家族，很是兴旺发达。有的为官，光耀门庭；有的经商，富甲乡里，成为这里的名门望族。到了元明时期，流溪县并入南充。这十大家族的后裔们，便分居在南充各地。明清期间，这十大家族的后裔，在今之嘉陵区境内，又勃然兴起，文臣武将，人才济济。诸如：陈以勤父子宰相，兵部尚书韩士英，兵部侍郎杨松年与杨文岳；布政使王遵与罗方，巡按冯荐，十知府(蒲谦益、张琚、张永、张惟、张芋、冯孜、杨丽、文阶、张有光、王文川)，五翰林(陈以勤、陈于陛、张永、罗为赓、胡大成)；明清十才子(柳稷、韩敬、韩一韩、何辅极、张受谦、杜伯宣、蒲毓庚、王秉三、文邦从、王恩洋)，这些名人都是人所共知的。

明朝正德年间(1510)，这里出了一个奇人罗顺子(字孺斋)，初居流溪县的彭城镇，后移居君子乡(今高坪区老君镇)。娶妻韩氏，贤淑勤俭。罗顺子自幼勤奋好学，沉默寡言，耕读为本，淡泊名利，对父母极其孝顺，教子宽严有法。以耕种维持生活，以学习明白事理，务实不务名，平安以度日。他亲书一篇古人的《乐志论》悬挂堂前，文曰：“使居有良田广宅，背山临流，沟池环匝，竹木周布，场圃筑前，果园植后。舟车足以代步涉之难，使令足以息四体之役。养亲有兼珍之膳，妻孥无苦身之劳。良朋萃止，则陈酒肴以娱之；嘉时吉日，则烹羔豚以奉之。踌躇畦苑，游戏平林。濯清泉，追凉风，钓游鲤，弋高鸿。风于舞雩之下(祭天祈雨之处)，咏归高堂之上。安神闺房，思老氏(老子)之玄虚；呼吸精和，求至人之仿佛。与达者数子，论道讲书。俯仰二仪（天地），错综人物。弹南风之雅操，发清商之妙曲。逍遥一世之上，睥睨（高傲）天地之间。不受当时之责，永保性命之期。如是则可以凌霄汉，出宇宙之外矣！岂羡夫入帝王之门哉（不慕官爵）！”罗顺子百岁之期，亲友齐来祝贺，盘坐而逝；其妻韩氏亦同日谢世，百年偕老，无不称异。当时的南充举人李竹，写了一篇《罗孺斋先生传》文曰：“余读隐逸诸传，类皆有过人之行。外史氏（蒲松龄）好为怪诞，附会其说，而不明乎心迹之所存，后之人亦遂有惑焉。夫学者见闻该博，为能不眩于既往，取信于方来，则吾乡孺斋先生可传也。先生姓罗名顺子，南充君子乡人也。共先世居楚麻城，七世祖绍贵公始迁于蜀，代有闻人。先生独耽隐，性纯孝，成人不改儒慕，与配韩氏耕作息食，从不问户外事。邻人之居址卑（低下），持畚箕发先生庑下土，高其址。先生之户外几沼，弗较（不计较）也。先生之叔侍御凤冈公（罗玉御史字凤冈），衔命巡方，过先生庐，商国计民生之要。先生指陈数语，切中肯启。侍御叹服，遂速昆明之驾，人以此知先生非石隐者。耕以治生，学以明道，居其厚不居其薄，务其实不务其名。居常教子，宽严有法，诸孙蒸蒸成立。大如齐年，至耄耋犹健。卒之日，适当先生诞辰，亲戚子弟，咸在称觞（敬酒）。先生笑谈自若，食糕，次置其余于盘[illegible]，坐而逝。韩（其妻韩氏）出其殓具（丧葬之物），皆先预备者。韩拊几而恸曰：‘吾与夫子生同年，不得与夫子死同日乎？’遂藏先生之巾履，退而卧，亦于是夜终焉。噫！富贵贫贱，宠辱生死之间，先生若有所主（预料）者。吾观古之逸民，如陆通、庞德（三国时魏将）公、梁鸿（东汉人，家贫博学，与妻孟光隐居霸陵山中）辈，同力而耕，齐眉而举，何容心于匹夫匹妇之外。千载而下，犹令人想见焉，先生其类是乎？吾恐传先生者，于其言笑饮食之顷，夫妇同逝，不无称异。故特传以别之，使太史氏有所考焉。”

韩敬昆仲多奇才

南充历史悠久，人杰地灵，文臣武将，代不乏人。到了明朝时期，今之嘉陵区境内，出了陈以勤、陈于陛父子宰相，又出了韩士英兵部尚书，他们的子孙兴旺发达，或为文官，或为武将，成为这里的名门望族。正如《顺庆府志·人物篇》所云："树帜词坛，果山与眉山并峙；渊源河洛，锦水与汉水同流。庙堂（朝廷）多武功，共是伏波横海；草野（民间）敦文教，无非继往开来。"大意是，南充多词坛巨匠，可同眉山三苏（苏轼父子）媲美；南充人文可安邦，武能定国。明朝正德年间，韩氏家族出了两个文人，昆仲才子，潜心儒学，不求闻达，被誉为"梧桐双凤"。兄名韩孜，正德八年（1513）考中举人，他无意于仕途，便在家乡双桂场的青茅山，搭了一间茅屋，潜心研究儒家经典，寒暑皆不懈怠。州县官员慕其才华，怜其贫困，准备资助他，皆婉言谢绝。于是任命他为司务，派遣他到秦川去赈济饥民，援助灾区。他颁发钱粮，公正廉明，诚心赈饥，恩无不遍，百姓感激流涕，尽皆称颂。州县官员嘉其才能，十分敬重，上报朝廷，升为员外郎（正额以外的郎官），常请他参议地方大事，荣耀已极。韩孜为人谦虚谨慎，和善待人，常劝乡民心怀忠义，勤学孝顺。每以纪信捐生救主，保护刘邦建立汉朝；纪通（纪信之子）协助陈平，平定诸吕叛乱，保护汉朝的忠义事迹教育乡民。乡人们都很敬仰他，视为良师益友，每有急难之事，不解之惑，常到他家请教。韩孜常引经据典，设喻教人。他告诉人们教子要有义方，儿子们要团结，一支箭容易折断，十支箭捆在一起就折不断了。他教学子们要牢记韩愈"业（学业）精于勤荒于嬉（玩乐），行成（成就）于思毁于随（要求不严）"的教导。又常用

《二十四孝》的故事，教育人当孝顺父母。自此，乡里民众，皆崇尚忠义与节孝，忠孝品德，蔚然成风。

韩孜的弟弟韩敬是个贡生（在京城国子监读书的人），博览群书，才华横溢，下笔千言，淡泊名利，喜爱游山玩水，咏诗作赋。一日游览故乡的天台山（今集凤镇天台村），忽见天上出现五彩祥云，深为奇异，遂作《五色云赋》文曰：“盖自两仪（天地或阴阳）既分，五行（金木水火土）附丽，寓形于宇宙之中，征色于乾坤之内。四德（元亨利贞为乾之四德）行生于四时（春夏秋冬），万化流光于万类。时兼两而敷荣，问函三而藻缋（文采），蕴光华于碧空，更变化而莫对。青（青鸟）随鸾至，赤共龙飞，紫现祯符，黄呈嘉瑞。偶占一气之清和，足兆千秋之运会，未有异彩辉煌，奇光凝聚。太史奏景运之隆，当宁协全昌之契，如斯云者也。兹盖一人有庆，百度维贞，备五德（金木水火土五种物质的德行），叙五行，辑五玉，佐五臣，敷五教（仁义礼智信），恤五行。五士修其职责，五服（天子、诸侯、卿、大、士的五等服饰）被其深仁。于是，圣德应于天，而祯祥备于云。天道下济，地气上腾，轮囷氤氲，藻彩缤纷。稽之上世，率为休征。光暎（映）传胪（陈列），兆魏公（曹操）之相业；龙成彩色，笼汉帝（刘邦）之行营。麟凤呈祥，启南阳（刘秀）再造之鸿运；文龙炳焕，应太原义军之先声。吕氏（吕后）望之而从季（刘邦），祖龙（秦始皇）厌之而东征。朝拥阳台之曲，夕覆甄宫之阴。西浮蜀天，东绕吴陵，倚参墟而若盖，动双阙以如旌。蒲花发而高举，松柏窥而还兴，彩绚季龙之诏，光凌绣虎之文。谓青霄之偶尔，征应非虚；疑天孙（织女星）之组织，机杼何存。匪绘事之丹青可拟，岂人间之黼黻（古代礼服所绣的花纹）堪并。直远驾乎蜃霓，复超越乎景卿。聚也倏忽，彬彬乎，灿烂而峥嵘；散也飘然，杳杳乎，潜踪而敛痕。夫孰测其聚散兮，其将叩九阍而问太清（天空）。”

张惟建庙讲孝道

南充是一座美丽的江城，亦是龙凤呈祥的风水宝地，环城皆山，郁郁葱葱。东有朱凤山，南有凤垭山，西有火凤山，北有舞凤山。一条嘉陵江绕城而逝，宛如一条银白色的巨龙，弯曲奔腾，穿行舞凤、朱凤和凤垭山麓，龙凤因依，委实壮观。江城北面，天生北湖；江城南郊，造有南湖；百里西溪，环绕西山。山环水抱，绿树荫翳，山色空蒙，古木澹烟，将这座江城装点得妩媚动人，引人入胜。

凤垭山是一座忠孝之山，山中建有都尉墓与侍郎坟，埋葬着女都尉纪兰英与兵部侍郎杨松年的忠骨。山麓建有杜氏宗祠，后山建有孝心观，祭祀祖宗，孝义为先。人们世代相传，这座孝心观是致仕还乡（1522 年）的张惟知府所建。张知府是个清官，为官多年，宦囊空虚，两袖清风，回到故乡。平生崇尚忠孝，经本族张鉴巡按和富翁谯孟龙资助，建成孝心观，得遂心愿。观中没有道士念经授徒，只有一个庙祝，看管殿堂。观内四壁，绘画有二十四孝巨型壁画，正中镌刻有《孝经》碑文。张知府学识渊博，专意弘扬孝道，常在观中讲解《孝经》与古代孝子。每到开讲之时，附近百姓齐集观内，静坐听讲，无不感动。《孝经》是我国古代讲述孝道的书，它教育人们立身行道，要始于事亲（双亲），中于事君（国君），终于立身，扬名声而显父母，以孝道而治天下。全书分为开宗明义、天子、诸侯、卿大夫、士、庶人、三才、孝治、圣治、纪孝行、五刑、广要道、广至德、广扬名、谏诤、应感、事君、丧亲等十八章，论述义理，各尽孝道。篇幅短小，旨意鲜明，文句畅达，好诵易记。张知府还在二十四孝壁画下，撰文简介事亲孝行。诸如：一、孝感动天。古帝虞舜，父瞎母亡，继母生象（舜弟），常想虐杀虞舜。舜无怨恨之情，力尽孝道，父母感动，由恨转爱。尧帝敬其贤德与纯孝，妻以二女，后又禅位于舜。二、芦衣顺母。周朝闵损，幼时丧母，父娶继室，连生二子。天寒作衣，继母为己子絮棉，给闵损絮以芦花。父觉，欲逐继室。闵损泣谓父曰：“母在一子寒，母去三子单，愿毋逐母。”父怜其诚，母亦悔改。三、鹿乳奉亲。周朝郯子，父母健在，皆患眼病，医治无效，每思食鹿乳，而不可得。郯子乃身着鹿皮，前往深山，混入鹿群，取得鹿乳，返家奉亲。四、埋儿奉母。汉朝郭巨，父亡母存，岁旱乏食，饿殍遍野。郭巨谓妻曰：“母死不可再有，儿死尚可再生，唯有埋儿养母。”妻曰善。孝心感天，掘地得金，遂抱儿归家。五、卖身葬父。后汉董永，父死，家贫，乃卖身为奴，安葬父亲。天帝怜其孝，遣仙姑下凡相助，月余织成三百匹细绢，脱离奴籍。湖北孝感乡由此得名。六、扇枕温衾。后汉黄香，九岁母亡，尽心事父。夏扇席，冬温被，方请父亲安睡。太守刘护，旌表其孝。七、刻木事亲。汉朝丁兰，幼时父母双亡，伶仃孤苦。念其劬劳未报，木刻父母之像，虔诚奉养，事死如生，时人称赞不绝。八、哭竹生笋。三国时孟宗，寒冬母病，思食竹笋。孟宗抱竹痛哭，且哭且祷。顷刻地裂，迸出鲜笋数茎，持归作羹奉母。孝心感天，霍然病愈。九、卧冰求鲤。晋朝王祥，家贫，母欲食鱼，天寒冰冻不可得。王祥解衣卧冰上，冰忽解，双鲤跃出，持归奉母。后为晋太保，子孙兴盛，为江左望族。十、恣蚊饱血。晋朝吴猛，家贫无帐。每值夏日，裸卧父母身旁，任蚊饱血，免扰父母。后来父母相继去世，吴猛守孝墓旁三年，人皆称赞。张知府还亲去浙江上虞曹娥庙，抄回《曹娥碑》，镌刻庙内，竭诚讲解孝道，尽皆感动，以孝为荣，使这里成为忠孝之乡。

罗御史勤政爱民

从前老君场（今高坪区）地方寺庙林立，僧道云集，相传李老君曾显灵于此，故名老君场。场东五里有山形似猛虎，称为虎山，山上建有伏虎寺；场南六里有山形似卧龙，称为龙山，山上建有降龙寺；场西八里有座大云山，高耸云表，山上建有宝寿寺；场北五里有座凤凰山，形若飞凤，山上建有玉皇宫。老君场后建有会真寺，老君场头建有老君观，前有老君桥，当顺渠大道，行人如织，朝山敬神的人络绎不绝。有善看风水的人说："这里是藏龙卧虎、凤凰来仪的风水宝地，必出贵人！"到了明朝年间，此地改名君子乡，因当地百姓淳朴善良，知书达礼，买卖公平，好让不争；行者让道，路不拾遗，婚丧嫁娶，遵循古礼，被誉为"礼义之乡"。

明朝中期，南充出了一个嵚崎磊落、名列青史的人，这人姓罗名玉号凤冈。他家世居兰池乡（今嘉陵金宝镇瘩台镇凤凰山麓（今江陵镇凤凰山村），父亲是个屡试不第的秀才，满腹经纶，怀才不遇，遂无心仕途，朝夕教子为乐。罗玉自幼慧颖，勤奋好学，心开意审，闻一知十。他父亲曾说："先秦之文，质朴自然，汉代之文，精简流畅；南北朝后，文多浮华不实。唯唐宋八大家（韩愈、柳宗元、欧阳修、曾巩、王安石、苏洵、苏轼、苏辙）之诗文最佳，文则内容丰富，清新简明；诗则雄奇变幻，气势磅礴。"故罗玉最喜研读这八大家的诗文，反复思考，爱不释手。明武宗正德二年（1507），罗玉乡试夺魁，中了解元；正德六年（1511），进士及第，授官安县令。这里是四川北部的一个小县，地僻民穷、百姓淳朴。罗玉简政轻赋，休养生息，民不受扰，社会安宁，深受百姓爱戴，政声远播。不久调任武进县（江苏南部）

令，此地盛产稻、麦、蚕茧，水产亦盛，民多刁顽。罗玉严明刑律，公之于众，违者严惩，决不宽恕。不到一年，邪气顿扫，兴学教民，风俗大变。罗玉在两县为官数年，因地制宜，宽严有度，恩威并施，当地缙绅巨族和平民百姓，皆歌功颂德。朝廷闻知，晋升他为监察御史，出巡云南、贵州。一日回到故乡省亲，来至君子乡（今高坪区），经过侄儿罗顺子的家，知他是个异人，便来探望。这位老侄性纯孝，好读书，耕作自食，从不问户外事。娶妻韩氏，生有数子，教以诗书，宽严有法；夫妇齐年，耄耋犹健。见小叔来家，喜之不尽，及至问及治国要政，罗顺子捋须说道："治国治民之道，首须注重农事，储备粮食，衣食足而礼义兴。民富则易治，民穷则生变，官清社稷宁，官贪民为贼。故减少刑罚之要，在于禁止奢侈；主持国家政务之要，在于整顿四维（礼、义、廉、耻）；教训黎民之要法，在于严遵四维，勤劳兴家，四维不张，国乃灭亡。"罗御史聆听之后，深为叹服。后在云南、贵州巡察时，平反昭雪，详查实情，使狱无冤囚；罢免贪官污吏，保荐廉正官员，使郡无贪官；洁身自守，公正廉洁，以德治理地方；鼓励农商，储备粮食，以伸张礼义廉耻。云贵部落酋长每多叛乱，他坦诚相待，恩威并济，诸酋受到感化，局势日趋好转。世宗嘉靖八年（1529），任命他为山东兖道副使，驻节沂州。而沂州为南北交通要道，蒙羽、马陵诸山的盗贼往往沿途抢劫财物，威胁河运。罗玉到任后，德威并用，遣兵进剿，诛其首恶，教化党徒，贼风顿息，水陆畅通，使朝廷的漕运顺利通行。忽闻父病，便急流勇退，乞请回家奉亲，皇上恩准，他回家后，侍奉父亲不减当年。他雅爱林泉，尤好书法，徒步游览，与民同乐，七十一岁病卒，葬于西山官鹿山之麓。

柳秀才喜集盐诗

汉朝时期，对盐铁实行官营，严禁私自冶铁与煮盐，并在产盐铁的地方设置官吏，监督课税。由于官营盐铁质劣价昂，百姓怨声载道。汉昭帝始元六年（前81），朝廷召集贤良、文学与御史大夫、丞相等人，对盐铁官营和酒类专卖等经济政策，进行激烈大辩论。御史与丞相主张维护官营，增强国力。文学与贤良主张废止专卖，让利于民。当时，庐江太守桓宽，据此次辩论的资料，写成《盐铁论》六十篇，详记盐铁辩论的事，成为文坛名著，史家绝唱。

从前流溪县的盐溪（今嘉陵区境内）一带，盛产井盐。隋唐时期，听民采盐，民营运销，只征盐税，盐商日盛。晚唐王建据蜀，在盐溪设置徽州，课征盐税。明朝时期，盐溪柳公一生经营盐业，富甲一方，直至年迈谢世，经营乏人，家道中落。其子柳稷在刑部做官，娶妻王氏，生子柳敬贤。嘉靖九年（1530）秋，柳稷病逝京城，其子扶柩还乡，葬于祖墓之侧，尽心孝敬母亲。柳敬贤考中秀才后，缅怀祖父创业艰辛，专意抄集盐诗，记述煮盐、运盐和盐商的苦衷与凄惨的事。日积月累，编成《盐诗拾珠》一书。中有：一、宋朝柳永（北宋词人）《煮海（海盐）歌）》诗云："煮海之民何所营（经营），妇无蚕织夫无耕。衣食之源太寥落（稀少），牢盆（煮盐的盆）煮就汝输征（纳税）。年年春夏潮盈浦（海滩），潮退刮泥（盐泥）成岛屿。风干日曝咸味加，始灌潮波瑠成卤（盐水）。卤浓咸淡未得闲（未能成盐），采樵深入无穷山（深山）。豹踪虎迹不敢避，朝阳出去夕阳还。船载肩擎未遑歇（不停息），投入巨灶炎炎热。晨烧暮烁堆积高，才得波涛变成雪（盐）。自从潴卤至飞霜（成盐），无非假贷充糇粮（借贷度日）。秤入官中得微值，一缗往往十缗偿（借一还十）。周而复始无休息，官租未了私租逼。驱妻逐子课工程（煮盐），虽作人形俱菜色（面黄肌瘦）。煮海之民何苦辛，安得母富（国富）子不贫。本朝一物不失所（安居乐业），愿广皇仁到海滨。甲兵净洗征输辍（停止战争），君有余财罢盐铁（废除盐铁税）。”二、宋朝王安石（宰相）《收盐》诗云：“州家飞符来比栉（州府文告不断飞来），海中收盐今复密。穷囚破屋正嗟唏（哀叹），吏兵操舟去复出。海中诸岛古不毛（荒野之地），岛夷（盐民）为生今独劳。不煎海水饿死耳，谁肯坐守无亡逃（被迫为盗）。尔来盗贼往往有，劫杀贾客沉其艘（船）一民之生重天下，君子忍与争秋毫（争夺微利）。”三、元朝杨维桢（推官）作《盐商行》诗云：“人生不愿万户侯，但愿盐利淮西头。人生不愿万金宅，但愿盐商千料舶（盐船）。大农（官名）课盐析秋毫，凡民不敢争锥刀（争利）。盐商本是贱家子（汉称工商为贱家），独与王家埒（相等）富豪。亭丁焦头烧海榷（盐民煮海），盐商洗手筹运握（轻易牟利）。大席一囊三百斤，漕津牛马千蹄角（运盐艰苦）。司纲（朝廷）改法开新河，盐商添力（捐款）莫谁何。大艘钲鼓（击鼓）顺流下，检制（税关）孰敢悬官铊。吁嗟海王（齐桓公）不爱宝，夷吾策之成伯道（管仲助成霸业）。如何后世严立法，只与盐商成富媪（富翁）。鲁中绮，蜀中罗，以盐起家数不多。只今谁补货殖传，绮罗往往甲州县（最富）。”四、元朝王冕（诗人）《伤亭户（盐民）》诗云：“清晨度东关，薄暮曹娥（江名）宿。草床未成眠，忽起西邻哭。敲门问野老，谓是盐亭族（盐户）。大儿去采薪，投身归虎腹。小儿出起土（盐土），冲恶入鬼录。课额（盐税）日以增，官吏日以酷。不为公所干，惟务私所欲。田园（盐田）供给尽，鹾（盐）数屡不足。前夜总催（盐官）骂，昨日场胥督。今朝分运来，鞭笞更残毒。灶下无尺草（柴），瓮中无粒粟。旦夕不可度，久世亦何福。夜永（夜深）声语冷（凄凉），幽咽向古木（吊死屋梁）。天明风启（开）门，僵尸挂荒屋。”

王尚书刚正不阿

镇北大将军、安汉侯王平，诞生宕渠（今渠县）山乡，生长于安汉（今南充市）新河场（今属蓬安）乡下，卒后归葬于安汉宁馨坝的凤凰山腰（今高坪永安镇临江村境内）。其墓面向嘉陵江，背枕凤凰山，左靠青居山，右邻罐子沟。土冢石椁，外用条石垒砌，高大宽阔，十分壮丽。石人石马，分立两旁，神道碑上记载将军生前功绩，正中镌刻“蜀汉大将王平之墓”七个大字。这里是“凤凰展翅”的风水宝地，前面是一片平坦开阔的土地，前临嘉陵江，中有二小溪，山清水秀，风景绝佳。这个地方在蜀汉时期为南充国县辖地，王平之子王训及其后裔初居安汉县城，明末移居城郊帽盒山（今顺庆荆溪镇境内），千百年来，绵绵继继，或当文官，或为武将，代不乏人。元朝时期，王平后裔王觐脱颖而出，文学出众，政绩卓著，曾任兵部侍郎，卒后赠兵部尚书，葬于王平墓侧。他的后裔们更加兴旺发达，或中举人，或中进士，世代为官，被称为“充国世家”。到了明朝，这里又出了一个刑部尚书王廷，更为王氏家族增添光彩。王廷字子正，号北崖，别号南岷。少时潜心理学，尤敬佩朱熹（南宋哲学家、教育家）所云“理和气不能相离，天理和人欲是对立的，应该放弃私欲而服从天理”的理学思想，立志为国为民干一番宏伟事业，故他后来为官处处讲究天理国法，洁身自好，刚正不阿。

明世宗嘉靖十一年（1532），王廷考中进士，被任命为户部主事，旋晋升御史。嘉靖十四年九月，他上疏弹劾吏部尚书汪鋐，其胆识和刚直之气震动朝廷权奸，被贬谪到亳州任判官。这里地僻民穷，他廉洁奉公，爱民如子，深受百姓爱戴，因政绩显著，被升为苏州刺史。他在苏州廉洁勤政，轻徭薄赋，治理各种弊端，重视水利建设，上闻其贤，迁升他为御史中丞，督察治理河道，又立大功。嘉靖三十九年（1560），被升为南京户部右侍郎，总督粮食储备，并兼任佥都御史，督抚淮安、扬州一带。这里是两淮盐运中心，河运交通冲要，经济繁荣，物产丰富，时有倭寇（日本海盗）骚扰抢劫。王廷命大军强力围剿，并调重兵驻守吴淞与狼山，自此倭寇不敢入侵。因防御倭寇有功，于嘉靖四十四年（1565），被任命为南京礼部尚书，次年任北京左都御史。他见世宗皇帝原先最宠信奸相严嵩，谏官多遭杀害，如今渐为疏远，正好直谏，便上疏谏言“慎选授、重分巡、谨刑狱、端表率、严检束、公举劾”六事，未被世宗采纳。次年世宗病逝，其子朱载垕继位，改元隆庆，史称穆宗，用大学士徐阶为相，力除宿弊。时礼部尚书高拱与徐阶不合，唆使御史齐康出面弹劾徐阶。王廷正气凛然，上疏抨击齐康诬陷忠良，不重惩无以定国，穆宗乃将齐康远贬外地。徐阶好让不争，自请去职，穆宗乃任高拱入掌朝政。高拱排斥异己，堵塞言路，凡上疏弹劾他的，均遭贬谪。王廷见穆宗懦弱无能，纲纪不严，权臣互相倾轧，党争逐渐萌芽，许多老臣纷纷辞职返乡避祸，他恐怕高拱报复陷害，亦于隆庆四年（1570年）辞归里。他回乡时，仅有书籍四箱，两袖清风，别无长物，人人都称赞他是个清官。王廷很有才华，一生著有《拊缶集》《两汉书抄》《奏议》和《诗文》若干卷。神宗万历初年（1573），巡抚四川都御史曾省吾认为王廷为官清正廉明，刚直不阿，上奏神宗恢复他的官职。神宗多次下诏调他回京，王廷均以年老多病，婉言谢绝，辞不就职。他八十寿诞时，神宗特赐财物，并下诏慰问。八十五岁病逝故乡，神宗追赠他为刑部尚书、太子少保，谥“恭节”，葬于永安王平墓侧。

金凤文氏二进士

如今嘉陵区的金凤镇、白家乡与遂宁市的黄泥乡一带，群居着很多文氏家族的人们。金凤镇的马鞍山下，至今尚存一座很大的明代古墓，世传为明代文衡佥事之坟。这里的文氏家族世代相传，他们是北宋名臣文彦博宰相的后裔。南宋年间，先祖在流溪县做官，喜爱此地风景佳丽，致仕后寓居于此，已历四百余年。他们时常谈及文彦博宰相的故事，引以为荣。宋仁宗时，文彦博在当殿中侍御史。当时，鄜延路驻泊都监黄德和，用重金买通步军副都指挥使刘平的一个家奴，诬告刘平投降了西夏王元昊，致使刘平一家二百余口被捕入狱。他奉命到河中审理刘平案件，经过详细调查，弄清了黄德和的诬告罪行。原来是黄德和临阵脱逃，推卸罪责；刘平不是降敌，而是苦战后败亡。遂将此事奏报朝廷，将黄德和与刘平的家奴一起斩首，人皆拍手称快，赞颂文彦博是个清官。后来，文彦博升为宰相，英宗时，出任剑南西川节度使；神宗时，出镇河南，经制边事。一生担任将相长达五十年，封为潞国公，德高望重，人皆敬仰。哲宗元祐五年(1090)致仕，数年后逝世，终年九十二岁，人称“天下异人”史家评论他道：“彦博虽穷贵极富，而平居接物谦下，尊德乐善，如恐不及。”

明朝时期，金凤场的文衡与文阶是堂兄堂弟，隔墙而居，十分友爱，朴实好学，相互勉励。据《南充县志》记载：“文衡于明世宗嘉靖元年（1522），与同县任瀚等人同时中举；嘉靖十一年（1532），与同乡王廷、王继宗等人同中进士。历任云南佥事等官，为官清廉，以所著《冰蘖》著称，行谊卓有古风。文阶于嘉靖十年（1531），与同县陈以勤等同时中举；嘉靖二十九年（1550）高中进士，任望江（今安徽望江县）知府，以清廉闻名。”文衡博学多才，与王廷、王继宗二人交情甚厚。王廷曾任南京礼部尚书，于穆宗隆庆四年（1570），与陈以勤宰相同时告老还乡，著有《两汉书抄》等书。王继宗任工部给事中时，竭力革除朝中弊病，不避艰险，弹劾奸臣。当时嘉靖帝所修建的陵墓与行宫，皆赖王继宗之力。文衡任云南佥事时，以清正廉明著称。当时在按察使下设佥事，以分领各道，是主管司法刑狱和官吏考核的事。当时云南大理县发生了一件奇案，两户贫穷的男女青年互相爱慕，订立了婚约，发誓百年偕老，永不变心。两家的父母也没异议，准备在当年中秋结婚。不意男子被征镇边，数年不归，女家迫于权势，许嫁富户强家。其女不从，父母强逼使去，女郎拒婚，自缢而逝，强家闻女缢死，遂罢婚事。父母听信风水师之言，须停丧数日，方有安葬吉期。恰巧男子退伍归家，喜至女方问讯，见女已逝，抚尸痛哭不已。女郎忽然复活，相互抱头悲泣，迎接回家，调养安慰。强家闻女复活，仗势告官，求娶此女，府县官吏不能断决。恰逢文衡佥事来此视察，说道：“精诚之至，感天动地，故死更生，是非常事。不得以常理断案，此女当嫁贫男。”后来文衡晋升刑部主事，与王廷同仕于朝，人皆敬其忠义。其弟文阶任望江知府时，勤政爱民，清正廉明，百姓十分爱戴。景王（世宗之子载圳）到湖广路过望江，其随从官要求的供应品过于繁多，文阶以民困财乏为由，裁减过半以献。随行官惧怕文阶参劾，只好收敛，隐而不宣，民皆赞颂。后来，文衡与文阶相继告老还乡，卒葬金凤场祖墓的旁边。

韩士英母何氏墓

今之嘉陵区内，从前有两座著名古墓。一是李渡场的平川坝，安葬着陈以勤宰相的母亲王氏之墓，敕封孺人。墓前竖有陈以勤所书的墓碑，中有：“翰林检讨（陈以勤）女三；长适（嫁）陕西按察司副使王廷（王平将军后裔），先卒；次适户部员外郎王遵（王廷弟）。母生为成化（明宪宗年号）甲辰（1484）九月十一日，卒为嘉靖（明世宗年号）己酉（1549）三月十五日，年六十八岁。”二是世阳场的斯栗坡，安葬着兵部尚书韩士英的母亲何氏之墓，封太夫人。墓前的狮马石象、翁仲（石人）之属皆在（俗呼阁老坟）。庄严二墓，清末犹存。

明世宗嘉靖二十一年（1542），韩士英荣升南京兵部尚书，大司马。这年他的母亲逝世，遂请在朝为官的同年（同中进士）张潮（四川内江人）作《何太夫人墓志铭》，文曰：“太夫人姓何氏，归（嫁）韩氏，赠通奉大夫，云南左布政使府君之配（配偶）。以子（韩士英）少司空，始为南京户部主事，封太淑人；嘉靖改元，覃恩（深恩）海宇，封太宜人；继进方伯，封太夫人。世为南充望族，故蕲州判官何公能之次女，端庄贞静，不妄语笑，孝友恭顺，父母兄弟爱重之。兄一人颇涉书传，每闻诵读及古今格言，辄记忆大纲，引以为证，其颖慧类如此。既归于韩，恪守妇道，凡祭祀、中馈（饮食）、女红（纺织与刺绣）之事，俱躬服其劳。司空（韩士英）出京外傳供给之需，皆以时给，恩之虽至，犹日加惩督，不少假借。于前母（孙氏）所出（生）子女，抚之盖如一云。其处中外族党，莫不尽礼。其于治家，俭而有法；其御童仆，严而有恩。天性乐施与，有当给者，虽费不计也。府君勤于农事，夫人每操作以助之，由是家裕而用不匮，夫人与有力焉。先是正德庚午（正德五年，1510），府君卒。司空初举于乡，诸子尚幼，多未娶。夫人克勸大事，无少委焉。且家政井井，益振先声，虽烈丈夫何以加焉。司空举甲戌进士，由南京户部郎中，出为岳州守（太守），迎养于岳。夫人每闻鞭扑之声，辄愀然曰：‘居官宜缓刑慎罚，无深刻为议者。’尝比之汉隽母矣。及司空升藩宪转，停车归拜堂下，见夫人年高体健，善饭加殖，始而沾沾然喜，终而迁廷不忍行。夫人曰：‘兹王命也，尔急去，毋念我。’于是勉强就道，未及任，而夫人逝矣，兹非数哉。夫人生于天顺元年丁丑（1457）四月二十四日，卒于嘉靖二十一年壬寅（1542）七月初八日，寿八十有六。子男八：长士魁、次士杰，前母孙氏出。士英工部右侍郎，次士元、士经、士登、士旂、士美，俱夫人出也。女四人，婿王印、王燦、何江、王儒。孙男俊、侗、伟、佖、伋、仍、伯、仲、俛、仰、侨、保、位、仟、信、偲、僖、伊、侣、俭、化、亿、佳、仿，凡二十四人；曾孙十五人。古人有言曰：‘天道无亲，惟善是亲，不于其身，于其子孙。’若夫人者，既躬受其福，又式穀尔后（积善后代），云祁（福）无已，谓是为积善非耶。矧（况且）司空德宇润懿，局量宽宏，其所以裨赞皇化，以锡宠于夫人者，犹未艾而方升也。天之报施善人固如此哉！予与司空为同年，素异其为人，是必有以启之者，乃泣请铭。且状夫人淑德，云予曰有是哉，有是哉久矣，於司空君有徵也。遂铭之曰：‘霞被烨姓（光盛），永锡尔躬。世固有或滥其封者，兹谓夫人荣耶，抱和益龄，八十有六；世固有或幸其福者，兹谓夫人寿耶。阴幽坤从，维德之贞。婉婉仙媛，淑慎尔身。於皇显报，厥后维亨。翼翼司空，为邦之桢（柱）实繁有众，洋洋英英。播馨拓灵，千载如生。斯不朽之寿，无穷之荣也。噫！其韩夫人之谓耶，其韩夫人之谓耶。’”

范希正辞官还乡

嘉陵山水奇异，古木密翳，幽香艳色，令人陶醉。唐宋以来，有很多名人后裔寓居此地，安居乐业，繁衍子孙。范仲淹宰相之孙范正己（范纯礼之子），在朝为官。北宋末年，靖康之变，国破家亡，携妻逃奔蜀川，寓居蓬州，卒葬州郊之龙章山。其后裔范希正在明朝时期，迁居流溪县之彭城镇（今属嘉陵区）。据《南充县志》记载："宋相范仲淹之后（后裔）范希正，居南充。嘉靖十九年（1540）考中解元，任曹县（今属山东）令，为官清正，深得民心。奸吏诈取民财，暗放囚犯，火焚县衙，嫁祸范令，解京治罪。八百黎民赴京鸣冤，朝廷复其职，严惩奸吏。"

范希正知县回到曹县后，为官一任，毅然辞职还乡（1544），耕读为乐，诗酒自娱。效陶朱公（范蠡）之故，息交绝游，醉心林泉，登高舒啸，临流赋诗。他亲见农夫春耕秋收，十分艰辛，纳粮交租，衣食单薄，遂搜集古人的悯农杰作，朝夕咏诵，教育儿孙，克勤克俭。发妻韩氏，幼习武艺，身体健朗，常舞剑挥拳，逗儿孙取乐。范知县又编写了一本《悯农诗集》，详批浅注，教儿孙阅读。中有，一'、唐朝白居易《观刈（割）麦》，诗云："田家少闲月，五月人倍忙。夜来南风起，小麦覆陇黄。妇姑荷箪食（挑食送饭），童稚携壶浆（送茶汤）。相随饷田去，丁壮在南冈。足蒸暑土气，背灼炎天光（烈日）。力尽不知热，但惜夏日长。复有贫妇人，抱子在其旁。右手秉遗穗（捡麦穗），左臂悬敝筐。听其相顾言（述苦），闻者为悲伤。农田输税尽，拾此充饥肠。今我何功德，曾不事农桑。吏禄三百石（年薪），岁晏（年底）有余粮。念此私自愧，尽日不能忘。"二、唐朝李绅《悯农）诗云："春种一粒粟，秋收万颗子。四海无闲田，农夫犹饿死。锄禾日当午，汗滴禾下土。谁知盘中餐，粒粒皆辛苦。"三、唐朝张籍《野老歌》诗云："老农家贫在山住，耕种山田三四亩。苗疏税多不得食，输入官仓化为土（霉烂）。岁暮锄犁傍空室，呼儿登山收橡实（果食充饥）。西江贾客（商人）珠百斛，船中养犬长食肉。"四、宋朝陆游《农家叹》诗云："有山皆种麦，有水皆种粳（水稻）。牛领疮见骨，叱叱犹夜耕。竭力事本业（农业），所愿乐太平。门前谁剥啄（敲门声），县吏征租声。一身入县庭，日夜穷笞榜（受尽鞭打）。人孰不惮（怕）死，自计无由生（无法活着回去）。还家欲具说（说出实情），恐伤父母情。老人倘得食，妻子鸿毛轻。"五、宋朝杨万里《悯农》诗云："稻云不雨不多黄（旱灾歉收），荞麦空花早着霜（冰灾无收）。已分忍饥度残岁，更堪岁里闰添长（闰月更惨）。"六、宋朝范成大《村居即事》诗云："绿遍山原白满川（河流），子规（杜鹃鸟）声里雨如烟。乡村四月闲人少，才了（结束）蚕桑又插田（栽秧）。"七、宋朝孔平仲《禾熟》诗云："百里西风禾黍香，鸣泉落窦（水位下降）谷登场。老牛粗了耕耘债，啮草坡头卧夕阳。"八、唐朝聂夷中《咏田家》诗云："二月卖新丝，五月粜（卖）新谷。医得眼前疮，剜却（挖掉）心头肉。我愿君王心，化作光明烛。不照绮罗筵（美盛筵席），只照逃亡（逃荒）屋。"九、宋朝李觏《获稻》诗云："朝阳过山来，下田犹露湿。饷妇念儿啼（忙于送饭与喂奶），逢人不敢立。青黄先后收，断折伛偻拾（弯腰拾穗）。鸟鼠满官仓，于今又租入（收租税）。"十、宋朝陈师道《田家》诗云："鸡鸣人当行（早出），犬鸣人当归（晚归）。秋来公事急（催租），出处不待时。昨夜三尺雨，灶下已生泥（屋烂灶坍）。人言田家乐，尔苦人得知（谁人知晓）。"范希正卒后，葬于故土，尊称范公墓。

王布政弹劾严嵩

古人云："钟灵毓秀"，美好的自然环境，就会产生优秀的人物。今之嘉陵，在明朝时期，涌现出很多杰出人物，名满天下，而光烛邻国。特别是这里的八位兄弟的卓越事迹，载于史志，一邦增辉，世代相传，万世流芳。一是韩孜，明武宗正德八年（1513）举人，博学多才，洁身自守，筑室双桂青茅山，隐居不仕；其弟韩敬，贡生，亦淡泊名利，寄情山水，诗酒自娱。二是文衡，世宗嘉靖十一年（1532）进士，曾任云南佥事，后升刑部主事；堂弟文阶，嘉靖二十九年（1550）进士，望江知府。三是王廷，嘉靖十一年（1532）进士，南京礼部尚书；其弟王遵，嘉靖十四年（1535）进士，曾任贵州福建左布政使。四是杨文举，神宗万历五年（1577）进士，初任保山县令，后升通政司；其弟杨文岳，万历四十七年（1619）进士，官至兵部侍郎，抗击义军，为国捐躯。

明世宗（朱厚熜）嘉靖年间，南有倭寇（日本海盗）侵扰，北有鞑靼攻袭，赋役苛重，民怨沸腾。连年旱灾，民不聊生，不断发生农民起义，危机四伏。世宗迷信道教，期求长生，晏处深宫，不理朝政，军国大事，悉委奸相严嵩。严嵩与子世蕃欺君误国，结党营私，贪赃枉法，陷害忠良，政治腐败不堪。当时，民间流传童谣道："前头好个镜，后头好个秤（前几朝尚好）。镜也不曾磨（镜不磨则黑暗），秤也不曾定（天下不定则乱）。嘉靖二年半，秫黍（高粱与黄米）磨成面。东街咽瞪眼（难吃之状），西街吃磨扇（无粮可磨）。姐夫若要吃白面，只待明年七月半（鬼节）。太庙香炉跳，午门石狮叫（皇宫内外不安）。好群黑头虫（奸臣当道），一半变蛤蚧，一半变人龙。"（摘自《古今风谣》）王遵于嘉靖七年（1528）中举，嘉靖十四年（1535）中进士，任东阳县（今属浙江）令。此地盛产稻麦茶茧及药材，他教导民众发展地方优势，勤劳致富。当时，县内有一伙开矿的人，常聚众闹事，挟持官府。很多人都建议王遵派兵去进行围剿，王遵力排众议，宽严并济，写信劝谕矿民："各守本分，遵纪守法，倡乱者诛，胁从不问。"矿民们见王县令处处为民着想，为官清正，感激敬畏，不敢再捣乱了。朝廷闻王遵治民有方，晋升他为贵州、福建左布政使（省最高行政长官）。又诏令他去楚雄训练士兵，防止倭寇入侵，边防赖其安宁。他在两淮城市中建立学校，培育人才，百姓感激，建祠以祀。嘉靖二十五年（1546），晋升他为刑部郎中，分掌各司事务。时值严嵩为相，忠义之臣无不怨恨。刑部员外郎杨继盛与王遵密谋，弹劾严嵩十大罪状，请诛奸相，以安天下。其文曰："方今外贼惟俺答（蒙古贵族首领），内贼惟严嵩，内贼不除，夕卜患难安。严嵩弄权误国，天下知有嵩，不知有陛下，大罪一也。群臣感嵩，甚于感陛下；畏嵩甚于畏陛下，窃君上之大权，大罪二也。以陛下之善政尽归于嵩，掩君上之治功，大罪三也。京师呼严氏父子为大小丞相，纵奸子之僭窃，私通倭寇，大罪四也。借私党以官其子孙，冒朝廷之军政，大罪五也。引背逆之奸臣逆鸾（仇鸾）为将，私通俺答，大罪六也。误国家之军机，勿击俺答，大罪七也。专黜陟之大柄，中伤大臣，大罪八也。凡文武迁擢，但衡金之多寡而畀（给）之，失天下之人心，大罪九也。嵩好利谀，天下效之，大罪十也。"世宗昏庸，不纳忠言，忠奸不分，枉杀谏官杨继盛。王遵恐祸及己，毅然辞官，带领家小还归故乡，隐居嘉陵藏珠山中，乐享天年。

韩士英衣锦荣归

明朝时期，顺庆府有两个德高望重、扬名四海的文臣武将，晚年衣锦荣归，人皆敬佩。一是兵部尚书韩士英，他的祖先是南宋理宗的大将韩世富，凤州河池人，以行军镇抚使领兵平蜀，驻军顺庆，后解甲归田，遂家琴台村（今高坪江陵镇境内）。到了韩士英祖父时，因人口繁衍，移居马家沟（今嘉陵区世阳乡境内），韩士英出生于琴台村，幼时亦随父迁居马家沟。韩士英天资聪颖，博览群书，勤习武艺，练就文武全才。明武宗正德九年（1514），与新都杨慎（字升庵）同中进士，官至兵部尚书，屡建奇功。七十岁告老还乡，享年八十六岁，卒葬马家沟祖墓之侧。二是文渊阁大学士（宰辅）陈以勤，他的祖先是北宋秦国公陈省华之子陈尧佐，阆州新井县（今南部大桥镇新井村）人，后来陈尧佐之子陈彦真在果州为将，解职后，定居果州西水里平川坝（今嘉陵区李渡镇阁老坟村）。传至十三代陈大策，娶处士王珏之女为妻，生子陈以勤。陈以勤博学多才，明世宗嘉靖二十年（1541）进士及第，官至吏部尚书，文渊阁大学士。六十岁致仕还乡，常居北湖别业（今南充市委礼堂）与青居烟山（今高坪青居镇境内），享年七十六岁，卒葬西山的栖乐山垭。

韩士英字廷延石溪，功成身退，不贪利禄，尤喜培育英才，怡然自乐。当时的左春坊司直任瀚、刑部尚书王廷、云南佥事文衡、户部主事杨丽等人，都是韩士英的门生。他在明世宗嘉靖三十五年（1556），七十岁告老荣归，在马家沟故居举办了盛大寿筵，当地名士、亲友和他的门生们齐来祝贺，车马盈门，热闹已极。他的门生任瀚贺送《韩石溪七十寿序》：“南京兵部尚书石溪先生韩公寿七十，郡耆旧知名士咸来问言。公寿则七十，气力强健，寒暑颜色不老，目炅炅（炯炯有神）相射，发须强半黑（浓而花白），齿牙坚密若编贝（洁白整齐），步上下山谷，轻捷过丁壮人。时将奚奴（仆役）背柳瘿蛮榼（盛酒或贮水的器具），策杖履临流，选胜张筵，行酒赋诗，一举笔剌剌数百言（下笔千言）不休。奇谲险怪，冲澹严雅，隽逸万态，各得其妙，公神仙中人哉，何寿命可量。自公起家南省（尚书别称），至为郡将、殿中丞，司马司徒，奔走迁播辛苦，簿书吏事，垂四十年，乃得投老休暇。然且日煦煦（惠爱）坐图籍中，冥搜远讨，上薄黄虞（黄帝与虞舜）坟穗（古籍的三坟五典），下及野史稗官琐说，无不遍览。仇校著书，多根柢（树根）闳邃，蔚然成名家言。公（韩士英）所谓典刑旧说，耄耋称道不乱者哉。汉伏胜年九十，能口授尚书，文帝遣博士掌故，北面受读；董仲舒晚年扫社，述《春秋繁露》，著闻当世，朝廷有大疑，则敕中大夫驰走问故。韩公两朝旧学晓时事，天子将下公礼，数受书决疑，如汉庭老儒生（伏胜），声名流千万岁不朽，何寿命可限量焉。”新都状元杨慎贺送《跋韩石春秋所藏九都图》：“此图为宋宣和（宋徽宗年号）院画无疑，卷首题云《江山万里图》，缣（双丝的细绢）尾题云米元晖（米友仁字）笔，皆眯目而道玄黄（天地的代称）者也。米氏父子（米元章与米友仁）同一笔法，皆崇简易，殊乏精工。此图楼台城郭，浮图水石，绰有唐法，恐非虎儿所能企也。其云江山万里亦非也，滨江安得有九都乎？此盖《九都赋图》，张平子（东汉文学家张衡）之西都、东都、南都；左太冲（西晋文学家左思作《三都赋》）之蜀都、吴都、魏都；及徐干（东汉末文学家）之齐都，刘劭（三国魏哲学家）之赵都，庾阐（北周文学家庾信）之扬都也。唐人以九都赋为一卷，意必有图以配之，此或其粉本之遗邪。中丞南充韩公石春秋藏此图以示慎（杨慎），故辄述所见，以印可（认可）于大方之家云。”他人赠送诗文贺寿的甚多，一时难以尽叙。

冯巡按置业济贫

从前当大官的人，身居高位，妻妾成群，享受优越的俸禄，只图个人的安乐。住的是壮丽的府第，乘坐的是华美的车轿，吃的是山珍美肴，穿的是绫罗绸缎，处于花天酒地之中，饱享音乐女色之乐。哪管你天灾人祸，哪管你饿殍遍地，哪管你贫病无依，哪管你卖儿卖女。孟子说："对亲族亲近，对百姓就仁慈；对百姓仁慈，对万物就爱惜。"这类人物很少。历史上记载齐国的丞相晏平仲，坐的是破车和瘦马，却把钱周济亲族和士子，使他们能丰衣足食，不受冻挨饿。而最知名的要数北宋宰相范仲淹，他平生喜欢施舍，选择同族中亲近而穷困的人，或者疏远而贤能的人，都救济他们。后来当了宰相，就买了一千亩近郊经常丰收的田，称为"义田"，靠它来养活穷人，周济了许多同族的人。每天有饭给他们吃，每年有衣服给他们穿，凡是嫁女、娶媳、天灾、丧葬等事情都有供给。同族住在一起的有九十多个穷人，以义田的收入，给那些聚居的人，充足有余，不会贫乏。范仲淹逝世后，他的后代子孙，继承他的遗志，经营义田，像范仲淹活着时一样，从不变更。范仲淹虽然官职高、财富多，俸禄优厚，却始终清贫度日。死时，没有好衣服收殓遗体，甚至没有钱办理丧事，被周济的人如丧考妣，哭着安葬了他。

明朝时期，太和场冯家山下（今太和乡四村），出了一个像范仲淹那样救济贫穷的人冯荐。他本是三国蜀汉名将冯习的后裔，在世宗嘉靖十年（1531）中举，嘉靖二十年（1541）与同乡陈以勤同中进士，授官谷城（今属湖北）县令。此地盛产稻麦、棉麻与药材、蚕茧。他在这里鼓励农桑，发展蚕业与缫丝，增产致富，政绩显著，晋升御史。当时，世宗崇尚道教，笃信方技（即方伎，有医药学与神仙术的人）。古之方技有四，即医经，经方，房中术，神仙。道教承袭了先秦巫祝祭祀鬼神和方士炼丹采药之术，作为修炼方法，以求长生不老。世宗喜服丹药，爱好神仙之道，遂封道士邵元杰为真人，又封方士陶仲文为恭诚伯，并派遣御史搜访寻求方士与法书。大兴土木，建造宫殿，国库亏空，府藏告匮。他接受陶仲文的建议，下令召选十岁以下的女孩四百人进宫，以供炼丹药使用。太仆卿杨最，规劝世宗不要服丹药，被处以杖刑至死。冯荐御史却冒死上书道："陛下深居西苑，专意斋醮，以求长生。自古圣贤垂训，修身立命，未闻有长生之说。尧舜文武（周文王与周武王）之盛，未能久世。汉唐以来，亦未见方外士，至今存者。陛下受术于陶仲文，以师称之，仲文则既死矣，彼不长生，而陛下何独求之。至于仙桃天药，怪妄尤甚。桃必采而后得，药必制而后成，今无故获此二物，是有足而行耶？曰'天赐者'，有手执而付之耶？此左右奸人，造为妄诞以欺陛下，而陛下误信之，以为实然，过矣。陛下诚知斋醮无益，一旦幡然悔悟，日御正朝，与群臣讲求天下利害，置身尧舜文武之间，天下何忧不治。"世宗嘉其诚意，命他巡按山东与湖广，内主试事，录拔英才，公明行止，人皆称颂。因言事忤权贵，奸相严嵩恨之，排挤去朝，出任知府。冯荐巡按遂称疾辞官，回到故乡，将平生二十年俸禄积蓄，倾囊购置百亩良田，称为"义田"，来救济穷亲戚及同族贫困的人。并挑选族里年纪大、品行好的人，主管义田的经济账，定期公布收支。又规定了每人施舍饭米和衣服，以及婚丧嫁娶的数目，一律平等对待。冯巡按又教训子孙们，勤俭节约，德不望报，将义田养穷之法，长期坚持下去。冯巡按逝世后，葬于故居冯家山下。人们感其恩德，修建了冯家庙，塑供佛祖，并塑供了冯巡按的像来祀奉他，古庙至今尚存。他的忠义美德，世代相传，人人敬仰。

陈宰辅告老还乡

南充的陈氏家族，有两大宗支：一是汉代司隶校尉陈禅及其后裔，世居安汉县西郊之金泉山麓（今南充蚕丝校处），为陈寿的祖先；二是宋代秦国公陈省华的后裔陈彦真（陈尧佐子），统兵镇守果州，解职后寓居果州西水里平川坝（今嘉陵区李渡镇阁老坟村）。这两大宗支的后裔都很兴旺发达，世代为官，成为南充的名门望族。自从陈彦真谢职后寄居此地，到明代陈以勤时，已历十四代。陈彦真之孙陈兴，生于元顺帝至正年间（约1341），为陈以勤的八世祖。陈兴生陈思诚，陈思诚生陈文质，陈文质生陈平，皆以务农为生。陈平生陈纪后，教其认真读书，改换门庭，光宗耀祖。后来陈纪为博士弟子，陈纪之子陈衡成为大理府训导，陈衡之子陈信为太学生。陈信娶知书达礼的大家闺秀蒲氏为妻，生子陈大道、陈大策、陈大学、陈大猷四子。蒲氏亲自给四子授课讲学，读史穷经，诸子勤奋好学，从不懈怠。长子陈大道考中进士，任庆阳判官；幺儿陈大猷成为宿州学正。二儿陈大策娶处士王珏之女为妻，于明武宗正德六年（1511）九月二十日生子陈以勤。传说王氏在分娩时，曾梦一星如月状，光烛庭阶，惊而拜之，忽有神人自天而下，授以笔砚，梦觉而生陈以勤。陈大策深以为异，说道：“吾陈氏三世为儒，郁而未畅，其在孺子（陈以勤）乎！”陈以勤从小天资聪颖，敏而好学，锐意攻读经史，勤练书法，年十八为郡博士弟子，才气过人。三十岁考中进士，入选庶吉士，授翰林院检讨、编修等职。四十一岁为裕王朱载垕讲官，长达九年之久。当时，庄敬太子朱载壡病逝，尚未册立新太子，世宗素薄裕王，而喜景王（朱载圳）。奸相严嵩逢迎世宗之意，阴谋立景王为太子，遂使其子严世蕃往探侍读讲官陈以勤，说道：“闻殿下（裕王）近有惑志，谓家大人（严嵩）何（听说近来裕王神志不清，说了我父亲什么吗）？”陈以勤正色说道：“国本默定久矣，生而命名从后从土，首出九域，此君意也（意即世宗给裕王取名载垕，欲在日后为储君）。故事诸王讲官止用检讨，今兼用编修，独异他邸，此相意也。殿下每谓首辅（严嵩）社稷臣，君（严世蕃）安从受此言？（你在哪里听到这些言论）”严世蕃见陈以勤词严义正，乃默然而去。嘉靖四十年（1561），世宗册立裕王为太子，这时陈以勤因父病逝，居家守孝，三年后还京供职，晋升礼部左侍郎，翰林院学士诸职。嘉靖四十五年（1566）二月，世宗病逝，朱载垕继位，史称穆宗，改年号为隆庆。

隆庆初年（1567），奸相严嵩父子或被杀，或病逝，朝廷任徐阶为宰相。恰值景王朱载圳（世宗第四子）病逝，徐阶将他原来占有的数万顷陂田，全部归还给当地人民，又将原来“大礼议”（世宗封生父为帝的事）遭迫害的人，一律复官，成为一代盛事，时称贤相。后遭礼部尚书高拱的弹劾，徐阶自请辞职，回到故乡。隆庆元年（1567）二月，穆宗晋升陈以勤为礼部尚书，兼文渊阁大学士（宰相），入参机务。陈以勤进谏穆宗励精修政，提出“慎擢用，酌久任，治赃吏，广用人，练民兵，重农谷”六条时务。穆宗嘉许，命司议施行。这年五月，朝臣们上疏弹劾高拱独断专横，高拱慑于众怒难犯，自请离职养病。隆庆三年（1569）冬，穆宗召回高拱，任吏部尚书，朝士各有所附，交相攻击。唯有陈以勤宰相尽瘁事君，明哲保身，进退始终，不失其道。自度不能排解纷争，恐久反为诸人所害，遂于隆庆四年（1570）告老还乡，安度晚年，进封太子太师。穆宗遂任高拱为相。隆庆六年（1572），穆宗逝世，其子继位，史称神宗。张居正为相，高拱被逐，仓皇出朝，叹曰：“陈以勤明哲保身，真哲人也。”

陈太师修桥作记

陈以勤宰辅致仕还乡后，将平生积蓄，全部用于地方福利事业，他在万历六年（1578）倡议重建西桥后，作了一篇《重修西溪广恩桥记》，镌碑竖立桥头，文曰：“顺庆治（府衙所在地），左大江（嘉陵江）而右西溪。溪发源西充崇礼山，逶迤百折而来，并城西面距大江不能里许。若拱若翼，若为之绾束（盘绕），演漾渟滴（积聚与奔流）而乃南下，稍回远汇于江。当绾束处，旧有石桥跨溪，载郡乘，曰西桥。相传，宋嘉定（宋宁宗年号）间建，至嘉靖（明世宗年号，历时三百年）初，始颓塌（垮塌）云。其址接北郛阛外，为走省府孔道，輶轩（高昂的车）端节之使相望，縢箧担负者（背包肩担的人）趾踵相接也。夏秋霖潦滂溢，溪流扼于江，无所泄（排泄），漭漭成巨浸。传使坐稽王程，征夫驰肩而叹，冯绝冲涛者，往往委鱼腹（淹死）。霜降水涸，揭洗逗淖中（光脚行走烂泥之中），龟瘃（冻裂剧痛）不可忍。官或为之架木（木桥）设杠杓，岁岁庀饰疲费矣。于是郡人争言复旧桥便，以用诎作劳（费用短缺，工程浩大）未暇也。隆庆庚午（1570），余谢政归里，目击阽苦（危险困苦）状，叹曰：‘桥之弗图，害哉！’昔野庐氏，掌达国道路，行舟车击互者，萍氏禁民无川游。本朝都水令若曰：‘诸通达驿道，以时葺治；河津合置桥梁者，在所起造，遵用周典云。‘且斯桥也亦其废坠，是为将蠲（免除）民疾，而非厉之也。夫以起利则仁，以兴坠则谊，奉宪令则恪，稽古典则顺，岂其不可哉。会大参静斋梁公（梁静斋），分守吾郡，娓娓询民所便苦。余首举为言，且请以上一岁夫禀之赐，稍捐田谷百担佐公费。梁公与分巡佥宪王公，咸相嘉奖。厥成下之府若县，商计经费，而专委西充簿（主簿）毛凤彩者董其事。

毛有局干称，经始之日，四顾周环，觅土藏制曰：‘溪流长而深阔，桥非高广无以厌水冲。即高广，非以壮厥基，且远之圮（倒塌）。两岸软坼（裂开）善崩，非厚布之堤以捍。湍复射啮，而桥不可规固。夫语有之，坚树在始矣。’于是揆日鸠工徒，首筑堤，堤东西衡七丈有奇。甃石为之，树榉柳以护石，而后酾（疏导）流划波，疏渝（疏通）溪底。植巨椿密楗，其下丛卧碇石，盘亘螺结为墩，离立水中者八。从墩累石，犬牙函错，鱼鳞杂袭，攒扶而上，镕铁液注其中。旁设钩环为空，以行水者七，而后成桥。桥高三丈，中稍隆起，而两椭平翼之栏楣，表之石坊。其修视高九倍，广减其高三之一，其址移旧桥上流二十丈许。其始事，以万历六年（1578）六月十三日，其讫工，以八年（1580）四月十四日。盖桥成而视昔规模，闳杰巍壮有加，烂若星梁之架汉（天空），蜿若玉虹之卧波。虽复狂澜澎湃暴浸，歕（喷）轧恬然，付诸履舄之下，而不知其休绩哉。是役也，余实首其议，诸大夫谟谋佥同，而梁公怂恿尤力。若乃目揣心营，无靡财，无窳（劣）工，以垂永利，不湖毛簿有焉（应书写毛主簿的功劳）。当役始作多齰舌（建桥初多闲话），谓成功难猝睹。比畚捐贝饰，民乃大和会，载经载营，靡憞厥素（民无怨言）。一日而鸣湍长津，化为夷陆砥道（平坦大道），行旅如归。无褰裳失楫之难，邦人士女，黧老黄孺，扶携来观。讴谣祝佛（福）之声，锵洋塞耳。非夫佚道使民，民所曹好，鲜其弗济者与。至夫犖石嵚岩，缱之淖渊，工故不细矣。一无断縆（粗绳）刓肤之恐，若鞭若比神来相之。无亦天之有意，新斯桥久矣，姑借人力成之耶。桥既落成，诸大夫问，所以名之？余请以广恩名……桥成二年，潮阳周公来守郡，始谋琢石纪成绩，嘱笔于予，谨撰次其事之颠委若此。”

陈于陛观日作赋

陈于陛是明朝宰相陈以勤的儿子，出生在京都北京，自幼聪明好学，下笔千言，双亲倍加爱怜。世宗嘉靖三十九年（1560）九月，祖父陈大策病逝，随父奔丧，回到故乡南充，拜大儒任瀚为师，在任瀚别墅（今南充市大北街）读书。次年进省乡试，考为全省第四名，继于嘉靖四十三年（164年）二月，随父返京，在家攻读诗文。穆宗隆庆二年（1568年），名登探花，授官翰林院庶吉士，后来晋升翰林院编修，担任世宗、穆宗两朝实录纂修官；并任充日讲官，教授太子诗书。当时，他的父亲已是礼部尚书兼文渊阁大学士，为宰辅重臣。穆宗隆庆四年（1570），父乞请归隐，又随父回到故乡，住在北湖侧旁的别墅新居。

神宗万历八年（1580），陈以勤七十寿诞，神宗念及他是先帝大臣，陈于陛又是太子老师，特诏有司存问，并赐襁币，令陈于陛还乡祝寿。这次，陈宰相设寿宴于清居江楼，大宴宾客，当时，退居林下的兵部尚书韩士英和司直任瀚等人及地方官员齐来祝贺，车马盈门，热闹非凡，大家欢聚数日方散。一日陈于陛禀告父亲，去游览金城山。他游览了金门锁雾、金城日出、宝莲晨钟、天女抛纱四大奇景后，甚为畅快。是夜宿于宝莲寺中，与僧闲话，住持说道："登金城山绝顶而观日，不减泰山景象，明晨我陪学士一游。"次日凌晨，住持前导，踏迷雾、步山道、穿林海、过险峰，朦胧月色，暗行数里，来到观日台。遥望天际，一片墨黑，瞬间东方透出缕缕红霞，阳鸟（太阳）如一点紫红缓缓升起，由暗到明。蓦地微微一跃，一轮红日喷薄而出，顷刻朝霞满天，整个金城山变成金色世界，甚为壮观。陈于陛感慨万千，乃作《日方升赋》，文曰："伊高天之沆寥（空旷清朗貌），覆万有而无垠（边际），炳赤标以成象，揭阳乌（太阳）之威神。涤素魄（月亮）于灵渊，丽昭质于苍旻（天空），盖乘乾而独运，亘终古以若新。方其金铎寂阒（钟磬寂静），玉漏逡巡，星月竞皎，庭燎未陈。尔乃韬精袭采，闷闷汶汶（昏暗不明貌），穹恍惚以奥密，握静一于洪钧（化淳俗美，天下太平）。逮夫夜气微、晨光发、华镛铿、宵鼓歇，尔乃扶摇马及沓（盘旋的暴风），轮困突屼（旋转的车轮）。驾神岳之将，沸海涛之汩（波浪），则有阳侯（波涛之神）揽辔，丰隆（雷神）先驱，冯夷（水神）捧盖，后羿（嫦娥夫）扬麾，拥云旗之缥缈，骈霞光之陆离（色彩繁杂）。远而望之，氤氲曈昽（太阳初出由暗而明的光景），如神龙之瞪目；近而察之，灼烁焰烂（光彩鲜明），拟朱镜之呈规。朗朝旭于始旦，独万象而生曦（早晨的阳光），嗤三五以失色，即晻霭（日无光）何能蔽之。属太阳之当天，惊幽魅以奔走，夺邻烛于萤囊，辟冥蒙于蔀斗。于斯之时，鱼锁既启，九关洞开，旌旗辨色，群工毕来。乃有容成步晷（日影），羲仲（尧帝时掌天文历法的官）察表，太史书云，鸡人唱卯。烛（照明）丹陛以辉煌，映彤墀（红色台阶）其窈窕，螭头（龙形花雕）抱影而跂蛇，金茎动色而妖袅（娇媚），信沆瀣（露水）之未晞（干燥），羌嵎夷（山势弯曲险阻的地方）之初皎。此我大君，顺天时以听政，追宵衣之遐藐者，乃若离明溥徧，照及八荒（八方荒远之地）。三农出作，九市开场，士晨起而披吟，工夙兴以劻勷（惶遽不安貌），行旅沾乎多露，红女织于东方。凡含心饮气，孰不感惕（感激敬畏）乎青阳（春天），方其挂影千山，分晖万壑，东自海邦，西暨绝幕，南荡朱垠，北通朔漠。氛气被扫，曦和磅礴，洵（实在）九有之混茫，尽耿光而灼爚（光彩貌），天子方且鉴于日迈法乎？天行图慎终于有俶（开始），夺初政于精明，问何其以视朝，儆同夜于鸡鸣，体惜阴于夏禹（夏禹王），法待旦于周成（周成王），则使迟迟之舒景与圣德乎？并进熙熙之泰运，同国祚之万兴，乃大小臣工，咸负暄而思献；遐迩黎庶，颂天保之恒升。岂不受亿万之仰戴，起三五（三皇五帝）之闳登者哉！”其词曰：“离离（繁茂貌）海峤，开光霁兮。照临下土，辟霾曀（天阴沉）兮。云霞绮错（美丽交错），邈瞻睇（仰望斜视）兮。丽于扶桑（神话中的树木），达无际兮。高朗令终，光不替兮。”时人碑刻山中，流传至今。

文宪公积劳早逝

明朝时期，陈以勤和陈于陛父子宰相，是举世闻名的，不但明朝独一无二，中国历史上的父子宰相，亦是很少的。陈以勤活到了七十六岁，卒后赠太保，谥“文端”，葬于西山栖乐山垭；陈于陛为国操劳，用心过度，不幸早逝，终年五十四岁，赠少保，谥“文宪”，葬于西山麓的桂花坪。神宗特遣礼部尚书范谦，谕祭陈于陛，并给他立传。其祭文曰：“维卿学有渊源，性成耿介（正直），手披经史，经筵弘启沃（以治国之道开导帝王）之功；志在春秋（著史），史局修编摩之缺。暨膺简任（为相），世掌丝纶（帝王诏书），密赞系巩（优美的文章），式孚（榜样）同德。甫作济川之舟楫，期为一体之股肱（辅助得力的人）。箕尾（二星名）忽骑，乃鞠躬而尽瘁（过度劳累）；台星俄折，惜不愸（谨慎倔强）于良臣。魏徵（唐初政治家）之鉴云亡，班固（东汉史学家，作《汉书》）之书莫续。辍朝增叹，掩袂（袖子）生悲。恤典宜隆，既有光于先世；芳名如在，应无憾于重泉（九泉之下）。谕祭特申，卿其歆服（您感到悦服吗）。”

陈于陛字元忠，别号玉垒山人，明世宗嘉靖二十二年（1543），出生于京城北京官邸。这时，其父陈以勤任翰林院检讨，其母王氏夜梦天乐震响，导一羽衣人而至，遂生陈于陛。他长得眉清目秀，白胖可爱，自幼聪慧好学，才思敏捷，下笔千言，文辞优美。陈翰林更是高兴，说道：“此儿类我也。”嘉靖三十九年（1560）九月，祖父陈大策病逝，随父奔丧，留居故乡西水（今嘉陵李渡镇阁老坟村），拜任瀚太史为师，从其读书。次年赴省参加乡试，名列第四，时年十七岁，三年后回到京城，居家自习。穆宗隆庆二年（1568），陈于陛考中探花，任翰林院庶吉士，这时，其父已是宰辅重臣，父子同朝做官，名极一时。隆庆四年（1570），陈以勤告老还乡，陈于陛奏请穆宗恩准，护送父亲归家。当时，蜀中百姓将他父子肖像绣于蜀锦，为一时盛事和美谈。隆庆六年（1572），陈于陛回到京城，写成《穆宗实录》，升为修撰。闻母亲病逝，又回故乡治丧守孝。是年穆宗亦逝，其子继位，史称神宗，改元万历。万历五年（1577），陈于陛编成《世宗实录》，升为充日讲官。万历八年（1580），其父七十大寿，陈于陛上疏乞归省亲，回到故乡。当时，陈以勤在青居烟山的嘉陵江畔，修建了一座江楼，家乡耆旧任瀚太史，礼部尚书王廷等十余名流，皆来江楼祝寿。陈于陛汇集唐诗中咏江与楼的诗，令十余幼童齐声歌唱，以取悦父亲。在座宾客齐赞陈于陛构思巧妙，孝心可嘉。万历十四年（1586），陈以勤病逝家中，陈于陛辞官还家，守孝三年，方回到京城。命掌翰林院事，兼侍读学士。万历二十一年（1593）秋，晋升礼部尚书，次年（1594）三月，任为宰相。当时，神宗幽居深宫，不理朝政。吏治惰败，武备松弛，滥赏淫刑，忠良惨祸，外有入侵之敌，内则农民起义。陈于陛忧国忧民，直言谏君，向神宗上疏六事："一曰接见大臣，以决壅蔽；二曰录用人才，以安社稷；三曰劝奖外吏，起用贤能；四曰清查边饷，渐汰虚浮；五曰储养将才，广罗武勇；六曰择用边吏，抚民御外。"神宗不纳。陈于陛身为宰相，既要管理国家大事，又要负责编辑史书，夜以继日，毫不懈怠，积劳成疾，时常害病。万历二十四年（1596）冬，病逝京城，归葬故土。死后二年，皇城失火，他所编撰的《明世宗朝史》和《明穆宗朝史》全部被焚，唯有《万卷楼集》放置家中，方流传下来。

陈氏一脉多宰相

我国的官制，始于夏朝的“家天下”统治时期，而最早提出宰相之名的，是战国末期的韩非（法家哲学家）。他在所著的《韩非子·显学》中提出：“故明主之吏，宰相必起于州部（从州部基层衙署中提拔上来），猛将必发于卒伍（从士兵队伍中选拔出来）。”在漫长的封建时期，宰相辅佐君主治理国家，总揽政务，管理百官，发号施令，成为“一人之下，万人之上”的最高行政长官。但历代所用官名，与职权广狭程度，各有不同。秦和西汉以相国或丞相为宰相，而御史大夫为丞相之副。东汉则以司徒等为丞相，与司空、太尉共掌政务。魏晋以后，以中书监、中书令、侍中、尚书令、仆射等官执政为宰相。隋以三省长官为宰相。唐以中书令（中书省）、侍中（门下省）、尚书令、仆射（尚书省）为宰相，后来又设宰相。宋以同平章事为宰相，参知政事为副宰相，合称宰执；后来又改为左右丞相。元以中书省为政务中枢，后来改为平章政事与参知政事，为正副宰相。明初废丞相，由皇帝亲揽政务，后以内阁大学士为宰相，参与机务。清以军机大臣为宰相，后以内阁大学士为相。千百年来，在众多的宰相中，有贤明的，有奸佞的，他们身系国家安危与兴衰。贤明的宰相，忠君爱国，勤政爱民，把国家治理得兴旺发达，国泰民安。诸如汉之萧何，唐之姚崇，宋之寇准，明之张居正，皆名垂青史、流芳百世的忠臣，因而出现了“文景之治”“贞观之治”“开元盛世”“康乾盛世”。奸佞的宰相，专权乱政，祸国殃民，使国家衰败下去，甚至卖国求荣，谋反弑君。诸如汉之董卓，唐之李林甫，宋之秦桧，明之严嵩，都是载诸史笔、遗臭万年的奸臣。

一、南籍宰相

唐宋以来，南充境内出了九位宰相，都是爱国爱民的忠臣。一是唐宪宗（李纯）时的赵彦昭，西充人。他为相时，恰逢王叔文、王伾、韩泰、韩晔、柳宗元、刘禹锡、陈谏、凌准、程异、韦执谊等十刺史，因支持唐顺宗（李诵，宪宗的父亲）进行政治改革（即永贞革新），失败后，都被贬至边远地区任司马，史称“二王八司马”。他劝谏宪宗，将这十位刺史官复原职，时称贤相。二是宋真宗（赵恒）时的陈尧叟、宋仁宗（赵祯）时的陈尧佐（南部人，后迁阆中）兄弟宰相，做了很多利国利民的大事。三是宋英宗（赵曙）时的何金宰相（西充太保山麓人）和宋神宗（赵顼）时的何贱宰相，时称“兄弟宰相”。英宗即位之初就病得很厉害，一切国家大事，都依赖何金宰相去办理，何金很有才能，除国事外，还要教导太子赵顼的诗书。当时，英宗和曹太后（仁宗的皇后）互有嫌隙，朝臣们都很担忧。有一天，英宗对何金说：“太后对我缺少恩情（并非亲生之子）。”何金劝谏道：“父母慈爱而儿子孝顺，这是常事，不足称道。只有当父母不慈爱时，儿子还是守孝道，才足以称道。或是陛下奉事太后不周到吧，父母怎么会有不慈爱的呢！”英宗听后大为感动，加意孝敬曹太后，母子关系就和谐了。英宗在位四年病逝，何金辞官还乡，卒葬太保山。其弟何贱于神宗（赵顼）元丰初年（1078）任宰相。这时王安石刚罢相，新法尚未全部废除，天下骚动不安。他劝谏神宗说：“新法如不废除，民之弱者将死于沟渠，壮者必聚而为盗。原反对新法被废逐的老臣司马光等人，应于起用，以安定民心。”神宗嘉其忠贞，诏令逐一施行，挽救百姓之患难，众皆颂其恩德。四是宋理宗（赵昀）时的游似宰相（高坪鹤鸣山麓人），嘉熙三年（1239）任宰相，他精通理学，常给理宗讲解理学，尊为帝师，时称“中兴宰相”淳祐十一年（1251）

致仕，寄居浙江德清县的新市镇，卒后亦葬于此。五是宋度宗（赵禥）时的徐恺丞相，西充人。当时，奸相贾似道专权，上欺天子，下压群臣，祸国殃民，人皆痛恨。徐恺丞相，上疏度宗，历数贾似道之罪，请诛之以谢天下。度宗念及贾是先帝宠臣（理宗贵妃贾氏之弟），只革职放逐，在归里途中，被监送官郑虎臣所杀。徐恺丞相见度宗治国无能，不纳忠言，遂毅然辞官还乡，卒葬故土。六是明穆宗（朱载垕）时的陈以勤宰相，为相四年，见朝中大臣互相倾轧，劝解无效，毅然辞官还乡，乐享天年。其子陈于陛在明神宗（朱翊钧）时，相继为相，时称“父子宰相”举世无双。

二、名门陈氏

唐宋以来，南充籍的九位宰相（唐 1 宋 6 明 2），陈省华的后裔就占了四位，世所罕见。据史籍记载，陈省华的祖先是汉初名相陈平。据《阆中县志》记载：“陈省华字善则，其先河朔（今河北安平县）人，祖翔（陈翔），为蜀新井（今南部大桥镇新井村）令（县令），因家焉，遂为阆中人。事孟昶 [五代时后蜀国君，934—965 年在位。宋太祖乾德三年（965）降宋] 为西水（今南部西河乡境内）尉（陈省华任县尉）。蜀平，授陇城主簿，累迁栎阳令（今陕西临潼县令）。县之郑伯渠为邻邑强族所据，省华尽去壅遏，水利均及，民皆赖之，徙楼烦令。端拱二年（989），太宗（赵匡义）亲试进士，其子尧叟登甲科（状元），入谢，辞气明辨（言辞清雅）。太宗顾左右曰：‘此谁子？’王沔以省华对（陈省华子）。即召省华为太子中允，俄迁殿中丞。河（黄河）决郓州，令省华领州事，俄知苏州，赐金紫。时遇水旱，省华复流民数千户，殍者尽瘗之（埋葬饿死的人），诏书褒美。历户部、吏部二员外郎，改知潭州，擢鸿胪少卿。真宗景德初（1004），判吏部铨，权知开封府，转光禄卿。真宗以省华权准京府，别设其位，升于两省五品之南。省华以府事繁剧，请禁宾友相过（禁人拜访），从之。未几，因疾求解任，拜左谏议大夫，再表乞骸骨（辞官还乡），不许，手诏存问，亲阅方药赐之。景德三年（1006）卒，年六十八岁。特赠太子少师，加封秦国公。”

三、兄弟宰相

陈省华的长子尧叟与次子尧佐，在北宋时期相继为相，世称“兄弟宰相”。陈尧叟生于宋太祖建隆二年（961），在太宗端拱二年（989）高中状元。皇上召见时，见他姿貌雄伟，器宇轩昂，垂询政事，对答如流，清晰畅达，很是喜悦，授官光禄寺丞，令值史馆。三十一岁时，出任广西路转运使。这里气候炎热，树少水缺。当地习俗，病者祈神不服药，民多枉死。他劝导民众植树凿井，并广筑亭舍，轮供茶水。又在路旁遍刻治病良方，拯救病人。并因地制宜，发展苎麻生产，增加农民收入。当时，广西路南边接壤交趾国（今越南北部），宋朝的杀人放火要犯逃亡交趾，国王黎桓将他们收留起来，使作海盗，侵扰宋国的边境。交趾国的要犯逃到宋国，地方官员将他们隐藏起来，使之侵扰交趾。陈尧叟来到广西，责成地方官将交趾罪犯，全部遣送交趾。交趾国王受到感动，也将宋国逃犯遣送宋国。自此，两国邦交和睦友好，四境安宁。朝廷嘉其贤能，擢升他为广西安抚使、兵部郎中与河北、河东安抚使等官。他导民治理黄河水患，裁减河北冗官，政绩卓著。陈尧叟书文（书法与文章）双绝，多次奉诏撰写颂碑，预修国史。真宗大中祥符五年（1012），荣升宰相。当时机构庞杂，人浮于事，繁文缛节甚多，办事效率低下。他向朝廷提出“裁冗官，去繁文，决滞务，启优士”，同时主张因地制宜，发展生产，以强国富民，皇上准其一一施行。为相五年，劳心国事，常患脚疾，行走不便，告假养病，皇上亲临府第探视。未几病逝，不及花甲（不到六十岁），赐谥“文忠”，荫封其子孙为官。

尧叟之弟尧佐生于宋太祖建隆四年（963），二十六岁考中进士，当了多年的地方州县官员。他长于治理水患，初任两浙转运副使时，治理了钱塘江水患。后任滑州知府时，治理了黄河水患，百姓呼其堤曰："陈公堤"。在并州为知府时，治理了汾水水患。并在堤上植柳数万株，营造柳溪，灌溉农田，化险为夷，民赖其利。他在开封府任知府时，见前守姜遵，尽毁古碑碣，充砖壁之用，深为惋惜。遂上疏朝廷道："唐贤臣墓石，今十亡七八矣。子孙深刻大书，欲传之千载，乃一旦为瓦砾等，诚可惜也。其未毁者，愿敕州县完护之。"他爱惜文物之举，朝廷赐书褒谕。仁宗天圣八年（1030），任副宰相，八年后，任宰相，时年七十五岁。陈尧佐诗书双绝，笔力端劲，老犹不衰。仁宗庆历四年（1044），年已八十二岁，病危时，自志其墓曰："寿八十二不为夭，官一品不为贱，使相纳禄不为辱，三者粗可归息于父母栖神之域（父墓）矣。"他一生著述甚多，有集三十卷，又有《潮阳编》《野庐编》《愚邱集》《遣兴集》等书行世。卒赐司空兼侍中，谥"文惠"。并荫封其子陈彦真（或谓彦良）为将，镇守果州。

四、父子宰相

陈彦真将军镇守果州多年，四境宁靖，百姓安居乐业，无不称颂。老年解甲归田，寄居嘉陵江畔的李渡场，子孙继继绵绵，兴旺发达。到了明朝时期，他的后裔陈以勤和陈于陛，相继为相，时称"父子宰相"陈以勤是陈大策的儿子，生于明正德六年（1511），自幼聪慧好学，博览群书。嘉靖二十年（1541）考中进士，因博学多才，选任翰林院庶吉士，授检讨之职。久之，充任裕王朱载垕讲官，迁修撰，进洗马，长达九年。当时东宫（太子）位号未定，争夺太子之位十分激烈。嘉靖帝素薄裕王，岁时不得燕见（很少相见）。宰辅严嵩与其子严世蕃专权弄国，亦顺帝意，而轻裕王。由于陈以勤焦心瘁志地护卫裕王，智斗奸相严嵩，百般羽翼，皇上方立裕王为太子。裕王亦很敬重陈以勤，倚为长城。嘉靖三十九年（1560）九月，陈大策病逝家中，陈以勤辞官还乡，治理丧事，守孝三年。裕王异常关怀，赠金五十两，赐彩缎八匹，并关切说道："途远天寒，切宜珍重。"又亲书"忠贞"和"启发宏多"六字相赠。三年除服还京，升侍读学士，掌翰林院事；进太常卿，领国子监，擢升礼部右侍郎。嘉靖帝死后，裕王继位，史称穆宗，改元隆庆。隆庆元年（1567）春，穆宗擢升陈以勤为礼部尚书，兼文渊阁大学士（宰相），入参机务。陈以勤上《谨始十事》，即定志、保位、畏天、法祖、爱民、崇俭、揽权、用人、接下、听言。其言揽权、听言尤切，诏嘉其忠恳。后来又上书谏时务因循之弊，请"慎擢用、酌久任、治赃吏、广用人、练民兵、重农谷"六事。穆宗嘉奖，下所司议。陈以勤为相四年，见朝中大臣各树党羽，互相倾轧，劝解无效，遂自请致仕还乡，乐享天年，卒后，谥"文端"。穆宗在位六年逝世，其躬行俭约，无为而治，休养生息，边境安宁，时称明主，皆陈以勤教习与辅政之功。

陈以勤之子陈于陛，在世宗嘉靖二十二年（1543）生于京城。十六岁时，祖父陈大策病逝，随父还乡，父子守孝三年。这期间，拜任瀚太史为师，攻读诗书。十七岁考中举人，为全省第四名，后随父进京，居家自习。穆宗隆庆二年（1568 年）中探花，授翰林院庶吉士。隆庆四年（1570），以勤为相四年，告老还乡，他又随父回到南充，直到隆庆六年（1572），方回到京城。不意这年母亲王氏病逝，又返回故乡，守孝三年；继后父亲七十大寿，又返家为父祝寿。神宗万历十四年（1586），父亲逝世，又辞官还乡，守孝三年。万历十七年（1589），召回京城，任翰林院侍读学士，教习太子朱常洛的诗书，旋升礼部尚书。万历二十二年（1594）荣升宰相，兼修国史。操劳过度，突患脚疾，行动艰难，犹强视事。为相三年，病逝京城，终年五十二岁。神宗痛失良佐，深为悲伤，下诏赞颂，比之伊尹、周公（古代贤相）。特赐少保，谥"文宪"，罢朝三日，全国举哀。陈氏一脉四宰相，御封陈省华为秦国公，谥其子尧叟为"文忠"，尧佐为"文惠"，谥其后裔陈以勤父子为"文端""文宪"。誉满华夏，举世无双。

杨侍郎卒葬凤垭

明神宗朱翊钧十岁继位，由一代名臣张居正宰相辅政，他是顾命大臣，又是这位小皇帝的老师，一心想把国家治理好。当时军政败坏，财政破产，农民起义，此起彼伏，危机四伏。万历六年（1578），诏令清丈全国土地，清查豪强隐瞒的庄田，推行一条鞭法，改变赋税制度。把各项税役合并为一，按亩征银，既减轻了农民负担，又增加了财政收入。同时整顿吏治，淘汰冗员，制定了考成法，提高了办事效率，一切大权集中于内阁。并用名将戚继光等练兵备战，加强防御，抵抗倭寇入侵。经过十年的努力，国势蒸蒸日上，百姓丰衣足食，四境安宁，一派祥和景象。万历十年（1582）六月，张居正积劳成疾，不幸病逝，年五十八岁，谥曰“文忠”。九个月后，却被斥为“专权乱政，谋国不忠”，横遭夺官除谥、抄家归公之祸；戚继光也被排挤去职。从此再无人敢实心办事，明王朝的局势又急转直下，一蹶不振，时人莫不憎恨神宗绝情寡恩。张居正病逝后，神宗幽居深宫，懒于政事，大兴土木，耗资巨万。不断加派税赋，又派宦官任矿监与税监，大肆掠夺民财，激起民变和矿徒起义。

明朝时期，凤垭山都尉坝（今属嘉陵区）中，居住着杨氏家族，族人勤俭朴实，勇武好义，崇尚练习武艺，攻读诗书。杨沂的儿子杨松年，身体魁梧，聪慧好学，从小就志趣不凡，喜读《春秋左传》，更爱研读《武经七书》，练成文武全才，满腹韬略。这部《武经七书》，乃是他家祖传秘籍，世代遗传，视若珍宝。此书乃宋神宗元丰三年（1080）下诏校定的《孙子兵法》吴子兵法》六韬》《司马法》《三略》《尉缭子》《李卫公问对》七书，颁定为武学经书。武举考试时，以《武经七书》命题，为朝廷选拔军事人才的准则。杨松年于万历十年（1582）中举，万历二十年（1592）考中进士。初任德江县（今属贵州）令，为官清正，政绩显著，晋升为徽州（今甘肃徽县）太守。在朝廷考察百官时，他为天下第一，享誉全国，无不敬仰。当时，各省发生灾害，山东、河南、徐州、淮州等地尤为严重，各地百姓纷纷起义造反。唯有徽州百姓，感激杨太守勤政爱民，不取百姓一钱一物，平安无事。万历二十七年（1599），任贵州按察使，主管一省的司法。这时，播州（今贵州遵义市）宣慰使杨应龙举兵叛乱，朝廷命南京兵部右侍郎刑玠，总督四川与贵州的军务，讨伐杨应龙。这年六月，杨应龙攻陷綦江，杀死参将房嘉宠与游击张良贤。万历二十八年（1600）六月，杨松年协助刑玠，攻克海龙囤，杨应龙兵败自缢，播州被平定。杨松年以军功闻名，神宗嘉奖其功，授南京光禄寺卿。当时倭寇十分猖獗，见沿海防务空虚，便勾结土豪、奸商、流氓、海盗，进行走私掠劫，曾杀害江浙军民数十万人。沿江人民奋起抗倭，痛击日本海盗集团。杨松年上疏朝廷，在沿海一带，组织民众，抗击倭寇；并主动请缨，到浙东去学习戚家军的“鸳鸯阵”战术，用长短兵器配合作战，用火器与弓箭掩护，严格训练，强化海防。万历二十九年（1601）三月，武昌市民哗变，杀死税监陈奉的随员六人，放火焚毁巡抚公署。这年五月，苏州市民哗变，杀死织造中官（太监）孙隆随员数人。后来，云南百姓又杀死税监杨荣，并纵火焚尸。杨松年见朝廷派遣的宦官税监与矿监不断被百姓杀死，国家溃败决裂，不可拯救，遂于万历三十年（1602）辞官还乡，息交绝游，静心养老。八十后卒，赠兵部侍郎，并饬令地方官员，在凤垭山修墓安葬，镌碑彰显其功。

兵部侍郎杨文岳

朱明王朝自世宗（朱厚熜）开始，纲纪日益衰败，到了神宗（朱翊钧）时期，更是废坏已极。即至熹宗（朱由校）继位，昏庸无能，宠信奶妈客氏和太监魏忠贤。客、魏二人狼狈为奸，把持朝政，滥赏淫刑，残杀忠良。外有满军入侵，内有农民起义，国家岌岌可危，濒临灭亡。在这国乱民怨时期，南充出了一个为国尽忠的兵部侍郎杨文岳，作战时胜时败，几起几伏，后被义军所杀，至死不屈。

杨文岳字斗望，世居南充近郊之曲水场（今属嘉陵区），神宗万历二十五年（1597）进省乡试，考中举人。万历四十七年（1619），上京会试，进士及第，在太仆寺做官。熹宗天启五年（1625），升兵部给事中，后又改任礼科都给事中。这时，熹宗的奶妈客氏，已被封为奉圣夫人；太监魏忠贤总督东厂（特务组织）。二人内外勾结，欺君罔上，任意残害忠良，诬以东林党人，无辜杀害。魏忠贤的党羽遍布天下，为他建立生祠遍及全国。杨文岳见阉宦专权，破坏朝纲，屡次上疏进谏，熹宗全然不理，因此遭到魏忠贤的怨恨，被贬出朝去，出任江西右参政。后来杨文岳历任湖广、广西按察使，云南、山西左、右布政使，保定总督等官，又以右副都尉使巡抚登莱。熹宗二十三岁死去后，没有后嗣，其弟朱由检继位，史称崇祯帝。崇祯元年（1628），诛杀魏忠贤与客氏，大快人心，任袁崇焕为兵部尚书，督师蓟江。崇祯十二年（1639），杨文岳升任兵部右侍郎，总督保定、山东、河北军务，取代孙传庭。崇祯十四年（1641）正月，闯王李自成率农民起义军攻陷洛阳，进军开封。杨文岳率总兵虎大威，以二万之众赴救开封，当时开封瘟疫大作，义军已撤退。

杨文岳率兵追击到鸣皋、汝宁，与义军交战失利，乃驻兵西平、新蔡间。七月，李自成率军往内乡、淅川，与罗汝才部会合。杨文岳进兵邓州，李自成还师攻打杨文岳，被杨文岳击败，杀死义军将领“一条龙”，义军败走。九月，杨文岳与陕西总督傅宗龙会于新蔡，与义军在孟家庄激战，打了败仗，杨文岳逃到陈州，朝廷革去他的官职，令其戴罪自赎。杨文岳收集残部，往投巡抚高名衡，驻防河南杞县。崇祯十五年（1642）四月，义军再围开封，杨文岳与总督三边军务的孙传庭率兵驰救，打了胜仗，官复原职，复任兵部右侍郎。七月，兵部尚书陈新甲令杨文岳与左良玉、虎大威、杨德政、方国安四镇总兵，在朱仙镇与义军决战，打了败仗，伤亡数万人。崇祯帝大怒，下令杀掉兵部尚书陈新甲，杨文岳再被撤职，听候处理。十一月，杨文岳驻守汝宁府（今河南汝南县），义军攻破城池，杨文岳与佥事王世琮、通判朱国宝、参将冯名圣，在城头上被义军活捉；汝宁知府傅汝为跳水而亡。义军将杨文岳等人押见李自成，李自成劝杨文岳投降义军。杨文岳大骂道：“牧羊小儿，掠我城池，杀我百姓，决无好下场！要杀便杀，何须多言。”李自成不忍杀害他，反复劝降。杨文岳大骂不止，愤然绝食数日，义军进粥，杨文岳嚼断舌头，和粥喷血复骂而逝。李自成敬其忠烈，备礼厚葬而退。后来，杨文岳的部下都督孙尚至墓进哀，恸哭道：“杨公岂受贼棺耶！”遂易棺改葬，时已经年，面色如生，叹道：“杨公真神人也！”

余尚慎作罗玉传

嘉陵区双桂场的罗氏家族，是很有名望的。明武宗正德六年（1511），罗方与堂兄罗玉同中进士。罗方官至南京光禄寺正卿与云南布政司左布政使，政绩显著；罗玉官至黔滇御史与山东兖道副使，荣耀已极。人皆誉为“兰桂齐芳”，遂将此地取名双桂（双贵）场。罗玉的胞弟罗璃，于世宗嘉靖元年（1522）中举，授官武进县令，亦有政绩。本族罗仲官，在神宗万历三十一年（1603）中举，任陕西咸阳知县，德政爱民，人皆敬仰。到了清朝康熙年间，罗玉的五世孙罗为庚，才华卓绝，供职翰林院，官至行人司。当时，双桂场的洛阳坝，是其祖业。近处山峰建有长乐寺，寺中设有私塾，罗氏世代子孙皆读书于此。孤胆英雄罗为恺，明末为国捐躯，人皆敬佩。

明崇祯年间（约1640），余尚慎为官顺庆，曾作《罗侍御传》，文曰：“先生讳玉，号凤冈，南充人也。幼而颖异，祗侍父前，一凛庭训。既长，读书长乐寺，以穷理尽性为务，训率五弟，和而有范。正德丁卯（1507）举乡荐，辛未（正德六年，1511年）赴礼闱，登阳慎榜进士，授迁安县令。县故小而淳，公（罗玉）治以简静，而民爱之。当事者知公非百里才，上闻，得旨改调武进（县）武进烦剧，号难理，公治以严明，而民益爱之。人问公，公曰：‘为国牧民，务得所养，民气耗于多事，而培以无事。学术艰深，非苍生（百姓）之福。然俗有殊异，治贵变通与民宜之，岂有成法之可执哉。’莅武（武进）三载、教养备至，自闾阎（平民）以至缙绅巨族，莫不尸而祝之（崇拜）。抚按廉荐，以治行第一，考选御史。时逆瑾（宦官刘瑾）初败，张彬、朱宁辈，又且导上（武宗帝）游幸。欲巡视泰岱，历徐扬，抵金陵，下苏浙，浮江汉，登武当，且遍观中土繁丽。虽以陈文忠、梁文康诸臣左右调护，遽难夺也（不听劝谏）。而公同众抗疏谏止，诸邪衔之（怀恨），上大怒，命跪午门外五日，欲俱予以杖（杖刑）。赖上英明得释，而游幸之意亦遂以寝（停止）。会宁藩蓄叛志（宁王朱宸濠叛乱），公偕同列，交章荐王守仁抚赣江右，卒赖以定（平定）。公居台谏，凡有关国体，必抗疏削切（切中事理）。既疏辄焚其草（烧了奏章），故籍多不载。奉命出巡得滇差，凡按部务，理幽治平，反必得其情，而狱无冤民。尤黜贪污，荐奏必极廉正，而郡无赃墨。其率属逮下，在整大纲、宣德惠，不察察以为明也。诸部酋长，叛服不常。行骡所屈，辄披诚开导，勉以忠义，而诸蛮部落，无不感化。时公闻弟（罗璃。偶登贤书（中举），欢曰：‘国恩未报，弟或可展此志矣。父享华年，幸得释事，侍旦夕欢，虽一日犹百年也。‘差竣复命，连疏乞休，终养居家，奉亲不减孺慕。亲殁后起复，于嘉靖八年（1529），任山东兖道副使，驻节沂州。沂为南北孔道，蒙羽、马陵诸山，寇盗往往窃发。且协理河工，征调旁午，公德威并用，顽梗革心。而治具毕张，河济安流，岁转漕及额。朝廷方欲大用公，而公初服（辞官）之志已决于告归。日课子弟，其恂恂读书自爱者，尤拭目待之。间寻山水，出不舆（不坐车），盖一如儒素，固泊如也。公善书，丰神奕奕，在羲献（晋王羲之与王献之）父子间。名山胜迹多有留题，有家乘稿诗文若干卷，经兵燹后遗亡殆尽。予常至武进（县），寓公旧治侧，见父老谈往事，犹得指邑乘，道公遗行不置口（不绝口），非有深入乎人心，安能于百五十年后，犹流连感慕若是乎！公享年七十余，卒于正寝，葬西山官鹿山之麓。子绘纶（罗绘与罗纶），孙仲英，今为赓（罗为赓）其五世侄元孙云。”

杨文岳名垂青史

兵部侍郎杨文岳，嘉陵曲水场人，自幼聪慧好学，精研儒学经典和孙吴兵法，练就文武全才。明神宗万历年间考中进士，在朝为官，历经神宗、光宗、熹宗、思宗四帝。时而在朝做官，时而外放藩镇，忠君爱国，人皆敬佩。到了崇祯年间，李自成与张献忠起义，风卷全国，思宗常派杨文岳统兵抗击义军。邓州一战，杨文岳三战三捷，杀死义军将领一条龙，威名远播。后来，他在新蔡与朱仙镇二地，打了败仗，两次被革职候审。因其率兵驰救开封与夜袭汝宁（今河南汝南县）有功，又两次官复原职。崇祯十五年（1642）冬月十三日，杨文岳与诸将镇守汝宁，李自成率众军围攻汝宁，杨文岳战败被俘，大骂李自成，不屈而死，以身殉国。

《明史》为之作传，文曰："杨文岳字斗望，南充人，万历四十七年（1619）进士，授行人（官名）。天启五年（1625），擢兵科给事中，屡迁礼部都给事中。崇祯二年（1629），出为江西右参政，历湖广、广西按察使，云南、山西左右布政使。以右副都御史，巡抚登莱十二年。擢兵部右侍郎，总督保定、山东、河北军务，代孙传庭。十四年（1641）正月，李自成陷洛阳，犯开封。文岳率总兵虎大威，以众二万赴救，渡河，贼先遁，追击于鸣皋，还驻兵开封。疫作，乃屯兵于汝宁，出屯西平、新蔡间。七月，自成走内乡淅川，与罗汝才合（会合）。文岳趋邓州，自成还攻之，文岳战三捷，斩其魁一条龙、一只龙，贼遁去。九月，会陕西总督傅宗龙于新蔡，与贼遇，大溃于孟家庄，再溃于火烧店。部将挟文岳夜入于项城，明日奔陈州，宗龙遂覆没。事闻，文岳革职，充为事官，戴罪自赎。乃收集散亡，率所部就巡抚高名衡，防杞（驻防杞县）。贼遂破叶县，拔泌阳，乘胜陷南阳，杀唐王，下邓州等十四城，再围开封。明年正月，文岳驰救开封，论功复官。临颍为贼守，守左良玉破而屠之，退保郾城。自成围郾城。二月，督师丁启睿及文岳、大威救郾城。贼溃，距官军数里而营。文岳、启睿（丁启睿）相掩角，持十一昼夜。总督汪乔年出关，贼引去，再攻开封。六月，诏起侯恂兵部右侍郎，总督保定、山东、河南、湖北军务，代文岳，命所司察文岳罪状。七月朔，文岳、启睿合良玉（左良玉）、大威（虎大威）及杨德政、方国安，四总兵之师，次朱仙镇，诸军尽溃。启睿、文岳奔汝宁，贼渡河追奔四百里，官军失亡数万，诏褫官（革除官职）候勘。九月，文岳在汝宁，夜袭贼营，有功。贼既灌开封，旋败孙传庭兵。以闰十一月，悉众薄汝宁，老回回、革里眼、左金王等毕会。文岳遣都司康世德，以轻骑侦贼。世德走还汝（回到汝宁），将其步骑五百，夜纵火，噪而奔（率兵逃走）。十三日，群贼并至，压（逼近）汝宁五里。而军监军佥事孔贞会，以川兵屯城东，文岳以保兵屯城西。贼兵进攻，相持一昼夜，川兵溃，杀伤数百。贼令其马骡，悉众攻保兵，渐不支。佥事王世琮、知府傅汝为、通判朱国宝，缒将士入城。副将贾悌、参军冯名圣，亦掖（提）文岳、贞会登城。明日，贼四面环攻，戴扉（门扇）以阵矢石。云梯堵墙而立，城头矢炮擂石雨集，贼死伤山积而攻不休。一鼓百道并登，执文岳及世琮、国宝、贾悌、名圣于城头，杀汝阳知县文师颐于城上。汝为闻变，赴水死。贼拥文岳等见自成（李自成），大骂，贼怒，缚之城南三里铺，以大炮击之，洞胸糜骨而死。士民屠戮数万，焚公私廨舍殆尽。贞会执去，不知所终。自成以文岳死忠，备礼殓之（安葬）。”

王景启舍生取义

古人崇尚孝义，彰显节烈的人，为之作传，流芳百世。故《顺庆府志·孝义篇》云：“天经地义，诗著《蓼莪》（《诗经·小雅》篇名，为子必须尽孝）；劲草疾风，人思《荡》（《诗经·大雅》篇名，社会动荡不宁）。问天伦不笃（不忠实），功名之显赫皆非；若大节多惭（羞愧），文章之烂熳何补（无益）。求忠臣必于孝子之门，考事业须先家庭之内。故舍生取义，焚身（纪信捐生救主，被项羽烧死）传之汉史，嚼舌（西充庞昌映为青阳知县，闻闯王进京，崇祯帝自缢，哭祭毕，嚼舌而死）见于明编。复性回天，驯虎见于渠州（宋初李顺起义，占领渠县。王象父吓死，哀毁痛哭，结庐守墓，驯虎燕集，感称孝子），冽泉应于充国（西充崔官，母病，割股疗疾，地涌清泉）。从容就义，不乏揄旌（赞扬），艰险成人，尚多隐行（隐藏的美德）。”

明朝时期（约1644），有个名叫王景启的人，家住吉安河灯笼桥侧边（今嘉陵区吉安镇境内）。这里山清水秀，茂林修竹，群峰环峙，森若螺髻；峰环溪抱，云雾晦暝；小桥流水，林木荟郁。溪水两岸，群居着罗、杜、唐、蔡、田、黄六大族人，这些族人们世代联姻，非亲即友，和睦团结，异常友善。王景启家庭富裕，田土宽阔，世代业农，乐善好施。双亲年虽老迈，尚还健旺，一切家事，悉由王景启操办，乐享清福。他有四个姐姐，先后嫁给罗、唐、田、黄四家；还有一个小弟，名叫王景星。王景启身材魁梧，仪表堂堂，行侠仗义，人皆敬仰。自幼聪慧好学，尤好练习武术，遂弃文就武，考中武举第二。当时，李自成与张献忠率领农民起义，李自成杀进北京城，逼迫崇祯帝自缢煤山；张献忠占据蜀川，建立大西政权。王景启壮志凌云，精忠报国，邀约至交好友樊明善与陈奇才等十三人，分别联系亲朋好友，暗招义勇、组成队伍，报效国家，以图恢复。不意被人察觉，他和樊明善、陈奇才等十三家，全部被杀，只有其弟王景星逃脱，幸免于难。到了清朝康熙初年（1662），南充县令仇凤冲探知此事，深为敬佩，遂作《明王烈士传》文曰："王烈士者，蜀中南充人也，名景启字心肖，少聪慧，居家孝友。善属文，年十二应童子试，出《惟于理有未穷》题，灿畅成章。督学使者奇之，青其衿，屡应举，数奇不遇。当时明末，贼揭竿起，四方云扰，目击世变，慨然有澄清（天下）志。遂弃毛锥（文）习骑射。前明己卯中武举第二，北上阻李自成，自磁州回川，而张献忠之乱作矣。贼由巫峡进夔关，克重庆，抵成都破之，蜀境尽为贼有。盘踞险要，僭号改元，设科取士。士之嗜利，不知名义者，尚习举业。启（王景启）斥之曰：'兹何时也，乃求仕进乎。'约诸生樊明善、陈奇才等十三人，阴招义旅，以图恢复。乡里恶少，为贼爪牙，共谋，被执。贼帅诱之降，不从，遂缚家人、妻妾、子女、奴仆三十二口。明告曰：'降则全家尽释，不降阖户遭殃。'启瞠目弗听，答云：'国家养士三百年，焉肯一旦从贼。要杀就杀，此膝断不可屈。'于是贼驱启家人尽戮之。其十三人家口，一时并斩之。贼犹不忍遽害启，留数日，诱以百计，毅然弗动。且云：'大丈夫，当舆尸裹革，偷生何为者！'贼知其终不从，遂被害。死之日，挺立受刃，闻者莫不陨涕。嗟乎！启在明季，未有将相之任，封疆之寄也，使其混迹达引，岂不保有身家哉。乃心期讨贼，奋不顾身，妻子阖门骈首就戮，非刚肠男子，何以至此。蜀所称断头将军（严颜），舍启其谁也。予于数十年后，摄篆南邑，启弟景星，叹惜为予言之，故编次焉。"

罗翰林才华横溢

从前双桂场乡下住着一户姓罗的人家，世代耕读为本，乐善好施，人皆敬仰。到了清朝初期，罗家出了一个著名才子罗为赓。他家住在西溪岸上，自幼热爱西溪，效仿苏东坡（苏轼），取字西溪，人们尊敬他，不呼其名，称为“西溪先生”。罗为赓勤奋好学，博览群书，诗文俱佳，名重一时。他在十三岁时，跟随当地宿儒罗世信读书。罗世信的父亲罗仲光，是明代才子任瀚太史的门生。罗世信父子在南充县城设馆授徒，不求闻达，专意培育后生。罗世信是罗为赓的叔父，见侄儿聪颖，加意严教，期望光辉门第。这期间，罗为赓曾作《寄示同学》一诗云：“蚕出桑垂叶（蚕食桑），蜂饥树拾花（蜂采蜜）。如何治生事（人生大事），督督日纷拏（勤奋读书之意）。”他潜心研读儒学经典“四书”（《大学》中庸》论语》孟子》）与“五经”（《诗经》尚书》礼记》周易》春秋》），探索书中的至理与奥妙，同时研读了诸子百家的文章与唐诗宋词。他对当地名人的后裔十分尊敬，曾作《怀王乘六（蜀将王平后裔）等七人》诗云：“宅边象纬隐三台，老去人间万事灰。客伴虽无巢谷往，乡居尚见福隆来。早荣不是人工巧，晚翠何知天道培。屈指同侪今落落（潇洒豁达），芳尊那得不频开。”又作《寄万老人韩一韩（韩士英五世孙）》诗云：“处世何心与物殊，老来耆旧往来疏。古人暗里知音否，司命胸中有我无。天地只今差某事，圣贤还少著何书。溶溶夜月真师法，旷劫高悬不厌孤。”

清世祖顺治十一年（1654），罗为赓考中举人，授浙江孝丰县令，兴办书院，培育人才，勤政爱民，政绩卓著。康熙十一年（1672），晋升翰林院为官，后升礼部行人司（掌管传旨、册封等事的官员）。著有《西溪杂著》等书，可与北宋沈括所作的《梦溪笔谈》相媲美，誉为清初才子。书中有《诸家图（太极图）说》一文曰：“予少也有志于学，而苦于众说之纷歧，茫无从人。年十三，奋然欲破其樊篱，而靡所取资。从侄宗鲁，少学于先叔佐明（罗世信之字）先生，知其还于性学，其原本之任司直少海（任瀚）。且言《易》道在蜀，代不乏人，何不虚心从事乎！于是入城肄业，朝夕与居者四载。先生尝夜坐，予每侍，窃闻其所称任公，尝为蔡中丞子本，留著四图并赞诗，未免漏泄太尽。于是殷情请问，先生引而不发，疑情莫释。得来《瞿塘易注圆图》，观之与周子（宋理学家周敦颐，著有《太极图说》）少异。质（问）之先生，终莫得其肯綮（要害）。及阅赵大州所传华山旧本，其太极与周濂溪图相综。河图即今之洛书也（传说伏羲时，有龙马从黄河出现，背负河图；有神龟从洛水出现，背负洛书。伏羲根据河图与洛书画成八卦，就是后来《周易》的来源）。其后南游江左，复观藏书之家所传古河图，即今太极图云。本龙马之皮，其旋毛黑白相间，而成周之天球河图是也。藏之天府，历晋元康（晋惠帝年号）间，以库有红衣之厄（火灾），乃与往代异宝同时灰烬。洛书即今之河图，龟之背文是也，谓今之洛书，乃后人牵合为之，与章潢所著之古图不类焉。大一图也，而彼此互异（互不相同）若是，宜乎按图索骏（马）者之贸贸也（不加思考）。因思先生当日不明言之意，其为予也深且切。子舆氏（孟子）云：‘尽信书则不如无书。‘学者能自得失画前之《易》洗心退藏于密，则有图无图总成剩义，先圣岂欺我哉！”罗翰林一生著述很多，今存者稀。他在朝中为官时，推荐了很多名士为地方官员，政绩很大，百姓赞颂他，为他建祠祭祀。后来告老还乡，卒葬双桂场石蚕岬的祖墓之侧。

孤胆英雄罗为恺

清世祖顺治三年（1646），大西国王张献忠，亲统义军数十万人，号称百万，挺进川北，一举攻克顺庆。屠杀城中军民十余万人，又焚烧果城，一片焦土。顺庆知府史觐宸，见义军入城，自缢而死。孤胆英雄罗为恺（嘉陵双桂镇人），正同义军苦战城楼，见城中火起，大势已去，愤然跃出城外，冲向敌群，杀死义军无数。忽中飞槊，壮烈牺牲；从者十余人，亦相继战死，侠胆赤心，千古流芳。

清朝顺治年间，著名才子罗为赓考中进士，授官浙江孝丰知县，康熙十一年（1672），晋升翰林院供职。回忆堂兄罗为恺舍生取义、为国捐躯的功绩，特地为他作传，载入《南充县志》，流传至今。其《罗为恺传》文曰："人之以情见也，勇者无所畏，刚者无所私，然为此者亦难矣。勇而死，死而名，不传其心，岂有冀哉。其事固不可没也，余以是饮泪，为先叔兄传。兄字际，讳为恺，邑庠生。幼时性聪颖，过目成诵。长任侠，有才辩，平居恂恂（诚实）自爱。常以此身为不得自轻之身，保护调摄，靡不备至。及赴义如归，不可遏抑，则曰：'生顺也没，宁也故（无论顺利与安宁的人，都是要死的）。'自襁褓（幼孩）以后，身体发肤，无纤毫损。当是时，天下晏宁，蜀中人士，以诗书名谊为风气。而余家世绍旧德（继承先祖德望），长厚为乡里推（为人敬重），见人挺刃，目不敢视。洎乎欃枪（星名，借指兵乱），鼎沸中原，陆沉关陕，而西荆淮燕蓟，靡不失守。蜀以剑阁称雄，瞿塘号险，为贼所窥，较各省犹最。先是时，南充知县事史公觐宸，大得民志，期捍城社，保生灵，为一郡倡。张贼（张献忠）遽来，卒不能御，公（史觐宸）为恸哭去，一郡披靡（溃败）。

贼置官吏守城邑，人心不泯，顺非所志。张贼掠乡堡，靡不攻下，余族携眷属，避马大山岩洞中。山故险，贼帅分兵蹑险，窥见大山，族眷自分（料想）必死。兄以一人持枪，据险以拒贼，贼攒枪指兄，兄不为慑，以枪拨群贼，持两昼夜。盖叔兄据险厄退，不旋踪，旋踪则失所据，而贼乘亦进；不逾步，逾步则可杀贼，而亦必为贼乘。偶疏一瞬，已为贼枪陷胸，而不知也。卒以持久，贼自解去，祛衣视胸，方知为贼刺中耳。族眷获全，归保城中。俄而贼大至，兄出围，招聚义勇杀贼，贼溃，速遁去。史公觐宸复摄郡守（又来这里当知府），誓众期会，指示方略，为恢复计。义旗所竖，成师成旅，驱贼官吏，登陴守隘，以遏贼锋。时阁部王应熊（明兵部尚书），亦来召募兴师。而余兄遂释儒服，拥櫜鞬（背着弓箭），功加游击，从史公（史觐宸）为捍卫。先有姚黄（姚黄十三家义军）贼掠境，驱乡里牛数百去，义勇夺之，兄赎以归，给还乡里，人皆感之。盖果郡赖史公以固持者二年，而贼志倦蜀，且图东下。丙戌（1646）秋七月，余兄三十三岁，同嫂何氏、幼子双儿住城中。张贼尽发其兵，号百万，初七日，迂道攻果（果城）。史公乃誓师马家溪，歼其先锋马元利。坚守孤城，被围环周数匝，时将军有必死之志，战士亡偷生之心。而余叔兄乘隙御敌，冥身锋镝炮石中，相去二日，度不得免。初九日，城中俱纵火自焚。嫂妯携子同史孺人（史觐宸妻），内子藏复壁中，被焚；兄仍引兵登城，瞷贼俯战。忽而城陷，愤不能胜，跃出城下，连创数卒，遂为贼伤。嗟乎！叔兄所以为乡国计者，可谓烈矣。儒生督战，岂为力不能胜哉。然其家可焚，其身可杀，其名不可得没也，骨肉零落，岂非时为之哉。余是以饮泣，愧不能赋雍渠（鸟名，喜飞鸣作声）也，聊以记其事云。”

韩一韩追忆流离

顺庆的韩氏家族十分兴旺发达，有个名叫韩一韩的人住在顺庆城中，自号栗坡居士。他本是明代兵部尚书韩士英的后裔。清朝顺治十四年（1657），韩一韩中了进士，任夔府奉节县教谕，康熙四十二年（1703）卒，终年八十一岁，葬于顺庆城郊的桂花坪，乾隆元年（1736）诰封登仕郎。

韩一韩在康熙十八年（1679）春，将明末清初所阅历的李自成与张献忠起义期间，发生在顺庆与阆中的战事，和个人的经历，写了一篇详尽的《流离传》。其文曰："余生于明天启三年癸亥岁（1623），越崇祯七年甲戌（1634）流寇入境，邑人杜邦才率众御之。十七年甲申（1644）李自成陷北京，僭号永昌，其党马科（李自成部将）八月据顺城，献党郝云祥（张献忠部将）入夔门、破重庆，遂破成都，僭号大顺。马科至绵州，遇献兵与战，败还秦中（陕西境内）；献党二千岁等掠顺庆。国朝顺治二年乙酉（1645 年），伪都督刘进忠、马元利（二人皆张献忠部将）至顺时，有报房殷承祚者、号显吾，三原人，降贼。倚元利为虐，一时缙绅多死其手。继而元利偕承祚至遂宁，会献贼欲尽杀川兵，承祚私告伪帅谯应瑞、冯有庆，二人奔回，遂逐伪官，复顺城，献贼即将承祚凌迟之（残酷杀害）。是时城中，文则一史公（知州史觐宸，云南石屏州人，后尽节城中）；武则惟谯冯（谯应瑞与冯有庆），败姚黄，诛李六，冲甘营拒刘进忠，进忠亦惧。献贼逃至重庆，将与曾总府英（南明大将曾英）合，曾欲分之，遂来攻顺城。丙戌（1646）正月，诸生罗为恺集义勇败之，刘（刘进忠）遂破远山，屯木坝，为入秦计。是年九月初七日，余偶出城（顺庆城）至大松垭，献贼前锋猝至，余夜宿火观峰顶。初八日走赵家山，初九日城陷，焚杀几无孑遗。贼兵屯都尉坝，历二十四日，移金山堡，日以杀人为事，备治舟楫，声言取南京。幸刘进忠遣吴之茂投诚，迎肃王入川，诛献贼于西充凤凰山，入顺城，置官吏，抚遗黎。丁亥（1647）六月，官兵以水土不便，北去；有播州王祥（明将）者，遣其党王命臣（岳池人）复据顺城。其始每家给免死牌一张，需银若干，其继每牛给牛票一张，需银若干。未几而牵其牛、掠其人、掘其粮、焚其室，胥西南之民而兵之（西南百姓皆受兵灾）。戊子（1648）春，王命臣出小林镇，与官兵战，留杜君恩（南充人）监营，及还，君恩不纳（闭门不纳），命臣奔夜郎，君恩降清。重庆镇卢光祖、叙南镇马化豹、永宁镇柏永馥复守顺庆。己丑（1649）斗米银十二两，斤肉银一两六钱，皆自北来者，时虎豹入市食人。辛卯（1651）官始给牛种，壬辰（1652）平西南下，有郝案台名浴（四川巡按郝浴）者，按临保顺（保宁与顺庆），请旨补行乡试于保宁。贼帅刘文秀（原张献忠部将这时已降南明）屯保宁梁山关，郝按台击败之。甲午（1654）渝城（今重庆市）有白文选（原张献忠部将）来攻顺城，李总督国英破之，戊戌（1658）官兵取滇黔（云南与贵州）。康熙二年癸卯（1663）至癸丑（1673），十年间，地方少事，余于是年（1673）正月赴廷试，七月乃还，甲寅（1674）五月，大兵入关，六月城中大火。丙辰（1675）七月，大水入城，己未（1678）冬，复惊传逃兵为乱。自甲戌（1634）韩一韩十二岁随父母逃难）以来，余走白鹤山、石峡口、水磨场、荆溪龙归院、陈潭子、双柏树、龙阁沟、螺溪坝、蒙家岩，流离奔窜三十六年，犹幸免于杀戮也。时康熙十八年己未，栗坡居士书。”此传载入《南充县志》，很多史事赖以保留下来，真是难能可贵。

张知府写韩氏跋

嘉陵山美水美，人文荟萃，名胜古迹，不可胜数。当地流传一首民谣道：“古县（流溪县）古镇十名山（藏珠、天台、翠屏、大方、太霄、总真、龙凤、龙洞、蒙家、酒泉山），一江（嘉陵江）六溪（西溪、盐溪、流溪、曲水、龙滩河、吉安河）四码头（文峰、曲水、羊口、李渡）。凤垭（山）珠山二汉墓，二十八景（流溪古县，彭城古镇，牛肚曲流，曲水晴波，总真禅林，太和白鹭，木老桃花，千年绸坊，珠山汉墓，凤垭都尉，大方仙山，徐仙古洞，陈相遗踪，盐溪柳府，南池书院，田坝会馆，龟山书院，琉璃翠屏，龙台藏珠，节孝牌坊，天台云封，蒙山古寨，云台琳宫，酒泉梵宇，西阳长虹，龙洞御庙，龙凤韩祠，羊口探花）布四周。陈家宰相（陈以勤父子）韩家将（韩士英），十大名门（陈、韩、罗、杨、王、蒲、杜、冯、文、张）十知府（蒲谦益、张琚、张永、冯孜、张惟、张芋、杨丽、文阶、张有光、王灏）。徐仙（徐佐卿）谢仙（谢自然）惊唐王，都尉（女都尉）崔氏二烈女。”民谣中谈到的这些名人名胜，在民间久传不衰，激励人心。

嘉陵的十位知府中，有一位宋朝人，七位明朝人，只有张有光与王灏二人是清朝初期人。张有光字善充，号双洲，曲水场人，临近韩氏族人，世为通家之好。他在康熙三十二年（1693）中举，次年考中进士，任直隶知府，临近京都北京。当任县遭水灾时，他带领百姓抗灾自救，在葫芦套到穆家口一带筑堤疏异，使水流到天津，使任县台南社与骆庄一带过去常遭水淹的地方，变成肥沃的土地。他鼓励农民种地开荒，轻徭薄赋；又创办学馆，培育人才，并贷款贷粮，发展农业。苦心经营五年，百姓们丰衣足食，齐颂张知府的恩德。康熙四十七年（1708 年），调他补江西新建县令。

此地为赣江下游西岸，濒临鄱阳湖，水利资源十分丰富，他勤政爱民，三年大治，百姓尽皆称颂。朝廷嘉奖，晋升吏部文选司郎中，他谢绝交游，严禁私自登门谒见，深受朝廷信任。后来辞官还乡（约 1720 年），奉养年老母亲，足不出户，直至母亲终老，人皆称为孝子。这期间，他曾撰写《韩氏族谱跋》，文曰："光（张有光）生也晚，不能见我嘉陵盛时人才之赫奕，世族之繁衍。每凭眺山川，俯仰今昔，不禁流连而叹息也。然当日之炳炳烺烺（明朗），足以垂裕后昆。而照耀千古者，往往犹得之父老之传闻，与夫典册之记载。是故嘉陵之族推最旺者，惟我一翁年伯韩氏云。曩者，光尝过庭，家大人（父亲）教曰：'人咸言韩氏宜硕大，有积德焉。'以余所闻，宋元（朝）来，杰人伟士不一矣。在明（朝）时，仕宦而显贵者更稠。他如大司马公（韩士英）类，可推至登贤书者，蝉联不绝响，彬彬乎，号为极盛。若怀瑾握瑜（纯洁优美的品德），笃于仁义，而富有诗书，胶庠中奉为山斗（泰山北斗，尊崇钦慕）者，又不可胜数。值明末，献逆（张献忠）大乱，余也百计逃免，播迁古阆，门祚衰薄，若翁如鲁殿灵光（硕果仅存的老成人），巍然独存。以家学举明经，潜德弗耀，开门授徒，嘉陵人士，执经问字，迄今发祥科目者，皆出其门。且有丈夫子五长君，司铎锦官，锦官之人文，勃然丕兴。仲君（韩仲君）天资颖异，赋性孝友，丁卯乡荐，汝仅中副车。彼辰戌两至春闱，试官皆奇其文，而俱以孤经见遗，一时登榜者皆为含羞。汝幸释褐，皆祖宗之遗泽，小子何有焉。季君（韩季君）生有异质，学无不览，雄于古文辞，而不屑为举子业。慷慨慕古忠孝大节事，器识尝出人数倍，行将继若祖石溪公（韩士英），鸿猷后此之，颖然而出者，吾不知凡几也。意者，祖德宗功之积累有素，而韩氏之兴也，方未艾乎。舆论良不虚，吾儿勉哉，光时奉家大人教，唯唯敬佩不忘。今春遇罗夫子斋，见韩氏家乘，适与家大人曩教光者，如合一辙。光乃益知源远者之流必长，而积德之不可不厚也。如是夫遂跋之谱末，盖以志余家庭所景慕之，私窃自愧其言之不文也。"

罗为赓写族谱序

清朝“康乾盛世”时期，南充的名门望族，如雨后春笋之势，编写族谱。追溯本族血缘始祖的丰功伟业，光耀门庭，彰显声誉。并将本族宗支的繁衍，按辈轮，分长幼，由远至近，详细记载。其远祖近孙，众星朗聚，虽死犹生，如居一堂。慎终追远，祖德流芳，长幼有序，不乱伦常。木本水源，孝敬至上，尊老爱幼，崇尚礼义。谱成之时，又恭请当地名人或乡贤宿儒，为族谱写序作跋，以光宗耀祖，添光增辉。当时，人们请罗为赓（嘉陵双桂镇人）作序最多。他是清初才子，又是翰林学士，且在朝中当过礼部行人司的大官，如今致仕还乡（约 1690），年近七十，人皆敬仰。诸如《韩氏族谱序》《王氏族谱序》《谯氏族谱序》《杜氏族谱序》《任氏世系序》等。这些族谱序言，文辞优美，叙事详尽，载入《南充县志》，流传至今。很多古事，赖以记录存留下来，真是难能可贵。

其《王氏族谱序》文曰：“余幼学于家佐明（罗世信字佐明）先生，闻其言，往代耆旧如蜀汉谯光禄（光禄大夫谯周），晋陈著作（著作郎陈寿），固吾乡世家也。历千余年，子孙繁衍，代有闻人。而王氏出自太原将军平（蜀汉王平将军），以武功封安汉侯，与之鼎立（谯、陈、王三家）称盛云。自丙戌城陷（顺治三年，1646，张献忠攻克顺庆），人民千不存一，凡典籍灰烬，大约与祖龙等（秦始皇相同）。以故大家（名门望族）后裔，问其所从来，有茫然不知者。余与王乘六（王平后裔）患难交也，余走汉中，其苦百倍于乘六，乘六亦依舅氏江一翁同居，赖以成立，一翁与余同举甲午省闱（乡试同中举人）。孝友植于天性，每言王氏甚悉，非同世俗之于骨肉朋友，故余知乘六家世独详。

戊寅（1698）夏，乘六出其家谱，问序于余（请我作序）。余曰：‘鄙人何忍言哉。余先祖自楚麻城入蜀，几四百年耳，经变后，父老故牒无存，余性拙善忘。曩者应童子试，籍其参差，面赤汗下，曾与一翁言之。其后修谱，遍考墓碑，并及古刹之题梁，铭钟之姓字而后定。仅得十一世，而上世莫可考矣。公家安汉侯（王平）爵丰碑炳，据有明以来，花萼台省，功在民社。今长公升（王乘六的长子王升），从学于余，康熙（戊辰）二十七年（1688），成进士，出宰寿阳，政成报最，余尝叹安汉之世德远矣。‘乘六雅饬循循，日修利物济人事，语曰：‘树将茂而鸟集，池既成而月来。天地生人，自盘古至今，其间世运之治乱，家道之盛衰，莫不本于先德之隆替。迨战国强秦而后，封建废，而民无定主；井田废，而民无定业；谱系废，而民无定宗。民无定宗，则一再传，而后视其族党，如秦越人之相值，肥瘠漠不置念，则敦本睦族之谓何。‘由是知谱之于人重矣哉。海内世爵，无如曲阜之孔贵（孔子最为尊贵），豁之张孔，以生民未有之圣。庙祀千秋，子孙百亿，固宜与天地同其悠久。余甲辰（1664）游孔林，谒先师庙庭，得交圣裔（孔子的后裔），言其先世中落，赖唐贤孔颖达（唐经学家，主编《五经正义》）复兴，而其母张夫人之祠在焉。余肃然起敬，慨叹久之。至于留侯（汉初张良）以帷幄佐汉，开四百余年太平之业。又能先机引退，留有余不尽之福，以遗子孙，延之江右益大，与圣裔并袭殊秩，非仅以符箓传也。谓非天哉！谓非天哉！今王氏之谱，自安汉而后，屡经劫火，不无残缺。兹第书其可知，阙其不可知者。亦犹春秋仍其夏五（比喻书有缺文），传信不传疑之旨也，是为序。”

王知县写烈女传

南充是“忠义之邦”，自汉至清，出了很多忠义节烈的人，他们的光辉业绩广为流传，妇幼皆知。居住在都尉坝（今属嘉陵区）的人们，既传说都尉娘的英雄事迹，又爱讲当地明朝烈女们的故事。诸如：黄辉的孙女嫁夫杜瑶，年十七夫卒，生遗腹子，长斋奉佛。闻崇祯帝煤山上吊，乃痛哭自缢。给事中明时举之女，嫁给知府王观化之子王朝卓，王朝卓省父溺死，她守节六年。贼魁张虎获之，悦其美，欲纳为妻。明氏大骂，被杀。庞岳妻张氏，婚后年余夫死，遗一子，祖母逾七十。张氏纺织造酒，奉祖母，养遗孤，节孝双全。谢彭年妻李氏，夫死守节，教子成立。顾应聘妻王氏，夫死守节，甘贫苦志，年五十余卒。王言妻罗氏，夫卒，遗老母与幼弟，嘱其事育。自甘清苦，节坚冰霜，年八十余卒。当时，都尉坝的崔维坤，于明崇祯九年（1636）考中举人，授贵州湄潭县知县。崔知县勤政爱民，政绩卓著，晋升刑部司官，遂带妻女赴京上任。刚走到涪州（今四川涪陵市），突然病故，童仆尽散。涪州剧贼李某，窃其财物，见崔小姐美貌，欲娶为妾。崔小姐节烈自杀，其母亦投江而死。诸事载于县志，流传至今。

康熙四十二年（1703），河南监生王鹤，任南充县知县，养士爱民，崇尚教化，表扬节烈，以励风俗。闻听崔知县全家惨遭不幸，特意写了一篇《崔烈女传》以彰其事。文曰：“窃闻坤德不外著，惟女子节烈一事，则天地赖之，日月光之，山川草木灵之，乡党闾里争传之。余之（到）南充，充人慷慨讴吟，谓余曰：有明（朝）崔维坤，官黔中湄潭，偕其妻女童仆以往。后遭时乱，固圉（巩固边疆）我民人，多所建树。四年任满，辛巳内升主事。

行李萧条，道路梗塞，旬余行七百里，病屏营。母女斋沐，虔寅请于天，求以身代。祷弗应，增剧，卒于道。妻督（昏乱），女废七箸（绝食），呕血毁瘠不欲生，愿从地下（死）寻以母在，童仆皆纷散，无兄弟姊妹可任者。披粗衣，噬蕨根薇子，奉母西归里。伪弁李姓据涪州，为歌舞战争之场，拥众万余，殄厥（灭绝）老弱，焚庐舍，掠子女、金帛，为东川剧贼。物色崔民，欲纳诸室，以悍卒数十人，露白刃环之，狰狞呼噪。谓其母曰：‘从则朱提金碧，仆媵如云，坐享华美富厚，酒肉醉饱。不，则两命俱毙。‘母闻之，惊惶错愕，仆诸地。崔诒（欺骗）其徒曰：‘我年十六，尚未字人，甘为将军妇，今汝主母也。但我名门女，男女大伦，虽当兵戈离乱，熟当为母虑之。‘众乃避舍，母苏，女泣曰：‘父死母老，两命相倚。伏今天柱折，地维缺，日荡月晦，此乾坤何等时乎？寸心以母老为忧，以从贼为辱。节孝两不俱全，立其大者。’遂散发再拜，绝吭（割断颈项）而死。是盖视一身等鸿毛，以一死重丘山，宁玉碎，勿瓦全也。规夫癸未、甲申间，捧玉帛，执鞭弭以为爪牙。比尧舜、较汤武，而颂功德者，何如欤？语毕（充人说完），请为之传。乃据事书其本末，传成，萧萧忾然而叹，南充地之灵，人之杰也。夫南充古安汉县，安汉者何？盖纪信将军舍身死社稷，脱高祖（刘邦）于荥阳，而汉始安也，是为忠义乡。黄太史（黄辉）之孙女，抱家国恨，投缳自经；明给事女拒贼推刃。他如庞岳妻之冰心，谢彭年妻之雪肝，顾应聘妻之苦节完贞；王言妻之死孝饮血，烨姓屹屹，采诸志乘。而崔氏一死，可以补天地，报父母，剔削凶逆之神魂。可以扶纲常而励风俗，正天下以风后世。志坚金石，气吞河岳。真与古今正人君子，忠臣义士相颃颉（不相上下）。又岂巾帼中断臂、剔目、封发，嚼齿者所可伦（比）也。噫！崔固烈矣，其母汩没江潭，不亦贤哉。呜呼！阴阳苞孕忠孝节义之气，炎汉钟于纪将军，而不钟于谯陈（谯周与陈寿）。有明不钟于应瑞、友庆（顺庆府守将谯应瑞与冯友庆），而独钟于崔氏，可叹也夫。”

王文川建南池院

南充人才济济，心怀忠义，最喜兴建书院，培育后生。蜀汉光禄大夫谯周，在果山建果山书院（后改懋修书院）；明代宰相陈以勤，在金泉山建金泉书院，顺庆知府饶景晖，在北湖建嘉湖书院。清朝乾隆年间，奉直大夫王文川（王平后裔），在外为官多年，七十告老还乡，将平生积蓄，在藏珠山七宝寺后，修建南池书院（今嘉陵区七宝寺中学），迄今二百六十多年，古迹犹存。

当地宿儒杜伯宣举人因作《奉直大夫王公南池书院记》："藏珠山龛硐嵌空，覆以七宝禅林，其麓环山抱水曰南池，为古道铺递，前明西充袁谏（神木兵备道）议建桥处也。旧未有书院，书院之设自王文川先生始。先生湛深经术，起家进士，升授奉直大夫，广东直隶，连州知州。微时以僧寺为累世布施所，习玩其间，醉饱山水，慨然有振兴之志。作宦三十余年，解绶旋里，顾士类依依莫适，念切指南，转觉桑榆归休，途遥日暮也。于是急推岁俸余资，命长君增生元臣（王元臣）董工，度寺后削平二级，通文星门，属文昌楼，为释菜所（和尚菜地），建上下讲堂暨诸生肄业房舍共四十七间。两廊四间为厨厩，阶砌黝垩，床牖（窗）几席，焕然大备，生童云集。递请余家伯父庚子孝廉，原任云南河阳令厚庵（杜厚庵）先生，博士润九先生讲明经学，严为训课。二先生即世先生专习传授，以长君训初学。其时环南邑州县文风丕振，蒸蒸乎有白鹿（陕西白鹿书院）风焉。越二年，延己卯孝廉何立成先生司训，立成（何立成）归殁书院。复歇十数年间，时举时废，辉煌木石剥蚀，不堪目接也。余侄如川（杜如川），孝廉先生（何立成）之门人也，戊戌试南宫归，受聘掌书院教。环顾先师手泽凋落，潸焉涕淋，乃白之大尹觉罗续侯，申各大宪表扬先生斯举。同增生张寰，集旧时馆友，并同义士各捐赀项，伐石运木，复成旧贯。语云：创业难守成不易，余于兹重有感也。古者家有塾，党有庠，术有序，国有学，教万民而宾兴之。盖学校者，教化之资也，汉唐以来，粉饰治具犹于此斤斤焉。迨我本朝，大化翔洽，各省府厅州县建设书院。帑费不资，而人才济济，轶于屡代，特远乡寒土翘首尤切。而先达致政者，多以岁晚务闲习成，耄耈（高寿）后进，未免点额龙门矣。先生（王文川）之报国也，初任湖南耒阳，再令奥东、归善、博罗、阳春、石城、东莞诸邑。随牧化、连二州，所在恤孤救荒而外，孜孜兴学校以作人才。及乎七旬归里，以廉俸之所铢积者，布之乡邦；以生平之所心得者，授之生徒。老而不倦，公而不私，款款之诚，无非为国家广雨露之施，扶培植之，用知以成仁义，以全忠节。当事者深嘉而乐道，传为盛事，良有以也。或以捐赀三千余金，成就百十余人，而门廊之间无只字记载，为先生缺憾。不知名以纪实，当日诚有不暇及者，而十数年后，果有道谊之裔，举废振衰，申明之、修葺之，勒石以垂之久远。先生创业诚艰矣，而如川（杜如川）兢兢遵守，可谓王家之庄不荒，盖有非偶然者。先生里人，姓王讳灏字少梁号文川，康熙庚子科举人，雍正甲辰（1724）进士，捐建南池书院。乾隆癸酉年（1753）八月经始，甲戌年四月落成；补修者，受业门人，乾隆丁酉科举人，里人杜永龄如川也。诸襄多士，并载碑石。”

韩祥龙再续流离

明朝末年李自成与张献忠起义和清朝晚期白莲教起义的事，载于史册，众所周知。在这两次农民大起义中，南充人民受到了极大的灾难，全赖当时的韩国相（世阳乡人）及其孙韩祥龙二人，将所见所闻记录下来，载入《南充县志》，方流传至今。韩国相字一韩号栗坡，生于明熹宗天启三年（1623），清顺治十四年（1657）中进士，任夔府奉节县教谕，作《流离传》。康熙四十二年（1703）卒于家，终年八十一岁，葬于西山桂花坪，乾隆元年（1736）诏封登仕郎。其孙韩祥龙字子云号青岩，庠生，嘉庆十年（1805）夏六月，居于宁馨坝的佛寺，作《续流离传》。他生于雍正十年（1732），卒于嘉庆二十三年（1818），终年八十七岁，葬于祖墓之侧。

韩祥龙所作《续流离传》文曰："慨自明季失御，天下大乱，九州鼎沸，不可胜言。惟我蜀最惨，迄今读《蜀碧》（清朝彭遵泗撰）一书，百余年之下，犹自寒心。当其际者，不知其流离为何如也，故我一韩祖，经彼流离，书之为传，以告后人。今又何有续为？盖乱之终，实治之始。大清膺图受命，燕京殄灭群寇，宇土悉宁。四川之地，半属荒芜，百里之广，杳无居人。皇上命臣下议以楚人填实四川，开垦荒丘，承粮立户。先朝名贤坟墓，叠被欺践，虽奉行查戒饬，视为虚文。且川俗初自朴素，敦庞可嘉，及至太平日久，渐尚奢华。鲁褒（晋人，作《钱神论》）之钱神为贵，而名器稍替矣。况又生齿日繁，食用昂贵，官鲜清正，吏多奸贪。良民畏法，狡徒肆志，川陕楚豫，教匪丛兴，秀山之猫匪方平，达州之教匪遂起。相传逆党（白莲教首领）刘之协、王三槐、徐添德、罗其清、冉文俦、冷添禄等，聚众结党，焚掠乡村市镇。所到之处，俱为焦土，河东三十六州县，尽遭蹂躏。各处之老幼父子，一闻贼至，百里之间，奔逃恐后。故贼入无人之境，纵火焚掠，烟火连天，昼夜通红。有避不及者，逢之则杀，尸骸遍野，白骨满路。余因置业青居山下，约联近寨之人，修葺青居旧城，合团聚保，竟得无虞。嘉庆四年（1799）己未春，二月十三日，贼匪突至溪头场（今属高坪区），抢杀焚掠。十六日烧宁馨、都京（今属高坪区）两坝，所存庐舍十之一二矣。是年童乳以痘疹死，老壮以疾疫死，仅有一姓百余人只存二三十人者，谓非天灾流行之故欤。有请乩（求神扶乩）云：'丢头巾，身带劫。'想当然耳。次年庚申，为嘉庆之五年（1800），正月十五日，贼匪自石坂沱（今属武胜县）过河，走黄泥嘴，太平场，并盐井河。历蓬溪、乐至、简州、射洪、南部、西充等县一转，杀人不计其数。川北镇总兵朱公名射斗阵亡（朱射斗，贵州人，多次杀败义军，嘉庆五年正月二十九日，被白莲教首领杀死于西充高院场的帽盒山）。噫！朱公镇守川北，智勇兼全，恩威并著。历年与贼数十大战，杀贼最多，贼甚畏之，竟以阵亡，闻者莫不嗟叹。岂非天哉！岂非天哉！皇上震怒，罪成魁伦（四川制台），复敕命威勤公勒登保总督川省，协同参赞将军德（清大将德楞泰），统领大军剿贼。幸而天佑蜀人，朱镇台（朱射斗）于马湖坝等处，三次显灵，蹙（紧迫）贼匪复归河东。至十月，次第歼除，所有余党未尽，不过数百，隐匿广元、昭化大山之间而已。以余所见闻者，笔之为传，以俟后人参考。时大清嘉庆十年，岁在乙丑闰六月十四日，立秋，井宿值日。青岩老人书于宁馨古刹，自省斋寓中。”

胡翰林削职还乡

今之嘉陵区境内，在明清时期出了三个翰林，一是文峰场的张永，在明代宗景泰二年（1451）中进士，任翰林院庶吉士，后来出任严州知府。二是双桂场的罗为赓，在清世祖顺治十一年（1654）考中举人，授浙江孝丰县知县。因其才华超群，在康熙十一年（1672），晋升翰林院为官，后迁礼部行人司，掌管传旨、册封等事。三是曲水场的胡大成，于乾隆五十九年（1794）考中举人，嘉庆四年（1799）中进士，任翰林院庶吉士，后来晋升为吏科给事中。张永与罗为赓两位翰林，出身于名门望族，而胡大成翰林却是贫苦之家，来之不易。正如元代牧童王冕，勤奋好学，后来成为画家和诗人一般。

胡大成字柏坪，从小饱受饥寒，可谓一穷二白。他的父亲是个老实的庄稼人，田地稀少，难以养活妻小，常在曲水场的水运码头，帮人装卸货物，挣钱糊口。不意积劳成疾，常患疾病，无钱延医治疗，过早谢世；母亲身体瘦弱，贫病交加，亦相继去世。自此，胡柏坪成了孤儿，给人放牛度日。他从小聪明好学，志趣不凡，见水池草坪附近有一座私塾，十分向往。每当老师讲课时，他把牛拴好，让它吃草，便站在窗外，专心听讲。老师见他天天在室外听课，感到很惊奇，便把他唤进屋内，问道："你这孩子天天来此为啥？"他说："听先生讲课。"老师又问道："我讲的课你能听懂吗？"他说："能理解。"老师遂问他道："定而后能静，静而后能安，安而后能虑，虑而后能得，怎么理解？"他回答道："凡是确定了的方向，必须做到心静不乱，神思安稳，考虑周详，然后才能有所收益。"老师听后，非常高兴地说："天生奇才，后生可畏，得英才而育之，师之幸也。”于是叫他辞去牛馆，在学馆读书与食宿，一切费用全免，加意教育，爱若己子。数年后，胡大成学业猛进，县试考中秀才，更是发愤攻书，夜以继日，从不懈怠。乾隆五十九年（1794），他赴省乡试，考中举人，继于嘉庆四年（1799）进京会考，高中进士。授官翰林院庶吉士，不久授为翰林院编修，后又出任山西道监察御史。因勤政爱民，政绩卓著，晋升为户科给事中。旋又迁任吏科掌印给事中，掌管钞发章疏，稽查违误，其权颇重。胡大成秉性刚直，不阿权贵，奉扬仁风，疾恶如仇，凡遇社稷相关的事，皆忠心进谏。当时满人勒保为首相，权重一时，人皆趋炎附势，曲意逢迎。勒保曾任陕甘总督与四川总督，因镇压白莲教有功，后任武英殿大学士兼军机大臣，以权谋私，贪赃枉法。胡大成上书弹劾，仁宗帝召见他道：“汝诚，有胆，吾不责汝也，以后慎勿讳言。”自此，勒保对胡大成怀恨在心，于嘉庆十五年（1810）秋，借故将他逐出朝廷，出任广东雷琼道台。此地偏远贫穷，百姓生活困苦。胡大成从小饱尝孤苦，对穷苦百姓十分关爱，不辞劳苦，走访民间疾苦。废除弊政，轻徭减赋；又整顿官场腐败，严惩贪官污吏。百姓歌功颂德，政绩显著，有口皆碑。勒保时常敦促亲信搜罗胡大成的过失，皆无隙可乘。当时，雷琼有一苏轼祠，因年久失修，已经朽塌。胡大成素敬苏轼，吩咐县令拨资修缮。广东总督为讨好勒保，诬以“滥派属员，耗费国帑”之罪，将胡大成削职，放归故里。胡大成回到故乡后，创办嘉定书院，培育英才。寻访从前授教先生，已经去世，大恩未报，十分隐痛。后来，胡大成迁居重庆磁器口，徜徉山水，自得其乐。平生著有《墨耕轩诗文集》若干卷，惜战乱被焚无存。

王秉三宏论贫富

嘉陵文人学士不慕官爵，热衷教育，每辞官归里，任教为乐。自从致仕还乡的奉直大夫王文川，在藏珠山创办南池书院后，聘请当地名儒杜地载（曾任云南河阳知县）、博士何润九等人来院任教。王文川也亲自讲学，培育了很多英才。后来的举人杜伯宣，朝廷任命他为知县，他淡泊名利，辞不就职，亦来南池书院任教。举人杜永龄（字如川），以及王秉三（曾任湖南安乡县知县），王秉缙（王文川之曾孙，当时名儒），亦先后来南池书院任教。出现了“三王（王文川、王秉三、王秉缙）三杜（杜地载、杜伯宣、杜永龄）会南池，辞官任教育英才”的辉煌史事。

王秉三字奉斋，嘉陵金宝场人，王文川之曾孙。清朝道光二年（1822）中举，因其德行与文章，冠冕一时，被任命为湖南安乡县知县。他看不惯官场中的奸诈、虚伪和明争暗斗的恶习，为官一任，便辞职还乡。在南池书院任教，教授生徒，成就者众。这期间，王秉三曾作很多诗文，教授门生。其《论贫富》一文曰：“天下之乱，人皆以为富不出资，贫不出力。不知乱之始生在乎富不恤贫，而贫不安分。何也？富者坐拥仓箱（钱粮），思以为子孙长久之业。有论以福善祸淫之捷于影响，而不信者，而何况捐输此不出资之患也。然试问其致富之始，果皆掘窖来乎？不则刻薄耳、奸诈耳。以刻薄奸诈致富，受其害者不知若干人，方将起而攘夺焉，而况鬼神之谴责乎？贫者终岁勤动，亦可免无衣无食之忧。自见探囊肤箧（偷窃）之可以得财，而心动矣，而何罣官刑此不出力之患也。然试问其致贫之故，果皆天命之乎？不则游惰耳，奢荡耳。以游惰，奢荡致贫，效其尤者，不知若干人。亦将起而争夺焉，而谓尽关于劫数乎？然则如之何而可也？曰：富者积有赢余，能布施，则无悖出之患（没有犯上作乱的祸患），而福亦随之。贫者家徒四壁，能勤俭，则无冻馁之虞（不得挨冻受饿），而祸亦远之。不然，富者蕴利生孽（为富不仁），而借国典为保富之谋；贫者好勇疾贫（穷则思乱），而以法令为具文之设（虚设）。天之视听在民，民未厌乱而归咎于天，心之不仁，岂其然乎？”王秉三又作有《论例利（法律与利益）》一文曰：“昔人有言，凡有血气，皆有争心，人生而不能无欲，固不能禁其不争矣。然今天下之争者有二：曰南人争例（律例），而北人争利（利益）。今之老吏皆南也，外而州县内，而六部（吏、户、礼、兵、刑、工部）则其尤焉（更多）。今之富商皆北人也，外而州县内，而京师，亦又甚焉。争利者曰：‘朝廷以利趋天下，自齐民（百姓。以至达官，输重利者必赏之，贵在吾囊中耳，何远求焉。’争例者曰：‘朝廷以例绳（制裁）天下，自达官以至齐民，违律例者，必罚（惩治）之。富在吾笔下耳，何多让焉（退让）。’呜呼！此乱之所由生欤。汉高（汉高祖刘邦）约法三章；光武（光武帝刘秀）除莽（王莽）苛政、律例之弊，至舞文乱法，而愈苛矣。赐卜式（西汉河南人，畜牧主出身，屡以家财捐助朝廷，武帝任他为中郎官，借以鼓励其他富商大贾出钱）以风天下，不如爵田千秋。以富民怀利之风，至终去仁义，而民散矣。今之奥匪（广东洪秀全起义），乘人心之散于苛，而肆其悠谬之说，于是猖狂而难制。虽曰民不兴行，毋亦上（朝廷）失其道乎？然则例与利，遂可去欤（能去掉吗）？曰：非然也，治道去其太甚，穷则变（穷困之时，寻我出路），变则通。愚（我）固以为非拘儒所能，而于南人何尤焉（怎能责怪南人的过失）？于北人又何憾焉（怎能怨恨北人呢）？”

王奉斋作典铺说

王秉三字奉斋，嘉陵金宝场人。清道光二年（1822）中举后，曾任湖南安乡县知县，视富贵如浮云，遂辞官还家，在曾祖父王文川创建的南池书院任教。闻听人说，从前流溪县（今金凤镇县坝）有个破落子弟，名叫吴辉和，日嫖夜赌，不务正业，将父亲吴世仁遗留下来的田产卖尽，挥霍无度。后来又将家中的贵重衣物当给典铺（即当铺），一切卖尽了，贫病交加而逝。他又亲眼看见当地的人，平时不节省，家无积蓄，到了急需用钱之时，借贷无门。忍痛割爱，将祖传珍贵之物，当给典铺，逾期无钱取回，遂失此物。当时顺庆府内，有几户典当铺，都是有钱人开的。他们自恃有钱有势，开设当铺，见利忘义，六亲不认，心狠手毒，唯利是图。凡典当衣物和贵重财物的，视其价值与新旧，皆折半计价，约定价值与偿还时期，给予当金。并约定利率，还款计费，逾期不取，当物归当铺所有，立纸为据。一些危困之家，急于用钱，只图近利而忘远害，甘受欺凌；当铺主乘人之危，坐享其利，心安理得。王奉斋看在眼里，痛在心里，常戚戚不安。

王奉斋先生心地善良，爱人如己，常劝谕世人，克勤克俭，和睦邻居，切莫忘记“有钱常思无钱日，莫等无钱想有钱。宜未雨而绸缪，勿临渴而掘井”的古训。平时省吃俭用，积蓄一些，以备不时之需。因作《典铺说》文曰：“自睦姻任恤之风既邈（遥远），于是富商大贾，皆得挟其资（仗其钱多），以乘人之急而邀其利。而苟目前之计者，方以为于己甚便，可以缓急相通，有无相济也，而吾以为急近利而忘远害。今自一乡一邑之中，无不有质库人之予取予求者，不知凡几矣。主事者，岁入之利率二分有奇，而乡邑之精华尽于是矣（尽归此处）。且以一身一家言之，业农者，手胼足胝（手脚成趼），终岁勤动，可谓劳矣，而不能无丰歉之忧；工则待人而食，而勤惰以分；商者贸迁有无，而盈虚莫必（盈亏不定）。惟业是者（当铺），坐享其成，而吉无不利，何也？已则以什佰千万之利授之，而焉能禁其坐享乎。嗟乎！缓急有无，亦人之自取耳。《易》（《易经》）曰：‘不节若则嗟若（不节省而自悲）。’《书》（《尚书》）曰：‘克俭于家。’苟其吉凶婚嫁，一称家之有无，而常留有余，以为未雨之计。而又能和于乡党，睦乃四邻，吾知其必无忧匮乏也。非然者，日贪其利，而日受其害；日计不足，岁计又安能有余？乃哗然以为不便，不亦傎（颠倒错乱）乎？顾安得尽人而祛其锢（除去闭塞）耶，可慨也已。或曰今世之流失败坏，诚有如子所云矣。虽然乡邑之中，自玉帛珍错之大，以至于渔盐虾蟹之细，莫不列肆而居。如子言，则商贾可废矣，而岂治天下之道乎？曰非然也。列肆而居者，以其所有，易其所无，虽取人之钱，固有亿中之明，与居奇之智也。典铺之设，惟钱是计，锱铢（很少的钱）必较，子母必权（计较），非是者，不能赎（赎回抵押物）。且其坐阛阓（街市），而榷奇零也，常侈然自大，则又不免挟富而骄。财者人所同欲，而被独专之，且以骄泰临之、怨毒之，中人伊胡底乎？且本末义利之内外先后，圣贤尝言之矣。彼列肆而居者，苟外是则亦多怨焉。嗟乎！不义而富，于我如浮云，富不可求，从吾所好，多富多惧，君子戒之矣。而何嗜利之纷纷乎？则盍亦取近世感应诸说，以惩其贪，而力制其欲速无厌之隐，其于好礼犹庶乎。若夫甘藜藿（贱菜）之常，而以淡泊明志，是又在守贫者之泽。以诗书而后能循分自尽也，而争夺寇攘之风，于是乎靖矣（社会就安宁了）。”

蒲谷咏诗赞烈女

南充是忠义之邦，自汉至清，出了很多忠孝节烈的人，清文宗咸丰四年（1854），发生了一件烈女殉节的事。南充拔贡刘汝芳（今嘉陵都尉坝人）的胞妹怀贞，自幼和同乡易元定订婚。这一年，易元定年已二十，约定当年八月结婚。不意这年五月，易郎患病而死，刘怀贞接到讣闻，悲痛已极，誓共生死。其母唐氏，将去易家吊丧，刘怀贞写了一首《诀别词》，托母带去焚化祭奠。母亲素知怀贞温良，不虑而去。孰知这天夜半，刘怀贞悄地起床，焚香泣哭于堂前神龛，将她亲手做的嫁衣及枕鞋等物，全部焚烧，然后服毒自尽，以死殉节。待同寝胞妹醒来，见姊已死，急忙呼嫂来救，尸已僵硬。立即赶到易家，告诉母亲，众人闻讯，尽皆痛哭，易家求将二人合葬一处，彰其节烈。

当时，陈玉（重庆石柱县人）为南充训导，乃作《烈女行》一诗相赞，前有序云："女子虽从一而终，然刘女与易郎婚礼未成，夫妇名分尚隔一层。以世俗论，可以不必死；以道理论，可以不必死。而刘女距易郎之死，才几日耳，竟誓死且速死也，可不谓之烈哉！方今奥贼（广东洪秀全起义）荼毒，吴楚诸戎臣，受国家阃寄，往往弃职走，几不知人间有廉耻事，何烈女之不若也。"其诗曰："匹夫重微谅，君子严大防。苟免而无耻，虽生若植僵（僵尸）。闻贼屠吴楚，守臣或遁藏。往往深闺质，临危反自戕（自杀）。得毋忠果志，天靳畀乾刚。异哉我南邑，事奇尸更香。右族刘家女，青年以烈彰。貌妍（娇美）工绣画，聪警素端庄。自幼行媒聘，红庚配易郎。往年待芹宴，金榜完洞房。文章憎早达，十九困于场。期适自今请，迨凉秋吉行（完婚）。孰知天忌美，狭路弹鸳鸯。鹏飞承尘集，蛇舞触柱翔。夏五生寒疾，沈沈七日荡。讣闻来中宅，凶耗烈女详。痛沉声泪绝，灰土减容光。又恐伤亲意，温言慰母唐。母将往婿奠，女谓去无坊。母将候婿殡，女谓久非良。顷间儿梦噩（噩梦），魂悸心若忘。急侻先朝露，趋归走未遑。母怜感伤语，何得过激昂。仓卒出门嘱，遗女痴立望。孝慈来世再，从此隔泉黄。是夕弃母去，潜啼思殉将。誓心如井水，终古不波扬。执榼亲行汲，提归冷欲忙。一身澡沐遍，重检镂金箱。拜祝敲玉磬，焚香告祖堂。母知儿命否，那知儿能臧。母知儿性弱，那知儿能强。先火针黹业（先烧刺绣之物），旋烬嫁衣裳。既毕还妆阁，从容仰药亡。妹年时稚齿，初诧哂佯狂。倦极才微息，醒惊婺坠芒。叩阁呼嫂视，镫晕闪新妆。蕙折花空竖，荷枯盖倒张。如生看玉貌，如梅艳冰霜。使驰迎母返，情告乃姑嫜（丈夫的父母）。两家同金井，临风共奠觞。”

嘉陵大兴场贡生蒲谷，闻知此事，亦作《烈女吟》，赞颂刘怀贞。文曰：“臣死君曰忠，子殉父曰孝。临难忍捐躯，自觉维名教。不图侠烈肠，竟缠于女子。大义凛闺门，从夫拼一死。果郡古名邦，自昔号忠义。纪信死汉皇（为刘邦而死），千秋夸轶事。今闻刘家女，聘作易郎匹。之子居于归，一朝听天失。讣闻女意伤，许嫁心无二。绣阁针线焚，血染鲛绡泪。阿母曰女来，人生奚自苦。礼况未亲迎，别为牵红缕。女曰阿母言，纲常犹未悉。女已订婚期，譬如臣委质（献身）。孤雁尚知偶，此身宁二姓（从一而终）。留得姓名芳，区区焉惜命。志定确难移，服鸩（毒药）中宵绝。女儿质似兰，女儿心似铁。易翁闻此举，请与子合墓。何以表贞心，为植女贞树。因叹谁无死，此死何激烈。生虽未同衾，死尚甘同穴。卓哉纪侯（纪信将军）综，此女能济美。草草笔数行，聊以代青史。”

蒲毓庚写殉难记

南充拔贡蒲毓庚字绳武，亦字蜀农，嘉陵区大兴场人，学识渊博，诗文俱佳，曾协纂《南充县志》。他所作《顺庆官民丙戌殉难补记》，追叙史事，载入县志，读之令人潸然泪下。文曰：“南充当夔巫巴剑之中，素称冲繁。疲难明庄烈帝季年（崇祯末年），守此土者，史公名觐宸，云南石屏籍金坛人。崇祯癸酉科举人，宰南充有惠政，养士爱民，舆情周浃（遍及）。姚黄十三家（姚天动与黄龙等十三人），频年蹂躏川东北，练勇防河，深资捍卫。甲申抚军龙文光驻节顺庆。诸生樊明善，丧服诣军门曰：‘鼎湖新去，臣子义不共天。公闻变匝月矣，而无所施为耶？’龙（龙文光）婉谢之，与总兵刘佳引率兵三千，驰赴成都。公（史觐宸）得凶问，一恸几绝，知蜀乱滋大，益为守御计。时阁部王应熊守遵义，兵力薄弱，牒郡招募，生员罗为恺首应之，公亦辞去。适贼将贺珍，败刘文秀（义军首领）于广元，分扰北道，锋锐甚。继任者不能御，一郡披靡。贼置官吏守城，邑郡民屈于势力，非本志也。未几，公由同知回摄郡，篆檄属县，力图恢复。义旗所竖，顿成师旅，期会誓众，指示方略，驱除贼吏。登陴（城墙）守隘（关口），凶锋以遏。同义者，顺庆道叶可缩，故给事中吴宇英，及反正武员谯应瑞、冯有庆，绅士江鼎镇、樊明善、陈怀西、王苹及罗为恺等，皆毁家募士，峙粮铸械，预备战守。王阁部叙罗为恺，击走伪都督刘进忠功，荐升游击，仍隶公部。剿姚黄余贼，夺回耕牛数百头，均给乡民，顺庆赖公捍圉者数年。先是杨嗣昌（明将）患贼东击西窜，势难聚歼，计逼入蜀，便行兜剿。贼既萃蜀，益肆杀掠，死者若恒沙。嗣昌驻顺庆，诸将失期不会，贼得乘隙逸出，抵兴山，攻当阳，犯荆门。嗣昌亦退夷陵郡，固东道冲要。不惟监司将帅往来，贼尝麇集。洎丙戌（清顺治三年，1646）九月，献贼（张献忠）尽驱其众，号百万，数道犯境。谯应瑞谓众曰：‘贼来我自当之。’及闻献贼亲至，始有惧色。陈怀西临阵被执，诱以官，陈曰：‘宁为盛朝武生，不作逆贼元老！’怒斩之，悬首东门。王苹与其父各杀数贼，同被擒，骂贼死。初七日，公誓师马家溪，鏖战经时，斩其前锋骁贼马元利。贼愈愤，筑围数匝，外无计入，内不忍出。或有谓微服夜去，以俟图者。公曰：‘史某大丈夫也，效死勿去，奉教久矣。’说者惭退，更率励士民并力坚守。贼百道进攻，公亦随方抵御。贼曰：‘此真大丈夫！’由是大丈夫之名传播一时。贼更番攻益急，势孤援绝，屡濒陷没，唯将军有必死之心，多士无偷生之望。各自为战，气不稍靡，相持两昼夜，内外死伤枕藉（很多）。度难幸免，泣谓士民曰：‘史某有官守死，固其分；君等何辜，枉罹浩劫，宜速去。骨肉田庐，异日聚处可也。’士民曰：‘贼围四周，弥望不见其际，安能奋翅飞越；亦岂忍弃老小而独生逸。众志早决，愿同拼一死，与此城共存亡耳。‘语华皆大哭。初九日，炝声益轰震瓦屋，谍报北门危急，公遥望默然回署，诀别家人。登南城门，朝服拜阙，投缳死楼下数武，即官署。俄而署门火起，街民见之，亦同时纵火。罗为恺犹苦战阵上，回视城内火焰四起，大呼曰：‘事去矣，当多杀贼以泄吾恨！’跃身城外，从者十余人，舞刀横矛，奋勇直前，当者辄毙。贼为少却，忽中飞槊，任贼支解之，从者亦歼灭无遗。是劫也，城居男女十余万，老少贵贱皆自举火，人自投烬，四望烽烟，一片焦土。烈矣哉，越日焰熄，朽骨与瓦砾杂沓，不可辨识，颓垣残堞外，屋址仅存。贼大失望，分趋西充、盐亭。雅布兰（清将）以一矢相遗，凤凰山为贼窀穸（张献忠的墓穴）焉。”

王奉斋为民请愿

清穆宗同治年间，天下大乱，外有列强入侵，内有太平军与捻军起义，国无宁日，战火不绝。且各地盗匪横行，抢掠烧杀，扰得四邻不安。一些土豪恶霸，仗势欺压百姓，任意杀伤人命，侵吞田产。每一案出，办案经费短缺，其相验费、缉捕费、招解费，皆索取于民。捕役们借以扰民，责之事主，责之邻里，并责之罪人，巧取横索，牵累无辜。害得朴懦善良的百姓们，家败人亡，叫苦连天。凡是朝廷大官过境，以权压人，搜刮民财，一些供给费用，又是征收民间，贫困百姓，怨声载道。当时苛捐杂税之多，骇人听闻，除正税纳粮，按田亩人丁课征外，又加征副税六项。即火耗费（官吏养廉费）、闰银（闰年加征）税、津贴费（用兵津贴与运输费）、捐输费（捐输饷银）、平余税（按正粮一两加一钱）、盐课税（官运食盐）。其余杂捐名目繁多，不胜枚举。

穆宗同治二年（1863），诏令各地成立三费局，凡相验、缉捕、招解，由局支费。除犯者抵罪外，不许向事主及邻里需索一钱。这是当时去害仁政，地方官员邀集绅士议定，税钱取于屠业，以备三费及供张之用。这时，南充的王奉斋（王秉三字，嘉陵金宝镇人）先生，听到这一喜讯，异常高兴。他为人坦诚，关爱百姓，曾任七品知县，德高望重。如今致仕还乡，年已古稀，忧国忧民。他见朝廷仁政施行不力，州县又巧立名目，加增税费于民，遂为民请愿，向顺庆知府杨庆伯呈递了《论征三费》的词呈，揭露时弊，关爱贫民。文曰：“盖闻言人之所不言者，不敢冀（期求）必然之信；知未必信而言之者，所以尽一己之忠。前日不揣颛蒙（愚昧），冒陈三费之说，自谓立遭谴诃（斥责），悚息待命。乃渊怀虚受，不让土壤，而择涓流。既宽其狂妄之愆（罪过），并诱以刍荛（割草打柴的人）之献，虽下愚敢不尽言，以资采择乎。窃思之为是说者，为贫民言之也，天下惟贫民易于感恩，亦易于生怨。前自楚归来（辞官还乡），闻老公祖（杨庆伯）良法美政，楮墨难宣，而至今称颂弗衰者，菲大于赈饥一事。饥民者，贫民也，三费之设，贫民皆竭蹶奉公，不敢违怠，何也？公祖既以生之（赈救百姓），即彼亦共晓然，于公之心，初非有利乎是也。惟近者年复一年，则似难堪命。夫贫民之粮（应纳公粮），以厘计者，盖亦鲜矣（很少），惟分数者较多。而州县征收，则以钱计，不以分计，自津贴（津贴费）出而倍之，三费设而又倍之。贫民以数分之粮，而受数钱之累，约而计之，几于制钱累百盈千。当青黄不接之时，贫民得此，可以稍资接济矣。故其愚者善怨曰：'我公祖既已生我，而奈何苛我也。' 抑又闻之，无恒产（固定资产）而有恒心者，惟士为能（只有读书能够做到）。若民则无恒产，而放辟邪侈（肆意妄为）之心，生于贫民之去乱民，盖无几耳。三费自乡会试，皆有佽助（帮助），为贫士计也。天下贫民多于贫士，似宜明饬州县，凡三费之征于地丁者（种地人），其实粮不及一钱者，悉于蠲免。如有急需，则贫者稍加，富者稍倍，则不过减千数百两之征收，而民已沦决（陷入）肌髓矣。幼时读书，见圣人有尧舜病施济之语，《诗》（《诗经》）则哿富人而哀茕独（孤单人）。《书》（《尚书》）曰：'无虐茕独，而畏高明。' 既稍更仕途而益信。且从前赴任时，见前任鄂抚张亮基，覆前任朱令禀批云：'方今时势以固，结人心为第一要著。' 至今诵之，而惜其仅为方今计也。虽然方今行之，则不独施德于不报，亦销患于未萌，善政覃敷（广布），更无阙事，而亦自维。世之以言为讳久矣，恃公有纳言之量，而又诱以尽言，故肆言而无忌，尚恳随时训示。"

蒲谷撰写《竹枝词》

中国的诗歌源远流长，早在春秋时期就有《诗经》一书，这些诗篇中大多是人民口头传唱的民歌，内容极为丰富，尤以恋爱和婚姻最多；感情浓郁，美妙动人，丰富多彩，炫人耳目。到了南宋时期，郭茂倩（山东东平县人）又悉心编辑了一部彪炳千古的《乐府诗集》，辑录了汉魏到唐五代的乐府歌辞，兼及先秦至唐末的歌谣（包括民间歌谣与文人作品），与古代《诗经》并垂不朽。民间歌谣中的竹枝词，是巴渝一带的民歌，俗称山歌，它是人们思想感情的自然流露，随口编唱，真实感人。古时候不合乐的称为诗，合乐的称为歌，又唱又舞的称为歌舞。唐朝著名诗人刘禹锡（河南洛阳人）在夔州任刺史时，以为俚歌鄙陋，将民歌俗调写成《竹枝新词》。教里中儿童歌唱，吹短笛、击小鼓，唱歌的人扬袂跳舞，含思婉转。歌咏三峡风光和男女恋情，语言通俗，音词轻快，情调含蓄，瑰丽流畅。诸如："杨柳青青江水平，闻郎江上唱歌声。东边日出西边雨，道是无情还有情（晴）。""楚水巴山江雨多，巴人能唱本乡歌。今朝北客思归去，回入纥那披绿罗。"此后各代诗人皆仿效他，写《竹枝词》的很多，故古人云："《竹枝》本出于巴渝夔州，逐渐流入蜀川各地。"

清穆宗同治三年（1864），果州贡生蒲谷（嘉陵大兴乡人），将故乡流行的民歌，编成《果州竹枝词》，包括名人逸事、名胜古迹与风土民俗，歌词简洁生动，直爽明快，易唱易懂，感人肺腑。其词曰："水到嘉陵好放舟，从来南国（南充国县）重风流。陈诗欲把新声谱，听我从头唱果州。谯公（谯周）墓侧府官衙，政简庭前有落花。召父去时来杜母（西汉召信臣和东汉杜诗，先后为南阳太守，都有惠政，百姓尊称为召父杜母），论文一样重儒家（果州的梁郭两太守俱崇文教，惠爱士民）。宣圣祠（文庙）边有讼庭，鼠牙雀角日相争。使臣果有文翁（汉初蜀郡太守）化，一片舆歌带颂声。桃花未落菜花开，士女如云次第来。一炷清香三帖纸，踏青人上赛云台（今南充西郊会仙桥处）。浮桥（今嘉陵江大桥处）高架似长虹，白塔山前水势松。柱上题联任太史（明太史任瀚），五湖从此隔春风。古树葱茏上接天，眼前景地便如仙（仙境）。朝阳洞外飞仙石，竞说唐朝谢自然（果州女道士谢自然，白日升天）。傀儡场中乐未央，清明过后好时光。逢人竞说观音会，总真山（南充西山）前拜法王（佛祖）。寺名甘露有甘泉（今南充蚕校），几处禅扉昼不关。更上一层楼更好，任人挟妓去游仙。五月红花入市来，三元帮算买花魁。去年不及今年贵，才过端阳秤便开。龙舟五日（五月五日端午节）驾东门，蒲酒家家饮半醺。都说有灾人竞避，堤边士女走如云。满城金鼓吼如雷，旗帜飞扬亦壮哉。竞说城隍恩泽普，小西门外赏孤来。腊鼓冬冬响未休，府衙门外打春牛。明年听得春官说，一倍良田十倍收。新词一曲玉珑玲，唱罢江峰色倍青。可有使君能好事，輶轩（轻车）采与圣人听。”这一竹枝词中，将果州城郊的谯周墓、宣圣祠、浮桥、白塔、朝阳洞、甘露寺、城隍庙等名胜古迹，和二月十九观音会、三月初一城隍会、三月三朝西山、五月五龙舟赛、立春时打春牛等民俗，叙述得淋漓尽致，老年童妇皆能随口唱出，如数家珍。

晚清才子张受谦

嘉陵山川奇丽，钟灵毓秀，堪称鱼米之乡，将相桑梓。素有“流溪古县五百秋，地灵人杰岁月悠。布政巡按侍郎官，文臣武将播千秋”的美称。自从唐朝时期在此建立流溪县以来，辖地十八镇十四乡，虽地域变迁，至今犹存七镇（曲水、流溪、日富、华池、琉璃、安福、彭城镇）古名。嘉陵江环绕其东，西北有六溪（西溪、曲水、盐溪、流溪、龙滩河、吉安河）奔流而下，汇聚嘉陵江，沿江的四个水运码头（文峰、曲水、羊口、李渡），川流不息地运送货物，人来人往，异常热闹。这里的文臣武将是：陈以勤父子宰相，韩士英兵部尚书，杨松年与杨文岳二位兵部侍郎，王遵与罗方二位布政使，冯荐巡按与蒲谦益、冯孜、张琚、张永、张惟、张苹、杨丽、文阶、张有光、王文川十位知府。更有陈以勤、陈于陛、张永、罗为赓、胡大成五翰林与柳稷、韩敬、何辅极、张受谦、杜伯宣、文邦从、王秉三、韩一韩、蒲毓庚、王恩洋等十名才子。这些文臣武将与翰林才子，功勋卓著，文章盖世，名垂青史，万世流芳。

晚清才子张受谦是文峰珠山人，自幼聪慧好学，博览群书，诗文俱佳，遐迩闻名。其人性格豪放，浩气凛然，诗书（诗文与书法）双绝，视为珍宝。他的父亲张岱云是个举人，常教训他道：“满招损，谦受益，才不可恃，名不可矜。”张受谦聆听教诲，时常铭刻在心，谦虚谨慎，好让不争，人们十分敬佩。张受谦作文敏捷，下笔千言，一挥而就。他的书法和绘图也有很高的造诣，时人求其书画，争相珍藏。他曾书题《龙门场联》云：“峭壁起龙门，是充国雄关，嘉陵古画；通衢侔阛市，有卫邦富庶，鲁邑弦歌。”又曾为南充奎星街的吕祖庙，书题一联云：“神仙科第古今稀，只慧业三生，风雨不迷磁枕梦；剑笛纵横天地老，留残诗九卷，琳琅犹作大江声。”他曾作《论书法》一诗云：“黄庭初写饷遗经，从此书家渝（疏通）性灵。古意若非神契熟，挥毫何敢画旗亭（酒楼）。前贤事事有常经，点画奚容别创灵。守法（书法）终羞成法滞，一家还自立亭亭（自成一家）。”又曾作《论绘画》诗云：“摊笺莫漫染松烟，造状还须造意先。笔墨浪涂皆腐迹，凭虚别悟写生缘。摹形休待起云烟，得意能争造化先。绘影绘声心应手，吴生（吴道子）岂果仗仙缘。”穆宗同治三年（1864），张受谦赴省（今成都）乡试，踌躇满志，自鸣得意地咏《文心》一诗云：“遗编坐对一镫青，陈迹人人意想经。何故剪裁偏入妙，笔录原自仗心灵。雄文自古抵钱青，选料休夸史子经。万物精华天地奥，此心何处不通灵。”又咏《诗致》一诗云：“漫将赋体诩丰裁，奇趣须凭笔创开。三百篇（诗经三百篇）中情宛转，多从此兴得神来。曾闻花骨借诗裁，力状缤纷一卷开。才子风流君子德，翩翩都向笔端来。”这次果然考中举人，心情十分舒畅。在考官阅卷期间，他游历了江油县的窦圌山。这里山高林茂，奇石如林，山中建有云岩寺，四层佛殿，高低错落，金碧辉煌，宛如天上宫阙，人间仙境。山上有两座峭削的山峰，高耸刈峙，峰顶各有一殿，一名窦真殿，一名鲁班殿。两峰距离三十四米，用两根铁索相连，下临深渊，艰险异常。惟老僧行走索上，步履轻盈，如行平地一般。张受谦看后，赞叹不已，遂作《题江油窦圌山》诗云：“群山崩裂向西来，到此危峰两劈开。结雾如妆双髻秀，插云疑剪半空裁。锋成剑壁真奇绝，路走金（铁）绳亦快哉。缺陷眼前看不极，补空谁是济时才。”此次中举后，选任为四川理州（今理县）学正。不意父母相继病故，居家守孝，未能上任。后来任朱凤书院与嘉湖书院山长，从教十余年，培养了很多英才。

清武探花侯会同

自从隋唐时期实行科举制度，以进士为入仕资格的首选，凡中进士的人即可做官。武则天女皇，不但开设文科，还开设武科和女科取仕，将考中进士的前三名，称为状元、榜眼和探花，自此有了文状元、武状元和女状元。武则天死后，取消了女科，只有文武二科。要考中武状元并非易事，不但要学会十八般武艺（刀、枪、剑、戟、棍、棒、槊、镜、斧、钺、铲、钯、鞭、锏、锤、叉、戈、矛），还要谙熟孙吴兵法，成为合格的军事人才，方能取得晋升之阶，入仕为官。宋神宗元丰三年（1080），下诏校定《武经七书》，颁定为武学经书，凡武学生都得学习《七书》兵法，武举考试亦以《七书》命题。这七书是:《孙子》（春秋末孙武著）、《吴子》（战国吴起著）、《六韬》（周朝姜尚著）、《司马法》（战国司马穰苴著）、《三略》（战国黄石公撰）、《尉缭子》（战国尉缭撰）、《李卫公问对》（唐朝李靖撰）。这一科考取士制度，自唐至清，延续了一千三百余年，直到光绪二十七年（1901）方才废止。

清文宗咸丰年间（约1860），顺庆南路汉塘（今嘉陵区羊口乡），有个武生名叫侯会同，天生英才，身体魁伟，自幼酷爱习武，两臂有千斤之力。他的父亲望子成龙，家庭富裕，聘请武术高师、拳师李光杰为师，教他练习武艺。侯会同异常刻苦，听到鸡叫就起来舞剑练武，数年时间，十八般武艺样样精通，骑射也十分娴熟。父亲又聘请名师，教习《武经七书》，练成文武全才，满腹韬略。当时四川学政张之洞，派员到顺庆府考取武秀才，侯会同在县试与府试中，都名列榜首，名噪一时。顺庆知府杨重雅是江西德兴人，又是翰林出身，十分重视人才。他见侯会同英气勃勃，品学兼优，博识高才，大加赞赏，认为他日后必中武状元，名扬天下。鼓励他沉着应试，勇敢向前，并向考官竭力推荐。考试时，侯会同的各种武艺俱佳，名列顺庆八县试童第一。孰知在走马射箭时，侯会同凝神敛气，连射三箭，皆偏离靶心，大失所望，他含泪退出考场，众皆惋惜。侯会同考试落第后，十分沮丧，杨重雅知府爱才心切，将他唤回，说道："您品学兼优，兵法超群，唯骑射欠佳，尚须练习。从前李白见老妪铁杵磨针，归而刻苦读书，终成翰林学士，千万别灰心啊！"继又出钱为侯会同捐了一名监生，侯会同感激不尽，更加刻苦练箭习武，三年后在省乡试，中了武举人。穆宗同治四年（1865），侯会同上京应试，他的兵法与武艺都名列榜首，众考官评定他为武状元。主考官是满洲人，歧视汉人，以侯会同是监生出身为由，将他列为探花。当时恭亲王奕䜣（宣宗道光帝第六子，文宗咸丰的弟弟）为议政王，在咸丰帝逝世时，曾帮助慈禧太后（咸丰帝妃）诛杀肃顺等八位辅政大臣，尽心辅助幼帝同治，使慈禧太后能垂帘听政，被封为议政王、军机大臣，掌管军机处与朝廷军政大权。奕䜣才华出众，治国有方，一直重用汉人，主张汉满亲善，和衷共事。他见侯会同武艺超群，智勇过人，任用他为乾清宫侍卫。乾清宫是同治帝的寝宫，有次一刺客入宫行刺，被侯会同擒获，刺客咬破衣领中预放的毒药而死，难以查清指使行刺皇上的人。恭亲王嘉奖侯会同护驾之功，将他调任建宁府（今福建省建宁县）总兵。数年后，同治帝因出宫寻花问柳，得性病而死，享年十九岁。侯会同见清廷腐败无能，外受列强凌辱，内有百姓反清，国无宁日，内外交困，人微言轻，报国无门，忧郁不安，愁闷不乐，毅然辞官还乡，奉养双亲。

大通神医萧文鉴

从前南充县辖一城六区八十余场，南充县城踞于莲池坝上，东依嘉陵江，西环西溪，西有栖乐山为障，北有舞凤山为屏。旧有内外二城，四十余街，三十余巷。以县城为中区，以今之高坪为上下东区，辖二十五场；以今之嘉陵为西南二区，辖三十七场；以今之顺庆为北区，辖十九场。原西南二区内之李渡场，位于嘉陵江右岸，当水陆冲途，为治南第一大镇，清朝设主簿署于此，分管水陆政务。这里是陈以勤宰相的故乡，甚为知名。其次是世阳场，位于曲水岸畔，是果州通往遂宁的大道，为治南第二大镇。商业兴旺，居民繁多，老街新街，中隔石桥，禹庙川庙，在场两端。这里是兵部尚书韩士英的故乡，甚为知名。双桂场位于西溪南岸，场内外建有禹王宫、万寿宫、万天宫，皆甚宏丽，为西区四大场之一；其余三场是金宝场、三会场与大通场，皆明代古场。今之嘉陵金凤场流溪南岸，唐朝时建有流溪县；今之嘉陵盐溪场境内，旧有盐井四十八处，前蜀王王建，在此设置徽州。

如今嘉陵区境内最古老的场镇，要数古华池镇，它是南北朝时期的北周到隋朝以来的巨镇。位于今之大通场北数里，地名华池镇，两溪合流处，有良田百亩。附近有千佛洞、华池、陈坛子等名胜古迹。明清间始废，并入大通场。清朝道光年间（约1830），大通场街上有个名叫萧文鉴的人，聪明好学，心地善良。他看到当地人们昏昧糊涂，不珍惜自己的生命，只追求荣华富贵，仰慕权户豪门，抛弃养生长寿之道。一旦被疾病困扰，灾祸临头，就震惊得发抖，将最宝贵的身体，托付给平庸的医生，任凭他们处置，医治无效，只有死亡。死后深深埋在地下，活着的人为亡故的人悲伤啼哭，非常痛心。他伤痛于亲友们的暴毙和短命，于是放弃儒学，不图仕进，从事医学研究。他勤奋地研读了轩辕黄帝所著的《内经》（即《黄帝内经》，这是黄帝与古代医家岐伯讨论医学的著作，世称“岐黄之术”），以及汉末著名医学家张仲景（河南南阳人，曾任长沙太守）所著的《伤寒论》和《金匮要略》等医学名著。同时他还采集了历代各家的医方，一边学医，一边行医，不断研究临床经验，分析病理病情，使用精方和民间单方医治病人。他从医数十年，医好了成千上万的病人，人们非常感激和敬仰，称为神医。遗憾的是，萧文鉴卒后，他的徒弟们没有将其医术继承下来。好在《南充县志》的协纂蒲毓庚（嘉陵区大兴乡人），写有《萧文鉴传》，文曰：“萧文鉴，清邑西大通场人。幼业儒，应童试不售（不中），乃寝馈《黄帝内经》与张仲景的《伤寒》《金匮》诸书，遂以医名。蜀农（蒲毓庚字）之父开祐（蒲开祐），患病伤寒，数医罔效（无效），家人环泣，谓弗救延。文鉴诊六脉几绝，舌苔芒刺，赤黑色。鉴（萧文鉴）曰：‘是不易治，趣煮鸡肘汤灌数匙，俟脉有转机，再铧药服。’如教行数钟，复诊曰：‘可贺也。’药日一易，越数日，洮颒（洗脸）凭几，月余复元。乡人某，胁奇痛，延鉴治。适一稚子（小孩）持樟树所生，名啄木官（虫名）。鉴嗅之气浓厚，谓病家曰：‘此可治，劈数片水煮，佐姜少许，和散服之。‘霍然病已。又一富室女病瘵（肺结核病），予以丸大如楝实（苦楝子），晨服一粒。嘱女结伴锄菜园蔓草，日刈（割）草二背。女初不耐，久习为常，如是百日，更投药饵，体质强而面丰泽，二竖遁矣。其平日临症，不墨守方书（药书），先谕病者，释然静虑。或用丸散，或用野菜汁，或并不用。第教以运作，若五禽之戏，施之辄效。鉴术之精类此，卒后，其徒罕能继业者。”

王秉缙诗文双绝

嘉陵王氏乃蜀将王平后裔，历经千年，子孙繁衍，兴旺发达，代有名人。自从元朝兵部侍郎王觐（卒赠兵部尚书）开始，其裔孙王瑛字辉之，于明成祖永乐二年（1404）考中进士，在朝为官。他的文章与诗词，震动朝野，因调高和寡，未被重用，遂辞官回乡，隐居太和场，以鹤为友。又一裔孙王珂字时制，博学多才，考中举人，官至陕西庆元路教授，深受学者景仰，六十岁时，告老回乡。王廷于嘉靖十一年中进士后，官至刑部尚书，卒葬永安王平墓侧。其弟王遵，嘉靖十四年（1535）进士，官至布政使，曾和谏官杨继盛一道弹劾奸相严嵩。后来杨继盛被杀，他遂辞官还乡，隐居藏珠山，乐享天年。明末张献忠攻克顺庆府，城中王氏家族全被杀光，只有王乘六下乡给乳母祝寿，幸免于难。后移居城郊荆溪帽盒山下（今属顺庆区）居住。其孙王升，字南征，号方山。康熙二十七年（1688）进士，历任稽勋、验封、文选三司郎中。后解官归里，卒于家，著有《方山逸草》一书行世。其后裔王灏字少梁号文川，雍正二年（1724）进士，官至连州知州，奉直大夫。七十岁告老还乡，创建南池书院，卒葬嘉陵金宝乡。王灏娶西充进士李庄之妹为妻，其曾孙王秉三与王秉缙，都是学识渊博的人。据《南充县志》记载："邑西王氏自少梁后，子孙科第蝉联不绝。最知名者，如王秉缙、秉三，皆品学兼优，可为后辈法（效法）。溯其原因，实由大母李氏，西充李庄之妹，学问亚（超过）于其兄，故当时家庭教育，为一邑冠。"

王秉三与王秉缙，都是当时的才子，作有很多诗文，流传于世，后皆载入县志。王秉缙字笏山，嘉陵金宝场人，咸丰七年（1857）岁贡，不慕仕途，长期在南池书院任教，继承祖业。

曾作《南池书院题名碑序》文曰："士之负盛名而显后世者，若大鹏然。背负青天，水击三千里，抟扶摇而上者九万里。六月海运动，将徙于南冥，南冥者天池也。今之南池，其即取南冥之天池乎！此地旧未有书院，曾祖文川公解组（辞去官职）归里，以振兴人才为志。乾隆甲戌（1754）始建立书院于此。捐清俸延师，厚聘名儒，一时多士景从（追随），云蒸霞蔚，称极盛焉。昔贤所谓岷峨洙泗，西南齐鲁者，殆（几乎）不得专美于前矣。第甲戌至今已有百余年，道光癸巳（1833）培修一次，欲立题名碑而未果。癸巳至今又将四十年矣，仍因循未果。将师儒教育之苦，士子肄业之勤，姓名零落，久而湮没。后之学者，何由知前哲之流风余韵乎？今将前后山长（校长），来学群贤，自大科而下，凡明经食饩与夫游泮宫者，皆详载焉，以备观览。"并作《南池书院》四首诗，其一："溪随寺转水潆洄，楼阁高低向此开。广厦尽欢寒士意，及门多造出群才。诗书尚守先人业，桃李谁如旧日栽。四十二年成底事，苍颜白发又重来。"其二："歌舞可以遗愁，琴书可以消忧。人生在世贵适志，五侯七贵非吾俦。青蛾红粉弹一曲，何如赤文绿字穷千秋。我今探古穷至妙，高卧南池百尺之高楼。上有参天之修竹，下有激湍之清流。琳宫梵宇炫金碧，溪声山色长清幽。文公（汉文翁治蜀兴学）石室差可拟，右军（晋代王羲之）兰亭亦可游。愿与青云之士扶大雅，万丈文光射斗牛。"其三："沿路玩苍翠，前滩来雨声。溪随山寺曲，峰转石桥横。古木带云出，幽禽惊客鸣。旧时读书处，一院古苔生。"其四："草满荒阶尘满轩，文公尘洞有谁存。旧时桃李都零落，寂寞梨花掩院门。"

文邦从大咏重阳

嘉陵金凤场人文邦从，学识渊博，诗书双绝。同治三年（1864）中举，历任直隶平谷、顺义、东安等地知县，为官清廉，民皆称颂。后告老还乡，曾于光绪六年（1880）重阳佳节，会友咏诗。他所咏的《重阳百韵》，典故百出，妙趣横生，成为稀世遗作，人皆赞颂不绝。

其《重阳百韵》诗云：“佳节逢摩诘，重阳展大苏。雅怀谁与共，胜会自来无。扰扰因尘俗，劳劳况宦途。烟霞思笑傲，案牍本勤劬。为买龚公犊，难飞叶令凫。封侯矜骨相，守藏笑头须。风月何能赏，琴尊那得娱。通川频纪胜，达士可为模。出首曹司贵，称贤牧令殊。楚材储杞梓，郑盗绝佳苻（郑国泽名，常有盗贼聚集）。济世房兼杜（唐名臣房玄龄与杜如晦），同时亮并瑜（诸葛亮与周瑜）。公余看放鹤，子夜听啼乌。冷露香飘桂，秋风叶坠梧。登高望木屐，罢会剩茱萸。此会人虽健，经旬日已徂（到）醉欢犹待续，清节不妨逾。十九良辰宴，三千食客徒。雁声留野陌，虹影散云衢。静宝轩齐敞，纤尘坐不污。苔痕黏翠幄，树影散红毹（地毯）。地有林泉癖，园多筱荡（竹）敷。夕阳喧宿鸟，暝色辨飞鼯（松鼠）。焰发兰膏烛，芳腾翣（扇）脯厨。蟹螯持毕卓，龙片嗜君谟。共劝开怀饮，何嫌太嚼粗。酒豪鲸并吸，觞政雉难呼。令转藏钩戏，筹行调水符。醉颜看悦帽，诗兴压催租。得虎会穿穴，探骊共取珠。长康三绝技，大历十八图。典郡歧歌麦，临文甲折莩。邑称民父母，赋媲汉京都。参政才推吕（吕尚），嘉陵画擅吴（吴道子）。春秋谁索解，山斗信非谀。王勃先藏稿，滕公独让俘。广文羊用瘦，清献鹤尤臞（瘦）成竹惟师古，移山自笑愚。落天吹咳唾，入网尽珊瑚。急响铜敲钵，灵机鼓应桴。

云烟风雨似，鸿鹄凤鸾惧。挥就江淹（南朝梁文学家）笔，惊闻楚仲壶。馨香凝燕寝，谈笑集鸿儒。去岁如斯已，前游不乐乎。岭高升绝壁，天尽指平芜。望岳篇初出，题高字未拘。墨留名胜境，囊佩小奚奴。陈迹峰回雁，流光隙过驹。中秋人放棹，远水镜开湖。绘事云蓝染，新章地锦铺。万言川汇海，七发斗联枢。鬼斧神工运，风樯陈马驱。绘声兼绘色，如火复如荼。文藻夸鸣凤，禅机黜野狐。群英标领袖，双管下生枯。卦验同人美，轮欣大雅扶。幕开唐壁垒，旂取郑蝥弧。智慧参诸佛，英灵驾八虞。席珍和氏璞，宝树谢家株。卽愧藏三箧，难通举一隅。豹斑迷雾縠，龟尾曳泥涂。出仕才偏拙，谋生计更迂。落嗟居易（白居易）齿，拂有长官须。卑贱嗤牛后，酣歌杂徇屠。涸鱼虽卧辙，下驷耻求刍。忝窃经师位，咸咀道味腴。廷争忻李绎，路泣凛杨朱。久类无依鹊，难争乞巧蛛。宝谁知简子，剑忽遇风胡。国士欣推食，齐宣任滥竽。谊深投缟李，情盛送拏臾。世事原无定，遭逢亦可吁。梦虽猜国相，兆莫问神巫。造化皆亭毒，循环似辘轳。画蛇防有失，得马漫为愉。荣辱茵同溷，圆方水肖盂。铅刀犹试割，椟玉或愁沽。快意鸡争食，伤心凤在籔（鸟笼）。凡庸偏有福，俊杰亦何辜。贫叹归来客，欢腾逐臭夫。旷观班氏（班固）论，惟卧阮公垆。朗朗千秋鉴，昂昂七尺躯。平生知己贵，时势售才需。毛遂思呈颖，中军愿弃繻。寤言堪永失，信义不相渝。文字因缘结，男儿意气孚。萦维蒙惓惓，忱悃抱区区。晚景寒烟树，商飕（大风）断岸芦。膳更双掌鹫，脍得四腮鲈。高阁宜幽燕，华筵拟大酺（聚饮）。百朋赓锡我，五夜静金吾。邀月杯传李（李白），游仙枕记卢（卢生）。挥毫夸草圣（张旭），搔痒比麻姑（古仙）。岱华惊摇撼，邯郸亦步趋。纷然人叠韵，率尔我操觚（作文）。星海探弥远，霓裳韵不孤。尖叉偕唱和，竞病几踟蹰。染翰题鹦鹉，鸣秋学蟪蛄（蝉）。家遗文帝帚，酱覆子云（扬雄）瓿（小瓮）。巫峡枫凋露，昆明米咏菰。吟成青玉案，笼以碧纱嶋。”

百岁老人论美髯

清朝时期，金宝场的奉斋先生（王秉三），在宣宗道光二年（1822）中举后，授官湖南安乡县知县。为官一任，造福一方，后毅然辞官还乡，在藏珠山南池书院任教。他待人谦和，德高望重，才华过人，善作诗文。其文寓意深刻，奇绝感人，得之为快，读之悦心，人们争相传诵，洛阳为之纸贵。他潇洒、风趣、乐观、健谈，仪表堂堂，银须洒怀，人称“美髯公”。德宗光绪八年（1882），年已九十周岁，德宗帝念他是耆儒硕德的老人，特意请他进京赴宴，恩礼有加，蒙获殊荣，人皆敬仰。他活了一百多岁，堪称长寿老人。这期间，他曾作《于思记》一文，借梦中人之对话，畅谈历史名人美髯之事，文辞优美，叹为观止。诸如：“髭王降诞（周灵王生时嘴上有须），如李初生（老子李耳，生时白发）。”“茂先囊帛（晋司空张华，以帛囊须），笑起（起用）陆云（西晋文学家）。”晋灭吴国，陆云与兄陆机，皆有文才，时称“二陆”，屈事晋国，张华慕其才而重用。后来陆氏兄弟皆被成都王司马颖杀害。“阿瞒弃袍，羞传渭水。”西凉马超之父被曹操杀害，马超统兵攻打曹操，曹操大败于渭水，抛弃红袍，割断长髯，方才逃脱。文中还谈到“伍子胥易形吴市”。伍子胥的父亲伍奢为楚国大夫，因谏楚平王纳媳乱伦的事，被杀。伍子胥逃奔吴国，过昭关时一夜急白了发，遂吹箫乞于吴市。后任吴国大夫，统兵灭楚，报了杀父之仇。如孙权、范冠、丁尾、北宫黝、杨子、谢灵运等历史名人，皆与美髯有关，恕不烦絮。

其《于思记》文曰：“奉斋子馆龙台寺（藏珠山建有佛寺与书院）三年，别绪恹恹（精神不振），停云杳杳（深暗幽远），双眉锁憾，两鬓垂丝。惝恍之际，见庞眉而方瞳者，自通曰于思（自名于思），谓奉斋子曰：‘子殆有须眉（美男气概）矣，请坐于鼻观之下（靠近一点），而为子皮相（看相）可乎？’奉斋子曰：‘唯唯。予之憔悴，几如望阊门（天门）匹练焉，愿子之解吾颐（如何保养胡须）也。’思（于思）曰：‘予闻髭王（周灵王）降诞，聿表神灵，如李（老子李耳）初生，亦传奇异。疗功臣之疾，曾拜赐于大君；拂宰相之羹，或贻讥于参政。若乃茂先（张华字）囊帛，笑起陆云（陆逊之孙）；阿瞒（曹操字）弃袍，羞传渭水，虽同具有生之理，而已丧其故我之真（原有的本色）。其或胡地吹笳，曾闻碧眼（东吴孙权，碧眼紫髯），南山射虎，不数黄须。则又以昂然七尺，而非仅颊上三毫子，将安仰乎！’奉斋子曰：‘仆不才（我没才学），愿不及此顾，毛里之爱，罔敢（不敢）毁伤。苟吟几字，而辄断数茎（几根胡须），将奈何矣？’思曰：‘予闻范冠蝉缕（范冠以薄绸罩须），造物各赋其性；丁尾钩须，文字亦传其象。北宫（战国时的北宫黝）以挫人为辱，杨子（战国哲学家杨朱）以不拔为能。谢灵运（晋朝诗人）割爱祇洹，徒资斗草；伍子胥（吴国大夫）易形吴市，或妻捨遗。若乃颤花蕊以蜂须，每嫌刺刺（多言）；媚侧室于陆展，常憾星星（鬓发花白）。遂假伐除之力，而矜涅卓（染黑）之方，则岂知吹野烧以春风，刺秧针于绿水，皆画工之使然。子奈何重五马而轻二毛，而不知斑之不必摄也。’奉斋子掀髯而起曰：‘有是哉！’乃作怨思留思之歌曰：‘思之勃然不可遏兮，予将脱然不可得兮。人且弃我于笙歌之队、管弦之侧兮。笑我者，矜其濯濯（光秃。兮；爱我者，怜其默默兮。思兮思兮，伊谁之贼兮。予之有思也，黝而鬖（黑如漆）；思之附我也，密而周。是天之表异我者，而何必刻杖而悬鸠，燕毛则伸其敬，啜粥则听其流。予固将唾九天之珠玉，而时落时留。而不见夫曲者虬乎？而何羡夫秃者鹫乎，休乎休乎，于思又何尤乎。’”

王恩洋建龟山院

嘉陵山川奇丽，钟灵毓秀，人才济济，常出忠义之士，创建书院，造福桑梓。明朝陈以勤宰相告老还乡后，将一生积蓄修寺修桥，并在西山创建金泉书院。清初奉直大夫王文川（安汉侯王平的后裔），致仕回乡后，在藏珠山修建南池书院。到了民国时期，著名佛学家王恩洋（安汉侯王平的后裔），在故乡的龟山（今嘉陵区集凤镇水龟山村），修建了禅儒合一的龟山书院。这些书院都建在依山傍水、松柏繁茂的幽静地方，很利于研读诗书，启发灵感。王恩洋还亲自任教，讲解佛儒义理，门生甚众。

王恩洋字化中，集凤镇水龟山人，生于光绪二十三年（1897），自幼聪明好学，他的父亲王思敏很有才华，常教他读书习字。王恩洋从小就志趣不凡，既好研读儒家经典，又爱研读佛教三藏。融禅儒二教之精华，著书立说，诲人不倦。他曾留学日本，归国后，被聘任法相大学部主任，又到武汉大学等地应邀讲学。一生著有《佛学概论》与《儒学概论》等书，享誉中外，无不敬服。民国十八年（1929年），王恩洋因病回到故乡，征得好友南洋华侨黄联科巨商的资助，创办了龟山书院，授徒讲学。他还写了一篇《龟山书房记》（晏春供稿，摘自《南充掌故》），文曰："昔者，圣人在上，克明峻德，而天下燮和。孔孟不得位，著书立教，而大道以明。宋明儒者，讲学成风，身体力行，而士民景从（如影随形）。是以政乱于上，俗清于下，国运虽微，而人道不灭也。若夫六代隋唐，千余年间，世乱纷乘，儒术衰废。于是则适佛教东来，大泽深山，名僧辈出，岩枯谷隐，抗节帝王。戒行高洁，则贪夫以廉；慈悲宏远，则浇风用戢（收敛）。其扶持世道之功，迹至微而力至普，非但禅定寂止，自求解脱已矣。

当今天下，大难横生，上无明德（光明的品德），野乏高人。教育总于学校，而讲学之风久息。贫者无求学之机，富者乏艰苦之志。况师徒相聚，如商贾入市场，唯名是利之趋，匪（非）道义之相得。兼复邪说之蓬兴，朋党相伐，骂讼嚣张，忿怨倾轧。浇风日竞（追逐名利的浮薄风气更盛），而人心正义消灭尽矣。教育不以成就人才，翻（反）以败坏人才；不以改良风俗，翻以败坏风俗。乱之日兴而未有纪极，其源专于此也。昔在南京，怵（恐惧）大难之方殷，非空言所能力争也，故退然有勿用之志。归来抱病，益无力振作，乃福建同安黄联科居士，频自海外劝余弘扬大法。又复历年惠助多金，俾得优游著述。居乡渐久，门人渐集，乃以黄居士所赠金建修龟山书房。地虽不宏，清净无忧；屋虽不多，足资讲习。及门之士，虽无轶逸寻常人才，要多忠信刻苦之质。颜（颜回）也愚，曾（曾子）鲁，皆足以继承圣人（孔子）之道。余虽薄德，诲人无敢倦也。《记》（《史记》）不云乎：‘今夫地一撮土之多，及其广厚，载华岳而不重，振河海而不泻，万物载焉。’言夫至诚无息，久则博厚而高明也。龟山虽小，诚心以之，安知其不足以转移时运，而风动天下乎？于是集门人而告之曰：‘粤来诸子，咸听余言，悟吾之教，儒佛是宗。’佛以明万法之实相，儒以立人道之大经。游之以文艺，广知以新知，本末兼赅（完备），中庸以时。为学之道，正心为本，力行是急，淡泊是甘，艰苦勿惧。无思利，无近名。孔子曰：‘德之不修，学之不讲，闻义不能徙，不善不能改，是吾忧也。君子忧道不忧贫。’诸佛菩萨，照临在上，有情饥溺，困苦在旁。《诗》（《诗经》）云：‘战战兢兢，如临深渊，如履薄冰。’而今而后，吾党（我们）其知勉乎。”

祖德流芳

嘉陵区是个奇丽的地方，唐宋以来有很多名人后裔，爱上这里的奇山异水，或经商，或迁徙，在这里定居下来。或是在这里为官为将的退居林下，在这里寄居养老。逐渐形成陈、韩、罗、王、杨、蒲、杜、冯、文、张十大名门望族。经我考察有蒙恬、纪信、蒲猛、冯绲、王平、陈彦真、韩世富七将的后裔，有文彦博、范仲淹二相的后裔，更有礼部尚书苏轼的后裔，共有十位名人的后裔寓居嘉陵。他们的祖先在历史上享有盛名而流芳万世，震古烁今。

蒙将军枉死上郡

战国时期的齐、秦、楚、赵、燕、魏、韩七大强国，称为“战国七雄”秦庄襄王之子嬴政执政后，以李斯为相，以王翦、蒙骜等人为将。先后灭掉六国，统一天下，自称秦始皇。实行郡县制，集权中央，统一法律、度量衡、货币与文字。并派大将蒙恬（蒙骜之孙），统兵三十万，驻守边疆，修筑万里城墙，防止匈奴入侵。西汉著名政治家贾谊的《过秦论》中，将秦国走向强盛、威震四海之事，作了精辟的论述。自秦孝公任用商鞅，实行变法，富民强兵，使秦国强盛起来。惠文王与昭襄王南取汉中，西攻巴蜀，诸侯合纵结盟，叩关（函谷关）攻秦。秦人开关迎敌，诸国不战而逃。强国臣服，弱国入朝，秦国乘势宰割天下，分裂河山。到了秦始皇时期，吞并西周，消灭六国，威震四海。派蒙恬在北方修筑长城，守卫这道屏障，使匈奴后退七百余里，不敢向南来放马。又烧毁诸子百家的书籍，以便使百姓愚昧。秦始皇焚书后，将攻击他的方士与儒生四百六十多人，活埋于京都咸阳，史称“焚书坑儒”这时候，秦始皇的长子扶苏，曾劝谏父皇道：“天下初定（刚平定），远方黔首未集（远方民众尚未归顺），诸生皆诵法孔子（儒生们崇敬孔子），今上皆重法绳之（皇上用重刑整治他们），臣恐天下不安（担心天下不安宁）。唯上察之（希望皇上明察）。”秦始皇大怒，将扶苏遣驻上郡（今陕西北部榆林县境内）蒙恬军中，称为监军。

在秦始皇统一天下的战争中，蒙恬祖孙三代立下了赫赫战功。据《史记·蒙恬传》记载：“蒙恬的祖父蒙骜是齐国人，秦昭王时，来到秦国，官至上卿。庄襄王元年，任蒙骜为将，伐韩，取成皋、荥阳；二年攻赵，取三十七城。始皇三年，蒙骜攻韩，取十三城；五年攻魏，取二十城。始皇七年，蒙骜卒，其子蒙武为将，与王翦攻楚，杀死名将项燕（项梁父）。二十四年，蒙武攻楚，虏楚王。二十六年，蒙武子蒙恬为将，攻齐获胜，拜为内史。这时秦已统一天下，使蒙恬率兵三十万，北逐戎狄，收河南（黄河以南的土地）。修筑万里长城，控制险要的地方。蒙恬又率领军队，过黄河，北征匈奴，雨雪风霜，奔走十余年，驻守上郡，威震匈奴。始皇甚为尊宠信任蒙氏，而亲近蒙毅（蒙恬弟），官至上卿，常侍左右。蒙恬任外事，蒙毅常为内谋，号称忠信，朝野敬畏。三十七年（前 210）冬，始皇病逝沙丘，是时，丞相李斯、公子胡亥、中车府令赵高常从，秘不发丧。赵高乃相与谋，诈诏立胡亥为太子，更为（伪）书赐扶苏曰：‘扶苏为人子不孝，其赐剑以自裁！将军恬与扶苏居外，不匡正，宜知其谋。为人臣不忠，其赐死，以兵属裨将王离。’使者至上郡，发书，扶苏泣，入内舍欲自杀。蒙恬曰：‘陛下居外，未立太子，使臣将三十万守边，公子为监，此天下之重任也。今一使者来，即自杀，安知其非诈？复请而后死，未晚也。‘扶苏为人仁，谓蒙恬曰：‘父赐子死，尚安复请！’即自杀。囚蒙恬于阳周。始皇葬于咸阳，胡亥为二世皇帝。子婴进谏曰：‘蒙氏，秦之大臣谋士也，弃之不可。臣闻轻虑者不可以治国，独智者不可以存君。诛杀忠臣而立无节行之人，是内使群臣不相信，外使斗士之意离也，臣窃以为不可。’胡亥不听，信赵高之言，杀蒙毅，复遣使逼杀蒙恬。恬曰：‘自吾先人，及至子孙，积功信于秦三世矣。今臣将兵三十余万，身虽囚系，其势足以倍畔（反叛）。然自知必死而守义者，不敢辱先人之教，以不忘先主（秦始皇）也。今恬之宗，世无二心，而事卒如此，是必孽臣逆乱（奸臣捣乱），内陵之道也（内臣欺主的缘故）。我何罪于天，无过而死乎？’乃吞药自杀。”后来，赵高杀李斯，自立为相；又杀胡亥，立子婴为秦王。秦王杀赵高而降刘邦，秦亡。

纪信捐生救汉王

汉王元年（前206），项羽在鸿门宴上不忍杀死刘邦，率军进入咸阳，杀了秦王子婴，火焚阿房宫，掘毁秦始皇墓，自称西楚霸王，分封诸侯，遥尊楚怀王为义帝。共封十八个侯王，建了十八个诸侯国，封刘邦为汉中王，都南郑（今陕西汉中东），辖巴、蜀、汉中三郡。另将关中（函谷关）之地，分封秦三降将，合称三秦，以拒刘邦。然后，项羽尽收秦宫金银珠宝，运回楚国的国都彭城（今江苏徐州市），又暗令将军英布杀死义帝熊心（即楚怀王），众皆愤恨。

汉王二年（前205）春三月，刘邦平定三秦以后，趁项羽远征齐地，后方空虚之际，以讨伐逆贼为名，纠集各路诸侯五十六万大军、火速攻占了彭城。项羽闻国都失陷，亲统三万大军回攻彭城，杀死汉军十余万人，收复了彭城，展开了“楚汉战争”。刘邦收集残兵败将退守荥阳（今河南郑州市），留守在关中的萧何，把关中的老弱和儿童全部征发去坚守荥阳。次年（前204）夏四月，项羽率兵围攻荥阳，又放火尽烧刘邦囤积在敖仓的粮食，城内军民乏食，危若累卵。汉王请和，项羽不允。谋士范增竭力劝谏项王，不要再失良机，一定要杀掉刘邦，日夜攻城不休。刘邦心急如焚，他唯一能和项羽相抗衡的大将韩信，这时统兵二十万正在攻打赵国和代国，只抽调部分精兵助守荥阳。他的谋士陈平施用反间计，离间项羽君臣，使项羽罢免了大将钟离昧的兵权，气走了老谋深算的范增。孰知范增气死途中，项羽猛省中计，又重用钟离昧，如今攻城更急，眼看要城破身亡了。他越想越急，寝食俱废。这时，纪信将军只身入营献计道：“如今楚军猛烈攻城，我军兵少粮尽，定难久守。与其坐以待毙，不如由臣假扮大王，从东门出，诈降楚军。大王则微服走西门，率夏侯婴、樊哙诸将奔成皋，令御史大夫周苛等众守城。是臣一人死，三军可全，汉室可兴矣。”汉王迟疑未决，纪信奋然道：“大王不忍臣死，城毁俱亡，焉能独生，不如先死君前以明心志！”乃拔剑欲自刎，汉王握其手道：“将军真忠义啊！”遂与张良商议，写了降书，派人送交项王，约定当夜东门投降”用陈平计，夜半大开东门，放出三千女兵，铁甲细步，娇滴扭捏，鱼贯而出”四面围城楚军都拥到东门看热闹，防备松懈，汉王乘隙与张良、陈平、樊哙、夏侯婴等数十骑从西门冲出，逃往成皋而去”待女兵走尽，天已大亮，纪信穿戴汉王衣冠，乘坐王车，举大旗，前呼后拥，缓缓出城”楚军以为是汉王来降，欢喜若狂，高呼万岁。项羽出营审视，见车内端坐的人不是刘邦，大发雷霆道：“你是何人，敢冒充汉王，刘邦在哪里！”纪信从容说道：“我乃大汉将军纪信，汉王早已离开荥阳了。”项羽气极，下令烧死纪信。纪信大骂道：“逆贼项羽，弑义帝，杀忠臣，绝无好下场！”霎时皮焦骨烂，人车成灰。楚军攻克荥阳，项羽烹杀周苛。在楚汉战争中，双方苦战了五年。刘邦由弱转强，项羽渐处劣势。项羽向刘邦提出中分天下，以鸿沟（今河南贾鲁河）为界，河东属楚，河西属汉，刘邦不答应。汉王四年（前 203）年底，刘邦会合诸将，合围项羽于垓下（今安徽灵璧县东南）的一个山头上。项羽兵少粮绝，孤立无援，白天看到山下旌旗遍野，鼓角齐鸣；夜半又闻四面传来的楚歌，以为楚国已失，军心涣散，已无斗志。他见大势已去，只好逼杀爱妾虞姬，连夜夺路突围。刘邦闻讯，立即派五千骑兵追赶。项羽渡过淮河，只剩一百余人，汉军追上，杀得他只剩二十八个残兵。项羽跑到乌江（今安徽和县东北）边上，见前面茫茫乌江，后面滚滚追兵，走投无路，羞愧悔恨，拔剑自刎。

继父志纪通平乱

“楚汉战争”时期，楚霸王项羽率领重兵，将汉王刘邦围困荥阳，眼看孤城难守，危在旦夕之际，纪信将军挺身而出，假扮汉王去诓楚，被项羽活活烧死。这时，纪信将军的夫人李玉兰（豫州柳园人），不便留在军中，便带着长子纪通、次子纪亨，奔回纪信故乡扶龙山（今西充紫岩乡纪公庙村）居住。当时人们纷纷谣传：“楚霸王憎恨纪信替死，放走刘邦，已派人来纪信故乡明察暗访，要将姓纪的斩尽杀绝。”住在扶龙山一带的纪姓族人闻讯，便四处逃生，大多逃至今木角乡一带居住，改为吉姓。李夫人更是惶恐不安，便收拾细软，带着纪通兄弟逃至龙华山（今西充青龙乡青龙湖村）避难。直到楚霸王逼死乌江，纪姓人方搬回故居，复姓纪氏。汉王五年（前 202）三月，刘邦建立汉朝，史称高祖。次年（前 201），在纪信故里赐建安汉县，以彰纪信舍生救主、安定汉室的功勋。高祖八年（前 199），高祖纳留侯张良之谏，荫封纪通为襄平侯，纪亨为襄城侯。李夫人感蒙皇恩，便跟着二子去封地居住。

高祖病逝后，由年仅十七岁的太子刘盈继位，称为惠帝。惠帝是个平庸无能的人，一切由他母亲吕太后（名雉，字娥姁）主持朝政。吕雉是个心狠手辣的女人，曾助高祖杀韩信和彭越等异姓诸侯王。如今大权在握，又杀害高祖最宠爱的戚夫人及其子赵王如意。惠帝在位七年死，因无子嗣，吕雉连立二位少帝。初立后宫美人所生之子，诈言张皇后所生；不久，将他杀害，改立恒山王刘弘为帝。吕后临朝称制，史称高后。其时陈平为左丞相，周勃为太尉，领管宫廷南北二军。高后对刘氏诸王又恨又怕，想尽一切办法去笼络他们，都不成功，只好以吕氏为依托，扩大分封吕氏家族。她违背高祖“不是姓刘的不得为王”的白马盟约，大封诸吕为王侯。封吕产为梁王、吕禄为赵王、吕通为燕王，三王权倾一时，专横跋扈。尽管高后千方百计地给诸吕封王，但在京师的势力很弱，当时的长安一带居住着百余家王侯官邸，这些人多半是刘邦的功臣，对高后是一种重大威胁，危机四伏。高后八年（前180）秋七月，高后病危，遗诏吕产为相国，统领南军，驻扎皇宫，保卫宫廷；吕禄为上将军，管领北军，驻扎城内，保卫京城。以宠臣审食其为左丞相，掌握实权。陈平与周勃二人成为有职无权的人，眼见朝廷上下吕氏专权，横行霸道，人多势众，力不能制，只得忍气吞声，深居简出，内心非常不满，时常思虑如何制服诸吕。高后刚死，诸吕欲尽杀文武大臣和少帝，夺权篡位。幸好吕禄的女婿朱虚侯刘章探知其谋，恐被诛，暗中使人密告其兄齐王刘襄，叫他发兵进京靖乱；并密告与陈平。在这汉室垂危的紧急关头，陈平和周勃当机立断，冒险行事，密谋设法除掉诸吕。密召襄平侯纪通和典官刘揭计议，首先夺取吕禄的将印。这时纪通方掌符节不久，陈平叫他随周勃持节入北军，诈传少帝（刘弘）诏命，令吕禄立即交出将印，离开京城，去封地就国，仍由太尉周勃管领北军。同时令吕禄好友郦寄去劝说吕禄，交出将印，免生祸患。吕禄本无甚才识，见纪通持节宣诏，严词厉色，信以为真，即将印取出，交给周勃。周勃忙命刘章坚守军门；再遣故相曹参之子曹窋，往语殿中卫尉，不得助吕为逆。这时群情激怒，袒臂高呼，誓除诸吕。周勃和陈平率军入宫，命朱虚侯刘章杀死吕产，继又杀死吕禄、吕通，一举消灭了诸吕，保住了汉室，使国家转危为安。因为少帝刘弘不是惠帝的儿子，也将其杀掉，群臣共议，迎立代王刘恒入京为帝，史称文帝。

嘉陵桥畔冯绲墓

汉代车骑将军冯绲是个文武双全的人，足智多谋，胆略过人，正气凛然，刚正不阿。二十岁时，安帝授官郎中，曾任犍为与武阳县令，爱民如子，政绩显著，先后七迁广汉属国都尉，拜御史中丞。顺帝末，督徐州、扬州军事，镇压徐凤诸义军，旋迁陇西太守，转辽东太守，徵拜京兆尹，转司隶校尉，迁廷尉、太常。桓帝延熹五年（162）拜车骑将军，平定武陵蛮（或称五溪蛮），拜将作大匠（汉官名）。延熹六年（163）弹劾宦官左悺和具暖二人骄横贪暴，其兄弟亲戚都为州郡令长，侵夺人民。左悺畏罪自杀，桓帝令冯绲任河南尹。冯绲回想父亲生前历任尚书、侍郎，河南令和豫州、幽州刺史，荣耀已极，后来被人诬害，冤死狱中。自己身为三朝老臣的武将，镇压徐凤军，屠杀武陵蛮，一将功成万骨枯，官大必险，人心叵测。桓帝崇信宦官，忠良潜迹，异日倘被陷害，悔之莫及，遂解甲归田，回到故乡岩渠（今四川渠县）之土溪安度晚年。

一日，冯绲将军带了幼子冯鸾，到安汉县胜水院（今蓬安睦坝乡胜水寺）去祭扫表弟李温墓。时值清明，春光明媚，沿途鸟语花香，景色宜人。父子二人来到舟口（今蓬安县城）码头，遥望嘉陵江对岸山峰，岳云岭树，披映层叠，竹树森郁，江水浸绿，一派江南风光，非常喜爱。遂雇舟沿江而上，途经大泥、金溪，在白虎嘴上岸，来到胜水院李温墓前，哭祭了一番。在李府逗留数日，还在外公及舅父坟前去祭扫，然后乘船在舟口上岸，回到土溪。不久，全家迁居到安汉县嘉陵江畔的两河塘居住（今利溪镇冯家坝村）。这里临近嘉陵江，是汉代辞赋家司马相如的故里，冯公游山玩水，怡然自得。桓帝永康元年（167）冬，冯公病逝，终年六十六岁，他的后裔们将他安葬在嘉陵桥畔（今蓬安锦屏镇北十里的嘉陵庙村）。桓帝嘉其忠义，追谥桓侯，诏令其子冯鸾为郎中；这时，冯鸾的堂叔冯遵（冯允之子）当了尚书郎。冯绲的后裔们依照祖父冯焕墓式样，在这里修建了一座高大坟茔，镌刻墓志云："冯君讳绲字鸿卿，幽州君（冯涣）之元子（长子）也。少耽学问，习父业，治《春秋》，弱冠诏除郎（郎中）还里，在郡历诸曹史、督邮、主簿五官。椽功曹（州郡属官），举孝廉，除右郎中蜀郡广都长，逼直荒乱，以德绥抚，到官四载，功称显著。郡察廉史、州举尤异，迁犍为武阳令，诛疾强豪，以公去官，部广汉别骂，治中从事。辟（征召）司空府侍御史、御史中丞，督使徐扬二州，讨贼徐凤、马勉、张婴等。迫州郡，进兵正法。复辟司徒府廷尉，左监正治书侍御史，广汉属国都尉。为陇西太守，坐问吏辜旬不分，去官，以羌骇动，为四府所表，复家拜陇西太守。上（桓帝）辟为征议郎、尚书、辽东太守、廷尉、太常车骑将军，南征五溪蛮夷。逮赵伯、潘鸿，斩首万级，没溺以千数，降者十万人。收逋宽布三十万匹，不费官财，振旅还师。临当受封，以谣言奏河内太守、中常侍左悺弟，坐逊位，拜将作大匠，河南尹，复拜廷尉。表荆州刺史李隗、南阳太守成晋，不宜以重论，坐法作左校，亦皆不合。诏书特贯，拜屯骑校尉，复廷尉。奏中官子弟不宜典牧州郡，获过左右，逊位，永康元年十二月薨。将军体清守约，既来迁葬，遗令坟茔取藏形而已，不造祠堂，可谓履真者矣。恐后人不能纪知官所吏历，故刻石表绩以毖来世；孝桓皇帝以命将军讨此疆夷，有桓桓烈烈之姿因谥为桓。"后来，有人看见冯绲将军和李温太守二人泛舟江上，如在生一般，百姓感其恩泽，敬奉如神，每年三月都到江边去祭祀他俩，年年如此，久之成俗。更奇的是，每当祭祀这天江水暴涨，祭罢归家，清风徐来，如来迎去送一样。蜀郡常璩晓其事，将它编入《华阳国志》中。《舆地纪胜》（宋朝王象之著）中云："蓬州内有冯绲墓，其子孙皆居此。"

冯将军战死夷陵

三国时期，有两大以少胜多的战役，一是赤壁之战，曹操统领数十万人马下江南，准备一举消灭孙权。不料周瑜都督火烧战船，曹操全军覆没，险些死于华容道上。二是夷陵（今湖北宜昌东南）之战，刘备亲统十余万大军攻打东吴，企图一举消灭吴国，以报孙权杀害关羽之仇。不料陆逊都督火烧连营，刘备全军覆没，气死白帝城中（今四川奉节县境内）。在这次夷陵战役中，安汉县有两位将军参战，一是陈寿的父亲陈式将军，当蜀军战败时，他和诸将士保护刘备安全撤退至白帝城；二是冯习将军，在战斗中不幸牺牲。据陈寿所著《三国志》的《蜀书·先主传》记载："章武元年（221）秋七月，先主忿孙权之袭关羽，将东征；命车骑将军张飞会师江州，不意为其左右所害，遂帅诸军伐吴。孙权遣书请和，先主盛怒不许，吴将陆议（陆逊）、李异、刘阿等屯巫（巫县）、秭归。将军吴班、冯习自巫攻破李异等，军次秭归。二年（222）春正月，先主军返秭归，将军吴班、陈式水军屯夷陵，夹江东西岸。二月，先主率诸将进军，缘山截岭，于夷陵道猇亭驻营。夏六月，陆议大破先主军于猇亭，将军冯习、张南等皆没。"

赤壁之战后，刘备占领荆州，命二弟关羽镇守。孙权用吕蒙之计，袭击荆州，杀害关羽于麦城。刘备伤心至极，誓为关羽报仇雪恨，命三弟张飞领阆中军到江州会师，不幸被部将范疆杀害。刘备连丧二弟，痛苦万分，决意消灭东吴。章武元年秋，刘备统领大军，以冯习为大督军，以张南为前部，以吴班为先锋，沿长江水陆并进，大举进攻东吴。孙权闻报大惊，多次派人向刘备求和，愿退还荆州，重归旧好，刘备一概回绝。蜀军来势凶猛，锐不可当，吴军闻风丧胆，节节败退。数月之间，攻克了巫县、秭归和夷陵，占领了东吴五百余里土地，刘备率主力部队进驻猇亭，指挥战争。从巫峡到夷陵六百余里的江岸两侧，都是崇山峻岭，刘备在江岸南侧沿路扎寨。当时天气炎热，刘备又命水军登陆，也在山林中扎营，准备秋凉再战。这位冯习将军，本是汉代车骑将军冯绲的后裔，世居安汉县，将门虎子，自幼练习武艺，研读兵书，练成文才武略。在此次攻吴战争中，身先士卒，奋勇杀敌，屡建奇功。在进攻秭归时，吴国先锋孙桓率李异、谢旌、谭雄诸将来阻击蜀军。冯习将军和张南、张苞（张飞之子）、关兴（关羽之子）诸将猛冲吴营，一场恶战，杀死李异、谢旌、谭雄等许多将士，大获全胜。孙桓率领残兵败将，退守要寨。冯习将军对先锋吴班说道："孙桓损兵折将，势穷力孤，士气衰弱，今夜正好乘虚劫寨，机不可失。"吴班十分赞同，于是冯习、张南、吴班分兵三路，直杀入孙桓寨中，四面放火，吴兵大乱，寻路奔逃。孙桓率败兵退守夷陵城中，又被蜀军打败。这时候，孙权已命陆逊为都督，陆逊足智多谋，坚守要寨，按兵不动，双方相持数月，终未交战。一日陆逊见刘备齐水登岸，扎营林间，连营数百余里，便采取当年周瑜用火攻曹的办法，夜命士兵火烧蜀军连营。当时正值盛暑天气，风猛火烈，蜀军的营寨一片火海。陆逊率领韩当、徐盛、潘璋等猛将，督军冲入蜀营，见人就杀，蜀兵惊慌奔逃，全无抵抗能力。混战中，冯习将军和张南将军等人皆被吴军杀死。吴班与陈式、关兴、张苞诸将士保护刘备，且战且走，逃至白帝城，刘备悲愤交加，气成重病，不久即逝。

王平晋封安汉侯

王平，字子均，祖籍巴西郡宕渠（今渠县）人，幼年时，父亲王虎往投汉中张鲁，母亲病亡，他成了孤儿，寄养外祖父何家（今蓬安新河乡宝藏村何家湾）。东汉末年，天下大乱，群雄争霸，割据为王，东汉名存实亡。这时，曹操招募人马，驻兵许城（今河南许昌）。汉献帝建安元年（196），曹操迎献帝于许城，史称许都，后迁洛阳。曹操自封大将军、丞相与魏公，把持朝政，以献帝的名义发号施命。建安五年（200），曹操在官渡打败袁绍，历经数年，扫平袁绍的残余势力，统一了北方。这时，孙权在江东建立了割据政权，赤壁之战后，刘备占领了荆州和益州，初步形成了“三国鼎立”的局面。建安二十年（215）正月，巴地七姓夷王朴胡和资邑侯杜濩二人，带领巴夷资民去洛阳投奔曹操。王平闻父亲在洛阳为将，亦随之前往，寻父不得，而投曹操。曹操见王平机警聪慧，任以校尉之职，官阶略次于将军。这年春三月，王平随曹操西征张鲁，张鲁从汉中逃奔巴中。曹操驻军南郑（今陕西汉中东），遣使招降张鲁，任为镇南将军，封阆中侯，食邑万户，使夏侯渊和张郃屯兵汉中。这年九月，曹操任朴胡为巴东太守，杜濩为巴西太守，皆封列侯。这时张飞坐镇阆中，张郃率兵来犯，张飞在瓦口关击败张郃军，张郃退守汉中。王平便离开曹营，到成都去投奔刘备，任以牙门将、裨将军。他在军中细观诸葛亮丞相用兵之法，深得其要，逐渐成为蜀国有名的大将。建安二十四年（219），刘备领兵夺取汉中，称汉中王。

蜀后主（刘禅）建兴五年（227）冬，诸葛亮带领大军驻守汉中，伺机北伐中原。次年（228）春，趁曹丕（魏文帝）新丧，便领兵攻占祁山和天水、南安、安定三郡。诸葛亮驻军祁山，遣马谡去占领街亭，作为据点，并派王平为副将。马谡执意驻军高山，王平说道："将军扎营高山，倘敌军断我粮道，何以解危？"马谡说道："兵书上说，临高就下，势若破竹，陷军绝境，敢不用命！"王平只好央求马谡拨兵一千，驻扎临近山下。张郃领兵围困马谡，截断水源与粮草供给，蜀军缺粮缺水，兵心大乱，张郃猛攻，蜀兵溃散，遂失街亭。王平见马谡失败，令士兵擂鼓呐喊，张郃疑有伏兵，不敢逼近。王平整理队伍徐徐撤退，未损一兵，还收容了很多马谡的散兵。诸葛亮首次北伐失败，在汉中挥泪斩了马谡，特意嘉奖王平，进位讨冠将军、封亭侯。建兴九年（231），诸葛亮二次北伐，围攻祁山，令王平镇守南屯。魏大将军司马懿攻打诸葛亮，令张郃以数万人攻打王平，王平坚守不出，张郃终未取胜。建兴十二年（234），诸葛亮领兵十万再度北伐，与司马懿在渭南相拒，积劳成疾，病死于五丈原。病危时，暗嘱王平道："我死后，魏延必反，我已命马岱杀他，你要协助杨仪（丞相长史）撤兵还蜀。"诸葛亮死后，魏延果然举兵造反，欲杀杨仪，马岱乘隙杀之。王平保护杨仪，平息了这场内乱，将诸葛亮丞相葬于定军山。朝廷嘉奖王平平乱之功，升迁安汉将军，汉中太守。建兴十五年（237），晋封王平为安汉侯，车骑将军，督守汉中。王平为安汉侯时，食邑安汉，他的后裔便在安汉县近郊的帽盒山（今顺庆区荆溪乡荆溪村）寄居下来，子孙兴隆，世代为官，成为这里的名门望族。

辅国良臣陈尧叟

北宋时期，陈尧叟为相，精心辅国，积劳成疾，数年而逝。真宗哀恸，罢朝二日，并荫封其子孙为官，荣耀已极。据《阆中县志》记载："陈尧叟字唐夫，太宗端拱二年（989）状元，授光禄寺丞，直史馆，与父省华（陈省华）同日赐绯（大红袍），迁秘书丞。久之，充三司河南东道判官。时宋、亳、陈、颍民饥，命尧叟及赵况等分赈之。再迁工部员外郎，广西路转运使。岭州风俗，病者祷神不服药，尧叟有集验方，刻石桂州驿。又以地气蒸暑，为植树凿井，每三二十里置亭舍，具饮器，人免渴死，会加恩黎桓（越南前黎朝的创造者），为交州国信使。初，桓（国王黎桓）界先有亡命（杀人放火逃往交趾的人）来奔者，多匿不遗，因是海贼频年入寇。尧叟悉捕亡命归桓，桓感恩，并捕海盗为谢。真宗咸平初（998），诏诸路课民种桑枣，尧叟上言曰：'臣所部诸州，风土本异，田多山石，地少蚕桑。昔云八蚕之绵，谅非五岭之俗，度其所产，恐在安南。今其民除耕水田外，地利之博者惟麻苎尔。麻苎所种，与桑拓不殊，既成宿根，旋擢新干，俟枝叶裁茂则刈获之，周岁间三收其苎，复一固其本，十年不衰。始离田畴，即可纺绩。然布之出，每端只售百钱，盖织者众，市者少（买的人少），故地有遗利，民艰资金。臣以国家军需所急，布帛为先，因劝谕部民广植麻苎，以钱盐折变收市（买）之，未及二年，已得三万七千余匹。自朝廷克平交、广，布帛之供，岁止及万，较今所得，何止十倍。今树艺之民，相率竞劝，杼轴（组织）之功，日益滋广。欲望自今许以所种麻苎顷亩，折桑枣之数，诸县令佐依例书历为课，民以布付官卖者，免其算税。如此则布帛上供，泉货下流，公私交济，其利甚博。"

诏从之（朝廷恩准），代还，加刑部员外郎，充度支判官。未几，会抚水蛮酋蒙令国，杀使臣扰动，命尧叟为广南东西南路安抚使，赐金紫遣之。事平，迁兵部郎中，枢密直学士。时河（黄河）决澶州王陵口，诏往护塞之，遂与冯拯同为河北、河东安抚使。咸平四年（1001）拜谏议大夫，同知枢密院事。有言三司官吏积习依违，文牒有经五七岁不决者，吏民抑塞，水旱灾沴，多由此致。请命官推鞫，以警弛慢。乃诏尧叟举常参官干敏者，同三司使议减烦冗，参决滞务。尧叟请以秘书丞直使馆孙冕同领其事，凡省去烦冗文账二十一万五千余道，又减河北冗官七十五员。景德中（1006），迁刑部、兵部二侍郎，预修国史。大中祥符初（1008年），封尚书左丞，诏撰《朝觐坛碑》，进工部尚书；献《封禅圣制颂》，帝作歌答之，迁户部尚书。上命尧叟撰《亲谒太宁庙颂》，赐功臣，又以尧叟善草隶（书法），诏写途中御制歌诗刻石。大中祥符五年（1012），加检校太傅，同平章事（宰相），充任枢密使。尧叟素有足疾，屡请告退，不许。九年（1016）夏，帝临问，劳赐加等。疾甚，表请避位（辞去相位），帝遣阁门使杨崇勋至第抚慰，以询其意。尧叟词志颇确，优拜右仆射，知河阳。肩舆入辞，至便坐，许二子扶掖上殿，赐诗为饯（饯行），又仲子希古（次子陈希古）绯服。天禧初（1017），病亟（重病），召其子执笔，口占奏章，求还辇下（京城）。诏许之，肩舆至京师，卒，年五十七。废朝二日，赠侍中，谥‘文忠’录（录用）其孙知言、知章，为将作监主簿。长子师古，赐进士出身，后为都官员外郎。希古至太子中舍，坐事除籍（除名）。尧叟伟恣貌，强力，奏对朗辩，多任知数。久典机密军马之籍，悉能周记。著有《请盟录》三卷二十集与《陈文忠公文集》等书。”

北宋名臣范仲淹

北宋名臣范仲淹，苏州吴县人，幼年父逝，母谢氏年轻，改嫁安乡县令朱文翰，易名朱说，随继父读书。真宗大中祥符八年（1015）春，朱说考中进士，任推官，上表复姓，取名范仲淹，后任兴化县令。仁宗天圣四年（1026），母亲谢世丁忧，辞官闲居南京。三年后，调回京城，任秘阁校理，后任右司谏。因其直言谏君，忤逆皇上，多次被贬任地方官员。景祐元年（1034年）春正月，仁宗下诏废郭皇后，范仲淹率领谏官与御史，极力谏阻，被罢免职务，调任严州（今浙江桐庐县）知州。他到任后，很钦慕东汉名士严光（浙江余姚人）的高风亮节，对他的遭际良多感慨。严光曾与刘秀（汉光武帝）同学，感情很好。刘秀称帝后，严光隐姓埋名，垂钓于富春江畔（严州境内）。光武帝派人四处寻访，将严光请到京都洛阳，二人相见甚欢，同床而眠。任以谏议大夫，他坚辞不受。光武帝不责备他。听其归隐山林，优游林泉。范仲淹便在严州修建了一座严光祠，来祭祀他，并作了一篇《严先生祠堂记》的文章，碑刻祠内。文曰："先生，汉光武之故人（好友）也，相尚以道（崇尚道义）。及帝握赤符、乘六龙（即帝位），得圣人之时，臣妾亿兆（统治万民），天下孰加焉？惟先生以节高之。既而动星象（同卧时，严光熟睡，把脚放在帝腹上），归（隐）江湖，得圣人之清，泥涂轩冕（把显贵当成泥巴），天下孰加焉？惟光武（帝）以礼下之。在《蛊》之上九（《易经》卦名）：'众方有为，而独不事王侯，高尚其事。'先生以之。在《屯》之初九（《易经》卦名）：'阳德方亨，而能以贵下贱，大得民也。'光武以之。盖先生之心，出乎日月之上；光武之器，包乎天地之外。微（没有）先生，不能成光武之大（成就了刘秀的圣明）；微光武，岂能遂先生之高哉（成就了严光的高洁）？而使贪夫廉、懦夫立，是有大功于名教也。仲淹来守是邦（严州），始构堂而奠焉，乃复为其后者四家（免除四家赋税），以奉祠事。又从而歌曰，云山苍苍，江水泱泱，先生之风，山高水长。”此文意境开阔，旨趣深远，为后世所传诵。

后来范仲淹又任苏州、明州等地知州，政绩显著。康定元年（1040），西夏国王元昊反叛，派兵十万围延州（今陕西延安）。镇守延州的振武军节度范雍，出兵抗击，却大败于三川口。范仲淹主动请缨，去抗击西夏兵，朝廷任命他为陕西经略安抚副使，兼知延州。他到任后，大阅州兵，将一万八千人分成六部，每部三千人，加紧训练，轮流应敌。并派其子范纯佑，占领马铺寨。又导民修建了大顺城，保障了怀庆地区的安全，多次击败入侵的西夏兵。这时，范仲淹已是五十二岁，银须洒怀的人了，因作《渔家傲·秋思》一词云：“塞下秋来风景异，衡阳雁去（秋季北雁南飞，到衡阳为止）无留意。四面边声连角起（军号连续不断），千嶂里（四处是耸立的山峰），长烟落日孤城闭。浊酒一杯家万里（举杯遥望南方），燕然未勒（战争尚未取得胜利）归无计。羌管悠悠（羌族的乐气）霜满地，人不寐（不能入睡），将军（作者自谓）白发征夫泪（边镇艰苦忧国忧民）。”范仲淹以西北主帅镇守延州，号令严明，爱抚士卒，使西夏兵闻风丧胆，望而却步。仁宗又命文彦博守秦州，滕宗谅守庆州，张亢守渭州，范仲淹与韩琦驻泾州，各方相互策应。西夏王元昊被迫请和，边境宁靖。范仲淹被任命为枢密副使，不久，改任参知政事（副宰相）。他为相时，在苏州故乡买了一千亩良田，称为义田，来周济同族的穷人。并上书仁宗，提出十项施政措施，史称“庆历新政”。后被宰相章得象诬为“朋党”，贬知邓州，过岳州，应岳州太守滕宗谅之请，作《岳阳楼记》。皇祐四年（1052）病逝徐州，终年六十四岁，谥“文正”，赠兵部尚书。

蒲宗孟直言谏君

北宋尚书左丞蒲宗孟，学识渊博，性格刚直，历官仁宗、英宗、神宗、哲宗四朝，敢于直谏，常上疏指斥大臣及宦官过失。据宋朝学者王称所著《东都事略》记载："蒲宗孟字传正，阆州新井（今南部宏观乡）人也，举进士，为苏州推官。英宗治平二年（1065），以水灾下诏求直言，宗孟（蒲宗孟）以臣，阴象；妇女，阴类；兵，阴物；阉宦，阴之余；奸臣，阴之极；佞邪，阴之本；四夷，中国之阴。雨潦之变，殆为是七者（大概出于这七种）。"

上疏曰："陛下左右所与图事帷幄（军帐）中二三贵人，皆先帝（仁宗）所择以遗陛下者也。保全宠爱，使不近权，而专威福，乃所以安顾命元老矣。二年来（治平二年），既借之权，又使之专陛下之事，陛下但拱手宴息于宫中，无所可否，臣亢（强）而王豫（安），此阴气所以盛，而雨潦所以为害也。陛下掖庭（后宫）永巷多先帝时嫔御，所给事而幽闭者，诚不胜算（不可胜数）。以少言之，宜不减数千百人。是端闱之内，宸极之次，日夜常有数千百怨旷矣，沴气（灾害）安得而不作也？艺祖（太祖）时，后宫止二百八十人，尝因霖雨去者五十。太宗时，宫中不过三百人，犹患其多。陛下后庭，安用数千百哉？此阴气所以盛，而雨潦所以为害也。宦官出入宫禁，权均人主，两朝来尤为太甚。荣辱出其语言，公卿重足一迹，道路不敢以目。邪柔之夫，附之以进，先朝显人为国家执政柄者，多由其门以久富贵。陛下践极（即位）之日，稍抑夺其气，又谪其渠魁，而老黠（聪明而狡猾）者数人，其心慊慊（不满意）不足，觖言望语（怨恨），无所不出。以数十年猖狂自恣，而一日为陛下所轧（倾轧），怀忿忍怨，安知其不为党奸助恶之计？此阴气所以盛，而雨潦所以为害也。鸷虏（凶猛的敌人）视于北，贪戎玩于西，常欲蛇豕吾民而腥膻（侵略）中国者，盖积有年。奸雄之人，草伏而庐处，四立而环顾，但未有以发之。下纾（延缓）上急，恐北方将破盟，西夏将慢命，奸雄之人将传檄而起，此阴气所以盛，而雨潦所以为害也。骄兵满天下，而劲捍无赖者尤聚集京师与河北，动有所欲，徜徉睥睨（高傲），视其上之人如仇雠。平时无事，竭天下之财，耗天下之谷粟以饲养之，可谓衣本而食足矣。三岁一郊赉（赏赐），闲时一特支，举一非常之礼又随而赐予，犹未厌（满足）其心也。过蒙无耻之求，一旦不如所怀，群行而噪呼，色怒而诋讪（辱骂讥笑）。前世当治安之时，莫不皆有可惊之事，惟其不以为忧，故至于无可奈何。今国家之忧，正在骄兵。惟陛下深忧而熟计，远览而独断，使不至于无可奈何，以定万世之业，祖宗之望也。曩者其谋屡发，近日其志转愤，但含蓄而未动耳。此阴气所以盛，而雨潦所以为害也。佞邪之人，语言便嬛（花言巧语），易以惑乱主听。自迩以来，二数人得进见左右者，是皆何人？因缘攀附，遂屡召而数进。四方不知，以谓陛下宠私昵，忘公道矣。陛下尚不知远之，乃屡召而数见。此阴气所以盛，而雨潦所以为害也。陛下欲御大臣，在揽威福而制其自专，欲洗怨旷，在省其职局而去其无用；欲清阉寺（宦官），在裁损其数而正其洒扫；欲御夷狄，在先求贤将而大为储蓄；欲消奸雄，在爱养良民而务行宽厚之政；欲惩骄兵，在奋威刑、罢姑息而裁省冗滥之卒；欲杜佞邪，在舍私昵，廓至公而御百辟。陛下弭灾而塞变，莫急于此七者。”

天下异人文彦博

历史的重复，令人惊奇；事物的巧合，使人难解。北宋名臣范仲淹与文彦博二人同朝为官，数百年后，这两位名臣的后裔们，却先后在流溪县（今嘉陵区金凤镇）寓居下来。范仲淹的孙儿范正己，在北宋灭亡时，流寓蓬州，后裔迁来流溪县。文彦博的后裔，南宋年间在流溪县做官，致仕后，寓居流溪。他们的事迹，或载史志，或传民间，千百年来，流传至今。追叙历史的辉煌，使今之嘉陵更增光彩。

文彦博是汾州（今山西汾阳县）休介县人，中进士后，授翼城县知县。因其勤政爱民，政绩显著，晋升监察御史，不久转任殿中侍御史。当时西夏兵十分悍勇，时常侵犯边境。宋军士卒临阵先退，望敌不进，守将文过饰非，推卸罪责。文彦博愤然上疏云："将权不可不专，军法不可不峻（严）。兵法曰：'畏我者不畏敌，畏敌者不畏我。'使之畏我，然非严刑（不用严刑），何以济之乎（怎能成功呢）？对敌而在伍，不进者伍长杀之，伍长不进，什长杀之。以什伍之长，尚得专杀（有权杀人），统帅之重，乃不能诛一小校，则军中之令可谓隳矣（毁坏）。议者以今寇非大敌，师未深入，将校有犯（违犯军纪），宜从申覆（允许申报审察）。夫寇非大敌，兵未深入，尚临战先退，倘遇大敌，孰肯奋邪（谁肯奋勇杀敌）？穰苴（齐国大司马）之戮庄贾（杀庄贾），非大敌也，止于会军而后期耳（延误时期）。孙武（吴国军事家）之斩队长，非深入也，止于习战而非笑耳（习战发笑）。终于齐师胜晋，吴人入郢，委任专而法素行也。国朝（宋朝）著令，禁军将校有过而从申覆，当施行于平居无事之时。今边防用兵逾数十万，将不专权，军不峻法，何以御之哉（怎能抵御敌人呢）？"

仁宗称善。宝元年间（1038—1039），在抗击西夏的战争中，都监黄德和临阵脱逃，却诬告指挥使刘平战败降夏。仁宗遣文彦博去审理此案，经查证，刘平已战死沙场，并未降夏；黄德和畏敌潜逃，却陷害忠臣，乃申报朝廷，将其诛戮。帝命文彦博为秦州知州，守边二年，很有威名，敌兵不敢进犯。又迁知益州（今成都市），文彦博以为益州兵马久不习战，乃立训练之法，强化步军。庆历七年（1047）召还京都（今河南开封市），任参知政事（副宰相）。这年冬，贝州（今河北清河县西北）军校王则，发动兵变，捕知州张得一，占领武库，释放狱囚。王则被推为东平郡王，建国号为安阳，年号得圣，决心推翻宋朝。次年春，帝命文彦博为宣抚使，率兵围攻，掘地道破城，活捉王则，解京诛戮。帝悦，升他为宰相，乃奏请省兵，汰裁弱兵为民者八万余人。群臣纷纷议论，谓裁兵必聚为盗，帝亦生疑。文彦博说："如今公私困竭，皆因冗兵所涉，若聚而为盗，臣请死之。"其策施行后，归兵业农，相安无事。御史唐介却弹劾文彦博知蜀州时，以奇锦结好宫廷，因之升调。帝乃贬文彦博知永兴军，罢其相位。至和二年（1055），封文彦博为潞国公，与富弼同日拜相。次年，仁宗病危，文彦博与韩琦等人进谏，立濮王赵曙为太子，继位后，称英宗。英宗在位四年病逝，其子赵顼继位，史称神宗。熙宁二年（1069），以富弼为相，王安石为副宰相，文彦博任枢密使。次年，晋升王安石为相，主张改革，实行新法。文彦博与王安石政见不和，以司空头衔，调任河东节度使。元丰三年（1080），帝任文彦博为太尉，十分敬重。数年后，文彦博以太师头衔致仕，居住洛阳。神宗逝，其子赵煦继位，史称哲宗。司马光为宰相，起用文彦博为平章军国重事，五年后，再次致仕。绍圣四年（1097）五月病逝，年九十二岁。文彦博历事仁、英、神、哲四朝，任将相五十年，秉忠竭诚，德高望重，被誉为"天下异人"。

苏轼作诗赠知州

眉山苏轼，博通经史，文章盖世，书画超群，曾被宋仁宗（赵祯）视为宰相人才。但在神宗（赵顼）时期，却未受重用，时常出任地方官员。他在徐州、杭州兴修水利，筑堤防患，被百姓称为“苏公堤”。著名的“乌台诗案”中，险些被杀；“元祐党争”之时，被宰相章惇远贬儋州（今海南省儋州市）别驾，险些老死海外。直至徽宗（赵佶）继位初期（1101），大赦天下，他才遇赦北还，回到眉山故乡。他是一个豁达开朗、随遇而安的人，虽屡遭贬斥，依然乐观风趣。一生寄情山水，作了很多诗词歌赋，来颂扬名胜古迹，豪放秀丽，深受人们喜爱与赞叹。

宋徽宗建中靖国初年（1101）春二月，苏轼邀约好友黄庭坚同游果州。黄庭坚博学多才，诗书双绝，他在朝任著作郎时，被诬为“修神宗实录不实”的罪名，贬为涪州别驾。此时与苏轼同时遇赦，心情舒畅，欣然应诺，乘兴来游。果州知州李修儒，乃文坛名流，学识渊博，为官清正，最喜培植文风，修复古迹，曾将万卷楼、谯公祠、王平墓修葺一新，弘扬三国文化。闻听苏、黄二别驾来游，异常高兴，将他俩迎到府衙，盛情款待。席间，李知州说道：“苏、黄二公乃当今名士，蒙冤遭贬，令人痛心。我朝人文荟萃，坏在互相残害，两败俱伤。皇上偏信，权臣妒能，大有偶语弃市（暴尸街头）之势。文人难逃厄运，国家焉有不败！昔日王安石变法，神宗召苏公问政令得失，您说：‘陛下是生而知之的天才，既英明，又勤勉，而且处事果断。但就怕求治过急，论议听得太多，信任提拔某些人太快。’神宗不纳忠言，变法终于失败。”苏轼说道：“西伯侯（周文王姬昌）忠心事主，尚被囚禁羑里。往事如烟，逝者若水，随遇而安，自得其乐。

当时，文同表兄告诫我说：‘北客若来休问事，西湖虽好莫咏诗。‘我总算熬过来了，活着就是幸福啊。”李知州说道：“说到西湖，谁不说’堤上花枝尽姓苏’呀！苏公在杭州为知州时，将淤泥筑成堤坝，栽上花木，被誉为苏堤，真是为官的楷模啊！”苏轼说道：“先在西湖筑堤的是白居易（唐朝诗人）知州，我是步其后尘，不算楷模。”这日午宴后，李知州带领苏、黄二人游览了谯公祠和万卷楼。黄庭坚说道：“我很钦羡陈寿的才华，却也惋惜陈寿的不幸。在蜀受害于黄皓，遣黜还家；在晋又遇荀勖不容，功名中弃。张毕将以《晋书》相付，不意被人暗杀，陈寿忧郁不乐，病逝洛阳。”李知州说道：“陈寿虽有良史之才，也有为文疏忽之处。其《蜀书·王平传》中说：‘王平随杜濩，朴胡诣洛阳，假校尉，从曹公征汉中因降先主（刘备），拜牙门将、裨将军。，而《魏书·武帝纪》中说：‘建安二十年三月，曹操西征张鲁，九月，巴七姓夷王朴胡、宽邑侯杜濩举巴夷、赍民来附。于是分巴郡，以胡为巴东太守，濩为巴西太守，皆封列侯。‘杜朴二人到底是三月前投曹操呢，还是九月附曹操呢，令人难解。”苏轼说道：“李知州读史明察秋毫，令人敬佩。”别时，书赠《送李果州》一诗云：“十年流落敢言归，鱼鸟江湖只自知。岂意青天扫云雾，尽呼黄发（老人）寄安危。风流吾子（李知州）真前辈，人物他年记一时。我欲折繻留此老，缁衣（古诗名）谁作好贤诗。”这年秋七月，苏轼病逝常州，此诗成为他在果州的遗作。

宰相后裔居丐宫

北宋初期，出了一个“在布衣为名士、在州县当能吏、在边境为名将、在朝廷为名臣，求之千百年间，盖不一二见”的人，这人名叫范仲淹，字希文，祖籍邠州（今陕西彬县）人，后移居吴县（今江苏苏州）。他的父亲名叫范墉，母亲谢氏。北宋太宗端拱二年（989）八月，范墉任武宁节度时范仲淹出生。两年后，范墉去世，其妻谢氏年纪还轻，家中又贫困，遂改嫁给沣州安乡县令朱文翰，给他起名朱说。宋真宗景德初年（1004），朱文翰任淄州长史，朱说随继父读书于长白山醴泉寺。他很用功，常常读书到深夜。吃饭是用二合（每升十合）粟米煮成一锅粥，冷却凝结后切成四块，早晚各吃两块，再佐以少许蔬菜，后来成了“断齑画粥”的典故。真宗大中祥符八年（1015）春，二十六岁的朱说进士及第，被任命为广德军司理参军，管理狱讼。他上表请复姓范，遂改朱说为范仲淹。后任泰州兴化县令，导民修建了二百多里长的捍海大堤，使大量土地不受海潮淹没，当地百姓把这堤称为“范公堤”。仁宗天圣四年（1026），范公以母忧去官，闲住南京。两年后，由宰相王曾推荐，任秘阁校理。仁宗康定元年（1040）西夏李元昊反，派兵十万围攻延州（今陕西延安）。朝廷任命范仲淹和韩琦为陕西经略安抚副使。他极力改革军制，训练士卒，修筑城堡，严密防守，西夏兵不敢侵犯。当时民间流传歌谣道：“军中有一韩，西贼闻之心胆寒；军中有一范，西贼闻之惊破胆。”这年八月，五十二岁的范仲淹当了副宰相。庆历三年（1043），他向仁宗皇帝上书提出十项新政（史称庆历新政）：明黜陟（看政绩升降官吏）、抑侥幸（防止后门得官）、精贡举（严格考试制度）、择长官（任人唯贤）、均公田、厚农桑、修武备、推恩信、重命令、减徭役。仁宗一一准奏，立即下诏施行这些新法。范宰相又派按察使去各地视察，把那些“非才、贪浊、老懦者”一律罢官。副相富弼对范公说道：“勾掉一个名字很容易，但这一家都要哭了。”范仲淹说：“一家哭怎么也比不上一路哭啊！”当时的宰相章得象等人极力反对新法，将他诬为“朋党”，贬到邓州（今河南邓县）去做官。这时，他在岳州（今湖南岳阳市）写了著名的《岳阳楼记》，中有名句“先天下之忧而忧，后天下之乐而乐”，被人千古传诵。皇祐四年（1052）范仲淹病死徐州，终年六十四岁，闻者悲伤，皆为叹息。

范仲淹有四个儿子：范纯祐、范纯仁、范纯礼、范纯粹，都有名于时。后来纯仁当了宰相，遵循父训，依然保持范门节俭朴实和助人为乐的家风。他曾从姑苏运麦五百斛，船过丹阳，见石曼卿（北宋文学家）无钱归葬亲人，即以全船麦相赠，成为“麦舟之赠”的千古佳话。北宋末年，金兵攻陷京城开封，徽宗、钦宗二帝被虏，国破家亡，官民各自逃难，霎时星散云飞，城空人绝。范仲淹的孙儿范正己（范纯礼的儿子，苏州吴县人），当时在朝中当徽猷阁待制，人称徽猷公，也带着妻小与百姓同逃难。这时，去山西、河南、湖北一带的路，已被敌人封锁，只得经过陕西向蜀川逃来，然后顺着汉川（汉中到成都）古道，徒步来到蓬州，定居于此。州县官吏念及范宰相昔日的德望，将他安置在丐宫祠，由宣司局给予薄禄赡养起来。后来老死在蓬州，葬于蓬州东岩的龙章山下（今营山三兴镇开元寺村），人称范公墓。有个韩城（今陕西韩城县）人名叫郑可行，在蓬州做官，给他写了墓志，文曰：“徽猷公正己，自杭幕召除京师漕，时二帝北征，乘舆南狩。大盗充斥，京城随陷，公以死奉法，守节不挠，抗章论事，知无不言，分镇罢监司。汴郢路断，四顾无归，逼迫奔窜，徒步携幼入蜀。丐宫祠于宣司局，薄禄以赡养，终家于蓬州。”

史事钩沉

今之南充市辖顺庆、高坪、嘉陵三区，皆为古之安汉县地。很多历史掌故和历史人物，不可截然分割，有其连贯性和独立性。自从唐高祖在这里设置流溪县以来，前蜀王王建在这里设置徽州，使今之嘉陵区辖地空前繁荣起来。特别是陈以勤与陈于陛父子宰相的出现，使这里顿增光辉，声誉倍增。陈氏父子病逝后，葬于栖乐山麓，郭督学又修建陈公祠，来彰显陈以勤的功勋。本章还收录了一篇阐述苏轼后裔的论文。这些辉煌史事，皆载诸县志或族谱，简略分散。经精心收集整理，方聚集成章，颇不容易。

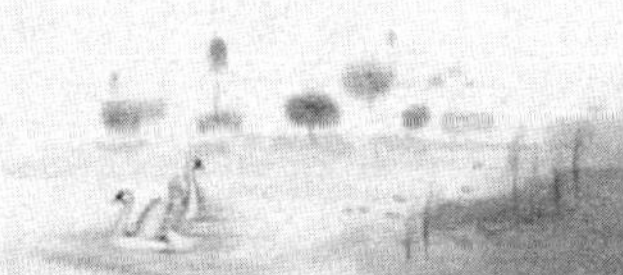

但望上疏分巴郡

东汉时期，安汉县（今南充市）隶属巴郡（今重庆市），辖地辽阔，方圆千里。管辖江州（今重庆）、临江（今忠县）、枳（今涪陵）、垫江（今合川）、阆中、安汉、充国（今南部）、宕渠（今渠县）、朐忍（今云阳县东）、鱼复（今奉节）、涪陵（今彭水）、平都、宣汉、汉昌（今巴中）等十四县。汉桓帝（刘志）永兴二年（154），朝廷命但望（字伯阖，泰山人）为巴郡太守，勤政爱民，关心疾苦。安汉人陈禧（陈寿的祖先）任巴郡文学椽史（掌管文教的官），认为巴郡辖区宽广，不易治理，议请分巴为二郡，一治临江，一治安汉。便同垫江龚荣、阆中黄闾、宕渠赵芬等六人，谒见但望，上书申诉疾苦道："郡境广远，千里给吏（到官府当差），兼将（带领）人从，冬往夏还，夏单冬复（夹衣）。惟逾时之役，怀怨旷（成年尚未婚的人）之思。其婚丧吉凶，不得相见，解缓补绽（不能补救）。下至薪柴之物，无不躬买于市。富者财（才）得自供，贫者无以自久，是以清俭夭枉不闻（清廉俭朴的人埋没无闻）。加以水陆艰难，山有猛兽，思迫期会，陨身江河，投死虎口。咨嗟之叹，历世所苦。夭之应感，乃遭明府，欲为更新（请求朝廷，把郡分小）。童儿匹妇，欢喜相贺，将去远就近，释危蒙安。县无数十，民无远迩。恩加未生，泽及来世，巍巍之功，勒于金石（刻碑）。乞以文书付计椽史（请将文书交给计吏，上京请批），人鬼同符，必获嘉报，芬等（赵芬等人）幸甚，望深纳之。"

永兴二年（154）春，三月十五日，巴郡太守但望，向朝廷上《分巴疏》云："谨案《巴郡图经》（地图）境界，南北四千，东西五千，周万余里（实际不足二千里）。属县十四，盐铁五官（盐铁官司五处），各有丞、史。户（户数）四十六万四千七百八十，口（人口）百八十七万五千五百三十五。远县去郡千二百至千五百里，乡亭（十里一亭，十亭一乡）去县或三四百，或及千里。土界遐远，令尉(县令与县尉)不能穷诘奸凶,时有贼发。督邮(监察官)追案，十日乃到，贼已远逃踪迹，灭绝罪录。逮捕证验，文书诘讯，即从春至冬，不能究讫。绳宪（法律）未加，或遇德令（赦令），是以贼盗公行,奸究不绝。荣(龚荣)等及陇西太守冯含(巴郡人)，上谷太守陈弘（安汉人）说，往昔至有劫（盗贼杀人）阆中令杨殷、终津侯姜昊、伤尉苏鸿、彭亭侯孙鲁、雍亭侯陈已、殷侯乐普。又有女服贼千有余人，布散千里，不即发觉，谋成乃诛。其水陆复害杀郡掾枳谢盛、塞威、张御，鱼复令尹寻、主簿胡直，若此非一。给吏休谒(休假)，往还数千。闭囚须报，或有弹劾(检举)，动便历年。吏坐逾科（违背法令），恐失冬节，侵疑先死；如当移传，不能待报，辄自刑戮（不等批准，先予处死）。或长吏忿怒，冤枉弱民，欲赴诉郡官，每惮(怕)还往。太守行桑农(春巡属县，劝民农桑)，不到四县；刺史行部（巡视审理罪犯，考核政绩），不到十县。郡治江州，时有温风，遥县客吏，多有疾病。地势侧险（狭窄），皆重屋累居，数有火害（灾），又不相容。结舫水居五百余家，承三江（嘉陵江与长江）之会，夏水涨盛，坏散颠溺，死者无数。而江州以东，滨江山险，其人半楚，姿态敦重；垫江以西，土地平敞，精敏轻疾。上下殊俗，情性不同。敢欲分为二郡，一治临江，一治安汉。各有桑麻、丹漆、布帛、鱼池、盐铁，足相供给，两近京师。荣等自欲义出财帛，造立府寺（自建官府房舍），不费县官（不要朝廷花费），得百姓欢心。孝武（汉武帝与汉顺帝）以来，亦分吴、蜀诸郡。圣德广被，民物滋繁，增置郡土，释民之劳，诚圣主之盛业也。臣虽贪大郡以自优假（享受优越待遇），不忍小民颙颙（迫切希望）蔽隔，谨具以闻。”此次上疏分郡，利国利民，可是朝议未许，遂不分郡。然分郡之议，实始于此。（事见《华阳国志》）

梁武帝广设郡县

中国在春秋战国之交，进入封建社会，数千年来，时分时合，乱久必治。周末七国纷争，并入于秦；秦灭之后，楚汉分争，并入于汉。汉灭之后，三国纷争，并入于晋；晋灭之后，又分裂成南北二朝。直至隋唐统一，方废除分封制度。南朝经历宋、齐、梁、陈四朝。宋国的国君刘裕，是汉高祖刘邦的弟弟楚元王刘交的后裔，在晋恭帝（司马德文）时任大都督，继封宋王。后来恭帝把帝位禅让给他，史称武帝。武帝病逝后，其子刘义符继位，史称少帝，传七世，到顺帝刘凖时，又将帝位禅让给齐王萧道成，史称高帝。高帝是西汉萧何丞相的二十四世孙，传六世，至和帝萧宝融时，又将帝位禅让给梁王萧衍。萧衍与萧道成，都是萧何的后裔，善文学，精音律，工书法，为齐国名士。他即位后，重儒兴学，设谤木、断贡献，招贤纳谏，勤于政事，布衣蔬食，励精图治。尤信奉佛教，大建寺庙，广设郡县，褒奖贤良。建都建康（今江苏南京），统治南方，在位四十八年，国泰民安。太清二年（548），东魏降将侯景叛乱，攻入建康，萧衍被囚台城，次年饿死，享年八十五岁。

梁武帝统治时期，广设郡县，今之南充市境内，设有十郡十四县。天监元年（502），设隆城郡，辖仪陇、大寅二县；天监六年（507）设梓潼郡，辖相如和朗池（今营山县）二县。大同元年（535）设伏虞郡，辖宣汉与安固（今营山安固乡）二县。又设南部郡，辖南部一县；木兰郡，辖西充国一县；金迁郡，辖金匮（今南部升钟镇）一县；掌天郡，辖西水（今南部西水乡）一县；南宕渠郡，辖安汉（今南充市）一县。太清元年（547），设景阳郡，辖宕渠（今营山黄渡乡）和绥安（今营山三元乡）二县。

又设巴西郡，辖阆中一县。武帝求贤若渴，虚心纳谏。即位初期，便亲自拟草颁发了《用贤诏》与《求说言（正直之言）诏》，张贴辖地郡县。诏令气势奔放，笔力雄健，议论风发，简洁畅朗，足见武帝励精图治的决心。其《用贤诏》文曰："学以从政，殷勤往哲，禄在其中，抑亦前事。朕思阐治纲，每敦儒术，轼闾辟馆（敬贤开馆），造次以之（急求贤良）。故负帙（书函）成风，甲科间出。方当置诸周行（至美之道），饰以青紫。其有能通一经始末无倦者（通经博史的贤人），策实之后，选官可量加叙录（量才录用）。虽复牛监羊肆（不分出身卑贱），寒品后门，并随才试吏（不择门第，只重才华），勿有遗隔（决不遗漏）。"其《求说言诏》文曰："政在养民，德存被物，上令如风，民应如草。朕以寡德，运属时来，拨乱反正，倏焉三纪（一纪十二年）。不能使重门不闭，守在海外，疆埸多阻（边界不宁），车书（吏民上书言事，由公车令接待）未一。民疲转输，士劳边防；彻田为粮（按亩征税），未得顿止。治道不明，政用多僻（政出多门），百辟无沃心之言（诸侯与臣民没有献谋建议），四聪阙飞耳之听（很难听到远方的声音），州辍刺举（不听刺耳之言），郡忘共治（忘记共同治理）。致使失理负谤，无由闻达，侮文弄法，因事生奸，肺石（古时设在朝廷门外的赤石，百姓可以站在石上控诉地方官吏）空陈，悬钟（悬钟鸣冤）徒设。《书》（《尚书》）不云乎：'股肱（辅助得力的人）惟人，良臣惟圣（品格高尚，智慧高超的人。。'实赖贤佐，匡其不及。凡厥在朝，各献说言，政治不便于民者，可翻陈之（全部说出）。若在四远，刺史二千石长吏，并以奏闻。细民（百姓）有言事者，咸为申达。朕将亲览，以纾其过（改正错误）。文武在位，举尔所知，公侯将相，随才擢用，拾遗补阙（拾取他人遗漏的，补足别人缺失的），勿有所隐（招贤进能，尽纳隐士）。"当时，梁武帝还在宫门竖立谤木和赤石，民有不平，可击石鸣冤；或写在谤木之上。任人唯贤，虚心纳谏，四境宁靖，齐颂升平。

唐高宗设流溪县

自从唐高祖（李渊）武德四年（621）设置果州以来，六十年后，唐高宗（太宗李世民之子李治）开耀元年（681），又在此设置了流溪县（今嘉陵区金凤镇县坝）。经历了武后（武则天）改国，开元盛世，安史之乱，五代（后梁、后唐、后晋、后汉、后周）分裂，宋祖（赵匡胤）统一，南宋偏安，辽金建国，元朝一统等历史变迁。直到明太祖（朱元璋）洪武年间，方将流溪县并入南充，此地共置流溪县五百一十八年。流溪县位于果州之南，东环嘉陵江，为牛渚曲流的外环胜地，亦是古人游览嘉陵江的必经之路。盛唐时期，以道教为国教，传说著名道士徐佐卿和当地女道士谢自然，在这里修道成仙，一时轰动全国，来此游历瞻仰的人络绎不绝。这里山水奇丽，沿江有朱凤、舞凤、凤垭、火凤四座凤山，嘉陵江如龙，环绕四凤山麓，滔滔东逝，被誉为“龙凤呈祥”的风水宝地。唐宋以来，有蒙恬、纪信、冯绲、王平、陈尧叟、范仲淹、蒲宗孟、文彦博、苏轼、韩世富等历史名人的后裔寓居此地，子孙昌盛，世代为官，成为此地的十大名门望族。当地流传着一首民谣道：“龙凤呈祥风水地，果州流溪（流溪县）紧相连。二十八景布四周，曲水三十（里）为外环。一颗明珠耀江畔，墨客骚人频繁来。名人后裔接踵至，唐宋元明六百年。”

唐高宗是唐朝的第三代皇帝，继承着其父李世民“贞观之治”的繁荣，又有长孙无忌（舅父）和褚遂良两位顾命大臣的辅佐，社会安定，经济繁荣，史称“有贞观之遗风”。永徽三年（652），高宗李治不顾群臣反对，竟然纳父皇李世民的爱妃武媚娘为妃，封为昭仪。因为王皇后没生皇子，高宗又想废掉王皇后，立武媚娘为皇后。宰相长孙无忌坚决反对，说道："吾奉遗诏，若不尽愚，无以下见先帝（太宗李世民）。王皇后文静婉淑，又无过错，焉能废之。"褚遂良尚书亦叩头流血，慷慨激昂地说道："皇上立庶母（武媚娘）为后，恐惹天下人耻笑，臣不能谏止，请乞归故乡。"这时，武媚娘躲在幕后，偷听他们君臣谈话，很不高兴，厉声说道："何不扑杀此贼！"长孙无忌大怒说道："褚遂良受顾命，即使有罪，也不能加刑。"永徽六年（655），高宗一意孤行，依然立了武媚娘为皇后。武媚娘当了皇后，立刻实行报复，诬称长孙无忌企图谋反，下命削去他的官爵，流放黔州（今四川彭水县）。长孙无忌受辱，自缢而死，波及子孙，皆罢官流放。褚遂良亦被贬为爱州（今越南清化县）刺史，年余病逝。武媚娘又怂恿高宗，将王皇后和萧淑妃废为庶人，打入冷宫，又令人将她俩折磨致死。显庆五年（660），高宗患了眼病和风湿病，身体日益衰弱，凡百官奏事，都由武皇后代为批阅和决断。每日朝会，高宗坐于前殿，武后垂帘于后，中外谓之二圣，称高宗为天皇，称武后为天后。高宗共有八子，武后生有李弘、李显、李贤、李旦四子。李弘自小喜爱读书，心地仁善，显庆元年（656）被立为太子，高宗有心禅位于他。武后想当女皇，竟于上元二年（675）将他毒死。李弘死，李贤成为太子。李贤容仪端严，性格夙敏，监国处事，断决明审，且学识渊博，召集儒生共注《汉书》，百官称赞。武后不悦，遂于调露二年（680），将李贤废为庶人，流放巴州，后又逼令自尽，立李显为太子。弘道元年（683），高宗病逝，太子李显继位，史称中宗。在位五十五天，被武后废为庐陵王，放逐房州（今湖北房县）。武后遂立李旦为帝，史称睿宗。事无大小，统由武后裁决，史称"武后称制"。载初元年（690），武后废掉李旦，自称则天皇帝，改国号为周。她为帝十五年，神龙元年（705）病逝，中宗复位，复唐国号。后来玄宗继位，使国家进入了"开元盛世"。

蒙恬后裔居蒙山

如今南充市辖三区内，皆有蒙氏族人居住，唯有嘉陵区的金凤镇与顺庆区的金台镇二地，蒙氏族人最多，最为兴旺发达。这里的蒙氏族人，世代相传，他们是秦国名将蒙恬的后裔。蒙恬遇害后，他的后裔和蒙家军的人，由山东和甘肃两地，逐渐迁居江苏、安徽、湖北、河南、四川等地。唐玄宗开元年间（713—741），有一支蒙氏族人从外地迁来流溪县（今嘉陵金凤镇县坝淀居。当时，每家的神龛上都张贴一联云："辅秦称大将；造笔启文人。"以缅怀先祖蒙恬忠于秦朝，制造毛笔的功勋。后来人口繁多，逐步迁徙到西充、南部、蓬溪、遂宁、重庆等地居住。宋理宗淳祐九年（1249），余玠为四川制置使，镇守四川。为抵御蒙古兵入侵，便在青居烟山筑城（今称淳祐故城），将顺庆府治迁入烟山。这时候，蒙氏族人又从流溪县的金凤镇迁入世阳场与大兴场两地乡下居住。世阳蒙氏买了附近数座荒山和千亩田地。这里水源丰富，田土肥沃，山上树木繁茂，流泉飞瀑，峰峦险峻，异常幽静。又在山上修建了大云寺与金竹寺，人们便将此山称为蒙家山（今世阳乡韩家沟村）。当时，蒙古军的铁骑十分厉害，到处抢劫，烧杀，人人惧怕。蒙氏族人便和附近乡民共同在山上修建寨门，凭险避难，并在三道寨门上，各镌刻一副对联（东面是绝壁，未建寨门）。其南门联是："强弓铁矢，试看众贼行如飞（骑兵）；短剑长矛，单等胡儿（蒙军）送命来。"西门联是："深严壁垒刀矛快；众志成城土地安。"北门联是："将军奋勇自多累；士卒争先莫少闲。"古迹至今犹存。

清朝康熙初年（1662），这里的金凤与金台两大族人，更是兴旺发达。金台镇上数十家蒙氏居民，办起了小型制笔厂坊，常年有数百人做工，质优价廉，远销省内外，被誉为“毛笔之乡”他们常说：“这是老祖宗蒙恬传下来的制作工艺，不能轻易放弃。”居住在大兴场蒙山（今大兴乡碑垭口村）的蒙氏族人中，出了一个能人，名叫蒙君锡。他在蒙山下修建了很大一座庄园，采取“明三暗五”的建筑布局，前建三重大院，后建五个小院。院前建有朝门，院内建有客厅、厢房、粮仓、金库、厨房与绣楼，共有一百余间，俗称蒙家大院。还建有花园与水榭台亭，荷池假山、奇花异树、曲径通幽。大院大门的左侧门槛外，竖立着一块祖先遗传下来的镇宅避邪的《石敢当》碑石。顶上雕刻着镂空张口狮头，碑上刻着“镇百鬼，压灾殃。官吏福，百姓康。风教盛，礼乐张”十八大字。据说用石敢当镇门之风，始于唐朝，蒙氏族人视为传家之宝。蒙君锡富甲乡里，仁义谦和，乐善好施，人皆尊敬。卒后葬于蒙家山，古墓至今尚存。据《史记·蒙恬传》记载：“蒙恬的祖先是齐国人，他的祖父蒙骜来到秦国，在秦昭王时任上卿。后为将，统兵攻伐韩、赵、魏三国，取七十余城。其子蒙武为秦始皇之将，攻楚，虏楚王，杀死楚将项燕。蒙武生二子，长子蒙恬，次子蒙毅。始皇二十六年（前221），蒙恬破齐，拜为内史。秦并天下后，蒙恬统领三十万人，北逐戎狄，收复了黄河以南的土地。遂修筑长城，绵延一万多里（今万里长城），以防御匈奴南侵。其弟蒙毅为上卿，常侍始皇。兄弟号称忠信，人皆敬仰。后来，秦始皇巡游，死于沙丘。宦官赵高与丞相李斯共谋，诈传遗诏，立胡亥为太子，并遣使以罪赐公子扶苏（始皇长子）与蒙恬死，又杀害蒙毅。”

前蜀王设置徽州

今之嘉陵区内，唐初设置有流溪县，前蜀时设置了徽州，这些州县遗址早已变为农田，全无历史痕迹，故鲜为人知。据《南充县志》记载："流溪故县，在治南八十里流溪南岸，地名流溪寺，今为金凤场。唐高宗（李治）开耀元年（681），析南充置。宋神宗熙宁六年（1073）省为镇，入南充。高宗绍兴二十七年（1157）复置。元世祖至元二十年（1283）并入西充；明初复划入南充境。其地平原数十亩，俗称县坝，土内每见金石（古碑）古物。场首广教寺，署'流溪古县'四字。其二，徽州故城，在县西南，唐末置，孟蜀（后蜀王孟知祥）时废。王氏（前蜀王王建）据蜀时，两川（东川与西川）增置十一州，五十一县。孟蜀时，始悉裁，复唐旧，徽州盖即王氏所增。据胡（胡三省）注：'则其地位，当在流溪（县）流域。孟蜀废州，市场必难遽废，流溪五镇中，必有其一为故州治。'日富镇（今盐溪乡）犹较切合，以其与果、遂、合（果州与遂宁、合川）三州，距离略等也。其地古有盐井，当征赋税，曰徽州者，取此义欤。"

前蜀王王建字光图，许州舞阳人（今属河南），原以杀牛、盗驴、贩卖私盐为业，后来投军当兵。黄巢攻陷长安，唐僖宗李儇出逃到蜀，王建时为都头，统兵一千人投靠李儇，深受重用。乱平回京，任王建为壁州（今四川通江）刺史。王建集结八千人进攻阆州，刺史杨行迁被俘；又攻利州（今广元市），刺史王琪弃城而逃。朝廷任命王建为永平军节度使，辖邛、蜀、黎、雅四州。王建又带兵攻打成都，西川节度使陈敬瑄，打开城门迎接王建。王建任陈敬瑄为雅州知府，后又将其杀害。昭宗李晔大顺二年（891），任命王建为西川节度使。乾宁二年（895），王建攻东川，东川节度使顾彦晖自杀。次年春正月，果州刺史张雄降于王建，自此两川全部归入王建统辖。到了天复年间，王建已先后占据了山南西道的夔、施、忠、万四州，整个三峡地区。天复三年（903）八月，朝廷封王建为蜀王，是年增设徵州。天复七年（907），朱温灭唐，建立后梁政权。这年九月，王建在成都即位称帝，仍用天复年号，称为蜀国，在位十六年逝世，谥“高祖”，葬于永陵。其子王衍继位，改元乾德。王衍字化源，是王建十一子中最小的一个，因其生母徐氏得宠，故立为太子并继承帝位。王衍年少荒淫，不理国事，将政务之事，都交给宦官宋光嗣等人去处理。又大造宫殿楼阁，每天和美女们昼夜宣淫，花天酒地，笙歌不绝。他崇尚道教，特意营构太清、会真、迎仙等殿，降真、蓬莱、丹霞、飞鸾等阁，皆建造得金碧辉煌。乾德六年（924），后唐庄宗李存勖灭梁。次年（925），庄宗命魏王李继岌、招讨使郭崇韬率兵伐蜀。唐军所到之处，地方官员和守将们皆弃城而逃或降唐。唐军到达成都，王衍带着群臣出降，李继岌将他全家迁居洛阳。王衍带着全族并大臣数千人迁入洛阳。又次年（926）四月，庄宗杀害王衍。王建父子统治蜀国三十五年。后唐攻灭前蜀后，任孟知祥为西川节度使。长兴元年（930），东川节度使董璋叛唐。这年九月，东川兵攻破阆州，杀死节度李仁矩；十月，攻陷徵、合、巴、蓬、果五州。长兴三年（932），孟知祥攻杀董璋，拥有全蜀，封蜀王。应顺元年（934），孟知祥在成都称帝，国号蜀，史称后蜀。恢复唐时旧制，废徵州并入果州。此地共置徵州三十二年。

杜知府寓居嘉陵

古人最爱选择山川俊秀、环境幽静的地方，寄居养生，乐享天年。从前，魏王曹操作有《龟虽寿》一诗云："神龟虽寿（长寿），犹有竟（尽）时。螣蛇乘雾，终为土灰。老骥伏枥（马棚），志在千里；烈士（勇于建功立业的人）暮年，壮心不已。盈缩之期（寿命长短），不但（只）在天，养怡（保养身心）之福，可得永年（长寿）。"据方志和族谱记载，汉唐以来，有七将二相一尚书的后裔寓居嘉陵：其一，秦朝名将蒙恬的后裔，寓居在世阳与大兴两地；其二，汉朝纪信将军的后裔，寓居凤垭山麓（今都尉坝）；其三，汉将蒲猛的后裔，寓居大兴；其四，汉车骑将军冯绲的后裔，寓居太和；其五，三国蜀汉王平将军的后裔，寓居金宝与太和；其六，宋宰相文彦博的后裔，寓居金凤；其七，宋宰相范仲淹的后裔，寓居彭城（今金凤境内）；其八，宋代礼部尚书苏轼的后裔，寓居一立；其九，宋将韩世富的后裔，寓居世阳；其十，宋将陈彦真的后裔，寓居李渡。这些名人的后裔或为文臣，或为武将，名垂青史，流芳百世。为将精忠报国，为官清正廉明，子孙兴旺发达，成为此地的名门望族。

据《顺庆府志》记载："真定（今河北正定县）人杜沂，明初中进士，永乐中任顺庆知府。宅心公正，律己严肃，郡人咸称颂焉。致仕后，家于南充。"世传杜沂知府喜爱嘉陵山水秀丽，寓居凤垭山麓的都尉坝，卒葬凤垭山。其后裔杜日章，万历进士，官至毕节（今贵州毕节县）道副使。后来告老还乡，教育子孙，其子杜斗一与杜可枢，在崇祯二年（1629）同中举人，在外做官。到了清朝康熙年间，杜沂的后裔杜洪宇编写族谱，恭请好友罗为赓翰林作序。罗翰林遂作《杜氏族谱序》文曰：“南充杜氏始祖杜公沂，明初登韩克忠榜进士，永乐七年（1409），任顺庆府知府。五载入觐（入朝述职），转本省廉宪。以蜀士多侨（居）嘉阳，山水清远，土旷人稀，且惠政在人（惠政于民），士大夫请之，遂家焉。六传而至成人（杜成人）公，绩学力行。其子锦吾讳日章（杜日章），中万历壬辰（1592）进士，与黄辉（今高坪区人）、杨松年（今嘉陵区人）同登。主考陈文宪公（陈于陛），即文端公（陈以勤）子，师事少海任先生（任瀚字少海），濂洛（濂溪周敦颐与弟子洛阳二程）之传，赖以不堕。父子继登三事（官名），人文之盛，几与宋埒锦吾公。由承天节推行，取补工部主事，历郎中，升贵州毕节道副使。先是以广文应聘分校，所得皆名下士。季子斗一、可枢，中崇祯庚午（1630）乡试（中举），皆公（杜日章）之教也。公官京师时，过北直武邑县（今属河北）王曹村，扫远祖仁卿（杜仁卿）公墓。刻其诰命，竖二碑，不使其两地（河北与南充）子孙遗忘本支，可谓孝思不匮（不缺乏）矣。康熙丙子（1696），族人杜象乾书中，犹及之斗一公子炳（杜炳）与洪宇（杜洪宇）同祖。景旻公洪宇讳君恩，官副戎，其弟君召（杜君召）为诸生，失业。当丁亥（1647）戊子（1648）之间，处观坪、清居之地，与余同患难，共忧危者，百有余日（张献忠攻克顺庆，屠城）。洪宇长予十岁，即世三十有二年，墓木拱矣。而其公子杜巘（杜洪宇子），与余甥王（王好德），又曾联姻。好德儿在日，称其人（杜巘）赤心耿直，有父风。因葬其兄述祉（杜述祉），手录其墓碑，为谱（撰写族谱），征序于余。嗟乎！予年七十有二矣，德之未修（无德才的人），言奚足征，不能不致慨于盛衰倚伏（起伏）之故也。忝在葭莩（关系疏远的亲戚）之谊，书之以弁其首（写此序言，放在前面）。”此序将杜沂后裔的事迹，写得十分详尽，是一篇珍贵的杜氏家史，很多古事赖以存留下来，真是难能可贵。

明神宗三赞贤臣

陈以勤宰相之子陈于陛，博学多才，勤于王事，穆宗隆庆二年（1568）中进士，选庶吉士。神宗万历五年（1577）为充日讲官，万历二十一年（1593）升礼部尚书兼翰林学士，次年为相。万历二十四年（1596）病逝，终年五十二岁，卒赠少保，谥“文宪”，归葬于南充西山之桂花坪。神宗皇帝十分敬重与悲恸，在陈于陛的生前身后，三次下诏褒奖与追谥。一诏励其志，二诏任宰相，三诏赠封谥，载诸青史，流芳百世。

万历六年（1578）四月初二日，下诏云：“制曰，朕崇荐徽祢禔兹臣，庶咸被嘉休（幸福），眷予讲幄之良日，以史侍朕左右。忠劳特茂，宠赍（馈赠）宜先。尔翰林院修撰陈于陛，乃原任少傅兼太子太师、吏部尚书、武英殿大学士陈以勤之子。蔚承家学，峻发廷论，自秘馆诸英，词曹效职，探微言于六艺（礼、乐、射、御、书、数），动信史于两朝。以尔学有渊源，克参讲席；而能木以悃愊（真心诚意），效之箴规（规劝告诫）。肆朕学务缉熙，惟尔日勤臣，益兹用覃恩。授尔阶儒林郎，锡（赐）之敕命。昔在汉唐，韦贤之子元成（韦元成继为宰相），重光相业；苏瓌之子颋（苏颋），并在禁垣（朝廷），前史美之。今乃父夙以鸿硕，弼亮先朝，尔其克绍芳徽，庶几往哲以称，朕简畀（给你）至意，钦哉。”万历二十一年（1593）二月三十日，又下诏云：“制曰，朕缉熙圣学，寐思忠猷。惟西清论道之臣，夙资启沃（灌输）；乃东观储材之地，方籍甄陶（陶冶和造就）。可是勋木冒而无褒表。尔吏部左侍郎兼翰林院侍读学士教习，庶吉士陈于陛，家传经术，世笃忠贞。早振铎于词垣，遂宣猷于讲幄，文既足以华国，志尤切于格君。六籍微言，尝钩元以训志；两朝信史，具提要以垂谟。已历储寀（官）而入纶（皇帝的诏令为纶音）闱；乃以秩宗，而师端尹。论才仪，省罗俊，又于空群，二职撰卿。辨官材而协众比，遴三宅以表庶常。爰入告之谋猷，出为士迪（开导）；本世承之蕴藉，卓树师谟（谋略）。鼎望弥隆，官箴具叶，兹用岁闲，授尔阶通议大夫，锡（赐）之敕命。于戏！金华劝讲，犹徒论说之资；玉署育英，不在文词之末。尚益务责难陈善，俾朕学且日新。成德达材，使良士蔚为世用，光昭先人之令闻，永谐寰宇之具瞻，钦哉。”不意陈于陛任相三年，于万历二十四年病逝任所。神宗十分悲恸，遂于次年（1597）三月初九日，下诏赠谥，制曰：“国家有世德之臣，增光揆路；海宇共人伦之望，宜备彝章。惟予辅弼之良，未究经纶之业，众皆悲其不憖（损伤），朕何爱于追褒？尔太子太保，礼部尚书，兼文渊阁大学士陈于陛，岷峨灵秀，井络精英。乃父当先朝时，实称厘定（整理制定）；贤郎因继起后，殊有凤毛（珍贵）。性资素秉公忠，议论每多慷慨，东观专校雠之任，北门领侍从之班。寅清夙夜之资，司其左右；帝工仁义之道，赖以讲明。屡典文衡（掌管文炳），夤进珪璋之彦（优秀人才）；志成正史，勒成琬琰之章（华美文章）。荐膺宗伯崇衔，晋掌丝纶要职，身荷安危之重，心怀献替之诚。忠孝之誉蔼闻，燮和之功茂著，方请微疴（生病）之告，遽闻永谢（逝世）之音。俨风度以如存（声容宛在），眷忠劳之未泯（功绩不没）。载跻穹（天空）秩，爰易嘉名。特赠尔为少保，谥文宪，锡之诰命。于戏！姬旦（周朝贤臣周公）夹辅之勋，至君陈而益显；阿衡（商初贤臣伊尹）匡维之绩，逮伊陟以重光。斯为圣代之世家，肆茂熙时之盛典。申兹休命，永耀重原。”

栖乐山垭宰相坟

明朝时期，栖乐山山麓的栖乐垭中，埋葬着陈以勤宰辅和他的王氏夫人合葬墓；火凤山山麓的桂花坪中，埋葬着陈以勤之子陈于陛宰辅墓，人们尊称为“父子宰相坟”。这两座宰相坟都修建得宏伟宽阔，墓道两侧有翁仲、石马，墓前有拜台与祭台。两墓近在咫尺，端肃静穆，游人瞻仰宰相坟，追忆陈氏父子忠贞爱民，功勋卓著，无不肃然起敬。

陈以勤在明世宗（朱厚熜）嘉靖二十年（1541）进士及第，步入仕途，时年三十岁，一直在朝做官，为裕王朱载垕讲学九年。嘉靖二十一年，太子朱载壡病逝，世宗并立裕王及景恭王（朱载圳）为储君，皇位落于谁人实难意料。这时严嵩为首辅，其子严世蕃任太常卿，父子位高权重，残害忠良，贪赃枉法，富比皇室。严嵩欲拥戴景恭王为太子，乃遣其子严世蕃试探副相高拱和讲官陈以勤的动静，严世蕃说道：“听说近来裕王神志不清，说了我父亲什么吗？”高拱畏其权威，不愿明确表态；陈以勤则理直气壮地说：“皇上给裕王取名载垕，早已默定为储君，何须置疑。裕王常说首辅（严嵩）是社稷重臣，别听那些流言蜚语。”严世蕃归告其父，猜疑尽释，遂心向裕王，终立为太子；陈以勤智斗权奸，保护裕王，后来终于继承了皇位。裕王非常感激，亲书“忠贞”二字，赐赠陈以勤。后严世蕃因私通倭寇，蓄意谋反，被人弹劾，判处死刑，没收家产；两年后严嵩也老病死去。这时，徐阶继任首辅，心地善良，治国有方，将遭迫害和因上书言事而得罪的人，一律复官，海瑞罢官后，亦此时起复，朝野之人无不赞颂，称为一代盛事。世宗病逝后，裕王继位，称为穆宗。穆宗隆庆元年（1567）加封陈以勤为太子太傅，武英殿大学士，成为宰辅大臣。这时，副相高拱暗使御史齐康弹劾徐阶家人横行乡里，罪责难逃。徐阶好让不争，自请去职还乡养老。穆宗允其所请，乃任高拱为首辅，张居正为副相。高拱与张居正不和，互相排斥，陈以勤从中劝解，各不相让。陈以勤多次向穆宗进谏国策，穆宗为人宽恕有余，而刚明不足，未能振肃乾纲，矫除积习。陈以勤见此情境，度不能为解，恐终不为诸人所容，遂于隆庆四年（1570）辞官还乡。穆宗再三挽留不住，进封陈以勤太子太师，吏部尚书，诏其子陈于陛编修侍行。穆宗在位六年病逝，其子朱翊钧继位，称为神宗。张居正联络宦官冯保驱逐了高拱，成为内阁首辅。高拱仓皇还乡，回想昔日不听陈以勤的劝解，招来此祸，不禁长叹道："逸甫（陈以勤字）公真哲人也！"神宗年幼继位，一切军国大事都委托他的老师张居正全权处理，张居正把国家治理得很好，成为一代名臣。张居正病逝后，敕赠上柱国，谥文忠。后来神宗听信谗言，没收了张居正的家产，削其封赠，并以罪状示天下。这一冤案，直到明末才被崇祯帝所澄清。陈以勤的儿了陈丁陛很有才华，他在穆宗隆庆二年（1568）进上，历任翰林院编修、侍读学士、礼部右侍郎、太子太保兼文渊阁大学士等职。神宗万历十四年（1586），其父陈以勤病逝北湖，他回家守孝三年。万历二十二年（1594），首辅王锡爵谢职还乡，陈于陛继任宰辅，为国操劳和编修国史，夜以继日，不辞劳苦，不幸于万历二十四年（1596）因病谢世，终年五十二岁。神宗痛失良佐，追赠他为少保，谥"文宪"。

学士避暑莲花庵

顺庆（今南充）北去十余里的西溪河畔有个白土坝（今顺庆华凤镇白土坝村），这里地貌奇特，土质殊异，广阔的田野中突起一个小丘，宛如一朵盛开的莲花裸陈在平坦的地面上。这里的泥土颜色又与其他地方不同，全是白色，故称为白土坝。明世宗嘉靖三十五年（1556），当地有个名叫尚德恒的人高中进士，授官河南与山西两地御史，在外做官十余年，颇有积蓄，遂于神宗万历年间（1573—1619）告老还乡。他平生好佛，尤爱荷花，见此地形若莲花，视为净土，异常喜悦，便买了这块土地和周围的农田，在小丘上修建了一座很大的庄园，园中凿土成池，引进溪水，辟为荷塘，塘边修建双亭，取名览荷、赏月，沿塘遍栽垂杨，坝中广植苍松与翠竹，环境异常幽静。凡一切屋室门窗、走廊栏杆，处处都雕刻着莲花图形，并在客厅中悬挂宋代学者周敦颐的《爱莲说》和梁元帝萧绎的《采莲赋》两篇名著。《爱莲说》知者甚众，《采莲赋》却很生僻，尤以词语清新，描摹生动见长，有声有色，有情有景，脍炙人口，百读不厌。其赋曰："紫茎兮文波，红莲兮芰（菱）荷，绿房兮翠盖（荷叶），素实兮黄螺（莲子）。于时妖童媛女（美童少女），荡舟心许（默许）。鷁首（画水鸟的船头）徐回，兼传羽杯（酒杯）。棹（桨）将移而藻挂，船欲动而萍（浮萍）开。尔其纤腰束素，迁延（自在地嬉戏）顾步。夏始春余，叶嫩花初。恐沾裳而浅笑，畏倾船而敛裾（衣襟）。故以水溅兰桡（划船的桨），芦侵罗荐（垫席）。菊泽未反，梧台迥见。荇（水草）湿沾衫，菱长绕钏。泛柏舟而容与（悠闲的样子），歌采莲于江渚。歌曰：'碧玉小家女，来嫁汝南王。莲花乱脸色，荷叶杂衣香。因持荐君子，愿袭（取）芙蓉（荷花）裳。’”赋中将少女荡船采莲，唱着艳歌而归的情景，写得生动而又传神，真是千古绝唱。后来尚御史夫妇病逝家中，其子又在外做官，嘱将此庭园捐作佛寺，塑供观音石像，乃更名莲花庵，十余尼僧居庵念经拜佛，香火十分旺盛。

明神宗万历八年（1580）夏，在朝任侍读学士，教习太子诗书的陈于陛，奉皇上口诏为告老还乡的父亲陈以勤宰相祝寿。这年他的父亲已有七十岁了，身体还很硬朗，陈于陛十分高兴和宽心。回忆前次随父回到故乡，转瞬已历十年，思乡之情油然而生。时值炎热夏天，深知金城山乃避暑胜地，便禀告父亲到那里去游憩。他在山上停留数日，曾作《观日赋》，又咏《游金城山》诗云：“山色其如蜡屐（涂蜡的木鞋）何，探奇踏遍碧嵯峨（高峻貌）。上衣烟雾行犹湿，倒槛星辰坐欲摩。天远难招骑鹤侣（仙人），月明惟听采芝（深林的芝兰）歌。平生笔底多奇句，此际风云思更多。”回到顺庆城中，闻听莲花庵亦是避暑胜境，便乘兴来游。但见千百苍松翠荫梵宇，粉嫩荷花送来阵阵清香，飘摇荷叶齐呈袅娜之姿，荷塘垂柳迎风摆动，松涛哗哗如雨将临。信步其间，悠然自得，避暑而暑为之退，纳凉而凉逐之生，顿觉遍林凉爽，诗兴大作，乃咏《莲花庵避暑》诗云：“雨罢芳原日色苍，即从萧寺借微凉。松间云阁千重翠，荷上风翻十里香。四大（佛教泛指人身）间心归布衲（僧尼），三生（佛教指三世）幽梦托绳床。长安朝市炎如火，谁解空门谒梵王（佛祖）。”

郭督学建陈公祠

万历十四年（1586）秋，陈以勤宰相病逝家中，葬于西山栖乐垭。是年冬，督学郭子章来果州，纳诸生之请，告有司而建专祠。因作《陈文端公祠堂记》，文曰："万历丙戌（十四年）冬，十有二月，子章（郭子章）入蜀道果州，过大学士陈公（陈以勤）庐而式（拜访）焉，是时公殁已五月矣。又明年，以试事入果州，钦吊公灵于栖乐山之麓。长公学士君（陈于陛）持丧垩室，子章从学士君所，得尽读公生平所著书。明日，果州诸生言于子章曰：'陈公道绳圣贤，功施社稷，其行纯矣，恶得无专祠？'乃下有司，以其状闻之。徐、何诸公，议卜地创祠，专祀公于果城。学士君闻而诣子章曰：'是非先公（父亲）志也。先公生而恂恂（诚实恭敬）于乡，待市井小儿情澜不竭。殁而以其祠房觞享之赀（资），费其枌榆（故乡）人，不孝罪矣，何辞于先公？'子章曰：'不然，下邑故相杨文贞公章，为诸生时，曾相祀事于其祠。已司李建州、建州杨文敏公，祠亦如之。今席文襄、赵文肃二公，皆专祀遂（今遂宁市）内，匪创自果（果州）也。'学士君曰：'无已，请照旧廛自屋之，下无烦里旅，与无损于公帑（公款），以终先公志，以徼诸大夫之惠于百世。'于是有司以听。学士君祠而仅以春秋祠，具载在祀典。几何祠乃落成，有司者蠲吉奉公主，济济森森，荐豆其中。学士君始函书告子章曰：'先公祠，以今年正月甫事，七月已成。内而庙寝堂庑，外而旅树唐除，旁而墉垣墙屋，幸俱粪除（打扫洁净）。当秋之坎次丁日，已设先公位，腥肆爓脍（祭品），弦歌而荐之矣。惟是丽牲石（碑）未辞，敬以属子章，子章三让不获。窃惟公当隆庆初相昭陵，其丰功骏烈，幕帷幄而耀台阶，国史书之，大司马张公状之，彪炳矣！至其未耄而县车，无却而告老，觑捐相印，如释重肩。许相国铭公，谓近世大臣出处之际，未有如公勇决（勇退）矣。夫公之出，而相天下也，相则伊吕（古代贤相伊尹与吕望）；相而处也，处则绮黄。使夫人视之，若春夏秋冬，不可为常，子章窃窥其微矣。公之言曰：‘行一不义，杀一不辜而得天下，不为，方可称王者之佐。’又曰：‘生之于人大也，一失不复得者也。以人至贵之身，而逐至贱之物，如明珠之弹雀；以有涯之生，而役无涯之知，如精卫之填海。以恬然无恙之生，而自投于必不可救之地，如夜虫之赴火；以奄然有限之生，而好为人所不知何人之计，如愚公之移山。’其约而言之，则曰：逆来顺受，可以广度；顺来逆受，可以烛几。嗟嗟！公惟广度也，广度故能格非（纠正君主过失），所以应待万方，览耦百变也，而成昭陵之相业。公惟烛几，则贵生若转丸掌中，足以自乐也。故不难岩居川观，以成今日一代之典型。由是谭之，公之所以相，所以捐相（辞去相位），其得之说，约者深也。昔者孔子为鲁司寇，摄行相事三月，鲁国大治。齐人归（赠送）女乐，孔子不税冕而行（帽子不脱就走了）。伊尹出，有莘攻鸣条，相汤以王及嗣工，克终允德始复政。厥辟而归说者，谓仕止久速，用舍行藏。夫子若太和元气，千驷弗视，一介不取。尹盖以天下自任，古圣贤相人国，其出处进退类如此。以公视之何如哉，可以勒于彝鼎矣。公名以勤字逸甫，号松谷，一号青居山人。其先世出阆州陈秦公后（陈省华后裔），几传而为训导衡（陈衡），衡生太学生信（陈信），信生大策（陈大策），是为公父。以公贵三世，褒赠如公官。子即学士君（陈于陛），温文贞白，隐然负公辅器，如公当日云。子章通籍晚，隆庆庚午（四年，1570）举于燕，而公以是年去国（陈以勤致仕）。丙戌（万历十四年，1586）仕于蜀，而公以是年捐馆舍（去世），不得一日侍辟弭之诏（聆听教诲之意）。乃交欢学士君，时时习闻公令德名训，犹侍公侧也。因缘祀事，餍听舆诵，方高山而仰止，愧铭鼎之无文。”

金宝场中奎星会

如今的嘉陵区，从前分为南充的西南二区。南区辖十七场，其中的李渡为水运码头，最为繁华；世阳的肉市，太平的布市，为南区三大场镇。西区辖十六场，其中双桂的牛市与米市，金宝的盐市，大通的酒市，三会为产盐区，为西区四大场镇。清朝康熙年间（1670）金宝场有两个知名人物，一是何立光，字华堂，性格俭朴，勤于农业，富甲乡里，乐善好施。当时，金宝场通往遂宁的孝义台这段路，坡陡路窄，遇雨泥泞，更是难行，甚至跌伤与折断手足，行人叫苦连天。何立光便慷慨解囊，捐出一百两银子，修建此路，铺上石板，尽皆感激。他见附近西溪的长滩河，每到夏季涨水时，行人过河，常被淹死，便倡议在此修建石桥，首先捐银七十两，作开工之费。并四处劝说民众，有钱出钱，无钱出力，历时年余，石桥建成，尽皆赞颂。当年天旱，百姓大饥，何立光又将家中存粮全部拿出救济饥民，人皆敬仰和感激他的大恩大德。何立光生有二子，取名何邦昌与何邦价，长得聪明英俊，勤奋好学，后来都考中举人，大家都说他是修桥补路、济贫赈饥积下的阴德。

二是金宝场的王子健，为人忠厚，好学不仕，一心培植文风，启迪后生。当时，金宝场中建有一座川主祠，王子健的祖父王寿昌，倡议在川主祠中塑供奎星，保佑士人。并集众资为香火费，又将年终节余之钱，设宴招待应举之士，鼓励上进。王子健继承祖志，更是发扬光大，组建了奎星会，四处筹集资金，资助贫寒举子。并将奎星宫修葺一新，恭请当地宿儒张本清作《金宝场奎星会序》，碑刻宫中。文曰："友人王子健、何邦杰等，具书白清（告诉张本清）曰：'乡之市有宫，曰川主旧祠，奎宿（星官名）其中，每当芹馥槐黄，士莫不祷左右焉。故国初（清初）至今，称衣冠薮（文人聚集处）。王君寿昌，尝敛众资为香火费，且以岁之赢（节余）给宾兴（应举之士）。咸愿纪诸灵陶，敢以告清，不获辞也。盖闻奎为毒蜇，主库兵也；奎曰封豬，为沟渎也，皆无与于斯文，而士顾俎豆之奚为（为啥要祭祀他呢）。及观《孝经》，纬言奎主文章（奎星掌管功名与文章），始知人所以星而辰之，尸而祝之，为得其力也（保佑）。然清私窃有规磨之论，夫豪杰之士，当使学术文章为科名重，不当倚科名为学术文章重。士诚专精读书，日知月能，磨砻浸灌之既久，而后以精理发为文章。沈博绝丽，夸目惬心，掇（采取）巍科而排金门，上玉堂，使天下后世读其文章，皆服其学术之邃。以科名中有其人为重，如吾蜀苏和仲，博学雄才，业制科者，且奎之谓非一时之隽哉。昔李仁甫惜汉儒，但指经术为禄利之路，而不推本于孝悌忠信，俾人自进修。今之学者，则又求禄利于经术外也。师诏其弟（弟子），父诏其子，惟文义诗赋而已。庋邹夹于高阁（将儒学经典置放高阁），尘服郑于炱煤（使经书蒙上黑灰），工剽窃浮靡之文。以为学问奔竞，场屋（科场）求售，沾沾得一第，为吾学最重事。经术之不知，何论进修，此非奎之阳九乎？则奎又安所为力耶。诸君子沈研钻极，谢华启秀，挺扬雄（西汉文学家）之含章，涤孙休之窾启。其成就虽邑先达（南充名人）史笔若承祚（陈寿字），理学若景仁（游似字），才名若少海（任瀚字），且将睥睨（高傲）。数子则奎之左右之，而得为衣冠薮也，固宜夫岂空疏谫（浅薄）陋，乞灵木居士者比哉。况复推神之惠以沾溉同人，诸君子获助而又蒙休，当益思奎之所为力，而优游餍饫（满足）。必期学术文章，内有裨（益）于身心，外有济于斯世也。清实椿昧（我很愚昧）书此，姑以复诸君子。”

苏轼后裔居四县

名满天下的北宋文学家、书画家苏轼，四川眉山人，与其父苏洵、弟苏辙皆文章盖世，并称“三苏”。苏轼出身仕宦之家，他的先祖苏味道，唐文学家，武周（武则天）时期，曾任宰相。他自幼勤奋读书，宋仁宗嘉祐二年（1057），和弟弟苏辙同中进士，步入仕途，举家迁居京城（今河南开封市）。在四十余年的宦途生涯中，屡遭贬谪，几起几落，奔波漂泊，辗转迁徙，成为新旧党争的牺牲者，最后死于常州，谥号文忠。人们敬仰他，怀念他，凡是他来过的地方，深感荣幸。将其行踪墨宝，载于志书，镌于绝壁，或建祠以祀，或以名名其地，来纪念他。诸如：四川青神县的岩山绝壁上，镌有苏轼所书“唤鱼池”三字；眉山县连鳌山上，镌有苏轼所书“连鳌山”三字；新都县桂园碑林内，镌有苏轼所书碑文；乐山凌云寺栖鸾峰上，建有东坡楼，雨花台上，建有东坡载酒亭；资阳县重龙山中，建有韵泉楼，崖壁刻有苏轼所书“君子泉”三字；丰都县双桂山腰的鹿鸣寺中，建有坡公祠，绝壁上刻有苏轼所书的《白鹿山》一诗。据南充地方志记载，苏轼曾来阆、果、蓬三州游历；他的后裔在明清时期，曾迁徙南充、营山、蓬安和西充四县定居，并建有苏氏家祠。当时，顺庆府境内的南、营、蓬、西四县苏姓家族，纷纷去眉山联族续谱，祭祀祖先，寻根问祖，以苏姓为荣，承认其是眉山一脉相传。

一、旷世奇才

苏轼学识渊博，才情卓绝，诗词书画，样样皆精，足以雄视百代，是历史上罕见的全能文学家和艺术家。他的诗清新豪迈，才情奔放，婉转含蓄，轻灵流丽。他的词内容恢宏，气势澎湃，倾荡磊落，意趣横生。他的散文汪洋恣肆，明白畅达，笔意爽健，挥洒自如。他的书法与绘画，自成流派，风格潇洒，具有极深的造诣。他二十岁中进士时，宋仁宗读了他的文章，深为赞叹地说道："朕今日为子孙得一宰相矣！"神宗尤爱读他的文章，称为天下奇才。这两位国君都称赞苏轼为旷世奇才，但未能委以重任；权臣嫉妒他的才能，时常贬他任地方官员。苏轼既有雄才大略，又很豁然大度，有次神宗召见他问政令得失时，他大胆而又坦率地说："陛下生知之性，天纵文武，不患不明，不患不勤，不患不断，但患求治太急，听言太广，进人太锐。愿镇以安静，待物之来，然后应之。"他这几句话是针对王安石变法而言，神宗执意改革，未被采纳。当时，神宗最信任王安石，实行变法，而文彦博、司马光等一班老臣却反对变法，引起新旧两党之争。两党互不相容，排斥政敌。新党执政，压制旧党的人；旧党执政，压制新党的人，闹得休休不已。苏轼的思想倾向保守，中立不倚，因其文学盖世，敢于直谏，引起两党的嫉恨，而常遭贬斥。王安石为相时，因政见不合，他自请外放，出任地方官多年；司马光为相时，仕他为礼部尚书、翰林学士兼侍读等官，后又被排挤去职，出任杭州与颍州等地的知州。

二、流落天涯

神宗元丰二年（1079）六月，苏轼任湖州（今浙江吴兴县）知州时，王安石已罢相，新党中的御史李定等人，上书弹劾苏轼，大进谗言，诬陷他"包藏祸心，作诗诽谤朝廷，讪上骂下，无尊君之义，亏大忠之节。其诗荒谬浅薄之极，流毒广远，应予斩首，悬于国门示众，以正风俗民心"。神宗将信将疑，这年八月，遣皇甫遵去湖州拘捕苏轼归案。苏轼顿遭陷害，茫然不解，全家哭成一片。长子苏迈随父同行至京。苏轼被押解御史台受审，即历史上著名的“乌台（即御史台，常有乌鸦栖其上，故名）诗案”在审讯期间，苏轼不堪折磨，只得屈供道：“入馆多年，未甚擢进，兼朝廷用人多是少年，所见与轼不同。以此撰作诗赋文学讥讽，意图众人传看，与轼所言为当。”他自料难逃劫运，必死无疑，给弟苏辙寄去一首绝命诗。苏辙读后，感慨流涕，上奏朝廷，愿以官职为兄赎罪。不少忠臣挺身而出拯救苏轼，连告老还乡的老丞相张方平，亦来京上疏，痛骂李定之流“怀论己之私仇，结奸邪之党类，风闻枉奏，不得人心”王安石又劝谏神宗道：“岂有盛世而杀才士乎？”神宗醒悟，不忍杀苏轼，从轻发落，将他贬为黄州（今湖北黄冈县）团练副使。绍圣元年（1094 年），哲宗亲政，起用新党章惇为相，对元祐年间一班老臣进行报复迫害，其后裔一律罢官。将苏轼远贬儋州（今广东海南岛）作别驾，他全家三十余口留住江苏常州，只带了爱妾王朝云和幼子苏过同去儋州。

三、游历三州

苏轼是个达观任性的人，他在四十多年的宦海生涯中，无论在朝中做大官，或出任地方州官，无论是受到重用，或是遭到排斥，他都是随遇而安，十分乐观，被誉为“达则兼济天下，穷则独善其身”之名流。他在绍圣四年（1097）远贬儋州，这里终年炎热，人烟稀少，四围海水，如隔人世。瘴秽之气，瘟疫流行，既无名医，又无良药，他的爱妾王朝云，在此陪他居住年余而逝。这时苏轼已是六十高龄的人，年老体弱，只有幼子苏过陪伴着，行将老死海外，无复生还之望。元符三年（1100），哲宗死，其弟徽宗即位。神宗皇后向氏，以皇太后身份处理军国大事，她一直反对新法，乃任用故相韩琦之子韩忠彦为相，打击变法派，将章惇贬斥出朝。

徽宗大赦天下，苏轼遇赦北还，时年六十五岁。他回到常州，全家团聚，真是拨云见日，死里求生，喜出望外。他为官四十余年来，后在儋州住了八年，很少回川。父亲苏洵和母亲程氏埋葬在故乡眉州老家，发妻王弗也葬在眉州，思乡之情，油然而生。他喜欢巴山蜀水风光，更喜嘉陵江的奇丽山水，恰好被贬在涪州（今四川涪陵县）为别驾的黄庭坚，亦同时遇赦，二人摆脱羁管，心情舒畅，相约游览阆、果、蓬三州。他俩来到果州，受到果州知州李修儒的盛情接待。苏轼很敬重李知州的才华和政绩，曾作《送李果州》一诗相赠。诗中流露出他远贬海外，不敢言归，今遇赦北还，如拨云见日的喜悦心情。此次，苏轼在蓬州银汉古刹（今称来苏寺）亲书《论书碑》（俗称苏轼笔法碑）；在阆州状元洞前，亲书“出状元宰相处”数字与“将相楼”匾额，皆载诸县志。这年七月，苏轼病卒常州，上述诗文成为他三州一行的遗作。

四、遗裔四县

据史籍记载：眉山苏轼、苏辙子孙昌盛，苏轼生有三子，取名苏迈（正妻王弗所生）、苏迨与苏过（继室王闰之所生）。其弟苏辙亦有三子，取名苏迟、苏适、苏逊。苏轼长子苏迈曾任员外郎，次子苏迨曾任承务郎，三子苏过字叔党，曾任右承务郎、郾城知县。章惇为相，迫害元祐党人时，远贬苏轼于儋州，三子皆罢官，寄居常州。惟爱妾王朝云与幼子苏过随去侍奉父亲，凡生理昼夜寒暑所需者，一身百为，不知其难。后来苏轼卒于常州，苏过葬父于汝州郏城（今河南郏县）小峨眉山，遂家颍昌（今河南许昌市），营造湖阴水竹数亩，名曰小斜川，自号斜川居士，著有《斜川集》，时人称为小坡，称苏轼为大坡。苏过生有七子，取名苏籥、苏籍、苏節、苏笈、苏箪、苏笛、苏箾，年五十二岁卒。据明清县志和苏氏族谱记载，苏轼后裔散居于顺庆府所属四县。其一，营山县。

据《营山县志》与《苏氏家祠碑》记载："清初，苏轼后裔在营山为官，致仕后，寄居营山小桥场白岩寨下，卒葬于此。所生二子：长子苏文淳，次子苏学淳，均以名宦著绩。苏文淳在顺治十一年（1654年）中举，授湖广安仁县知县；苏学淳亦在外做官，后皆致仕还乡，卒后同葬父墓之旁。后来苏学淳的后裔，迁居金子山下（今属玲珑乡）定居，建有苏氏家祠，至今尚存。"其二，蓬安县。据蓬安广兴场（今睦坝乡）的《苏氏家谱》记载："清初，苏过的后裔苏成益偕妻廖氏，迁来蓬州之广兴场大桥坝定居，后裔建有苏氏家祠。"其三，西充县。据西充县鸣龙镇《苏氏族谱》记载："明洪武元年（1368），有苏金、苏银、苏凤、苏集四祖，从眉山迁来鸣龙镇定居。原建有苏氏家祠，已毁，现存'眉山一脉'旧匾。匾上刻有我祖三苏，昔居成都眉州，自宋由元及明，迁居川北鸣龙场之白马铺、鹁鸪嘴、李桑坝。今合族建祠于兹，恐代远年湮，数典忘祖，特竖匾额，以溯其本源云。"其四，南充县。据嘉陵区一立镇《苏氏宗祠碑》记载："清初，苏迈（苏轼长子）后裔嘉模，偕妻杜氏并长子攀桂，从江西回川，迁居南充县厢子沟（今一立镇郊）。生苏栋、苏松、苏桓三子，分居南充、岳池、蓬溪三地，其后裔在此修建苏氏宗祠。"

据《诗话总龟》记载："东坡将亡，前数日，梦中作一诗寄朱行中云：'舜（舜帝）不作六器（六种玉器），谁知贵玙璠（不知美玉的珍贵）？哀哉楚狂士（卞和），抱璞号空山（哭泣荆山下）。相如（赵国大臣蔺相如）起睨柱（抱璧视柱），投璧相与还（完璧归赵）。何如郑子产（春秋时政治家公孙侨，官居郑国上卿，执政时，实行改革，郑国大治），有国礼自娴（文雅）。虽微（贫贱）韩宣子，鄙夫亦辞环。至今不贪宝（不贪财），凛然照尘寰（尘世）。'苏轼死后，士大夫及门人作祭文甚多，唯有李存方所作祭文，最为妙绝。文曰：'道大不容，才高为累，皇天后土，鉴平生忠义之心；名山大川，还千古英灵之气。识与不识，谁不尽伤（悲伤），闻所未闻，吾将安放。'其文言简意赅，感人肺腑，人无贤愚，皆能诵之。"

名胜古迹

名胜古迹是社会的财富，亦是发展旅游的源泉。今之嘉陵区境内有很多胜迹，藏于深山险峰或江河佳丽绝境，急需开发利用，以适应文化大发展、大繁荣的需要。嘉陵区内有天台、翠屏、太霄、大方、总真、龙洞、藏珠、龙凤、酒泉、蒙山等十大名山，有西溪、流溪、盐溪、曲水与吉安、龙滩二河。山美水美，寺观林立，仙山古洞，古寨古墓，古桥古祠，古县古镇，千年绸坊，书院会馆，牌坊故城，共有二十八处名胜古迹，犹如二十八宿闪烁在嘉陵区四野之地。古人游历这些地方，作有很多诗文，美不胜收。

珠山汉墓传奇闻

嘉陵区南去十里许的嘉陵江畔，有一座奇丽的珠山，与朱凤山隔江相望。珠山松柏繁茂，青翠欲滴。远远望去，好像一颗翡翠般的珍珠，陈列在嘉陵江边，人们就把这座山誉为珠山。珠山之中，有一座汉代古墓，营造得十分富丽堂皇，开阔深邃，年深月久，墓室空空，无墓碑可查，不知所葬何人。千百年来，民间流传着一件惊人的奇闻，说这墓中埋葬的是刘邦的爱子赵王如意。殉葬的珍珠金银很多，后来被盗墓人偷走了，就将此山取名珠山。也有人说，赵王如意是刘邦的爱妃戚夫人的亲生子，刘邦去世后，吕皇后将戚夫人的手脚砍了，关在养猪的猪圈中，称为“人彘”。人们觉得戚夫人死得太惨，赵王又死在这里，就把这座山称为猪山，来纪念戚夫人母子。百姓们的传说虽然无可考究，却揭露了皇宫的残酷斗争和血腥史事。也有人说，此事是襄平侯纪通（纪信长子）说出来的，绝对真实可信。

汉高祖刘邦本是一个布衣天子，出身平民，他是沛县丰邑中阳里（今江苏丰县）人，年轻时候，当过沛县的泗水亭长的小吏。他这人虽然性格豁达，待人宽厚，却是一个好酒好色的人。曾和一个寡妇私通，生了一个私生子，取名刘肥，不便明媒正娶，只好养在寡妇之家。刘邦三十岁那年，当地有个姓吕的富豪人家，看到刘邦相貌堂堂，气度不凡，十分喜爱。这位吕公很有学问，又善于看相，认为刘邦是个英雄，日后必大富大贵，便将女儿吕雉嫁给他为妻。后来刘邦当了皇帝，便封吕雉为皇后，将刘肥封为齐王，将吕皇后所生的儿子刘盈封为太子。刘邦称帝后，又纳了很多嫔妃，其中最年轻、最美丽的要数戚姬，深受刘邦喜爱，如胶似漆，形影相依。戚姬生子如意，封为赵王，长得英俊聪明，刘邦更是喜悦。戚姬常求刘邦册立如意为太子，日后继承皇位，刘邦多次想废刘盈，改立如意为太子，只因大臣们都不赞成，只得作罢。后来刘邦死了，刘盈继任皇帝，称为汉惠帝。惠帝生性懦弱，吕后掌握朝政，便把情敌戚姬囚禁起来，剃光头发，套上铁索，令她舂米。戚姬又羞又恨，想到儿子如意在邯郸为王，难得一见，便流着眼泪唱道："子为王，母为虏，终日舂薄暮，常与死为伍；相离三千里，当谁使告汝。"派去监视的人将戚姬唱歌的事告诉了吕太后，太后听了大怒，便利用权力，将如意召回京城长安，准备将他杀害。幸喜惠帝心地善良，知道如意回京凶多吉少，他想保护这个弟弟，亲自去城外将他接进皇宫，和他住在一起，同吃同住，寸步不离。惠帝亲见母后毒死刘肥，又怕她心毒残忍，派人暗杀如意，决意将弟弟暗中送出皇宫，于是悄悄地和襄平侯纪通密商拯救如意的事。襄平侯说道："赵王不能再回邯郸，臣是安汉人，愿保赵王去安汉避祸。"惠帝大喜，说道："暂令赵王去做安汉县令，由你保护他赴任。"于是惠帝又派朱虚侯刘章，带了很多金银珠宝，和纪通二人带了赵王如意星夜驰赴安汉。惠帝又怕母后追问如意下落，密令侍从在京城购来一个酷似如意的人，冒充赵王，以蒙骗母吕。吕太后时常想谋杀如意，皆不如愿。有一天清晨，她趁惠帝去操场习武的时候，派人用毒酒毒死了这个假赵王，同时杀死了戚姬。孰知赵王如意来到安汉县不久，忧郁而死，纪通和刘章将他安葬在珠山，所带珠宝全部殉葬，方回京复命。后来纪通告老还乡，常到珠山祭祀赵王，人们才知道埋藏的是赵王如意。

凤垭山中都尉墓

果国南充自从纪信捐生救主，刘邦建立汉朝，赐建安汉县后，百姓们都尊敬纪姓族人。纪信后裔们深感荣幸，因是将门之后，族人遵循祖训，无论男女都爱练习武艺，自强不息。到了汉献帝（刘协）时期，纪信族中出了一个巾帼英雄、奇烈女杰，这人名叫纪兰英（西充国县人）。其父崇尚武艺，好学不仕，移居安汉之都尉坝（今嘉陵区都尉坝）居住，耕读为本。她自幼酷好练武，骑马射箭，样样皆精。她家祖传一对雌雄宝剑，削铁如泥，纪兰英跃马舞剑，寒气逼人，刀剑不入，英勇无敌。纪兰英性格刚强，知书达理，赤胆忠心，疾恶如仇。灵帝（刘宏）中平元年（184），岁在甲子，河北巨鹿郡张角，建立太平道，率众起义，四方百姓裹黄巾从张角反者四五十万人。朝廷花了数年时间，才将黄巾起义平息下去，从此汉朝一蹶不振。这时，皇室家族刘焉（江夏竟陵人，汉景帝的儿子鲁恭王刘余的后裔）被任为益州（成都）牧。中平五年（188）益州人马相自号“黄巾”，聚众起义，旬月之间，连破广汉、蜀郡与犍为三郡。马相自称天子，兵众发展到数万余人，杀死绵竹县令李升，接着又攻破巴郡（今重庆市）。益州从事贾龙领兵打败了马相，派人把刘焉迎接到了绵竹。刘焉委任贾龙为校尉，又在绵竹招募义兵，量才擢用，以扩大兵力。这时，纪兰英遵照父命，为国尽忠，便女扮男装，更名纪猛，辞别双亲和哥嫂，骑着骏马去绵竹投奔刘焉。刘焉见纪猛是个英俊少年，勇气勃勃，十分高兴，用其所长，叫她带领数百名骑兵，和庞羲将军一道去追击马相余部。庞羲将军亦很器重纪猛勇敢善战，数月之间，将马相杀死，余众尽散，蜀地升平，刘焉晋升纪猛为骑兵校尉。纪猛治军严密，谨言慎行，无人怀疑她是个女子。贾龙心术不正，他见刘焉兵少将寡，表面上尽心竭力替刘焉办事，内心却暗藏杀机，要杀掉刘焉，夺取益州政权。

汉献帝（刘协）初平二年（191），贾龙联合犍为太守任岐举兵反叛，刘焉赖庞羲和纪猛之力，将贾龙与任岐打败，擒杀贾龙与任峻，平息了叛乱，晋升纪猛为骑都尉。从此，刘焉便开始骄横起来，割据益州，又派张鲁领兵去袭击汉中，杀了汉中太守苏固，断绝谷阁，杀害汉使。刘焉上书假言："米贼（张鲁）断道，不得复通。"遂占据蜀川和陕西、云南、贵州部分地方。刘焉有四个儿子，只有别部司马刘瑁在他身边，其余三人，刘范是中郎将，刘诞是治书御史，刘璋为奉车都尉，都在朝做官。朝廷得知刘焉有越轨行为，遂派刘璋回川劝其改正，刘焉把刘璋留下来，不要他回长安。兴平元年（194），大将李傕欲杀献帝以图天下。刘范联合征西将军马腾举义，入京靖难，被李傕打败，杀了刘范与刘诞。刘焉在成都闻听二子被杀，过度悲伤，猝然死去，刘璋继为益州牧。这时，纪猛辞职回家，衣锦荣归，全家大小都很高兴，纪姓族人齐来祝贺，热闹非常。纪猛当窗理发，对镜贴花，依然女子装束，复名纪兰英。一日，嫂嫂戏嘲她说："小妹如此花容月貌，在外四五年，乳大腰粗，难道没有一个相好的人吗？"纪兰英是个刚烈女杰，经嫂嘲笑，愤然拔刀破腹，现出心肝而死。全家人顿时大哭，都责备嫂嫂多疑，气死兰英，将她安葬在都尉坝附近的凤垭山。献帝兴平元年（194年），益州牧刘璋任命庞羲为巴郡（今南充市）太守，为了彰显与嘉奖纪兰英平贼靖乱之功，在凤垭山修建了一座壮丽的都尉墓，墓前设置石人、石马，并亲自写了墓志，颂扬她的功绩。直至明末，墓前翁仲与丰碑犹存。

历代名人颂曲水

南充青居烟山的嘉陵江对岸，有一座唐代古镇曲水镇（今属嘉陵区）。这里是水运码头，江岸停留着无数商船，来往客商多住于此。曲水镇临近江畔，风景绝佳，街后面是两座对峙的冎山，山上古木荫绿，倒映江中。场后的上游高山下是一个大湾，为背风停船的地方。一股清泉从山岸突出处直泻江中，宛如一条白龙下江。每当大雾漫江，天水一色，好像白龙过江一般，委实壮观。场后下游的高山下，修有一个水池，池内种荷，池岸建有水榭，水榭之上，建有一座望江亭。广植奇花异卉，曲径通幽，四季飘香，此处便是南充著名的"曲水晴波"胜迹。一条曲水河，发源于集凤镇五里与龙蟠镇交界的天台山，流经龙蟠、龙池、大通、世阳、移山、曲水等场镇，在曲水镇流入嘉陵江。人们引曲水入荷池，有小山横锁，溪水荡漾，微涌涟漪，阳光直射，映日成彩，如万点龙鳞，金光闪烁，故有"曲水晴波"之誉称。清朝时期，当地有个胡大成翰林（曲水人），很有才华，在朝为官。后被权臣勒保陷害，削职还乡，徜徉山水，诗酒自娱。曾作《游曲水河记》，文曰："吾观乎，天下山水之奇丽者，莫如千里之嘉陵江；南充八景之奇异者，莫如吾乡之曲水河。曲水源于天台山麓，流程数十里，崎岖蜿蜒，穿涧越壑，经曲水场而入于嘉陵。曲水奇在于曲，曲则多变，变则殊异也。溪流经山，不峭而堑（山沟多），踵趾错互（山脚纵横交错），苍碧蔽天。东瞥西匿（路径若隐若现），山重水复，前若有阻（无路），而旋（顷刻）得路。涧水繁夥（多），大石亘流（横阻），水石冲激，蒲藻（水生植物）交舞。溪身狭窄，浅者沮洳（低湿之地），深者渟蓄（积水不流），犹见沙石（水清见底）。怪石折叠，隐起山腹，诡异百态，罗列耸突（耸立）。望之林表（林外），云气弥漫，野花幽蒨，点缀山路。上高山，入深林，清泉怪石，掩映成趣；站山巅，望四野，烟山嘉水，历历在目。青树翠蔓，差参披拂（飘动），泉水潺潺，响若操琴。苍然暮色，百鸟噪林，心旷神怡，欢然而归。昔日柳公（柳宗元）贬居永州，而作《永州八记》；欧公（欧阳修）出任滁州，而作《醉翁亭记》吾爱曲水，乐不思归，遍历诸景，乃为之记。”

唐宋以来，很多名人雅士游于嘉陵之“曲水晴波”胜迹，作了大量诗文来赞颂它。诸如，唐朝著名诗人薛能(山西汾阳人)，中进士后，授官周至县尉。懿宗咸通初（860），李福任剑南西川节度使，上表朝廷，奏请他为节度副使（后任嘉州刺史与工部尚书等职）。他曾游于曲水，夜宿嘉陵驿，作有《嘉陵驿》诗云:“江涛千叠阁千层（曲水岸上的亭阁），衔尾相随尽室登。稠树蔽山闻杜宇（杜鹃鸟），午烟熏日食嘉陵。频题石上程多破，暂歇泉边起不能。如此幸非名利切，益州（成都）来日合携僧。"咸通年间，诗人刘沧（山东人）任龙门县令时，游了曲水与嘉陵，作有《春日游嘉陵江》诗云：“独泛扁舟映绿杨，嘉陵江水色苍苍。行看芳草故乡远，坐对落花春日长。曲岸危樯（曲水岸畔停船的桅杆）移渡影，暮天栖鸟入山光。今来谁识东归意，把酒闲吟思洛阳。”明朝监察御史卢雍（江苏吴县人），于武宗正德十三年（1518）秋，游于曲水，题《曲水晴波》诗云：“清溪百折水溶溶（宽广），雨过遥看带色浓（山色青翠）。尽好扁舟乘兴去，何须更向翠微峰。"清康熙二十四年（1685），顺庆府通判张凤翮（陕西人），题有《曲水晴波》诗云：“一径斜湾（曲水停船处）水势溶，清溪（曲水）日映远山浓。流觞胜事（流杯咏诗）谁多问，绝俗还疑渤海峰。”

飞凤山麓杜氏祠

嘉陵区的凤垭山附近有座飞凤山（今属都尉街道办事处），山下群居着百余家杜氏族人，全族人勤劳忠厚，艰苦创业，崇尚礼义，敬老尊贤。族人相传，他们的入川始祖杜正槛，在清朝康熙年间（1622—1722）“湖广填四川”时，由湖北麻城县孝感乡，迁徙到南充，如今已有十六代人了，子孙达五千余人。杜正槛逝世后，葬于飞凤山中，族人们在山上修建了杜氏祠堂，每年清明节，全族人皆到祠堂祭祖会餐，欢聚一堂，畅谈家事，训斥不遵守族规的人。全族人都很和睦团结，亲如一家，谁家有困难，大家都热心帮助，婚丧嫁娶，互相支持，积之既久，渐成习俗，数百年来，始终不渝。

据《南充县志》记载，今之嘉陵区境内，早已有杜氏族人居住。明朝时期，真定（今河北正定县）人杜沂，于明成祖永乐初（1403）中进士，任顺庆知府，致仕后，家于南充。其后裔杜瞳，拜任瀚太史为师，攻读经史。继于神宗万历七年（1579）中举，万历二十年（1592年）考中进士，任工部主事，迁郎中，后升任毕节（今贵州毕节县）道副使。为人公正，严于律己，勤政爱民，政绩卓著。致仕后，回到南充，教育子孙。后来，他的儿子杜斗一与杜可枢二人，在崇祯二年（1629）同时中举。当时，有个名叫杜纯的人，学识渊博，文章严谨，于孝宗弘治十四年（1501），与同乡罗方（嘉陵区金宝镇人）同中举人。后来罗方考中进士，官至云南布政使；杜纯淡泊名利，好学不仕，被聘为府学山长（今称校长），终身任教，著有《试集》存世。杜纯非常敬仰唐朝诗圣杜甫（字少陵），闻听营山三元场附近，住着杜甫后裔，经访问，方知杜甫去蜀时，只带了发妻杨氏和长子杜宗文，曾留次子杜宗武于成都，居于草堂，后裔迁居三元，已历数百年。杜纯遂与三元杜家连族，追认杜甫为祖先，以为荣幸。他在教学时，常向诸生讲解杜甫的诗。特别爱讲杜甫的“三吏”（《新安吏》《潼关吏》《石壕吏》）与“三别”（《新婚别》《垂老别》《无家别》）。他说：“安史之乱，玄宗奔蜀避难，国家危迫，驱民从役，妻离子散，老无所依。《新安》无丁（新安征尽男丁），《石壕》遣妪（石壕吏拉走老妇）；《新婚》有怨旷之夫妇（拉走新郎，苦了新娘），《垂老》痛阵亡之子孙（子孙死尽，老无所依）。”讲得音辞慷慨，声泪俱下（边诉说，边流泪），诸生听后，尽皆哭泣。到了“康乾盛世”时期，有个名叫杜地载字厚庵的人，于康熙五十九年（1720）中举，先任教谕，后在贵州余庆与云南河阳等县任知县。为官清正廉明，淡泊利禄，爱民如子，毫不扰民。后辞官还乡，被王灏（字文川，王平后裔，捐修南池书院）聘请到南池书院（嘉陵藏珠山内）讲学，一时文风丕振，广育英才。杜地载的侄儿杜伯宣，字惠南，号甘亭，于乾隆四十二年（1777）中举。朝廷任命他为知县，他坚辞不就。醉心林泉，尤好书法，字迹精美，得者为荣。别人向他求教书法，他说：“东晋王羲之《书论》中云：写字贵在平正安稳，沉静构思。用笔应有俯有仰，有倾有斜，或大或小，或长或短。每写一字，或如虫食树叶，或若水中蝌蚪，或像壮士佩剑，或似妇女艳丽。竖牵若林中乔木，屈折如钢钩铁划，转侧之势，似飞鸟凌空坠下；棱侧之形，如流水汹涌激来。书写立意应十缓五急，十曲五直，十藏五出，十起五伏，方可称之为书法。”时人视为高论，牢记在心。杜伯宣所作并书的《南池书院记》，这一墨宝真迹，在嘉陵藏珠山至今尚存。他逝世后，埋于故乡凤垭山附近的飞凤山中。

何辅极颂藏珠山

嘉陵西行三十里许，有座藏珠山（今嘉陵区晏安镇境内），其地山环水抱，峰峦叠嶂，形若藏珠，故称藏珠山。其山孤峰挺峙，高接云表，深树密翳，云烟氤氲；削崖悬互，岚翠掩映，穹然石洞，崇深幽邃。山麓有条七宝河，宛如玉带，潔洄盘旋，环绕三面，形若半岛。一桥飞跨七宝河上，桥身高卷若龙，为明朝嘉靖年间川北道分巡杨瞻所倡建，俗呼杨公桥。桥下回浪扬波，荇藻沉浮，水鸟眠沙，清浅鱼游。过桥直上数百级石梯，始达山巅。两旁古木荫森，遮天蔽日，云烟飘拂，如上天梯。山顶建有七宝寺古刹，或称七宝禅林，始建于唐，后毁于兵燹，仅存石塔。明正德十三年（1518），重修大殿，更名龙台禅院，增建文昌阁诸景。楼台亭榭，巍峨参差，檐牙高啄，飞阁流丹，斑鳌垛脊，画栋雕梁，较前更为雄伟壮观。寺右侧山崖天生一古洞，崇深幽邃，昏黑莫辨。传云古时有个名叫博爱的人，在此洞修道成仙，俗呼神仙洞。山下有池，深不可测，俗称龙池或南池。古刹仙洞，宝河南池，山光水色，景物殊异，被誉为“蓬莱仙山，天上宫阙”。

当地有位名叫何辅极的才子，作有《藏珠山记》，将此山景物描写得淋漓尽致。文曰：“果郡之西有藏珠山者，东隶果城，西邻蓬郡（蓬溪），风光明媚，景物瑰奇，其上有寺曰七宝，果州之胜地也。不少游僧游山，爱名山而卓锡（住持）；许多过客过境，览胜境以停车。盖斯山也，岭不外连，峰从中矗，群山山集嵘，而内拱高磴，逦迤以斜升。古木橚椮（茂盛），浓遮四围，黛色长江，蜿蜒（屈曲盘旋）环抱。三面绿波，爱岩石之硱磳（高耸貌）；四季浮翠，喜篔筜（大竹名）之翳荟。

前则桥横百尺，卧波面以如龙；后则塔耸双尖，傍书窗而似笔。更有石室豁閪（裂开），古洞嵌空，入须秉烛，幽不见天。穴有鼯鼠（大飞鼠）聚其族，而生孙生子；洞多蝙蝠惊见人，而载飞载鸣。两壁间古画尚存，未闻雕刻兮何代？千载下石床犹在，不识寝处者伊谁？至若梵宇庄严，书楼缥缈，唐时初建，明代重修。画栋雕楹，下踞山麓，重檐复宇，上覆峰巅。文人偕衲子（僧徒）共居，不嫌分门别户；释迦（佛祖）与宣尼（孔子）并祀，直欲援墨附儒。最爱金碧交辉，梵刹愈加焜耀；更喜诗书坐诵，文士不辍咿唔。若夫静倚高阁，俯看长江，荇藻沉浮，鱼鳖出没。潭深月映，一妆镜启波心；浪绉风吹，万顷文（波纹）生水面。几丛芦荻之外，水鸟眠沙；两岸兼葭之间，鱼竿钓雪。又或暴雨骤至，新涨频添，巨浪雷轰，奔涛山涌，傍溪之树俱湮，夹岸之山欲动。倘教客来江上，定睹水势而惊心；就令人在寺中，尚觉涛声之震耳，若是者，皆山下之奇观也。若夫宿雨初收，新晴可爱，窗开月朗，帘卷风清。桃灼灼兮花殷，山萋萋兮草绿，鸟喈喈兮啭树，蝶款款兮穿花。溪内一叶渔舟，山外数声牧笛。当斯际也，登山远望，纵目环观，睹殿阁之参差，览峰峦之高下，僧房云绕，佛坐香薰，身在山中，人疑世外。七碗卢仝（唐诗人）之茶，风生两腋；三杯太白（李白）之酒，诗成百篇。则有心旷神怡，忻然而乐者矣。若夫阴雨霏霏，愁云黯黯，山深雾重，霜劲草枯，落叶打窗，凄风入户。燕辞垒而将去，蝉咽月以哀吟，天寒虫语泣空阶，夜静鹃声啼古木。当斯际也，登高惹恨，触景生愁，望山色之凄凉，惜韶光之难再，睹溪流之澈冽，怅逝水之无情。由是众念交萦，百感俱寂，则有中心惨憺（忧伤），悄然而悲者矣。此山景物之奇异，能令人喜，能令人悲，览物之情，各不相同，不以物喜（环境称心就快乐），不以己悲（个人失意就悲哀）者，鲜矣。”

宰相后裔居彭城

古往今来，世事变迁，疆域屡易，地名常更。古人云：“百川沸腾，山冢崒崩，高岸为谷，深谷为陵。”幸有贤德的人记录古人古事，使很多濒临消失的史事得以流传下来。据宋神宗元丰年间的《九域志》记载，南充县辖有十四乡十八镇。这十八镇今属高坪区的有溪头镇、罗获镇（今东观镇）、长乐镇、龙门镇、儒池镇（今老君乡）五镇；今属顺庆区的有泸溪镇（今称芦溪）一镇；今属岳池县的有板桥镇与龙合镇二镇；今属遂宁的有黄泥镇（古名小耽镇）一镇。无可考证的只有善乐镇一镇。今属嘉陵区的有八镇，其一，曲水镇。宋期时期，嘉陵江高于今日十丈余，可停船泊，仅次于龙门。其二，流溪镇（今金凤镇）。唐建流溪县，历宋元诸朝数百年。其三，日富镇（今盐溪乡）。近处建有日富寺，古有盐井四十八处。此地为果州至遂宁古道，十分繁华。其四，华池镇（今大通镇）。为古代巨镇，两溪合流处，有千佛洞与古华池等古迹。其五，琉璃镇。在今龙蟠镇翠屏山，山上建有广丰寺。其六，安福镇。临近遂宁。其七，景店镇（今安平镇，古称太平场）。其八，彭城镇。据《南充县志》记载：“彭城镇在今世阳场西十里的曲水与龙台溪合流处，俗呼彭市镇，谓古为城郭，有镇台驻此，镇台者，盖汛署也。其地下田低，往往系石板密铺，耕者时常翻出，或掘见石沟阶砌，发现金银首饰及陶瓷器物。东面小阜，地名观音寺，莲台瓦石犹有存者。西出一小平原，曰石桥坝，颇似城市附近名称。前有溪渡曰石桥子，本有圮（倒塌）桥，石材甚巨，今没于沙中。耆老犹见及之，是此地曾为巨镇无疑。其地田亩甚肥沃，中央土堡，荆棘瓦砾中有石狮二，似曾设衙署。

按古时果遂（果州至遂宁）大道，系自麻扎桥越蒙山寨，经韩家沟、彭城镇、酒店寺、合盐井河大道，今其石级犹未尽灭。附近之果州垭（俗呼裹脚垭），亦旧有客寓，此古代彭市之所以能为巨镇焉。明末遭乱，市被毁，清季（清朝时）改道，由世阳、太平诸场至遂（遂宁），此市始废。”

南宋时期，彭城镇住有范仲淹（北宋名臣）宰相的后裔范希正。范仲淹生有四子，长子范纯祐随父出征，死于军中；次子范纯仁，曾为宰相；三子范纯礼，官至右丞；四子范纯粹，宋代名将。徽宗靖康二年（1127），北宋被金国灭亡之时，文武百官各自逃生。范纯礼之子范正己，在朝任徽猷阁待制，带着妻小奔出京城，来到蜀川，后在蓬州定居，贫病交加，数年而逝。他的后裔便迁往南充，定居彭城乡下，务农为生。到了明世宗嘉靖十九年（1540），范氏裔孙范希正考中解元，授官山东曹县知县。曹县唐名曹州，明改为县。唐朝末年，黄巢曾在曹州起义，杀进长安，建立大齐政权。五年后，被唐军攻破，黄巢不屈自杀。范希正在曹县为官时，勤政爱民，轻徭薄赋，惩治贪贿，民怀吏畏。县内刑名师爷吉应显，倚仗伯父吉明毫在朝中当刑部主事的权势，掌匪通匪，包揽词讼，挟持官府，欺压百姓。当时，范知县率领官兵，逮捕了剧匪屠财明，关进狱中。屠财明暗使同伙送给吉师爷百两黄金，求他设法救命。吉师爷买通狱吏，纵火焚烧监狱，乘隙放走屠财明。范知县查明原委，及时逮捕了吉师爷，亲自押解进京判罪。吉师爷使人送给伯父五十两黄金，左右周旋，判以诬陷反坐之罪，将范知县关进狱中。曹县百姓闻讯，邀集八百余人进京，到通政司告状，一时震惊朝野。朝廷立即派员审讯，方将范知县官还原职，依法惩治了吉师爷。范知县见仕途艰险，为官一任便辞官还乡，耕读为乐。

杨知府作果桥记

明朝时期，南充都尉坝（今属嘉陵区）有个名叫杨丽字一泉的人，很有才华。他在武宗正德八年（1513）中举，世宗嘉靖二年（1523）中进士，曾任户部主事，大中大夫，陕西布政使司左参政与楚雄知府等官。后来致仕还乡，德高望重，人皆尊敬。曾作《增修顺庆府府学记》文曰："顺庆郡庠（学校）司教秦子（尊称）国、泰叚子珪、宋子瞯时，谓一泉子曰：'泰辈以官，得日侍孔子堂庑之间，因谒圣贤位序，仰思问答之状，宛然间政亦多矣。孔子答之，类有不同。我郡侯拙斋朱翁，固圣贤心地也。若其政事，在孔门何居？'一泉子曰：'子求朱侯（朱拙斋）之政于孔门，诚是矣。予闻朱侯，实有以圣贤议论，见诸行事之实者。昔夫子（孔子）答子张（孔子的学生）问政曰，尊五美（五种美德）。夫所谓五美者，惠而不费（施惠于人，自己不浪费），劳而不怨（役使人民，人不怨恨他），欲而不贪（追求仁义，不贪求财物），泰而不骄（心情舒坦而不骄傲），威而不猛（表情威严却不凶猛）。侯之政备矣。'二子曰：'斯确论也，愿因以衍之（发挥）。'一泉子曰：'灵雨应，旱魃无殃矣；塘甸筑，畎亩有获矣。惠胡费，河治以奠居也，并甃（井壁）以御侮也。劳胡怨心，公理自得也。刑清仁自存也，何有于欲御众以宽也；临事以敬也，何有于骄衣冠雅，饬表之正也。体貌奇异，望自尊也，不猛之威也。'三子曰：'今日始闻君子之大政也。但三子青重而秩微，居无止，志无以行矣。至将有志，我侯创而新之，今秩然矣，愿有记，似于五美无与也。'一泉子曰：'三子之官，侯之属也。三子居它，或弗急于此，侯独举之。此正所谓无众寡，无小大，无敢慢也。'三子曰：'是政之经也，美之征也（象征），是焉奚啻错诸心，将以镂（刻）之石。’”司教数人深为敬佩，遂将此文碑刻府学之中。

明世宗嘉靖二十二年（1543），四川按察使杨瞻（字舜原），分巡川北道。一日，他和南充知县王信之来到藏珠山，见河中的南池桥即将垮塌，深为忧愁，便叫王知县立即拨款修缮，历时四月乃成。桥长十八丈，二十一硐，更名果南桥，百姓感其恩德，称为“杨公桥”。王知县遂请致仕还乡的杨丽知府，写了一篇《重建果南桥记》碑刻桥头。文曰：“果郡之地，旧有桥曰南池，适三邑之冲。北接阆州，东迩蓬山，而西通安遂（广安与遂宁）之衢，利涉亦大矣，蹲鸱倾圮，民因病焉。我舜原杨老先生，以按察使巡视川北道所必经，见斯桥之几于废也，乃谓南充尹蔡庵王子信之（王信之，蔡庵县人）曰：‘昔王周易四镇，皆有善政，桥毁覆民租车，周曰桥梁不修，刺史过也。乃偿民粟，为治其桥。今子有父母（父母官）之任者，赤子溺由己溺之，缮理之举，将不付之子乎？仍给公处以为工作之资。’王尹（王信之）承兹选委，遂遴吉期，自敦匠事。役民之力惟平，而民不怨；食匠之财惟公，而民不费。往来以通，而民尚有未知者，董之有方，成之自易也。经始于癸卯之春正月，落成于夏四月。我舜翁（杨舜原）更名其曰果南桥，手笔大书以刻之石，其盛美无穷者。王子（王信之）谓一泉（杨丽）子曰：‘古者刀剑户牖之类，皆有铭记，以志岁月，斯桥之利亦溥（广大）矣，安得无记。’一泉子曰：‘岁十一月徒杠成，十二月舆梁成，王政之一事。为政者不此之务，虽子产之乘舆济人未为得也，杨公之惠我黎庶者大矣。昔何公在英州作桥，民思其德，仰而赞曰：愿公千岁，与桥寿考，持节复来，以慰父老，遂名曰何公桥。今果民亦英民（英州百姓）也，祝其寿而望其来，乃其同然者。千载而下，将不谓果南桥为杨公桥也乎。’公讳瞻字叔后，山西蒲坂人，舜原其别号云。嘉靖二十二年四月望日（十五日），杨丽撰。”

凤凰山麓阁老坟

从前川北一带的富人最注重生养死葬，在生要修个好庄园，死后要葬个好坟墓，往往把一生积蓄都花费在修房造坟上。认为住宅基地和墓地周围风向水流的形势、位置，能影响住者和葬者一家的祸福吉凶，必定请个风水先生预择好地形位置，方才动工修建。早在东晋时期的郭璞（文学家），就著了一部《葬书》，书中云："葬者乘生气也。经曰：气乘风则散，界水则止，古人聚之使不散，行之使有止，故谓之风水。"可惜这个擅长阴阳卜筮之术的人，终因卜术惹祸，被晋大臣王敦所杀。

果州西水里平川坝（今南充嘉陵区李渡镇阁老坟村）一带，居往着一支陈氏望族，他们是北宋秦国公陈省华（阆中新井人）的后裔。始祖陈彦真（陈尧佐子）为果州大将，解职后寓居于此，传至十三代陈大策，娶处士王珏之女为妻。王氏知书达礼，处家有素，聪慧贤淑，和善待人。明武宗正德六年（1511）九月二十日，生子陈以勤（字逸甫，号松谷），自幼天资聪敏，博览群书，不幸父亲早丧，家境贫寒，全赖母亲勤劳纺织，维持生计。世宗嘉靖二十年（1541）陈以勤进士及第，因博学多才，德高望重，历任翰林院检讨和裕王朱载垕（后为穆宗）讲读官等职。嘉靖二十八年（1549）三月十五日，母亲王氏病故，终年六十六岁，安葬在平川坝凤凰山中（今南充李渡镇阁老坟村）。穆宗隆庆初年（1567），陈以勤当了宰相，朝廷追赠其父陈大策为光禄大夫，诰赠其母王氏为一品夫人。陈以勤又再次培修王夫人之墓，大如小丘，墓前有宽阔的拜台，两侧竖有石桅杆，石人、石马、石狮，富丽堂皇，人皆钦羡。当地尊称此墓为阁老坟。

相传陈以勤幼时家贫，外地来了一位风水先生，在平川坝一带给人看屋基和阴地。有一天夜晚借宿在陈以勤家，王夫人平时乐善好施，喜怜悯人，见他是个外地人，便热情款待。这位风水先生见王夫人心地善良，仁义好客，常住陈家食宿，深为感激。临走时，对王夫人说道："我来此地行艺，在你家食宿数月，承盛情款待，毫无怨言。古人云，得人点水，报之涌泉，我送你一处风水宝地，包你家日后大富大贵。"说罢，便领王夫人和陈以勤悄悄地到实地去察看。他指画着说："这座凤凰山形若飞凤，两旁的山塆如像凤凰的双翅，前面的山坡好似凤头，头前的一座横梁恰似一封书信，这地形就叫'飞凤衔书'的风水宝地。若在凤头正中造一坟墓，夫人百年归世，埋葬这里，后裔必定九世为相。但要在'人戴铁帽鱼上树'的良辰吉日安葬，切记！切记！"王夫人喜出望外，遂按其测定位置修了墓穴，卒后葬于此地。殡葬这天，陈以勤从京城回家为母亲举行葬礼，来此看热闹的人很多。一个小孩手提一串鱼挂在树上，往人群中挤；忽然下起雨来，有一人在李渡场买了一口铁锅，顶在头上遮雨。陈以勤看到"人戴铁帽鱼上树"的良辰已到，便安葬了母亲，天又放晴。十八年后，陈以勤当了穆宗的宰相，六十岁时告老还乡，傍北湖修建别墅（今南充市委小礼堂旁），安顿家小，又在青居山上修建书房、山麓嘉陵江畔修建江楼，常住青居，自称青居山人，静心养老。陈以勤死后葬在西山栖乐垭。后来有人在凤凰山的左翅上修建了一座东皋寺，又在右翅上修建了一座盖井寺来破坏风水。此二寺压住凤翅，使之展翅难飞，自此，陈以勤的后裔逐渐衰败下来，一蹶不起。自从陈以勤、陈于陛父子任宰相后，从第三代起，再无人入阁拜相了。如今阁老坟村住着五百多户人家，姓陈的约有三百户，一千余人，他们都是陈以勤的后裔。阁老坟已被夷为平地，其"明诰赠一品夫人陈母王氏之墓"古碑尚存民家。

龙凤山麓韩公祠

顺庆西去三十里许，有座龙凤山（今嘉陵区世阳镇楼房湾村），山上怪石遍布，古洞殊异，山色深绿空蒙，夹径藤树密荫。危岩绝峭，飞崖千尺，巍影流空，隔绝天地。高峻的山峰，从西向东延伸为二山，东为龙山，西为凤山，两山相连，被誉为“龙凤呈祥”的风水宝地。二山景色各异，尤以龙山为最，山中天生八景：一是飞天石。龙山形若卧龙，头顶有一块巨石，高三尺、方圆六尺、椭圆光洁，人摇似动，恰如龙头上之博山。二是玉兔石。山巅二石相接，一大一小，形如玉兔，蹭望明月。三是一线天。龙山左侧有一崖缝，长四丈五尺，缝宽四尺五寸，高约六丈。走入缝道，仰望蓝天，苍茫太空，仅宽一线。四是石峡缝。龙山右侧有一石峡长缝，缝长三丈，深四丈五尺，宽一尺八寸。峡道狭窄，阴暗潮湿，人行其间，阴森可怖。五是天鹅孵蛋。龙山后边，有一石梁，宽十五丈，长六丈，形若天鹅。旁有一块大石，五块小石，平滑光洁，椭圆似蛋。六是白鹤嘲林。龙山的颈项处，是一片茂密的松林，树上栖息着千百只白鹤。树绿鹤白，宛如玉兰，早晚鹤唳，闹若集市。七是石龙过江。龙山山腰有一石脊梁，长三十丈，宽九尺，高二丈一尺，宛如一条长龙，昂首伸向山麓的曲水河。八是天生石桥。龙山山麓天生一座石桥，长一丈二尺，宽九尺，空跨二丈四尺。山间溪水流泻桥孔，曲水河急奔腾桥侧，人行桥上，如处龙宫。龙凤山西的凤山，形若飞凤，山顶有一岩石，长五十丈，高三丈六尺。岩石上又有一石，长一丈五尺，高九尺，形若凤冠，俗呼鸡公岭。龙凤山麓环绕着一条长长的曲水河，河岸上便是明朝嘉靖时期著名的兵部尚书韩士英的故乡。

韩士英尚书文武双全，历任要职，忠君爱民，显赫一时。穆宗隆庆六年（1572）病逝故乡，享年八十六岁，葬于永兴场东杉树坝的紫金山上，他的儿孙们便在龙凤山麓修建韩氏宗祠来纪念他。陈以勤宰相亲书《韩士英传》碑刻祠内，文曰："公讳士英，字廷延，号石溪，其先凤州河池（今属陕西）人也。于南宋理宗端平元年甲午（1234），始祖世富公，以行军镇抚使领兵平蜀，食邑嘉陵，遂家焉。历八世，皆仕宦，积谷赈饥，郡人赖之。至成化二十二年丙午（1486），生少保公（韩士英）。正德五年（1510），公年二十五举于乡，与杨升庵（新都状元杨慎）同年，九年甲戌登唐皋榜进士。初任礼部主事，转户部郎中、江西榷税，宁王以币相结，却之，升岳阳太守，岳常道副使。历贵州按察使、升云南布政使、巡抚江南。遇覃（深）恩，诰封三代曾祖以下皆通奉大夫，曾祖母以下皆一品夫人。时嘉靖二十一年（1542）升工部右侍郎，丁太夫人忧，赐谕祭，遣参议刘瑜代祭，起复总督漕运，升兵部尚书。二十八年（1549），伯颜入寇，上敕公视师，敕曰：'伯颜狂悖，入塞侵掠，卿可督师驱逐，以宁边圉，钦哉。'公督师奏捷，上召至平台面慰，赐蟒衣玉带，手书《宫保尚书》匾额，命四川巡抚张士佩遣官建坊悬之。嘉靖三十五年（1556），公年满七十，上疏乞休，至河间府得谕旨，荣归故里，居林下十六年。是时，太子司直任瀚，刑部尚书王廷，宪副文衡（云南佥事），杨丽（户部主事）等十人，皆公之后辈，从公游，诗话往来，徜徉山水，享泉石之安。公子四人，长荫中书，仕至贵州都匀太守，余皆京秩。孙九，式（韩式）等八人皆国学；曾孙荆芳等十五人，芳（韩荆芳）祁州知州。享年八十六岁。"

任瀚隐居乳泉崖

果州西去二十里许有座大方山（今嘉陵区西兴镇大方山村），山上松柏参天，烟云环合，风景冠于全邑。山顶建有玉虚观（今西兴镇完小处），观下左侧绝壁处有一神仙洞，高深莫测。洞内奇石陬互，悬泉滴落，中有神女泉，向为仙人所居。传云后汉阴长生（新野人）在此洞修道成仙，故称神仙洞。旁凿“谢仙石室”，高五尺，纵横八尺，为果州女道士谢自然栖居修道之所。洞内石刻有观音、文殊、普贤菩萨神像。大方山连亘小方山，二山相距三里许，同是谢自然修炼之地。小方山又名乳泉山，其地巍峨峻险，山高林茂，泉池幽邃，崖壑深险，秀峭尤胜大方山，故为羽士高人遁居之处。昔日山顶建有紫云寨和紫府观，南门内绝壁上凿有观音神像。紫府观大殿外凿有丹池，方广三丈，深一丈四尺，池上架石桥，为进殿通途。小方山北侧有一滴乳崖，因滴泉若乳汁，又称乳泉崖。崖下建有老君观，崖石凿有老君立像及二侍者，皆高一丈六七尺，工艺精湛绝伦，为后魏年间（约540）所雕刻。谢自然家住山下，九岁出家学道，栖居此山，常饮乳泉而成仙。唐德宗贞元十年（794）冬，谢自然白日飞升，果州刺史李坚将此事奏知朝廷，德宗皇帝下诏褒封谢自然为谢真人。一时朝野震动，遐迩闻名，来此瞻仰、观光的人络绎不绝，题诗甚多。道教的《神仙通鉴考》中，列天下有十大洞天、三十六小洞天、七十二福地，尽皆山水幽胜，曾有仙人栖息处。将大方山和小方山列为第三洞天，与青城山、峨眉山齐名，名声大震，成为蜀北仙山。宋道士何志全居老君观中，常饮乳泉之水，年老面如桃红。果州刺史樊汝贤游此山，题《滴乳泉》诗云：“云液落山腹，脉与昆仑通。云何山中叟，八十桃颜红。”明初隐士赵之屏，曾隐居“谢仙石室”修道著书。洞内石壁上镌有历代游人题刻，有宋徽宗崇宁壬午（1102），周伺来、刘惇同游题名；宋光宗绍熙壬子（1192）八月乙巳，安岳冯震与从弟冯器之、侄孙德怡同游题名；清乾隆辛未岁（1751）仲春望日，眉山汤子才、果州司户参军刘发通，游此真人石壁谨题。诸题刻至今尚存。

明世宗嘉靖二十年（1541），任瀚太史辞官还乡，在栖乐山洞中潜心研读易经，深得书中奥妙，便将博大精深的《易经》，用短短三百五十四字，写成《读易记》一文，镌刻石壁，言简意赅，成为易学精华，世所罕见。任瀚晚年常居小方山老君观中，饮乳泉崖之水，年逾九十，身体犹健。神宗万历十八年（1590），他的得意门生黄辉（今高坪走马乡黄家坡村人），已考中进士，授官翰林院编修。因其博学宏识，诗书双绝，升任右中允，充任皇长子朱常洛（后为光宗帝）讲官。这年春三月，黄辉返家省亲，特至小方山来看望任瀚。任瀚十分欣慰，大有老子教孔子要淡泊名利、深藏若虚之意。辞别时，任瀚特赠《书乳壁泉送客》一诗云：“青丝络玉壶，纤杯传紫霞。谁家侠少年，系马山樊花。花飞送春春不顾，千山万水落红雨。天香断尽翠微寒，林深无人子规苦。扫破愁云望人都，杜陵扬雄今有无？浩歌一声天地老，麈尾击断青珊瑚。黄梓谷、杨方洲，谁为我楚舞？我为苦楚讴。金罍不比洞庭阔，安能洗君万斛愁。黄金如山买歌笑，达命岂暇珍王侯。坐来饮酒二三斗，落魄新声敌琼玖。晓来分散各天涯，绿鬓几时还白首。还白首，为君忙。君不见：安汉城南陈著作（陈寿），万卷楼空江水长。江楼破尽寒山在，天阴水落孤坟芳。莲社习池莫作等闲醉，月映西湖愁骕骦。”故后来黄辉急流勇退，亦辞官归里，自称“云水道人”，乐游林泉，常与僧道交游。

李以宁赋颂方山

果州西去十里许的大方山与小方山（今嘉陵区西兴镇处），二山相连，绵延数里，同是果州女道士谢自然初年修炼地，被道教称为第三洞天。唐朝时期大方山顶，建有玉虚观，观下崖壁上凿有谢仙石室，高五尺，纵横八尺，为谢自然所常居处，内刻诗文甚多。山侧有雪洞，深不可测，俗称仙人洞。近处有神女泉，饮可疗疾，汲水的人很多。早在后魏时期，小方山顶就建有老君观，观后有滴乳泉，绝壁上凿有观音神像，昔有道士何志全饮此水，八十面如桃红。明朝时重建道观，称为紫府观，古柏参天，成为治西名观。紫府观大殿外，凿有石池，方广三丈，深一丈四尺，俗称丹池，架桥其上，异常壮观。明朝任瀚太史辞官还乡后，曾在此山栖居悟道，常饮乳泉，年逾九十，健如壮年。当时大方山绝壁题刻诗文甚多，中有宋代相如县尉王俦的《谢自然》诗云："颇怪韩夫子（翰愈），犹疑谢自然。至今成福地，自古有神仙。"

康熙三十一年（1692），致仕还乡的西宁知县李以宁（营山人），于重阳佳节，邀约好友王山石来游大方山。他俩游览了谢自然修道成仙的谢仙石室与滴乳泉等古迹后，李以宁感慨万端，遂作《大方山赋》，文曰："维嘉陵之设郡兮，群山环拱而钩连，畴拔萃其挺秀兮，惟方山为特出焉。嵬嵬矗矗，郁郁芊芊（草木茂盛），势横空以寥廓，形排列而延绵。环玮（奇特）无以复加，耸峙谁与比肩。朝探碧落（天空），夕贮云烟，岚光翠霭，气象万千。当春夏之交，草木蒙茏，好鸟关关，泉水淙淙。花烂漫兮若绣，松夭矫兮如龙，锦带垂兮纤蔓，华盖擎兮蓬松。恍赤城（浙江天台山南门）之霞起，嘘紫雾之千重，坐崎岖之危磴，看天外之奇峰。至若时届秋冬，其景清绝，爽气西来，凉飔霡霂（小雨），峭壁霞驳（斑驳），澄泓（水深）绀碧。回峰成削而苍茫（空阔辽远），众溜分飞而澒渃（水冲击声），匹练（瀑布）直泻以垂虹，砰訇触石而成霹。缥缈兮雾縠为衣，惝恍兮羽翰（羽毛）生腋，韩昌黎恸哭缱书（韩愈登华山巅不能返，恸哭遗书华阴令，百计取之乃下），王元仲举烟不熄。丹枫照耀，汉宫之粉黛三千；突兀巑岏（峻峭的山峰），阿罗之环绕五百。由是山灵翕聚，空蒙荡漾，璇房瑶室，前后相望。西王母之戾止，青鸟先来；谢自然之栖真，云母作响。餐沆瀣（夜间的水汽）兮身轻，饭胡麻（芝麻）兮内畅。垒封丹灶之泥，壁挂灵寿之杖，裁薜荔兮云蒸霞蔚，步逍遥兮层冈叠嶂。雨霏霏、云冉冉、香馥馥、光闪闪，纵不能如荀中郎（战国时荀况）之登北固而望海，姑且学谢康乐（南宋谢灵运）之探奇幽而凿险。罡风猎猎（风声），千军之迅扫如飞；松涛谡谡（挺拔），万马之腾空式俨。仰天长啸兮气辟鸿蒙（大自然的元气），俯视尘寰兮郊原历落（参差不齐）。慨樊笼（鸟笼）之世纲兮，名缰利索；等天地于浮沤（喻短暂人生）兮，沧海一勺。就葛洪（东晋道教理论家）而问丹砂兮，徜徉丘壑；慕瞿昙（释迦牟尼别称）而枕岑寂兮，来叩兰若（佛寺）。然则大方也者，策杖凭临，如寻幽梦，振衣千仞，手挥目送。长林巨箐（竹林），猿啼鸟弄，老桧古杉，茂密无缝。峥嵘而竞秀者其峰，深邃而窍窅（深远）者其洞，洵（实在。神仙之窟宅，无怪乎名贤之接踵也欤。而论者辄以武夷（福建崇安县的武夷山）雁宕（浙江温州的雁荡山）诘而少之。抑知遏云冠日，嶚刺高骞，浮云仅被其足，翔羽不至其巅。荡空而霄汉，若即澄怀而万虑齐捐，超欲界而杳邈（遥远），岂尘埃之风烟。人苟扃户牖（门窗。而谈山海，是何异执蠡管而窥天。”二人在山上游乐终朝，信宿而返。

双桂场中田坝馆

明末清初，四川连遭兵燹，长达三十余年，田地荒芜，人口锐减，满目凄凉，百业俱废。康熙四年（1665）与康熙二十二年（1683），两次诏令两湖（湖南湖北）、两广（广东广西）等地移民入蜀垦荒，故四川各地皆言“湖广填川”的事。这些客家人落户四川后，或经商、或做官，富裕起来，逐渐修起了庄园别墅，尽情享乐；有的家族与同乡共同修建了会馆，祀祖议事。诸如阆州城中的马家大院（今阆中城南笔向街），重重门户，层层庭院，雕花门窗，菊兰满园。谢家大院（今阆中城东寿山寺街），宽敞庭园，精巧玲珑，假山盆景，绿荫幽静。蓬州利溪场郊的大夫第，楼台亭阁，荷池水榭，奇花异卉，四季飘香，门迎水复山重处，家在鸟语花香中。蓬州城中的天后宫（俗称福建会馆），则是福建移民林氏家族修建的会馆，馆中塑供妈祖林默神像。乾隆年间，顺庆的双桂场（今嘉陵区双桂镇）有三大望族，先后在场中修了三个大会馆：一名棉花会馆（即禹王宫），二名江西会馆（即万寿宫），三名田坝会馆（即万天宫）。当时，三族的人都很富裕，势力相当，争强好胜，互相攀比，都想修得富丽堂皇，胜过对方。三大会馆各具特色，气宇轩昂，典雅壮丽，鼎立场中，恰巧构成品字形，异常壮观。民间有一民谣道：“双桂场中三大家，棉花会馆一朵花，田坝会馆赛过它，江西会馆岩上爬。”如今棉花与江西二馆已残毁不全，仅田坝会馆完整无缺。

双桂场的田坝会馆建于乾隆五十六年（1791），当时，四周皆良田桑竹，山重水复，阡陌交通，鸡犬相闻，故名田坝会馆。双桂场位于西溪河南岸，距顺庆城二十五里，商业繁盛，向为顺庆之重镇。这里山环水抱，峰峦奇秀，古木蓊翳，交柯错荫。春日山花盛开，如锦绣云；秋至稻谷飘香，若垂金粟；夏日霹雳交加，震响涧谷；冬日积雪皑皑，山若玉龙。在这一衣带水的田园风光的小镇上，修建会馆，务农经商，如置身桃源，陶然自乐。整个会馆由山门、戏台、书楼、前殿和后殿五个部分组成。砖石结构的牌楼式山门，面东而立，高阔壮丽。正中阴刻“万天宫”三大字，四周浮雕蟠龙纹，两边分别雕刻福星和禄星，团雕福寿二字。门楣浮雕人物并撰文，中作宫殿，镌刻帝王像；左镌文渊阁，右刻武英殿，上额枋镌百忍图。青石门联上镌刻一联云：“功同大禹昭千古，德沛苍生祀万年”，匾额刻“利泽及人”四字。门联下，左右各有一大石鼓，两人合围，周围刻有花草及牡丹诸花纹，皆惟妙惟肖。通过山门，经戏台下进入会馆，戏楼与山门相背而建，仅隔三尺。戏楼呈八字形，宽约三丈，戏台前的椤檐枋上，浮雕水泊梁山等故事人物，镀金镶银，异常华贵。戏楼的看台横枋上，浮雕二龙戏珠图，台沿横枋上，浮雕人物故事及变形虺纹图。戏楼两侧竖有双龙双狮石雕，各顶一根柱脚，皆栩栩如生。戏台前面是用石板镶嵌的一个长方形大院坝，为看戏之地；为避日晒雨淋，院坝两侧还建有敞厅供人看戏。梯侧雕刻有一对雌雄金猴，对人嬉笑，妙不可言。经过院坝，上十三级石梯步入正殿，为议事与祭祖处，宽敞宏伟，金碧辉煌。殿前内柱的巨石磉礅上，镂雕二龙抢宝和双龙戏珠图，雕刻精细，堪与北京颐和园的花心磉礅相媲美。后殿与前殿相隔九尺，栽植各种花草树木，四时飘香，为执事与来客住宿处。书楼紧接后殿，幽静华丽，供族中子弟读书，数百年来，培育了大批英才。

西阳寺下西阳桥

嘉陵北部边陲的西溪河畔，有座西阳寺，原属中和场，今属太和乡。此寺为明朝永乐年间（1403—1424）所敕建；踞寺二里的西充边界上，在乾隆五十七年（1792）建有西阳观。这一寺一观中间，便是著名的西溪河。此河发源于西充的崇礼山，称为象溪与西充河。流经西充的木角、占山、莲池等地，流入嘉陵区的西阳寺，始称西溪。西阳寺下有条小河，名叫西阳河，二水汇合一处，冲击出一个巨滩，称为高滩。这里是南充去西充的大道，往来的人很多，人们便在河中用巨石搭了数十个跳磴，便于通行。枯水季节，过河甚易，每当春雨暴发，河水暴涨，当地人用小船渡河，时常淹死人。直到道光十一年（1831），大家出钱，方修建了一座石桥，取名西阳桥。竣工之时，便请当地宿儒何以善，写了一篇《西阳桥记》刻碑桥头，彰显捐资建桥人的功德。凡是过桥的人，念读此碑后，无不感激建桥人行善积德，造福一方；无不赞扬此碑文辞优美，字迹秀丽，成为一大古迹。古寺、高滩、石桥三景交汇一处，形成长虹卧波的天然美景，观者无不称绝。

《西阳桥记》文曰：“吾里之北与西充接壤，二水汇流，积为巨滩，曰西阳河。河之阴（岸边），前明敕建西阳寺，或河在西充之阳，故名欤。地为两邑乡市往来要津，旧置石磴数十，当夏秋之间，山水骤涨，水高于磴十余尺。里人设小舟以渡，而操舟者非所素习，往往淹毙行人，葬鱼腹者不知凡几矣。里有好善君子曰吴子永健（吴永健），李子中英，何子启潘，张子正超，目击心伤。倡议创修石桥，为久远计。即捐资合三百余金，以募化各乡，共得一千余金，兴工伐石。始于道光十一年辛卯六月，越壬辰（1832）三月初七日，而桥告成。高一丈二尺有咫，长三十丈，而横宽一丈余。落成之日，士女观者以数万计，咸咨嗟太息。谓此桥之成，非四君倡始，不能建成。因请撰记刻石，为好善者劝（劝人为善）。四君子辞曰：‘吾亦各尽吾心耳，非求名也，非邀福也，何以记为。’余曰：‘子则何事于斯抑（压制自己），于余心有戚戚焉（忧惧之情）。’古者（古时候），辰角见（水星出现）而雨毕，则除道（修理打扫）；天根见（氐宿出现）而水涸，贝域梁（修建桥梁）。其时，土工掌之，司空（掌管工程的官）垂为，宪典上有嘉德（美好的德政），而下无违心（百姓无违背的心），即一事而政教行焉矣。后世守土之官（地方官员），日劳心于薄书期会间，而未有暇（空闲）。吾侪（众百姓）亦多奔走于衣食，而无远图（长远打算）。间有有大力而不肯为（不肯去做），且不敢遽为者（匆忙去做），于是行人之病涉久矣（苦于无桥可通）。今四君子肇举是役（倡议建桥），而众心从而和之，无滥费，无苟简（草率简陋），匠亦不懈于事，未及期年而工竣。非所谓趋善如鹜（奔驰向善），而见义必为者乎（见义勇为）？夫徒杠舆梁（修路修桥），王者之政也；利物济人，仁者之心也。人竞于善，风俗之淳（诚实朴素）也；事记其实，野史之任也。然则斯桥之成，其与建淫祠（不在祀典的祠庙），饰佛像，纷纷然（多而杂乱）作为无益，冀以求名邀福者，相去奚啻倍蓰（相差数倍）哉。又况不求名而名归，不邀福而福随，天人感应之理，更不待烛照龟卜知也，是不可以无记。众曰然（对的），乃为之记，颜曰（取名）西阳桥，因地名也。首事者（倡建的人）勒（刻）名于前，出资（捐款修桥的人）姓氏，例得备书（照例书刻于后）。”此桥建在西阳寺下，坚固结实，凡进庙敬神与来往行人无不感激，历经数百年至今犹存。

大兴场蒲氏宗祠

嘉陵的西陲有座大兴场，毗邻遂宁，这里居住着蒙氏与蒲氏两大族人。蒙氏族人在蒙山上修建了蒙山寨；蒲氏族人在大兴场修建了蒲氏宗祠，此二古迹，至今犹存。这两姓族人的老祖宗，在历史上都有显赫人物。蒙氏族人的血缘始祖名叫蒙恬，是个武将，曾帮助秦始皇打天下，攻灭齐国，屡建奇功。又修建万里长城，防御匈奴入侵。蒲氏族人的血缘始祖名叫蒲猛，亦是个武将，曾帮助汉高祖刘邦，推翻秦朝，名垂青史。到了北宋建隆二年（961），蒲猛将军的后裔，从江西吉水县，迁至湖广麻城县，继又迁居蜀北。宋神宗时期，南部出了一个尚书左丞蒲宗孟，博学多才，为官严正。哲宗元祐初年（1086），出知郓州，郓州多盗，他痛加诛戮，盗为之衰。御史弹劾他治郓惨酷，杀戮过甚，险些落职。史家评论他道："宗孟趣尚严整，性侈汰，燕饮无度，为时人所贬。著有文集五十卷，奏议二十卷。"宋孝宗乾道年间（约 1170），蒲宗孟的后裔蒲谦益，高中进士，授官果州知州，为官清正廉明，政绩卓著。致仕后寓居嘉陵，卒葬大兴场郊，蒲氏族人追尊他为始祖，建祠祭祀。

清朝同治三年，岁逢甲子（1864），这年春天，本族德高望重的老人蒲俊三，召集全族人于祠中，说道："自从始祖蒲谦益到现在，已有六百多年了，族大人多，人心不一。应该加强教育，严遵族规，维护声誉。原来的祠堂，小而陈旧，应新建厅堂楼庑，设立学馆，延请宿儒，教育本族子弟。并编写族谱，流传后世。"大家听后都很赞同，全族人出钱出树，雇请工匠，即日动工。不到一年，祠堂建成，由本族拔贡蒲毓庚（字蜀农）作《大兴场蒲氏宗祠叙》，刻碑祠内。文曰："蒲氏权舆（开始）

颛顼唐虞之际，蒲衣子脱屣（鞋），天下匿迹，终身舜都蒲坂（今山西蒲州永济县西），子孙居者，即土锡（赐）姓。后浸昌大项梁（楚将）起楚地，蒲将军猛从梁（项梁）渡江，佐高祖（刘邦）成帝业。典午厄运，苻洪（十六国的前秦国王）梦蒲生九节，易姓蒲，雍凉尚存遗嗣。赵宋建隆二年（961），有由江西吉水县迁楚黄州麻城，继由麻城徙家蜀北者。数传至宗闵、宗孟（蒲姓），勋名赫奕，称巴阆望族。而蒲谦益以乾道（宋孝宗年号）进士，蜚声（扬名）果郡，追尊本支始祖。兀明代嬗云礽（福）蔚起，后遭献剃，硕果仅存，传逮清末，振振未艾。抚今追昔，慨叹盈怀。尧典惇叙九族，周公治鲁，尚贤亲亲（爱其亲属），晋魏隋唐，推崇阀阅（有功勋的世家）。古人尊祖敬宗，收族宁谓畸重。盖国者家之积，家治即国治，扩具义而行之道，一国靡不足，岂第一家。视今家族纠纷已极，愚者数典忘祖，贤者援引古之名臣钜（巨）儒，以为所自出，不嫌诬祖。讵（岂）知郭崇韬（后唐庄宗的大臣，助灭前蜀）远附汾阳，狄武襄不后梁公，皆非所以征实也。实若销烁，则诪张（欺骗）迂诞（荒唐）之说，进帝天可假，图籍可伪，禹钧惠跖，骷髅同朽。千载而下，沧桑迭易，孰按谱系，以覆真赝哉。即玉牒（皇族的谱牒）未湮，龙准如昔，式微即赋，谁复艳其余宠。饭王孙于路隅，达树槐灵穷粥，瓜瓞（子孙昌盛）盛衰之券，嗣者操之（取决后裔）矣。余族所祖，幸免斯失，无祠妥侑（祭祀），论者惜之。甲子（1864）春，蒲俊三等，谓族人生齿日繁，教养宜亟，而雍睦尤重。乃相大兴场拓地，新建厅堂楼庑，爽垲嵯嶫（高耸），丹者刻者黝者垩者（各色涂饰），极一时轮奂（房屋高大众多）之盛。值金钱屯棘能，数月讫事。其识力良足亢宗，春祭翌日，匄（丐）余为叙，录其信而有征者，不涉铺张依附之陋。他若助赀多寡，祠堂规则，并勒于后。”

一立场郊苏氏祠

明清时期，顺庆府境内有四座著名的苏氏宗祠，这些苏氏族人，皆称是眉山苏轼的后裔，立碑述谱，世代相传。一是西充县的鸣龙镇，二是营山的玲珑乡，三是蓬安的广兴乡，四是嘉陵区的一立镇。这四地的苏氏族谱与宗祠碑文，将家族迁徙与盛衰之事，写得十分详尽，真实可信，千古流芳。每逢清明祭祖之期，全族人扶老携幼，齐集祠堂，祭祀祖先，同桌进餐，欢聚一日，至晚方散。

苏轼是北宋文坛的一代领袖，旷世奇才，被宋仁宗视为子孙的宰相人物。历经英宗、神宗、哲宗三帝，皆未被重用，官至礼部尚书。才高遭嫉，屡遭贬斥，充当地方官员。因作诗讽刺时弊，遭遇“乌台诗案”，险些被杀，幸神宗爱才，贬居黄州。哲宗时，章惇为相，迫害元祐老臣，将苏轼远贬儋州（今海南省儋州市），险些死去。直到徽宗继位，大赦天下，遇赦北还，病逝常州，终年六十六岁，追谥“文忠”。苏轼生前，曾游历过果州朱凤山，作有《赠李果州（李修儒知州）》的诗。并游历了蓬州的银汉场古刹（今称来苏寺），题刻有《论书碑》（今称苏轼笔法碑）。又游历了阆州的状元洞，题刻有“出状元宰相处”数字，真迹至今犹存。据史书记载，苏轼的血缘始祖苏秦，河南洛阳人，东周时期任齐相。联合楚、赵、燕、魏、韩五国，合纵攻秦。共推他为纵约长，身佩六国相印，荣耀已极。其后裔苏味道，唐文学家，居赵州栾城（今属河北）。武周圣历初（698），官至相位；中宗时，贬为眉州（今四川眉山县）刺史，遂家眉州，卒葬于此。他的后裔苏洵，北宋散文家，官至秘书省校书郎。与其子苏轼、轼辙，合称“三苏”，被列入唐宋八大家。苏轼生有三子，取名苏迈、苏迨、苏过，皆有稀世奇才。

清初，苏迈的后裔苏嘉模，偕妻杜氏并长子攀桂，从江南回川（次子成桂，留居江南），迁居南充县的厢子沟（今嘉陵区一立镇郊数里处）。攀桂娶妻贾氏生三子，取名栋、松、桓，分居南充、岳池、蓬溪三地。南充苏栋娶妻宋氏，生三子，取名万里、万邦、万象。苏栋卒后，葬于棋盘沟，今古墓犹存。他的后裔们，于光绪丁亥年（1887）秋九月，在故居近处的棋盘沟，修建了苏氏宗祠，并镌刻碑文曰："《圣谕论》首条有云：'敦孝悌以重人伦，笃宗族以昭雍睦。'夫圣王之立条教，源欲人民之在乡党宗族，有尊卑上下之分也。且溯其世系，自周末时，为魏相臣苏公秦之后（苏秦的后裔），族谱被始皇（秦始皇）焚灭。稽迨唐时，贡生苏颖，居陕西凤翔府武功县（今陕西宝鸡市东部），始存姓氏。唐时，苏公味道解组（辞去官职），遂留西蜀，居眉州治业。至宋时，苏洵生二男，长轼次辙，父子翰林，官居内阁。至后苏公易简，状元及第，加升相臣。及明万历时，苏公希瞻，乙酉（1585）科举人，登进士，任山东莱州知府。所生五子，各立门户。我祖贡生苏苾，王太君，生民怀、民乐、民怔，亦进乡试（举人）。怀任山东文登县知县，张孺人生三子，长子嘉模，杜太君生二男，长攀桂贾太君；次成桂韩太君。攀桂祖当明末兵变（张献忠起义），逃至江南，所生三子，长廪生苏栋宋太君；次松乐太君，三桓贾太君。三十余年回居四川北道，顺庆府南充县南路，地名厢子沟居置业。成桂祖所生二子，长英张太君，次秀贾太君（下略）。后裔们在厢子沟嘴上（棋盘沟）修祠，并修瓮宇，供奉历代高曾祖考之位，为族众明伦会聚之区。厥计以上九代先祖，未立派别，自映（苏映）始，议二十辈名派曰：'映先新世泽，光明正大英，文章时兆瑞，有子必在廷（朝廷为官）。大清光绪丁亥年九月三日立。'"

嘉陵群山连剑门

南充地势平衍，丘陵起伏，嘉陵江横穿南北，将辖区裁成东西两半。嘉陵东岸山脉连接巴山，西岸主脉北接剑门。剑门山脉自西充分水岭入境，扩大为上西高原，位于三会、金宝、李坝、集凤、蟠龙五场之间，面积三百余方里，高于江面五百余尺，低丘浅谷，错列如绣，农田水利，无异平陵。今之嘉陵区，为上西区精华之地，西南诸山，咸发脉于剑门。

据《南充县志》记载：今之嘉陵区内有七座著名高山，其一，天台山，在蟠龙场西南十一里处，后倚高原，前临朱村沟，三面峻峭，翠柏密蔽。有庙曰云封寺，创自明天启（熹宗年号）时，传为破山和尚卓锡处。张献忠屠蜀北过此，以破山故（因敬破山和尚），全活甚众；其徒凝真住此，并能宣行佛化。吴三桂（平西王）僭号，万县人谭弘，明末起义，据天字城。康熙十三年（1674）据顺庆，附吴三桂，封晋国公。夫人姬氏，捐金建修经楼（天台山中）祈福，梁上题字犹存。康熙时，邑人任之杰等重修正殿，邑令王鹤赠匾云“金天鼻祖”。其二，琉璃镇之翠屏山，在蟠龙场西北十里处，高凌群峰，矫然独胜。咸丰时，修有天生寨，山上有古寺（广丰寺）茂林，风景颇佳。其三，五龙场（今礼乐乡）南五里有太霄山，旧名宝光山，翘然高举，山上建有太霄观，一名升金观。登览凭眺，呼吸之气，恍通太虚。岩中有仙人洞，不可至，相传徐神翁（徐佐卿）飞升之所。尔朱仙（唐代仙人尔朱洞）养静于此。观后旧有玄龙庵、天然寺，明末毁于火，唯此观独存。其四，西兴场外之大方山，四方石壁，跃然突峙。紫云寨内有玉虚观，创自何年无考，寨旁有神仙洞及谢仙石室，明赵之屏隐居著书于此。旧日松柏参天，烟云环合，风景冠于全邑，《神仙通鉴》考为第三洞天，为三十六小洞天之一。乾隆中，任士熙赠匾曰“第一洞天”。又东为小方山，又名乳泉山，巍峨峻险与大方山同，而秀峭过之。有紫府观，创自明时，为任瀚隐居悟道处。原有丹池、石洞与南北二观，明末兵乱，南观燹毁，北观仅存。康熙时重修，道光时，道士孙合瑞植林满山，远至数十里皆可望见。其五，总真山为二郎庙山（今玉屏山）之尾峰。山势巍峨，峰峦突兀，环山皆拱，面峙若屏。一夕风雨，飞观音石像于此，郡人为之建庵，祈祷皆应。明太史任瀚读书处，今为大丛林。观音殿系顺治六年（1649）重建，前殿康熙四十八年（1709）建，上殿乾隆五十二年（1787）建。其六，龙洞山，在曲水场北七里，秀巘奇峰，若自天来，原有庙在山半，创自汉代，今废。唐建圣兴院，为谢自然炼丹之所，杨文岳（明朝兵部侍郎）曾读书于此，撰有碑记。乾隆时，在山巅建梓潼庙，有雍可成撰碑中云：“龙洞上峙然高耸，兀出群峰，前临牛渚明月之秀，后接奇隆圣典之灵。倚石而望，青居汇空，烟云连接；凭松而瞻，高巘曲水，清晖涵环，诚南邑之奇观也。”其七，世阳场北的蒙山寨，高可十丈，深稳端凝，崖石嶙峋，老柏参天。四围石牛、龙凤、洪武诸山，环绕如屏障，为世阳之镇山。山椒有庙曰大云寺，清同治时建。士人传称唐时有寺，殿宇重叠，绵延二三里，后被焚毁，夷为农田。察《通鉴注》云：“武后诏天下建大云寺，以藏《大云经典》。”故此庙即创自斯时。寺中有前辈唐文炳先生书撰山门一联云：“寺复还大云，层峦耸翠，飞阁流丹，直矗烟霞浮上界；景乃昭胜地，万壑凝眸，千岩竞秀，长留风月在山城。”

壮丽嘉陵溪河美

南充山美水美，得天独厚，降雨充沛，水源丰富。千里嘉陵江，流经南充境地，长达三分之一，澎湃渤溢，舟楫畅通。沿岸平畴广衍，名镇相望，田地肥沃，堪称鱼米之乡。江中有马回坝与牛肚坝，两大菌形河曲；更有石门与龙门，两大奇峡洪峰。南充境内的溪河众多，较大的有构溪、白溪、东河、清溪、芦溪、荆溪、螺溪、西溪、流溪、曲水等十大溪河，皆长百余里。曲折蜿蜒，穿山越壑，清莹秀澈，锵鸣金石，汇流入嘉陵江中，成为最大支流。

嘉陵区东环嘉陵，流经文峰、曲水、西河、羊口、李渡、土门、临江等乡镇。其中文峰、曲水、羊口、李渡四地，从前是水运码头，清末江水下跌甚剧，水运渐衰。据《南充县志》记载：“曲水场。曲水与嘉陵江汇流处，铺户四十余家，江港水浅岸急，不堪泊船，故贸易不盛。”又：“李渡场。在嘉陵江右岸，当水陆冲途，为下南区第一大镇，清设主簿署于此，今废。铺户二百余家，商业颇旺，沿江坝土产烟草，甘蔗，花生，蔬菜，运销各场与重庆。”嘉陵区溪河众多，较大的有西溪、曲水、盐溪、流溪与龙滩、吉安二河。西溪长百余里，当地清代才子罗为赓作《西溪考》云：“志云，西溪其水，发源于西充崇礼山，南充有七宝寺地，与西充相接间，有小崇山水，自地涌出，有村姓纪名扶龙村（纪信故里）。自此群溪合之，而西充近城之溪，亦于此汇焉。至凤翔、蟠龙二山并峙，其上流谓之西阳寺，其下谓之西阳河。予家始祖自楚麻城迁蜀，当至正（元朝年号）之末世，居于溪之两旁。溪至栖乐山，为谢自然升仙往来迹，唐袁天纲宅于此山之下。在昔晋陈寿尝隐于此。明有李青霞、王道人，能前知，有道术。时与任少海（任瀚）往还，亦尝居此山。其水至环子河，乃合嘉陵江，余溯其源以记之。康熙三十六年（1697）九月十六日，七十老人题。”龙滩河发源于西充太保山，南流经双凤、车龙等地，流入嘉陵区的七宝寺，称七宝河。沿金宝场北数里，流至西阳寺，汇流西溪，长七十余里。嘉陵区的西溪岸畔，有西阳长虹、龙台藏珠、太和白鹭、田坝会馆诸景。曲水发源于琉璃镇南的天台山，流经龙蟠、龙池、大通、大观、世阳、移山、曲水等地，在曲水场流入嘉陵江，全长四十余里。曲水岸畔有天台云封、龙凤韩祠、龙洞御庙、曲水晴波诸景。盐溪发源于蓬溪界的寒坡岭，东流至嘉陵区大兴场的蒙家山，流经盐溪、太平（今安平乡）、巨石场等地，在飞龙场（今龙岭镇）与流溪汇合，全长六十余里。盐溪场内，古有盐井四十八处，清嘉靖年间被封。盐溪岸畔有蒙山古寨、徽州故城、酒泉梵宇、云台琳宫与盐溪柳府诸景。流溪发源于蓬溪黄泥场（原属南充）北五里的杀人坡，东流至嘉陵区的白家与金凤二地。至飞龙场，与盐溪汇合，全长三十里。流盐二溪合流至吉安河，经双店、吉安等地流入嘉陵江。流溪岸畔有流溪古县与彭城古镇二景。据《南充县志》记载：“贞观元年（637），分天下为十道，果阆二州属剑南道。开耀元年（681），析南充南境置流溪县，故城在今流溪水侧，曰流溪县，以龙城山与南充为界。”流溪废县即今金凤场，流溪南岸旧名流溪寺，故流溪县治也。又《寰宇记·流溪县》云：“流溪县有濑郎溪与濑猿溪二溪，并从方义县来。考宋流溪县辖安福、小躭、日富、景店、华池五镇。安福镇在今东保河岸，小躭镇在流溪上游，日富、景店并在今盐井河（盐溪）流域，华池镇在曲水上游。是其时，流溪县境惟此四水（东保河，流溪，盐溪，曲水），宜能著名。”

鹭鸶王国太和乡

古往今来，人皆喜爱鹭鸟（俗称白鹤），广植松竹，供其寄宿，不猎不扰，和谐相处。文人雅士，以鹤造词，翘首企望曰鹤立，祝人长寿曰鹤寿，驾鹤升天曰鹤驭，佛入灭（圆寂）处曰鹤林。白鹤色洁形清，能鸣善舞，性格机警，寿命长久，人皆钦羡。有一《咏鹤》诗道："八风舞遥翮（振翅高飞），九野弄清音。一摧云间志，为君苑中禽。"秦始皇时，有个名叫浮丘（山东临淄人）的学者，常以《诗经液徒。他写了一篇《相鹤经漣："鹤，阳鸟也，而游于阴（喜栖潮湿阴暗处）。因金气，乘火精以自养。金数九，火数七，故鹤七年一小变，十六年一大变，百六十年变止，千六百年形定。体尚洁，故其色白；声闻天，故其头赤；食于水，故其喙长；栖于陆，故其足高；翔于云，古毛丰而肉疏。大喉以吐，修颈以纳新，故寿不可量。行必依洲渚（水中的陆地），止不集林木，盖羽族之宗长（高尚的鸟），仙家之骐骥（良马）也。鹤之上相：隆鼻短口则少眠，高脚疏节则多力，露眼赤睛则视远，凤翼雀毛则喜飞，龟背鳖腹则能产，轻前重后则善舞，洪髀纤趾则能行。"

果州西去五十里许，有个太和乡（今嘉陵区境内），乡内有个河垭村。村内遍栽翠竹，种类繁多，有毛竹、刚竹、慈竹、淡竹、箸竹、紫竹等品种，拥青滴翠，遮天蔽日，堪称竹海。百里西溪，环绕村境，蜿蜒曲折地流淌着，竹影倒映水中，把溪水染得碧绿。山水俊秀清逸，竹林姿态绰约，苍苍老竹冲天立，幽幽新篁散生机。微风拂动，竹涛万顷，碧波浩荡，令人陶醉。春日嫩笋新出，洁白如玉，崖岩山花盛开，鹤鸣鸟喧；盛夏翠竹参天，荫翳蔽日，林间气候凉爽，幽香袭人；金秋新竹成林，苍劲挺拔，翠竹根连枝叠，绚丽多彩；隆冬林寒涧肃，丛竹积雪，白雪青竹相凝，相映成趣。在这山清水秀、郁郁葱葱的竹海中，常年栖息着数万只鹭鸟，有白鹭、夜鹭、苍鹭、池鹭、牛背鹭等种类。这些鹭鸟体形高大而瘦削，喙强直而尖，颈和足亦长，趾具半蹼。它们常常群栖竹海中涉水觅食，活动于河湖岸边，或水田、泽池，觅食鱼、虾、蛙等水生动物。它们在这里栖居了四百多年，繁衍了一代代的幼鹭，被称为“鹭鸟王国”。鹭鸟们白天成群结队地飞出竹林，到外面去觅食，傍晚时，又三三两两地从外面飞回竹林。归巢鹭鸟，齐聚林海之中，一片洁白，宛如雪压竹枝；翠竹白鹭，往来飞舞啾鸣，风声鹤唳，恍若鼓琴弄瑟。河垭村的百姓们非常爱护鹭鸟，大家互相告诫，不鸣鞭炮不打枪，以免惊吓鹭鸟，不砍竹子不掏蛋，让其繁衍生息。当地百姓还流传着“牧童吹笛鹤起舞”的故事：从前有个聪明伶俐的牧童，住在河垭村中，天天到河边去放牛。久而久之，竟和在河边觅食的鹭鸟结成了好朋友。鹭鸟们吃饱了，飞到牧童身边的草地上来，鼓翅飞舞，好看极了。这个牧童最爱吹竹笛，笛声美妙动听，震响山谷。他看到鹭鸟们翩翩起舞，非常高兴，便编了一首山歌，边吹笛子边唱道：“这里是鹭鸟的天堂，山清水又秀，竹多又荫凉。没有人捕鸟，没有人打枪，天上地下任飞翔。这里是鹭鸟的天堂，万竹四季翠，水内鱼虾壮。不怕暴风吹，不怕雨逞狂，日子过得真舒畅。”时间长了，鹭鸟们好像听懂了牧童的话，只要牧童一吹笛，成千上万的鹭鸟便飞到他的身旁，翩翩起舞，热闹已极。

煌煌寺观

佛教自东汉明帝永平十年（67）由印度传入中国，经三国两晋到南北朝时期，得以迅猛发展。特别是梁武帝萧衍缔造佛国，诏令天下大造佛寺，佛教更为盛行。汉顺帝永和六年（141），张道陵在四川鹤鸣山创立道教，尊老子为道教始祖，逐渐普及全国。唐宋年间，流溪县内建有很多寺观，明清时期发展更盛。本章阐述了广丰寺、临水院、青龙寺、宝玉寺、七宝寺、孝心观、羊龙庙、白云观、圣兴院、天台寺、酒店寺、观音院等寺观昔日的盛况。

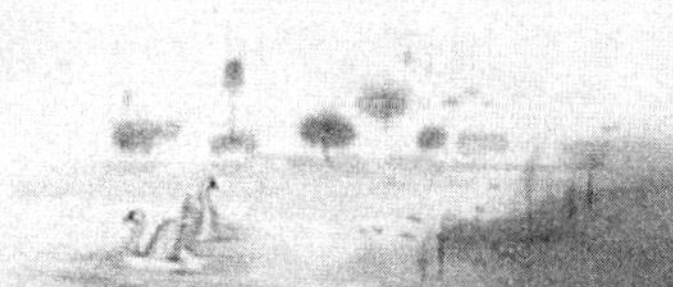

琉璃镇郊广丰寺

嘉陵区的翠屏山上（今龙蟠镇任家坝村），在唐朝时期建有琉璃镇与广丰寺（今名琉璃寺）。当时属流溪县（今嘉陵区金凤镇县坝）管辖，直到明洪武十三年（1380），流溪县并入南充县，琉璃镇亦随之并入龙蟠场，五百年的古镇变成了废墟。其遗址的街基、柱石，至今犹存，瓦砾遍地，当年盛况，依稀可见。清朝咸丰时期（约1855），翠屏山中建有天生寨，十分雄壮。当时国家很不安定，人心惶惶，遇到惊扰的事，百姓们便到寨中躲藏避险。琉璃镇虽撤并了，而广丰寺依然存在。此寺建于唐玄宗开元年间（约713—741），万绿丛中一古刹，晨钟暮鼓响霄汉。清朝时，南充举人王以清曾咏《游琉璃镇》诗云："琉璃名镇列层峦，果郡西来好纵观。暮鼓敲时看凤舞，晨钟响处见龙蟠。花开优钵三千映（莲花映照三千世界），树长菩提百万阑（树多如阑）。人杰地灵千古迹，灯传派衍永无残（莲花与菩提并茂，传经与说法不衰）。"

千百年来，当地民间流传着广丰寺住持智圆长老的故事。据说他是一个得道高僧，能预知人吉凶祸福，常助人逢凶化吉，免祸消灾。更能持咒驱邪，百姓敬仰，香火鼎盛。当地有个吴忠友举人，家中十分贫困，意欲进京赴进士考，苦无盘费，便到寺中，叩问长老。长老熟视良久，命沙弥拿来纸笔，写信三封，缄封相付，说道："你在危急之时，可次第拆开，便有明示。"吴举人非常高兴，向亲友借贷川资，立即赴京应试。考试结束，身无分文，欲归不能，举目无亲，说道："穷途危急，可拆第一封信。"遂沐浴更衣，焚香拆信，见上面写着："某年月日，以困迫无资用，可去青龙寺门前坐。"吴举人便向行人打听青龙寺在何处，到时天已黄昏，便在寺门坐下，说道：“此处坐，可得钱吗？”少顷一僧人出，将闭山门，见门前坐着一人，问道：“你是何人，坐此作甚？”吴举人说：“我是流溪县举人吴忠友，贪看此处风景，天晚难归，将寄宿宝刹，明晨便去。”僧人将他迎进客房，问道：“流溪吴继诚大人，你认识吗？”吴举人流泪说道：“是我父亲，不意考中进士，授官县令，卒于任所。”僧人惊诧道：“原来吴大人已作古了，他曾存钱二千贯于我寺，作求官之用。多年杳无音信，十分疑虑。今郎君自来，如释重负。明日留一文书，便可拿去。”吴举人悲喜交加，宿于寺中，二日晨，领了白银，离寺还家，买宅置田，遂成富翁。数年不第，无心仕途，遂沐浴更衣，焚香膜拜，拆开第二封信，见上面写着：“某年月曰，将罢科举，可去果州南门茶社坐。”吴举人立即赶到南门茶社，登楼喝茶。时有一阔少爷亦在楼中饮茶，彼此谈论科举之事，十分投契。阔少爷说：“我叔父是主考官，若付钱一千贯给我，包您考中进士。”双方谈妥，书立约据，明年赴考，果中进士，授官江陵（今南京市）副使。为官年余，忽患心痛之症，数次昏厥，危迫颇甚，遂令其妻拆开第三封信，见上面写着：“某年月日，江陵副使忽患心痛，可安排后事。”第二天，吴副使果然死了，其妻扶柩还乡，安葬于祖墓之侧。天宝十四年（755），爆发了“安史之乱”，唐玄宗奔蜀避难。当时果州军资匮缺，计无所为。智圆长老忧国忧民，亲自面见知州，请焚身以求布施，拯救百姓。知州嘉许，乃积薪贮油，作七日道场，昼夜香灯，念经不绝。智圆长老静坐积薪之中，对众说法，官民膜拜其下，百姓舍财无数，堆积如山。道场圆满，灌油举火，击钟念佛，俄顷之间，僧薪成灰。所得赀财，运入军库，造塔旌表，贮藏舍利。

曲水岸畔临水院

果州西去二十余里处有一条美丽的小河，弯弯曲曲，环山穿壑，盘旋如龙，取名曲水河。此河发源于龙蟠镇的天台山（今属嘉陵区），流经龙蟠、龙池、大通、世阳、曲水诸乡镇，最后在曲水镇流入嘉陵江。这座天台山，虽没有浙江天台山（今浙江天台县境内）那么峻秀，却也有悬崖峭壁，飞瀑古洞；这条曲水河，虽没有浙江天台山麓的甬江、灵江那么壮丽，却也波倾悬崖，回浪跃澜，成为果州著名的“曲水晴波”胜景。大观乡的龙聚山下有条小溪，取名灵水（今大观乡灵水堰村），乃是曲水河的支流。这里峭壁环转，峰萦水映，木古森丽，一碧如黛；瀑布悬流，飞泉喷珠，云雾笼聚，倏忽万状。绣岩夹涧，深源草木如画；山壁对峙，狭长难见天日。早在唐宪宗元和年间（806—820），当地百姓就在的和尚坝（今嘉陵区大观乡灵水堰村）修建了一座壮丽的临水院，三面环水，一面靠山，竹树繁茂，幽静秀丽。院中塑供临水娘娘（世称注生娘娘或顺天圣母）的神像。据《神仙传》记载，这位娘娘是主司生育的神，专门保佑孕妇、产妇和婴儿。这里的妇女都崇拜临水娘娘，常来院中祈求生子与生育平安，如崇奉救苦救难的观音菩萨一样。每逢临水娘娘正月十五日生辰之期，祭祀更为隆重，远近的妇女和儿童，都要到临水院来敬香，还愿，酬谢这位恩泽百世的产妇救星。人山人海，往来不绝，年年如此积习成俗。在中国伦理观念中，认为“不孝有三（生不养、死不葬、无后嗣），无后为大”。女人如果不给夫家生个儿子，就会构成七出（无子、淫泆、不顺父母、口舌、盗窃、妒忌、恶疾）之罪，而被冷落或休弃。再者过去的妇女最痛苦的是生儿育女，俗话说：“娘奔死、儿奔生”，谁不害怕呀！

故把临水娘娘看成是祈祷生孩以及保佑生育的尊神了。

相传，临水娘娘名叫陈靖姑，家住福州（今福州市）古田县临水乡。她的父亲陈昌，在朝中任户部郎中，唐代宗大历元年（766）正月十五日生女靖姑。靖姑十七岁时，给隐居山中学道的哥哥送饭，路遇一要饭老妪，就把饭给这老妪吃了。原来这老妪是个神仙，见靖姑心地善良，便教她符箓之术与驱神降妖之法，为民除害消灾。后来靖姑嫁给本乡刘杞为妻，常给妇女接生，解除了难产之忧，人人都敬重她，尊称她为临水夫人。当时，德宗皇帝的王皇后难产，朝臣举荐临水夫人，用快马将她接进皇宫，她运用法术帮助皇后生了太子，便是后来的顺宗皇帝李诵。德宗大悦，封靖姑为“都天镇国显应崇福顺懿夫人”，并赐了她很多赏银，从此她的名气传遍全国。德宗贞元五年（789），古田临水一带大旱，颗粒无收，饿死百姓无数。临水夫人看到这种惨状，便把赏银全部拿出来赈饥，救活了很多人。她往来奔波拯救百姓，不幸患病身亡，年仅二十四岁。据说她死后成神，称为顺天圣母，时常显化帮助产妇顺利分娩；德宗帝闻知此事，诏令全国各地修建临水院来敬奉这位产妇的保护神。据《建宁府志》（今福建建瓯县）记载：“宋代徐清叟之媳难产，门外忽来一妇，自称陈姓，福州古田人，专门接生。徐迎入室，妇使置产妇于楼上，令仆人执棍守门，顺利生下婴儿。徐赠以重金，妇人坚辞不受，跨门而出，不见踪影。后来徐清叟调任福州知府，闻当地有陈夫人庙，其神常常化身为孕妇救难，香火鼎盛。徐清叟深以为异，乃诣其庙参谒，见神像与当年在他家的接生妇一样，虔诚膜拜，并向朝廷上表，请求赠予封敕。”此事载于《神仙传》中而流传至今。

北宋古刹青龙寺

嘉陵区的西北隅八十里处，有一积善乡，其地东连金宝场，南接里坝场，西邻三会场，北靠藏珠山。去场四里许有一青龙山，地势险峻，一峰独秀，长约里许，古木阴森，宛若青龙昂首四顾之势，委实壮观。四周丘陵起伏，山麓阡陌纵横，农田沟壑，蓄水清明，竹篱茅舍，鸡鸣犬吠。山巅四周建有古寨，取名青龙寨，每当兵荒马乱之时，四方百姓皆荷粮上山，进寨避难。宋太祖建隆初年（960）天下太平，百姓安居乐业，当地的善男信女们，出钱出粮，出树出力，修建了一座青龙寺，烧香拜佛，祈寿祈福。寺内的殿阁画栋雕梁，金碧辉煌，广植松柏与奇花异树，幽香四溢，清静庄严。青龙寺前的山门更为奇特，塑造一个硕大龙头，双角大耳，瞪眼张口。前额上刻“青龙寺”三大字，人皆从龙口进入寺内敬香。此寺建成后，年年风调雨顺，五谷丰登，百姓丰衣足食，更加虔诚敬神。

寺中住持静修禅师，是个得道高僧，既精通佛教的经、律、论三藏，又精通风水。他见此地山势若龙，便在寺中修建了一座青龙殿，重金聘请能工巧匠，在殿中塑造了龙王神像，神龛前柱上塑了一对滚龙抱柱，怒目张口，鳞甲飞动，宛如真龙，望而生畏。静修禅师又想在殿中四壁画一些飞龙壁画，打听到江苏常州有个画龙高手，名叫董羽，宋初曾为宫廷画师，便叫徒弟惠能去常州，请他来寺作画。惠能到了常州，打听到董羽的家，登门拜访说明来意。这时董羽已经年迈，便叫儿子董承业和惠能一道入川来寺画龙。董承业继承了他父亲的画龙绝技，常将父亲所著《画龙辑议》抄本，随身携带，爱若至宝。其书中要文曰：“画龙者，得神气之道也。神犹母也，气犹子也，以神召气，以母召子，孰敢不至。所以上飞于天，晦隔层云；下潜于渊，深入无底，人不可得而见也。古今图画者(画龙的人)，固难推其形貌。其状乃分三停九似而已。自首至项，自项至腹，自腹至尾，三停也。九似者，头似牛，嘴似驴，眼似虾，角似鹿，耳似象，鳞似鱼，须似人，腹似蛇，足似凤，是名为九似也。雌雄有别，雄者角浪凹峭，目深鼻豁，须尖鳞密，上壮下杀，朱火煜煜；雌者角靡浪平，目肆鼻直，须圆鳞薄，尾壮于腹。龙开口者易为巧、合口者难为工。但要挥毫落墨，随笔而生，筋骨精神，伫出为佳。贵乎目生威，朱须激发，波涛汹涌，若奋风云，鳞甲藏烟，鬃鬣肘毛，爪牙伏利，蜿蜒升降，鳞旋之间，噀其雨露，踊跃腾空，点其目则飞去，乃神笔之变化。昔张僧繇叶公，则其人也。”董承业来到青龙寺，静修禅师非常高兴，嘱其加意画龙，酬金从丰。董承业便在青龙殿中的四壁上画起龙来，或腾于云水之间，或蜷卧于沙滩之上，或与山水、人物融为一体。其表现形式丰富多样，神形兼备，皆神来之笔，活灵活现，乘风破浪，惊雷怒涛。观者无不胆战心惊，称为神笔。他还在龙神后壁上画了一幅《墨龙图》，绘了一条四爪巨龙，曲颈昂首腾跃于空，其龙阔口长须，肘毛如剑，颀长的龙躯隐现于翻滚的云气之中，光怪陆离，令人恐怖。据《南充县志》记载，蜀汉王平将军的后裔宋代王充，作有《题青龙寺》诗云：“寺好因岗势，登临近夕阳。青山当佛阁，红时满僧廊。竹色连平地，虫声在上方。最怜东面静，为近古寨墙。青龙梵宇地，松柏遍山岗。壁画董羽龙，皇子哭声张（董羽在宫廷画龙吓哭皇子）。神依形而存，形赖神而生。古刹藏墨宝，神妙世无双。”可惜这些珍贵壁画，明末毁于兵燹。

金马寺与宝玉寺

嘉陵区西去四十里许有一立场，其场东连木老，南接世阳，西邻大观，北依礼乐四乡。离场三里许有一宝玉山（今一立镇跳磴村），孤峰突起，高数十丈，悬崖峭壁，松柏葱茏。山下有一小溪，名叫石河堰，属曲水河支流，由西城沟村入境，经此地流入大观乡。溪水环一土堡，高五尺，径丈许，溪水冲激，历久不坏，当地人称为太极图。相传古时候，有人见一金马出没此山，遂取名金马山；山巅有奇峰，青碧似鸡，遂取名碧鸡峰。古人称“金马碧鸡”为神名，曾建祠祭祀。深通历史和风水的人说：“汉代在宫内设置金马门，凡被征召来的人，都待诏公车（官署名）；其中才能优异的，待诏金马门，亦简称金马。故有登金马而名扬的美称。这里出现金马，将有贵人出世啊。”到了南宋时期，这里的蒲世才之子蒲文宪，于高宗绍兴元年（1131）考中进士，授绍兴首任知府，蒙获殊荣，荣耀已极。绍兴府在浙江的东北部，春秋时为越国国都。秦置山阴县，唐设越州，并置会稽、山阴两县，宋及明、清为绍兴府治。宋高宗绍兴元年，升越州置府，以年号为名，治所在绍兴。这里为浙东文化中心，有禹陵、兰亭、东湖、鉴湖等名胜古迹，盛产水稻与茶叶。蒲文宪很有才华，又热爱胜迹，勤政爱民，很有建树。在任期间，鼓励百姓发展稻茶生产，修葺了禹陵与兰亭，百姓有口皆碑，誉为清官。他在外做官多年，人皆称赞，后来告老还乡，将平生所积，在故乡金马山巅，捐资修造了金马寺七重殿宇。各依山势，高低错落，层层叠叠，异常壮观。又在寺侧一峰的岩上凿石塑造佛像，称为佛珑峰，俗称佛龛山。蒲文宪是个孝子，特意在山中幽静之处，修建了一座园林住宅，给双亲居住养老。后来蒲文宪父子去世，亦葬在山中，故宅更为蒲氏家祠。

元成宗元贞二年（1296），蒲已均举人的儿子蒲至和，在金马寺出家为僧，自号保真明德大师，增修殿阁，更为辉煌。圆寂后，葬于寺侧。明太祖洪武三年（1370），蒲道祥之孙、蒲悟昌之子，蒲妙宝和蒲妙玉兄弟二人，舍身佛寺为僧，修建了文昌殿，塑供文昌帝君神像，供人祭祀。文昌帝君掌管天曹桂籍，凡是天下学生应考做官的功名之事，都由他来掌管，深受文人的崇奉。他兄弟俩常在殿中为本族子孙祈福，亦为当地百姓祈福，大家都敬仰他兄弟，遂将此山取名宝玉山，将此寺称为宝玉寺，历代相传，直至今日。山腰有一金泉井，冬夏不枯，妙宝与妙玉兄弟常饮此水，健康长寿，传为奇迹。宝玉寺镌刻有很多碑碣，据明英宗天顺四年（1460）碑文记载："其山旧有佛龛供石上，曰佛珑峰，后因雷震此峰，崖壁呈现普德二字，遂立普德祠。自宋宁宗时，蒲文宪始构大殿，元成宗元贞二年，蒲至和参玄于此，增修殿阁。明洪武初，妙宝妙玉昆仲，在山中建文昌殿栖身，至天顺年间，皆为蒲氏家庙。从此留下宝贵文物，传播千年，称宝玉山至今。"后来杜宗玄夫妇，于明孝宗弘治十六年（1503），捐资修建圆通阁（今观音殿处），镌刻功德碑于六瓣莲花石柱上，上刻一诗云："玉峰后殿塑金神，卧龙仙境造香盆。灵龛院下功德主，圆通表忏已完成。"更有"风调雨顺，国泰民安，皇图巩固，帝运遐昌"十六大字。此碑至今尚存。当时，山顶建有玉皇楼，楼下有一仙膝洞，传云岳池术士李玄道修炼处，洞中的凹形膝痕和"紫金石"三字，至今尚存。

藏珠山中七宝寺

嘉陵西去三十里许，有座藏珠山（今嘉陵区晏家镇七宝寺村），三面环水如岛国，椭圆山峰似宝珠。山上古木参天，翠竹阴森，浓林幽谷之中有两大古洞，七处清泉。一名神仙洞，宽阔阴暗，深不可测，传说古代有个名叫博爱的人，在此洞修炼成仙，洞中刻有“博爱众生，和谐相处”八字。一名豹子洞，深丈余，高阔一丈，壁有古刻“夏日居此，凉爽异常”八字。七处清泉中，最出名的是藏珠山南的水池，池水盈盈，终年不涸，俗称南池。南充王秉缙（蜀汉将军王平的后裔）赞颂南池道：“士之负盛名而显后世者，若大鹏然。背负青天，水击三千里，挎扶摇而上者九万里。六月海运动，将徙于南冥，南冥者，天池也。今之南池，其即取南冥之天池乎？”藏珠山的七宝河宛若玉带，环绕山麓，崇山峻岭，四周环抱，宛如一颗翠绿宝珠，嵌在绿水中央，委实壮观。七宝河上架有一座长长的石桥，取名南池桥，横跨两岸，宛如长龙，因誉其山为龙台。藏珠山顶，在盛唐时期建有七宝禅林，后易名龙台禅院。明武宗正德十三年（1518）重修七重大殿，金碧辉煌，异常壮丽。游人跨过石桥，直上百余石梯，进入第一重山门。两边有石狮一对，门上高悬“七宝庄严”金字匾额，为明代南充进士杨丽（嘉陵都尉坝人，曾任陕西布政使左参政与楚雄知府）所书。第二重为前殿，即天王殿，塑有四大天王神像，岩下有一座宽阔的汉代古墓。第三重为大雄宝殿，塑供释迦牟尼像，大殿两侧有禅房数间。第四重为观音殿，塑供千手观音像。第五重为藏经阁，内藏佛经甚多。第六重为念佛堂与僧舍。第七重为文昌宫，侧建奎星楼。

龙台禅院建成后，恰巧云南布政使（省的最高行政长官）罗方还乡省亲，回到故乡兰池（今属嘉陵区金宝镇）。罗方字果亭，在孝宗弘治十四年（1501）中举；武宗正德六年（1511）中进士。曾任南京光禄寺正卿，云南布政司左布政使，政绩显著，名重一时。当地乡绅闻其还家，异常喜悦，恭请他为重建的佛寺写篇碑文。罗布政爽然应诺，遂作《重修龙台院记》文曰："果郡之西兰池乡，有寺曰七宝，盖古迹乃南充何氏义址也。创置历年多许，厥地有洌泉水，寺因以得名焉。秀峰独矗，中空洞实有宝器，故又名藏珠山。峻嶒峭壁，下有环溪，旋山数十折，世称龙居。茂树荫翳，四顾奇绝，烟霞朝暮，百鸟飞吟，咸共景物。士大夫往来经是路者，莫不停轩驻节，登临眺望，一时咸以胜地奇观称之。先是邑人王子章者，度议弘规，肇修殿宇，造于今不知几逾年矣。后来风雨洊渍（侵袭），殿亭且颓，浸以不振，前声见弊。重建耗资繁钜，署无聊嗣，萼之（保护重修）无所于计。乡侍御杨公琰，谋之龙台子何君廷爵，及子庠生何珍、何佩，冀重新补作，以存古迹。且俟异日宦余与宾客同赏，庶乎释子有助于是，何君捐财帛、施常住（僧田），左右地界限分明，输竹木若干，为殿庭、为图像，凡一概捐者益之，腐者易之，圮（毁坏）而墟者，悉葺（修理）而砌之。以故未余岁，而物彩鳞次，焕然改观。"自此七宝寺香火鼎盛，来此游历的人很多，寺中题刻有很多诗文。按察使杨瞻咏《七宝寺》诗道："寺坐山头不计年，白云蒙树巧张绵。可亲山色忽明没，无奈风光争后先。寂静丛林天设境，逍遥骚客地行仙。停骡暂说禅家话，尘障情怀觉洒然。"

张知府修孝心观

嘉陵区山川奇丽，人文荟萃，自宋至清，这里出了十名知府。一是蒲谦益，大兴场人，宋孝宗乾道进士（约 1170），任知州，蜚声果郡；二是张琚，文峰乡人，明宣宗宣德初年（1426）进士，任深圳知府；三是张永（张琚子），明代宗景泰三年（1452）进士，任严州知府；四是冯孜，太和乡人，明代宗景泰三年（1452）进士，任延安知府；五是张惟（张永子），明孝宗弘治九年（1496）进士，任莱州知府；六是张苹（张惟子），明武宗正德十二年（1517）进士，任汉中知府；七是杨丽，都尉坝人，正德十二年（1517）进士，任楚雄知府；八是文阶，金凤镇人，明世宗嘉靖二十九年（1550）进士，任望江知府；九是张有光，曲水镇人，清康熙三十三年（1694）进士，任直隶知府；十是王灏，金宝场人，雍正二年（1724）进士，任连州知州。这十位知府中，唯有张琚一家，祖孙四代四知府，世所罕见，一邦增辉。根据《顺庆府志》与《南充县志》记载：“张惟，张永子，南充人，成化二十年（1422）中举，弘治九年登进士，任莱州知府。任官九载，不带家属，穿着朴素端庄，为官清廉正直。以忤逆瑾（宦官刘瑾），几死狱中，九载不调。家居，孝友笃实，乡里称焉（人皆赞颂）。”

张惟生长在官宦之家，自幼聪慧好学，博览群书。他崇敬儒学，对儒家十三部经典（《周易》《尚书》《诗经》《周礼》《仪礼》《礼记》《左传》《公羊传》《穀梁传》《论语》《孟子》《孝经》《尔雅》）研读较深。在漫长的封建社会里，这些经典成为统治思想的理论基础，亦贯穿了整个中国古代史。张惟在山东莱州任知府时，管辖掖县、即墨、莱阳、平度、莱西、海阳六县地。勤政爱民，治民以仁义，教民以忠孝，百姓敬仰，无不赞颂。当时宦官刘瑾，深受武宗朱厚照的宠信，任为司礼监。他纠集太监马永成、高凤、罗祥、魏彬、丘聚、谷大用、张永七人，组成太监集团，号称“八虎”，专门引诱和唆使皇帝寻欢作乐。刘瑾狡猾狠毒，成为“八虎”的头领，经常陪同武宗微服出宫，寻花问柳，并怂恿武宗在京畿地区设置三百多处皇庄，充实国库。农民失去土地，无家可归，四处逃难，怨声载道。刘瑾又在宫中设置东西两厂团营，掌管京军，占据了各个要害部门，权势熏天，任意镇压异己，斥逐大臣。当时的辅命大臣刘建、谢迁、李东阳三人，频频上疏，恳求武宗远避奸佞，诛杀“八虎”。武宗置若罔闻，不理不睬。张惟知府素恨“八虎”弄权误国，亦婉言上书，直谏武宗，铲除宦官，挽救朝政。刘瑾闻讯，切齿痛恨，密令吏部尚书焦芳，诬陷张惟贪赃枉法，被捕入狱，险些虐杀至死。幸赖同乡柳稷（刑部侍郎）、罗玉（监察御史）、杨丽等官员，向武宗上疏辩诬，方才出狱，官还原职。正德五年（1510），宦官张永密告刘瑾图谋反叛，武宗查证属实，方将刘瑾诛杀，大快人心。这时，张惟在莱州为官九年，未曾升迁，便辞官还乡，孝亲教子。世宗嘉靖元年（1522），张惟征得本家张鉴（山东巡按）和当地富翁谯孟龙的资助，在故居凤垭山后山，修建了一座孝心观。观中塑供老君神像，并亲自书刻《孝经》，碑刻观内，弘扬孝道。又请著名画师，在观中四壁上，绘画《二十四孝》图，即孝感动天、芦衣顺母、啮指痛心、戏彩娱亲、鹿乳奉亲、百里负米、亲尝汤药、叩阙救父、埋儿奉母、涌泉跃鲤、扇枕温衾、卖身葬父、刻木事亲、闻雷泣墓、投水殉父、尝粪忧心、怀橘遗亲、哭竹生笋、辞官养祖、恣蚊饱血、卧冰求鲤、扼虎救父、割股医母、弃官寻母壁画。张惟知府在观中时常教育百姓，善事父母，慎终追远，使故乡成为忠孝之乡。九十一岁卒，葬于凤垭山中。如今凤垭后山新建孝心阁，更为壮丽。

羊龙庙与节孝坊

嘉陵龙桥乡的羊龙山上，在明朝嘉靖年间（1522—1566），当地罗姓族人修建了羊龙庙。正殿塑供如来佛像，中殿塑供观音菩萨神像，后殿塑供羊龙之像，三殿皆修得壮丽辉煌，香火鼎盛。羊龙山有很多神奇的传说，这里天生一巨石，宽阔二丈许，上有羊蹄之迹，传说古有神羊飞升于此，留下此迹。山中有一古洞，深不可测，狭窄难进，泉水流入洞中，不知去向。古往今来，无人探其深幽。好事者放鸭入内，此鸭从距此二里许的中坝石缝中游出，无不称奇。人们视为龙窟，便在古洞侧修建了龙王庙，天旱求雨辄应，更为崇敬。传说羊龙在此洞中潜伏修炼，峭壁上故镌刻有“羊龙古迹”四个大字，至今尚存。羊龙山古木参天，荫翳蔽日，古洞清泉，清香四溢。山下有一条小溪，沿着山麓，弯曲流淌。人们拟在溪上建桥，凿山开石时，石缝中忽然跃出一条小蛇，顿时狂风暴雨，天昏地暗，小蛇成龙飞天，无不惊奇。待桥修成后，遂取名龙桥，取其场名龙桥乡（今改桥龙乡）。小蛇变龙的事，古已有之，羊龙飞升的事，已不可考。据《搜神记》记载有“穿井获羊”的事，文曰：“季桓子（春秋时鲁国大夫）穿井（挖井），获如土缶（瓦器），其中有羊焉。使问之仲尼（孔子名丘字仲尼）曰：‘吾穿井而获狗，何耶？’仲尼曰：‘以丘所闻，羊也。丘闻之，木石之怪（精怪），曰夔、魍魅；水中之怪，曰龙、罔象；土中之怪，曰贲羊（坟羊）。’”从前人们崇敬龙神降雨，故两庙（羊龙庙与龙王庙）一桥，皆以龙命名。

昔日，嘉陵罗姓族人为名门望族，明朝时期的罗方，官至南京光禄寺正卿，云南布政使；罗玉御史之弟罗璃，嘉靖举人，任滇黔御史。万历举人罗仲官，任陕西咸阳县知县；其族兄罗仲光，为明代名医。到了清朝初期，这里又出了一个才子罗为赓，任翰林院学士。乾隆年间，羊龙山下有一个叫罗天明的人，家资富裕，好学不仕，耕读为本，乐善好施，百姓无不敬仰。他娶妻唐氏，恭俭温良，处家有素，上事公婆，下抚儿女，人皆称其贤德。唐氏生有二儿一女，长子取名星武，次子取名星奎，幼女取名寒梅。唐氏的父亲名叫唐太敏，是个贡生，很有才华，为人严谨，注重信义，和睦邻里，排难解纷。凡是修桥补路与济贫葬孤之事，无不倾心相助，百姓皆称他为唐善人。宣宗道光十年（1830）冬，罗天明患病逝世，唐氏痛不欲生，哭得死去活来，昏厥数次。及至安葬就绪，百般孝敬公婆，抚育儿女。直至二老谢世，儿女长成，家业凋落，孤寂悲苦，未老先衰。正如魏文帝曹丕为阮璃遗孀所作的《寡妇赋》情境一样。文曰："惟生民（人民）兮艰危，在孤寡兮常悲。人皆处兮欢乐，我（寡妇）独怨兮无依。抚遗孤（儿女）兮太息，俛（勤劳）哀伤兮告谁？三辰（日月星）周兮递照，寒暑运兮代臻（来到）。历夏日兮苦长，涉秋夜兮漫漫。微霜陨兮集庭，燕雀飞兮我前。去秋兮就冬，改节兮时寒。水凝兮成冰，雪落兮翻翻。伤薄命兮寡独，内惆怅兮自怜。"堪称旌表孀妇节孝之杰作。唐氏中年丧偶，孤独常悲，数年后，亦病逝。道光十七年（1837），顺庆知府金齐贤，敬其节孝双全，上报朝廷恩准，在羊龙庙侧，修建了节孝牌坊。造型端庄秀丽，四柱三间，高 11 米，宽 6 米。坊上镌刻有"圣旨"与"旌表节孝"等字，圣旨二字周围浮雕五龙簇圣图，并浮雕有戏剧、神话故事，以及禽兽与奇花异卉图案四十六幅，大小人物造像一百一十九人。还有字匾五块，楹联二副。雕刻精湛，字迹流丽，堪称艺术珍品，至今犹存。

云台山中古道观

中国的道教源远流长，起源于春秋战国时期的神仙方士。自从老子李耳著《道德经》后，道家便以此书为道教经典，尊称老子为道教始祖。直到汉末的张道陵，方创立道教，尊称天师。后来，张天师在阆中的云台山（今属苍溪县）飞升成仙，成为道教圣地。自古以来，很多道教著名人物在南充境内修道炼丹，留下了历史遗迹。诸如：周成王时期（前 990），葛由乘木羊来太蓬（今属营山）修道成仙；周昭王时期（前 960），尹喜在朝阳洞（营山灵鹫乡境内）修道成仙；老子在东山（今属高坪）以足画八卦；周灵王的太子姬晋（前 540），在舞凤山飞霞洞（今属顺庆）修道，后来成仙；汉文帝时期（前 177），苏仙在孔雀洞（今属营山）修道成仙；汉成帝时期（前 20 年），严遵在兰登山（今属南部）修道成仙；三国时期（224），葛玄在阆中天目山修道成仙；晋朝时期（333），葛洪在金城山（今属高坪）修道炼丹；唐朝时期（640），尔朱洞在朱凤山（今属高坪）修道成仙；宋朝初期（960），陈抟在西山栖霞洞（今属顺庆）修道炼丹；道教南五祖薛道光（阆中人）在凌云山神仙洞（今属高坪）修道成仙。这些仙道之事，皆载入各地县志，流传至今。

嘉陵区的云台山（今安平镇冲仙院村），虽不及阆中的云台山高峻奇秀，却是山势峻嶒，拔地干霄，危峰绝壑，绿树荫翳。流泉悬崖泻谷底，古藤绕树垂绝壁。山水幽异称佳绝，奇峰独耸似雄鸣（金鸡岭）。被誉为成佛成仙的风水宝地，故将云台山的最高峰，称为仙佛顶。仙佛顶侧天然生就一石，酷似雄鸡，面向东方，伸颈朝天，如金鸡报晓，引项高啼，观者无不称奇。其山的半山腰，天生一道狭缝，狭缝入口处的两侧石壁上。天生一对石龙石虎，生动逼真，栩栩如生。当地流传民谣道：“云台仙山插入云，奇峰灵泉瑞气生。石龙石虎镇山门，仙佛顶侧金鸡岭。”唐宋以来，高僧高道，都来此山修行悟道，交替修建寺观。佛盛建寺，道盛建观，其白云观与东林寺最为知名。如今的安平镇，原名太平场，唐宋时期，境内建有东林寺与酒店寺两大佛寺。明穆宗隆庆四年（1570），陈以勤宰相告老还乡（今嘉陵李渡镇阁老坟村），游历了东林寺，题《东林寺》诗云：“晚岁常怀出世心，蓝舆随意到东林。迹同倦鸟归山早，兴比寒云入寺深。幽径花飞添雨色，疏林遗梵杂溪音。我来已误无生诀，六十年前底似今（古刹依旧）。”明神宗万历年间（1573—1619），东林寺忽遭火焚，寺毁僧散，道士复来，重建白云观。顺庆府官员王美中（浙江人）游历此观，书《题白云观壁》诗云：“世事浮云都罢休，纶巾羽扇（道士）海天秋。秦宫汉阙何须问，古往今来空慢愁。闲引沧龙朝碧落（石龙朝天），醉骑黄鹤下丹邱。蓬壶（蓬莱）去地三千丈，阆苑中天十二楼。独佩火玲降鬼国，并悬飞镜（山中飞瀑）照神州。年光雕换不知老，岂羡君王万户侯。”明末，张献忠之乱，白云观毁于兵灾。清朝康熙年间（1622—1722），重建道观，因山中清泉涌流，常年不涸，顺涧而下，滋养万民，遂取名清泉观。当地百姓每年三月都要举办救劫盛会，祈求神灵保佑，诸劫不生。有一年，乡绅们恭请张道士下山设坛打醮。张道士自恃有才，出上联索对，若对不起，加倍收费。其联云：“求文（救字）教以去刃（劫字），洪开救劫胜会。”当时，王定海秀才挥笔对出下联道：“言寸（讨字）功而反食（饭字），大设讨饭道场。”张道士见后大惭，立即下山设坛办会。

龙洞山中圣兴院

嘉陵曲水场北七里处，有一龙洞山，其山秀巘奇峰，高插天半，松柏密茂，遮天蔽日。山中有一古洞，深不可测，泉水自洞中出，常年不涸，人们遂称此洞为龙洞，称此山为龙洞山。早在汉朝时期，山中就建有道观，历三国与两晋，香火不断。传说唐朝时，果州女道士谢自然，曾在此修道炼丹，后来朝廷在山中敕建了圣兴院道观。到了明神宗万历年间（1573—1619）重建此院，镌刻有建庙碑记。当地杨文岳与其兄杨文举二人，幼时曾读书于此。后来，杨文举考中进士，官至通政司；杨文岳中进士后，官至兵部侍郎，兄弟显赫，一邦增辉。

明崇祯十二年（1639）春，杨文岳荣升兵部右侍郎，总督保定、山东、河北军务，取代孙传庭。孙传庭是山西代县人，万历进士。崇祯九年（1636），出任陕西巡抚，征丁征粮，强化兵力。在陕西周至县设下伏兵，杀死义军首领高迎祥。崇祯十一年（1638），他与洪承畴合兵，攻打闯王李自成。不久被调入京，抵御入关清军，后来战死潼关。杨文岳任兵部侍郎时，曾回乡省亲，当时士庶捐资，重建佛寺，应当地乡绅邀请，写了一篇《重刊前明万历碑记》，文曰："郡城南十里许，有唐朝敕建古观，赐名圣兴。乃麻衣道人谢自然真人炼丹所在，千余年矣。其形势奇峰秀巘，若从天降。且麓连二山，左抵牛项颈，右抵瓦子垭，前抵大崖脚，后抵石梯坎。境方灵隐，石围四巅，状类干城（坚固之城），诚天仙胜地也。因先年众招火居道人张崇儒，领为焚献计此，固昭昭在人耳目者。无何时移世易之余，张崇儒之后裔不肖，败坏山门。不惟圣贤像半是鼠迹，而土壤割卖，尽入私囊矣。幸福田有种，缙绅士庶重修楼阁，装彩金像。于是别招僧道慈俭道恩，清理焚献，观初威仪，于马再睹，年久法嗣，多所废弛。乡民苏进成，公举士庶，同舌而攻之，质本府审断，责罚归地，示照悉明。如此者，二祖往矣，仍侵作如故，而又纠翼虎，悍然相叛。夫山川之灵胜，人事之应征，彼何人斯强欲分有之哉！恭遇我本县周公，天地之心，日月之明，秉乾断懔（严厉判断）三尺，恢复故地，又分付志一碑，明昭彰于世，永垂不朽。吾乡何修，而有此福星也，谓非本观神之奇缘乎。夫物之兴废成毁，不可得而知也，昔者龙神旧址，早为强奸之所妄吞。今兹方嵎静（安静）而人民悦，精爽鉴而魑魅（妖怪与坏人）消。千古旦暮，信安汉之一奇观耳，若布施之家，功德之众，远近之人环于观。所私己图利，妄营风水者，赴公理质，神人显殛（杀死），想又有天地之明目聪耳在也，是为记。”碑之嘉言懿行，名垂千古。

乾隆三十年（1765），人们又在龙洞山巅修建了梓潼庙，乡绅恭请南充举人雍可成作《梓潼庙碑记》，文曰：“嘉陵江水顺流而下，计三十里许，有名龙洞（山）者。峙然高耸，兀出群峰，前临牛渚（坝）明月之秀，后接奇隆圣典之灵。倚石而望青居（山），汇空烟云连接；凭松而瞻高巘，曲水清晖涵环。核其状，诚南邑之奇观也。然经兵燹（灾）毁败，完瓦无存。百有余年未加修葺，凡诸法像，荆棘铜驼（残破的景象），断残零落，席地欹斜，几成废迹，观之莫不仰天而叹焉。乾隆丁丑（1757），有王子建尧（王建尧）来此，触目凄然，抚怀兴念。爰是解囊纠工，发心募化，勤劬数载，正殿告成。断残者略补，零落者稍葺，虽未能复古如初，而圣像亦可免风雨之飘摇，不致烈日之暴晒，是皆众善同诚也。兹当刻石以记姓名，至于外此之功修，犹冀后之君子，谨志。”

破山僧住锡天台

古人说："山不在高，有仙则名（就有名气）。""天下名山僧占多，世间好语书说尽。"嘉陵区的十座名山，就有八座山上建造佛寺与道观。诸如：天台山的云封寺（今集凤镇天台村），藏珠山的七宝寺（今晏家乡境内），酒泉山的酒店寺（今安平镇境内），翠屏山的广丰寺（今龙蟠镇境内），总真山的观音寺（今嘉陵区附近），大方山的老君观（今西兴镇境内），龙洞山的圣兴院（今曲水镇境内），太霄山的太霄观（今礼乐乡境内）；其余二山是，龙凤山的韩氏祠（今世阳乡境内），蒙家山的蒙恬（秦将）后裔（今大兴乡境内）。当地流传着一首《嘉陵名山谣》道："乳泉育谢仙（大方山），深山涌酒泉（酒泉山）。龙台藏宝珠（藏珠山），破山（僧）住天台（天台山）。翠屏有高僧（翠屏山），总真观音院（总真山）。龙洞（山）建御庙，太霄（山）隐徐仙。蒙山蒙恬裔，龙凤韩氏祠（龙凤山）。"

嘉陵的天台山是个很有名气的地方，它和浙江著名的天台山同名。浙江的天台山山高林茂，多峭壁飞瀑，为浙江省的避暑胜地。隋朝敕建国清寺，为佛教天台宗的发源地。天台宗亦称法华宗，是隋代智凯大师住锡天台山时所创立的，通称他为天台大师。他依据《法华经》来阐明诸法实相（万有即实相）的道理，在佛教中影响很大，后来传入日本。唐朝的著名道士司马承祯，住于天台山玉霄峰修道授徒，南充女道士谢自然就是远去天台山拜司马承祯为师而修道成仙的。有人说："天台山以高大之故称台岳，又上应天之三台星（三台六星，两两而居，称为上中下三台），故自昔以灵异闻。"嘉陵区的天台山，三面峻峭，翠柏密蔽，山上建有云封寺，素有"天台云封，曜接三能（台）"的迹象。当地才子韩敬游此山，作有《五色云赋》。唐宋以来，皆建佛寺，时毁时建，连续不断。有赞嘉陵四大奇山道：“崖流乳泉（山），谢仙饮而得道；地涌酒泉（山）胡翁沽（卖酒）而建寺。龙台藏珠（山）呈龙宫之幻影，天台（山）云封，蕴天幕（天空）之景象。”明末清初（约 1646），著名高僧破山和尚曾拜曹洞宗禅师湛然圆澄和临济宗禅师密云圆悟为师，成为曹洞、临济二宗传人。后来住锡嘉陵的天台山，广传佛法，弘扬佛教。据《南充县志·高僧》记载：“破山和尚名海明，一名通明字懒愚，大竹（县）蹇氏子，母妊十五月而生。能诗，尤工书法，年十九，入佛恩寺为僧。听慧然讲《楞严经》，妄想不真，故有轮转，终日迷惘。游历名山，至楚破头山，偶失步坠崖下，豁然顿悟。南行参雪峤（为师），再参湛然，后参天童，得上乘法。卓锡邑西天台山，与韩石溪（韩士英）、黄平倩（黄辉）诸公燕游（交往）。遗平倩诗曰：‘林影杂莓苔，空池隐薄雷。回看玉龙子，将雨喷花来。’老年精神凝固，明末犹存。献贼（张献忠）嗜杀，见人无免者，屯天台，独慕和尚，赠古砚一方。尝经芜湖，闻佥事金公被刑（被杀），乃乞贷往市棺（买了棺材），径前抱尸而殓。逻卒呵阻之，不为动，卒殓载归芜湖庵中。游浙住嘉兴东塔寺，归蜀住万峰刹。贼帅李鹞子，杀人如献贼，尝劝止之。贼以举豕（猪）肉进，曰：‘和尚食此，吾当封刀。’破山曰：‘老僧为万姓生命，忍惜如来一戒乎！’即说偈云：‘酒肉穿肠过，佛在当中坐。’遂食之，贼为止杀。后回天台，题《天台山》诗云：‘石径生芳草，烟村带绿晖。数声牛背笛，应是牧童归。’亟言重返天台之乐。蜀平（清顺治十年，1653）建双桂堂（禅宇）于梁山（今重庆梁平县内）。有《破山语录》《双桂草》（诗）行世。附：悬崖撒手，拾得龟毛。深入太白，凤舞丹霄。回旋西蜀，白杵一条。宗风丕振，济水滔滔。”破山僧于康熙五年（1666）圆寂，终年七十岁，门徒众多，声播禅林。清康熙四十二年（1703），南充知县王鹤游于天台，赠匾云“金天鼻祖”，悬挂云封寺中。

蒋玉藻游酒店寺

天下之事，无奇不有，或载史志，或传民间，或镌碑碣，广为流传。营山太蓬山透明岩中有个漏米洞。传说有一道士在洞中修道炼丹，正愁没米吃，忽然看见石缝小洞中漏出米来。他高兴极了，便用碗去接，结果只够他一人吃一天，多一点也没有。天天接米，时间长了，感到很麻烦，借来一把钻子，想把眼打大点，多漏些米，孰知洞打大后就不漏米了。古迹至今尚存。蓬安正源乡附近的嘉陵江边，建有一座石佛寺。唐朝时期，有个老和尚放生一条鲤鱼，忽见江上冒出一个宝盆。携回寺中，放金涨金，放银涨银，积蓄起来，修了这座石佛寺。到了明朝时期，蓬州知州乔公，自称西云道人，探知此事，特意写了一篇《宝盆歌》，碑刻寺中，中有："贮以珍宝一化百，怪异惊倒百岁翁（老僧）。弟子痴贪争夺取，宝盆忽返龙宫里。"此事载入县志，流传至今。西充高院乡的织机山中，有个织女洞，传说昔有仙女织机在此，日夜机声不绝，若将缫丝投入洞中，祈求神灵，天上就会落下绸缎来。清朝初期，西充举人李昭治游历此山，写了一篇《织机山行》的诗，中有："君不见织机山，轧轧机声帝女攀（玉帝女儿在织机）。任尔缫丝投石室，时时束帛（丝织品）落云间。"嘉陵区西兴镇的小方山中，有个乳泉崖，流出的泉水浓白如乳。唐朝谢自然饮了此水，修炼成仙；宋朝的何志全道士，在山中老君观修道，饮了乳泉，年逾八十，面如桃红。当时有个叫樊汝贤的人，在南充做官，曾游此山，作有《滴乳泉》一诗云："云液落山腹，脉与昆仑通。云何山中叟，八十桃颜红。"更奇的是，嘉陵区太平场（今名安平镇）的酒泉山（俗称烧柴山）中，建有一座酒店寺。传说唐朝年间，此山中住着一个姓胡的人，发现一眼酒泉，在山下大道上开店，卖给人喝，积下钱来，修建了这座酒店寺。说起酒泉，古已有之。据史书记载，晋武帝（司马炎）太康初年（280），一日，武帝升朝理政，在众多谒见的人中，发现一人仙风道骨，倜傥（潇洒）不群，大为惊诧，忙问此人来历。左右回答说他姓姚名馥，是个奇士。武帝素来器重有才华的人，便任命他为朝歌邑宰（知县）。姚馥毫无惊喜之色，推辞说："小民才疏学浅，难以胜任，恕不受命。皇上若真有怜悯之意，请让我当个御房马夫，时常赏赐我些美酒好了。"武帝见他是个爱酒的奇人，便任命他为酒泉（今甘肃酒泉县）太守，说道："酒泉郡那里有一清泉，其味若酒，取之不尽，饮之不竭。既可饮酒又能当官，强过马夫多矣。望卿当为酒龙，莫作酒徒。"姚馥欢然而往。

清朝康熙年间（1622—1722），太平场的蒋玉藻秀才，到故乡酒店寺去寻古探幽，走访耄耋老人。请一老人带路，翻山越岭，在深山古道中找到了破庙残碑，憩于黄桷树下，寻问往事。老人说道："此山名叫酒泉山，山下是果州至遂宁的大道。从前山中有一酒泉，多饮则醉，岩土卖酒致富，捐建此寺。欲获大利，凿大其孔，泉遂下涸。"蒋玉藻听后，遂作《咏太平场酒店寺》诗云："此山连天陡（高峻），突出双峰口。其岭高复高，插云霄八九。相传石穴间，清泉当美酒。野店如再沽（如果再卖酒），邀朋酌大斗（酒杯）。石梯步步登，精神倍抖擞。此外疑无路，前往又花柳。居然避秦人（隐居的人），桑麻栽几亩。侧见一碑存，蠹字残蝌蚪（难认的蝌蚪文字）。虔奉送子神（送子观音），众善题某某（捐款人）。我憩黄桷下，怀古流连久。一览小众山（山高），万壑胸中有。夹道通市廛，囱囱（匆匆）过客走。往者与来者，牢笼名利薮（聚集）。此事棋局新，山川仍旧否。徘徊且徘徊，咏成八叉手。深山藏古刹，当忆卖酒叟。"

总真山中观音院

西山十二峰中，有座总真山（今南充玉屏山侧），山势巍峨，峰峦突兀，环山拱向，雄峙若屏。传说宋朝嘉祐年间，一日狂风大作，雨如盆倾，一石自天而降，声如雷鸣，风停雨住，人们前往探视，见飞来之石竟是一尊观音像。当地善男信女们出资雇请工匠，在总真山上修建了一座壮丽的观音禅院，置像院中，殿阁宏伟，金碧辉煌，竹树繁茂，清幽荫凉。殿前造有莲池，内植千瓣莲花，六月开花，九月凋落，花期鲜长，世所罕见。明朝时辟为学馆，嘉靖才子任瀚幼时曾读书于此，中年辞官还乡，故地重游，感慨万千，遂给观音禅院书一联道："山静鸟鸣，上下云移，树影参差，有声有色，一片图画妙境；风吟竹韵，凄清月照，溪流浅淡，无垢无尘，到处天竺禅机。"明末清初时期，名播禅林的破山海明禅师，为顺庆府天台山（今嘉陵区集凤镇天台村）云封寺住持。破山禅师俗姓蹇，大竹人，十九岁在本地剃度为僧，次年出川，遍参古寺名僧为师，精研佛经，博采众长，成为佛教的曹洞、临济二宗传人。后来辞师归蜀，历主川东万峰、凤山、祥符诸寺住持。清顺治十年（1653），他在梁山（今重庆梁平）创双桂丛林，广收门徒，学识超群，声名远播。破山海明禅师以偈为诗，成诗千首，享誉禅林。曾咏《天台山》一诗道："石径生芳草，烟树带绿晖。数声牛背笛，应是牧童归。"他曾撰《总真山观音殿联》道："随类现形，说种种法，正眼看来，是儿女子态；入那伽定，开上上乘，扪心参去，非土木石机。"康熙五年（1666），他在天台山圆寂，享年七十岁。

康熙四十八年（1709），王以丰（正白旗人）任顺庆府通判时，又重修观音禅院，五十年后的乾隆年间，再次维修，邀请南充举人宋时濂作《重葺观音禅院记》镌刻院内，文曰：“善者福之基也，恶者祸之媒也。人知善之为善，而不知善之中有恶；知恶之为恶，而不知恶之中有善，是以祸福若无凭而堕障焉。慈悲大士以大智炬，不观世色而观世音，色有形者也，音无形者也。慈者兹心，天地之舒，悲者非心，天地之惨，心动气随，而音已萌。音无音也，人之心、一日有百千万轮回，即百千万劫，即有百千万音。音本无音，而观而救其音，观人乎？观己乎？抑观其无人无已之音乎？善哉！大哉！慈乎？悲乎？故予尝曰：选佛场中辨是非，丝丝粟粟露其机，大家莫误源头路，杨柳春风化域稀。善因乎？恶因乎？大士观之矣。康熙二十年（1681），陕西固源镇副总府张公奎，建孟兰楼以教孝，郡侯张公经，建大悲殿以广仁。善因乎？恶因乎？大士又复观之矣。至康熙四十八年（1709），捕府王公以丰又从而新之，大士又复观之。而今且将五十年，道路倾圮，台阶攲仄（倾斜），金容剥落，殿宇罅漏，于是僧通伦募之众人士助之，大士又复观之。而功以成，夫发于天之自然，行乎心之所安善也，有冀悻而为之恶也。大盗行窃道路，而过庙则敬，逆子悍妇傲慢，诟詈（辱骂）父母，而奉佛则虔。祸慑于中，福于外，肺腑中自有一种无音之音，不可观也。然此即其善根萌蘖（新芽），善恶相缘，而善恶自已求之人。苟知道路之倾圮当治，则我心之险妄宜平矣；苟知台阶之攲仄（侧）当正，则知我身之行检宜端矣；苟知金容之剥落当新，则知我神之渣滓宜汰矣；苟知殿宇之罅漏当补，则知我生之幽暗宜严矣。善益求善，善无缘恶，发微达显，由细而巨。渐而积之，滋而养之，悠焉游焉，而化之观音乎？观我生进退，白鹦鹉一鸣，善财合掌矣。僧与众善皆选佛场，人用之为记，而列其名于后焉。宋时濂敬撰。”

绿野仙踪

唐朝以道教为国教，又崇敬佛教。是时流溪县境内寺观林立，香火鼎盛，成佛成仙之事，四处流传，直至今日。唐朝时期这里有两位仙人的事迹流传甚广，皆载于《太平广记》与《南充县志》。一是著名道士徐佐卿，在礼乐乡太霄山修道成仙，人们将他修道的洞称为徐仙洞。二是西兴大方山人谢自然初居“谢仙石室”修道，后在朝阳洞修道成仙，被唐德宗封为“东极真人”。历代名人游此，赞颂不绝。本章阐述了韩愈作诗讽谢仙，杜光庭为谢仙作传，以及历代名人赞谢仙的盛况。

谢自然幼年学道

唐朝时期以道教为国教，诏令全国各地修建道观，道教十分兴旺，学道的人很多。果州西去十里许，有座大方山和小方山（今嘉陵区西兴镇境内），二山并峙，绵亘数里，崎岖蜿蜒，宛如仙境。山高林茂，泉涧幽邃，崖壑深险，古洞崇宏。山容水意，皆出天然，树色泉声，迥绝尘寰。长林巨箐（竹林），猿啼鸟弄，老桧古杉，茂密无缝。被道教称为第三洞天，誉满华夏。小方山顶在西魏时期（约540）建有老君观，观侧崖岩上，雕琢有老君坐像及二侍者，皆高丈余。老君观后，有乳泉崖，泉水从岩缝中流出，呈乳白色，恍若乳汁，俗称神泉。大方山顶在贞观年间（624—649）建有玉虚观，观中塑有老君神像。山腰天生一穴，可通山麓，名曰雪洞，深不可测，传为仙人所居，俗称神仙洞。

唐朝时期，大方山下住着一户官宦人家名谢寰，任果州从事，助理政事，博学多才，深受信任。他家原籍兖州（今山东兖州县）人，唐时移居此地。谢寰娶妻胥氏，为县中名门望族之女，知书达理，勤俭贤淑，侍奉婆母周氏，十分孝敬。胥氏生有二女，长女自然，次女自柔。谢寰精通儒家经典，每有暇日，常教二女读书习字，孩子们都很聪慧，勤奋好学，父母大悦。谢自然性格颖异，自幼不食荤血，喜欢素食。七岁时，得了一场重病，奄奄一息。母亲崇敬道教，带着她到玉虚观中去求神许愿，祈求神灵保佑。又叫她住在观中，跟随道姑越惠学道念经。过了一年，疾病好了，回到家来，病又复发，母亲又叫谢自然归山，仍住观中，跟随道姑日朗学道。谢自然不愿回家，母亲顺从她徙居山顶，自此常住观中，膜拜老君神像，日夜研读《道德经》与《黄庭内篇》，开言多说道家事，词气高异，人所不及。谢自然十四岁时，回家看望母亲，母亲煮新米饭给她吃，她边吃边说道：“这些米饭，尽是蛆虫啊！”吃后呕吐不止，从腹中吐出的饭都变成了蛆虫，大小赤白，状类很多。她把这些虫吐完后，顿时体轻目明，异常舒畅，自此只吃水果，不食五谷。恰巧父亲回来，见此情景，大怒说道：“我家世代儒风，崇敬孔孟。孔子不言怪异、暴力、叛乱和鬼神的事。修道不食五谷，真是妖妄啊！”便把谢自然锁闭堂中，准备将她饿死，以绝后患。母亲不敢违拗，只得暗地送进水果给她充饥。过了四十多天，将门打开，但见谢自然益加爽秀，方惊骇不已，便不阻挠辟谷修道的事。谢自然遂去西充南岷山，拜绝粒道士程太虚为师。程太虚自幼学道，精修勤苦，隐居南岷，绝粒多年。日月为伴，烟树为邻，饥食野果，渴饮山泉。修道养寿，采药炼丹，年迈体健，鹤发童颜。他生于隋炀帝大业年间（605—616），这时已有一百多岁了，他给谢自然说道：“从前老子教人清净无为，全性保真，而不以物累形。庄子（庄周）说：不食五谷，吸风饮露，而自在逍遥。学道的人，一是养生，消灾祛病，以修真延年；二是致仙，长生不老，羽化飞升。而飞升成仙的方法，在于炼气养精，辟谷服饵，炼食仙丹而求永生。只有身居深山古洞，来炼气养精，服气静坐，辟谷胎息，如像婴孩在母腹之中一样，方能修炼成仙。抱朴子（葛洪）说：‘上士（上等道士）举形升虚（升天），谓之天仙；中士游于名山，谓之地仙；下士先死后蜕，谓之尸解仙。’如何成为这三种神仙呢？就要看各自的造化了。”于是，程太虚便把辟谷与胎息之法传给谢自然。谢自然回到大方山，便在山中开凿了一个石洞，高阔丈余，常居洞中修道，人们称为“谢仙石室”，古迹至今犹存。并常饮乳泉，不饥不渴。

远赴天台拜承祯

谢自然自幼学道，又拜西充绝粒道士程太虚为师，学会了辟谷和胎息的道术，便离开故乡，游历青城、峨眉等道教名山，访师问道。然后离开蜀川、去到东海，欲过海赴蓬莱仙山寻师学道。船行在海上，遇到一阵大风，飘至一山，忽见一位白发老道，仙风道骨，宛若仙人，飘然而至，对她说道："蓬莱隔海有弱水三千里，鸿毛不浮，非舟楫可行，非飞仙无以到。你是一个凡人，哪能去得呢？浙江天台山有个司马承祯，隐居玉霄峰，授徒传道。他的道术精深，你何不跟他去学道啊。"言毕，倏忽不见。谢自然知是神仙点化，便去天台山，拜司马承祯为师，潜心学道。这位司马承祯字子微，号白云子，河内温县（今属河南）人。自幼好学，不屑为官，对老子与庄子的学说，造诣最深。后来跟从嵩山道士潘师正学道，习得符箓与道术及上清经法。后来他遍游名山大川，隐居于天台山玉虚峰，修道炼丹。当时武后（武则天）、睿宗（李旦）、玄宗（李隆基）诸帝，先后召其入京问道，礼遇颇重。玄宗好道，曾从他亲受法箓。司马承祯一生著述弘富，对道教的影响和贡献很大。年轻女道士谢自然在此学道数年，深得真传。开元二十三年（735）秋，年近九十的司马承祯，依然童颜轻健，若三十许人。一日，唤齐他的七十多个弟子，说道："吾居玉霄峰，东望蓬莱，常有真灵降临。今为东海青童君和东华君（道教传说中的两位仙人）所召，必须离开人间。"俄顷气绝，尸解成仙。白云从堂户出，群鹤绕坛而飞，异香郁烈，经久不散。弟子葬其衣冠于天台，玄宗赐谥"贞一先生"。这时，谢自然年近三十，依然回到故乡，居于大方山洞中，继续修炼。

据《太平广记·神仙》中记载："司马承祯，字子微，博学能文，攻篆（篆书），迴为一体，号曰'金剪刀'书（书法）。隐于天台山玉霄峰，自号白云子，有服饵之术。则天（武则天）累征之不起（不见），睿宗雅尚道教，屡加尊异，承祯方赴召。睿宗问阴阳术数之事，承祯对曰：'《老子》经（《道德经》）云：损之又损，以至于无为（减少了又减少，直到最后达到无为的境地）。且心目所见知，每损之尚未能已，岂复攻乎异端而增智虑哉！'睿宗曰：'理身无为，则清高矣；理国无为，如之何？'对曰：'国犹身也。老子曰：留心于淡，合气于漠，顺物自然，乃无私焉，而天下理（即我无为，百姓就能自我化育；我好静，百姓就会自然富足；我无欲，百姓就会自然淳朴之意）。《易》（《易经》）曰：圣人者，与天地合其德（顺天应人）。是知天不言而信，无为而成。无为之旨，理国之要。'睿宗深为赏异，留之，欲加宠位，固辞。无何，告归山，乃赐宝琴，花帔以遣之。公卿多赋诗以送，常侍徐彦伯撮其美者三十余篇，为制序，名曰《白云记》，见传于世。时卢藏用早隐终南山，后登朝，居要官（尚书右丞），见承祯将还天台。藏用指终南（山）谓之曰：'此中大有佳处，何必在天台！'承祯徐对曰：'以仆所观，乃仕途之捷径耳。'藏用有惭色。玄宗有天下，深好道术，累征承祯至京，留于内殿，颇加礼敬。问以延年度世之事，承祯隐而微言，玄宗亦传而秘之，故人莫得知也。由是玄宗理国四十余年，虽禄山（安禄山反）犯阙，銮舆幸蜀，及为上皇，回又七年，乃始晏驾（逝世）。虽由天数，岂非道力之助延长耶？初，玄宗登封太岳回，问承祯：'五岳何神主之？'对曰：'岳者山之巨镇，能出云雨，潜储神仙，国之望者为之。然山林之神也，亦有仙官主之。'于是诏五岳于山顶，列置仙官庙，是承祯始也。蜀女士谢自然泛海回，求承祯受度，后白日上升而去。承祯居山修行勤苦，百年气绝，若蝉蜕然解化，弟子葬其衣冠于天台山。"

程太虚仙洞传道

唐朝时期，果州出了两个神仙，一是西充的绝粒道士程太虚，自幼在故乡南岷山（今西充永清乡境内）修道成仙，被唐宣宗（李忱）封为道济真人。当时还在南岷山修建了仙林观（又名降真观），观中塑供程真人的神像。二是南充的女道士谢自然，自幼在故乡大方山修炼，后移居金泉山朝阳洞修道成仙，被唐德宗（李适）封为东极真人。当时还在金泉观中塑供谢自然的神像。谢自然曾拜程太虚为师，程太虚唐德宗贞元年间（785—804）曾多次来朝阳洞，传授谢自然辟谷绝粒和胎息之术。后来他师徒二人都先后修炼成仙，程太虚修成了尸解仙，谢自然修成天仙，白日飞升天界。他俩的事迹记载在《太平广记》和《蜀中名胜记》中，金泉观中还镌刻有程太虚至朝阳洞传道碑，古碑至今尚存。千百年来，一些文人雅士游览或瞻仰南岷山降真观和金泉山朝阳洞时，作了很多诗文来赞颂程太虚与谢自然。古人说："山不在高，有仙则名。"南岷山与金泉山二山之名，一时传播天下，来此游历的人络绎不绝。

程太虚博学多才，自幼好道，长期隐居南岷山修道。其山有九井十三峰，连绵三十余里，古树奇峰，云影岚光，山势回环，倚云临壑。朝晖晚霞照山巅，烟树云封古洞多，猿啼鹤唳震山谷，飞瀑流泉似仙乐，誉为蓬莱仙境。汉朝的何岷，晋朝的葛洪，都曾在此山修道炼丹，留下了驭仙洞与丹霞洞等古迹。程太虚活到二百零五岁，尸解成仙后，山上修建了一座壮丽的仙林观塑像朝拜。据《蜀中名胜记·西充县》记载："南岷山则有九井十三峰，汉何岷之所隐也。隋程太虚尝修炼于此。《志》云：太虚自幼好道，精修勤苦，隐居南岷山绝粒。有二虎侍左右，九井十三峰，皆其修炼处。一夕大风雨，砌下得碧玉印，居人每乞符祈年，印以授之，辄获丰稔。唐元和（唐宪宗年号）中解体后，迁神于玄宫，容貌不变。宣宗（李忱）命人求之，使者过商山（今陕西商县东南），宿逆旅蹑险，有居第如公馆，青童引见。一道士自称程太虚，祖居西充。且嘱曰：明岁，君自蜀入南岷山，无忘我。及至蜀，熟视画像，与前见者无异。唐敕号道济真人，宋赐号道济太师。《碑目》云：《唐程仙师（程太虚）蝉蜕偈》《皂荚碑》《唐仙林观碑》，中书侍郎赵彦昭（西充进士，官至中书侍郎）撰，俱在本山之降真观。”果州金泉山麓的会仙溪，是个幽静而又神秘的地方，传说会仙溪常有神仙出没，早在东晋时期，儒仙葛洪（字抱朴）曾在此修道炼丹，后来建有抱朴庵。据《南充县志·古迹》记载：“抱朴庵在金泉山北，抱朴子修道之处，天下共计十三，此仅存遗址。”自从谢自然在朝阳洞修道成仙后，更是远近闻名。据《南充县志·名胜》记载：“朝阳洞，一名隐仙洞，在金泉山嘴，凿石为二室相通，户东向，故名，传为谢自然栖居处，洞旁刻贞元诰敕。”一日程太虚来到朝阳洞对谢自然说：“从前老子教人清净无为，全性保真，而不以物累形。庄子说：不食五谷，吸风饮露，而自在逍遥。学道的人，一是养生，消灾祛病，以修真延年；二是致仙，长生不老，羽化飞升。而飞升成仙的方法，在于炼气养精，辟谷服饵，炼食仙丹而求永生。只有身居深山古洞来炼气养精，服气静坐，辟谷胎息，如像婴孩在母腹之中一样，方能修炼成仙。”谢自然自此辟谷胎息，不食五谷，采药炼丹，修道养寿，最后炼成神仙而飞升天界。

谢自然白日飞升

果州女道士谢自然幼年学道，初拜西充绝粒道士程太虚为师，学会了辟谷与胎息之术；后去浙江天台山拜司马承祯为师，习得了符箓和道术。这两位高道，后来都羽化成仙，并受御封。谢自然从天台山回归故乡，曾于唐德宗贞元三年（787），去西充南岷山拜谒程太虚，程师赠送了一部五千文的《紫灵宝箓》给她。贞元六年（790）四月，果州刺史韩佾至郡，听说谢自然绝粒修道，十分怀疑，令人将她请来，关在州府北堂东阁之中，禁闭起来，观察虚实。月余后，方率众人开锁放出。见她肤体清健，声气朗畅，非常敬信，便叫他女儿韩自明拜谢自然为师，跟其学道。贞元七年（791）九月，韩刺史乘轿至大方山设坛，恭请程太虚道士具《三洞箓》。贞元九年（793）春，李坚任果州刺史，崇信道教，拜谢自然为师，从其学道，并将她移居幽静的金泉山麓朝阳洞修道。这里面向龟山，下临会仙溪，松柏繁茂，人迹罕至。谢自然居于洞中，洞内有泉水可饮可浴，昼夜独居。洞口常有二虎守护，出入必从，人至则隐伏不见。后来常有天使八人侍侧，二青衣童子戴冠相随，又有二天神卫其门屏。每行止时，则诸使及神皆驱斥侍卫。一日，山神陈寿（南充人），魏晋时人，对谢自然说：“真人位高，仙人位卑，你将授东极真人之任。”

贞元十年（794）三月三日，谢自然移居金泉道场（金泉山道观）。这日云物明媚，异于常景，天真群仙会于金泉林中，上仙送白鞍一具，缕以宝钿给谢自然，说道：“这鞍放在此地，可安居也。”五月八日，金母（西王母）遣卢使来到金泉山，向谢自然讲解天宫的事。七月十一日，金母又遣崔、张二使来至金泉山，讲说神仙宫府的事，说道："上界好弈棋，多音乐语笑，率论至道玄妙之理。"七月十五日，卢使又至，说："金母来。"须臾，金母降于庭，五色云彩，浮泛其下。一时鸾鹤万千，众仙毕至，乘龙跨麟，霞光万道。谢自然上前跪拜，金母说道："别汝两劫矣。"命坐，赐予仙丹与天衣，然后离去，众仙亦随之去。这年冬月二十日晨，忽然天放五彩，空中一派仙乐，响彻栖乐山顶，异香扑鼻，经久不散。但见年逾八十的谢自然道士，面若桃李，光彩照人，穿着天衣，乘骑仙鹤，从金泉观中白日飞升。云雾缭绕，冉冉升天，飘若轻烟，倏忽不见。一时惊动远近的寺观僧道，皆焚香膜拜。周围百姓数千人咸共瞻仰，惊喜若狂，奔走相告。果州刺史李坚闻讯赶来金泉，只见谢道士的衣帽鞋袜散落在云床上，结系如旧，宛若蝉蜕之状。堂内东壁上有她亲书五十二字，墨迹未干，文曰："寄语主人及诸眷属，但当全身，莫生悲苦。自可勤修功德，并诸善心，修立福田，清斋念道。百劫之后，冀有善缘，早会清原之乡，即与相见。"李刺史将谢自然修道成仙、白日飞升的事，镌刻碑文于金泉观中，并火速上奏德宗皇帝。德宗崇尚道教，闻报大喜，遂封谢自然为东极真人，又下诏嘉奖李坚刺史，晋升他为司农少卿，赴京供职，并亲书《敕果州女道士谢自然白日飞升书》云："敕果州僧道、耆老、将士人等。卿等咸蕴正纯，并质忠义，禀温良之性，钦道德之风，志尚纯和，俗登清净。女道士超然高举，抗迹烟霞，斯实圣祖光昭，垂宣至教。表兹灵异，流庆邦家，钦仰之怀，无忘鉴寐。卿等义均乡党，喜慰当深，特为宣慰，想悉朕怀。卿等各平安好，州县官吏，并存问之，遣书指不多及。"人们将此诏刻于朝阳洞外，直至清末尚存。

韩愈作诗讽谢仙

唐德宗（李适）贞元十年（794）冬月二十日，果州女道士谢自然修道成仙，在金泉山朝阳洞白日飞升，被御封为“东极真人”。八十八年后，著名道士杜光庭掌管蜀川道教，云游果州，查明谢自然成仙原委，为她写传，后被载入《太平广记·女仙》中。历代文人学士游历果州，写了很多诗文赞颂谢仙，题刻绝壁，载于《南充县志》，流传至今。诸如：唐诗人刘商（大历进士，徐州人，官至礼部郎中）题《谢自然却还旧居》诗云：“仙侣招邀自有期，九天升降五云（祥云）随。不知辞罢虚皇（太虚玉皇）日，更向人间住几时。”唐道士施肩吾（元和进士，浙江桐庐人，后隐居修道）题《谢自然升仙》诗云：“分明得道谢自然，古来漫说尸解仙。如花年少一女子，身骑白鹤游青天。”宋朝相如县县尉王俦题《谢自然》诗云：“颇怪韩夫子（韩愈），犹疑谢自然。至今成福地，自古有神仙。”宋代顺庆府推官鞠拯《题谢自然》诗云：“真仙能轻举，缥缈出尘寰。碑石名常在，松枯鹤不还。风烟残照外，楼阁翠微间。为访林泉去，浮生得暂闲。”明代顺庆参议施嘉议题《隐仙洞》（即朝阳洞）诗云：“朝阳古洞遇神仙，石磴台荒不计年。今日偶来题胜境，壶中别是一云天。”清朝营山知县毛鸣岐题《赛云台》（朝阳洞附近处）诗云：“赛云台上午风清，东望巴江万堞平。白塔远连天外影，断桥（会仙桥）近接涧边声。栖真仙女朝阳洞，赏芋神君安汉城。客舍不须愁寂寞，浊醪（酒）好向杏花倾。”在众多的题诗中，为何王俦要责怪韩愈呢？因为韩愈写了一首《谢自然》，诗中有一些怀疑不恭之词，使王俦大为不满。

韩愈字退之，河南河阳（今河南孟州南）人，祖先世居颍川昌黎，世称韩昌黎。韩愈三岁时，曾任过武昌令的父亲韩仲卿便去世了，由贬官岭南的堂兄韩会抚养。韩会死后，便跟随寡嫂郑氏度着伶仃孤苦的艰难岁月。他从小就勤奋学习，对“六经”和诸子百家都很精通，贞元八年（792）登进士第，时年二十五岁，被任推官。后来进入朝廷，历任监察御史、中书舍人、刑部侍郎、京兆尹等职。他尊儒排佛，倡导古文运动，为唐宋八大家之首，卒后谥“文”，世称韩文公。贞元十年（794），果州刺史李坚将谢自然成仙之事奏报朝廷，时任推官的韩愈，恃才傲物，便写了《谢自然》一诗道：“果州南充县，寒女谢自然。童騃无所识，但闻有神仙。轻生学其术，乃在金泉山。繁华荣慕绝，父母慈爱捐。凝心感魑魅，慌惚难具言。一朝坐空室，云雾生其间。如聆笙竽韵，来自冥冥天。白日变幽晦，萧萧风景寒。檐楹暂明灭，五色光属联。观者徒倾骇，踯躅讵敢前。须臾自轻举，飘若风中烟。茫茫八纮大，影响无由缘。里胥上其事，郡守惊且叹。驱车领官吏，氓俗争相先。入门无所见，冠履同蜕蝉。皆云神仙事，灼灼信可传。余闻古夏后，象物知神奸。山林民可入，魍魉莫逢旃。逶迤不复振，后世恣欺谩。幽明纷杂乱，人鬼更相残。秦皇（秦始皇）虽笃好，汉武（汉武帝）洪其源。自从二主来，此祸竟连连。木石生怪变，狐狸骋妖患。莫能尽性命，安得更长延。人生处万类，知识最为贤。奈何不自信，反欲从物迁。往者不可悔，孤魂抱深冤。来者犹可诫，余言岂空文。人生有常理，男女各有伦。寒衣及饥食，在纺绩耕耘。下以保子孙，上以奉君亲。苟异于此道，皆为弃其身。噫乎彼寒女，永托异物群。感伤遂成诗，昧者宜书绅（写在衣带上）。”

程真人尸解成仙

汉唐以来，安汉县境内的道教十分盛行，皆因汉代崇尚老庄（老子与庄周）学说，唐代以道教为国教，尊老子李耳为始祖。特别是东晋葛洪（道教理论家）所著《抱朴子》一书，大谈其修道成仙之术与绝粒而服仙药之法，更促进了道教的发展与壮大。他在《论仙》中说："夫有道者，视爵位如汤镬（酷刑），见印绶如缞纟至（丧服），视金玉如粪土，睹华堂如牢狱。上士举形升虚（上等道士飞升天界），谓之天仙；中士游于名山，谓之地仙；下士先死后蜕（先假死而后蜕变），谓之尸解仙。"他在《仙药》中说："上药（最好的药物）令人身安命延，升为天神，遨游上下（天地间），使役万灵，体生毛羽，行厨立至（想吃酒食，马上来到）。仙药之上者丹砂，次则灵芝。昔仙人八公（韩终、赵他子、移门子、楚文子、杜子明、杜文微、任子季、陵阳子仲），各服一物，以得陆仙（地仙），各数百年，乃合（炼合服食）神丹金液，而升太清耳（飞升天界）。"据《神仙传》与地方志记载：唐朝时期的果州境内有三个得道成仙的人，一是尔朱洞真人，在朱凤山（今高坪镇嘉陵江畔张爷庙渡口处）修道成仙；二是谢自然真人（道教称为东极真人），在金泉山（今顺庆区会仙桥朝阳洞）修道成仙；三是程太虚真人，在南岷山（今西充永清乡境内）修道成仙。

程太虚真人世居西充县，博览群书，书法精妙，他在唐高祖武德年间（约623），年十八入南岷山修道。题有七峰（步虚、驭仙、宿鹤、洞虚、醮坛、伏龙、丹霞峰）五井（蘸月、漱玉、磨剑、清心、濯印井）之诗，或镌于绝壁，或刻于碑碣，诗书俱佳，叹为观止。他在此山修道一百余年，精通辟谷绝粒与炼丹胎息之法，多次来金泉山朝阳洞给谢自然传道。唐宪宗元和四年（809）秋八月，天放五彩，异香散漫，程太虚霍然而逝，面色若生，终年二百零五岁。他的徒子徒孙们将遗体装入棺内，哭祭三日，将出殡时，开棺一看，只有空衣，不见形骸，宛如金蝉蜕壳一样。众人知师尊已尸解成仙，将他安葬在仙林观中，塑其像于正殿，朝夕膜拜。威灵显应，保佑百姓，祈神许愿，有求必应，来此敬香者络绎不绝。如遇天旱，西充县令与当地绅士必定率民前往南岷山求雨。求雨者尚未归家，天空已乌云骤起，随即大降滂沱，是年五谷丰登，无不喜悦。历代官员与文人学士来此游历者，题诗甚多，有咏《南岷山》诗云："绝巘幽栖处，真人未易逢。符为驱旱檄，虎伴入山踪。过雨千林响，归云一径封。我来寻洞府，九井十三峰。"唐宣宗（李忱）非常崇敬佛道二教，亲见武宗（李炎）会昌灭佛毁寺，在位六年而逝，便于大中元年（847）闰三月下诏道："会昌五年（845）朝廷诏毁佛寺，有僧能营葺者，听自居之，有司毋得禁止。"宣宗闻听西充程太虚年轻时父母双亡，弃其资财，入南岷山修道，绝粒坐忘，动逾岁月，常有二虎听其呼唤，又得碧玉印两钮，农人乞符，印之年丰，年逾二百，尸解成仙，便于大中十年（856）派人入蜀察访，可否属实。使者从长安（今陕西西安）出发，途经商山（今陕西商县境内），遇道童引见一老道，嘱云："君至南岷，幸勿相忘。"及至来到南岷山，见道观庄丽，观中所供神像与商山所遇道士一样，深为惊诧。又游历了九井十三峰，烟树云封，幽谷飞瀑，盛叹洞天福地，然后查清原委，回朝复命，宣宗乃敕程太虚为"道济真人"。此事载于《历世真仙体道通鉴》中，流传至今。

杜光庭写谢仙传

唐德宗（李适）贞元十年（794）冬月二十日，果州女道士谢自然修道成仙，白日飞升。果州刺史李坚将此事奏报朝廷，德宗大悦，下诏褒奖李坚，晋升司农少卿，并敕封谢自然为“东极真人”，一时名震天下。李坚刺史还在金泉观中塑供谢真人神像，亲写碑文镌刻谢自然成仙始末，自是香火鼎盛。

唐僖宗（李儇）中和初年（881）春，僖宗遣杜光庭入蜀掌管道教，住于成都青城山中。杜光庭博学多才，精通道教经典，著有很多道教经文与诗文，并行于世。这年秋八月，杜光庭来到果州，云游金泉观与朝阳洞，查访谢自然成仙始末，写了《谢自然》一文，编入《集仙录》中，后被纳入《太平广记·女仙》书内。全文长而详尽，仅摘其要而记之：“谢自然者，其先兖州人，父寰，居果州南充，举孝廉，乡里器重。建中初（唐德宗即位初年即780），刺史李端以试秘书省校书，表为从事（任谢寰为果州从事）；母胥氏，亦邑中右族（望族）。自然（谢自然）性颖异，不食荤血。年七岁，母令随尼越惠，经年以疾归；又令随尼日朗，十月求还，常所言多道家事，词气高异。其家在大方山下（今嘉陵区西兴镇境内），顶有古像老君，自然因拜礼，不愿却下（不下山）。母从之，乃徙居山顶，自此常诵《道德经》《黄庭内篇》。年十四，其年九月，因食新稻米饭，云：‘尽是蛆虫。’自此绝粒，数取皂荚煎汤服之，即吐痢困剧，腹中诸虫悉出，体轻目明。自此犹食柏叶，日进一枝，七年之后，柏亦不食；九年之外，乃不饮水。贞元三年（787）三月，于开元观诣绝粒道士程太虚（西充人），受五千文《紫灵宝箓》。贞元六年（790）四月，刺史韩佾至郡，疑其妄，延入州北堂东阁，闭之累月，方率长幼开钥出之，肤体宛然，声气朗畅，佾即使女自明师事焉（韩佾便令自己的女儿韩自明拜谢自然为师）。贞元九年（793），居金泉山之朝阳洞，常有天使八人侍侧。某山神姓陈名寿，魏晋时人，并说真人位高，仙人位卑，言已将授东极真人之任。贞元十年（794）三月三日，移入金泉道场，金泉林中长有鹿，未尝避人，士女虽众，亦驯扰。道场中常有二虎、五麒麟、两青鸾，或前或后，或飞或鸣。七月十一日，上仙杜使降石坛上，以符一道，丸如药丸，使自然服之。十五日五更，金母（西王母）降于庭，自然拜礼。母曰：'别汝两劫矣！'自将几案陈设，珍奇溢目，命自然坐，赐药一器，色黄白、味甘。又将衣一副，朱碧绿色相间，外素，内有文，其衣缥缈，执之不着手。又将桃一枝，大于臂，上有三十桃，碧色，大如碗。是日金母乘鸾，侍者悉乘龙及鹤，五色云雾，浮泛其下，望之皆在云中，若长虹入州。九月五日，金母又至，持三道符，令吞之，不令着水，服之觉身心殊胜。十五日平明，一仙使至，不言姓名，将三道符，传金母敕，尽令服之。十一月二十日辰时，谢自然于金泉道场白日升天，士女数千人咸共瞻仰。祖母周氏、母胥氏、妹自柔、弟子李生，闻其诀别之语曰：'勤修至道。'须臾五色云遮亘一川，天乐异香，散漫弥久。所着衣冠簪帔十一事，脱留小绳床上，结系如旧。刺史李坚表闻，诏褒美之。李坚述《金泉道场碑》，立本末为传。中云：'自然当升天时，有堂内东壁上书记五十二字，云：寄语主人及诸眷属，但当全身，莫生悲苦。自可勤修功德，并诸善心，修立福田，清斋念道。百劫之后，冀有善缘，早会清原之乡，即与相见。'其书迹存焉。"

金泉观内谢仙殿

果州西郊的会仙溪，是个幽静而又神秘的地方，会仙溪上修建了一座会仙桥。会仙溪两岸种植了柳树和橙树，溪水澄碧，内多鱼鳖，鸟语花香，人间仙境。晋成帝咸和八年（333），儒仙葛洪（抱朴子）携徒黄野人来此云游，曾书“抱朴”二字于绝壁，以志不忘此游。唐初袁天纲来此游历，贪恋这里风景幽异，便在溪旁龟山古洞隐居修道，在洞外绝壁题刻“卧云”二字。他的好友李淳风来访，埋金钗于宅外，来试验他的道术，袁天纲施法将金钗化为清泉。后来人们便将这里的山称为金泉山，将泉水称为金泉，成为果州的“金泉映月”奇景。道教徒又在金泉山上修建了一座壮丽的金泉观，观内塑有李老君与真武祖师神像。山上竹树繁茂，荫翳蔽日；山下溪水清盈，山花烂漫，来此游者，乐而忘返。唐德宗（李适）贞元年间，果州女道士谢自然在会仙溪朝阳洞中修道，后移居金泉观修道成仙，白日飞升天界，一时惊动朝野。果州刺史李坚素来崇敬道教，遂将此事奏呈朝廷。唐德宗闻报，深为感叹，认为凡人修道成仙，古今甚稀，国家祥瑞，方有此灵异，便封谢自然为东极真人，又下诏给果州道：“志尚纯和，俗登清净，表兹灵异，流庆邦家。”自此，金泉观天下闻名，香火鼎盛。金泉观中的道士在侧殿塑供谢自然神像，俗称谢仙殿。又在金泉观下谢自然修道的朝阳洞旁，镌刻了德宗皇帝的“贞元诰敕”，洞口上刻“隐仙洞”三大字。名人雅士与好道的人来此瞻仰膜拜，络绎不绝，题写了大量诗文，镌刻洞内外。谢自然白日飞升的事，流传民间，载入史册。据《太平广记·女仙》记载：“谢自然父寰，居果州南充，举孝廉，乡里器重，为果州从事；母胥氏，亦邑中右族（望族）。自然性颖异，不食荤血，年七岁，母令随尼越惠（学道），年十四绝粒，仅食柏叶。昼夜独居仙女之室，深山穷谷，无所畏怖。贞元十年三月三日，移入金泉道场。金泉林中长有鹿，未尝避人，常有二虎与麒麟、青鸾，或前或后，或飞或鸣。十一月二十日辰时，于金泉场白日升天，士女数千人，咸共瞻仰，须臾五色云遮亘一川，天乐异香，散漫弥久。所着衣冠簪帔一十事，脱留小床上，结系如旧。”

宋太祖（赵匡胤）开宝二年（969）春二月，果州通判李宏游览金泉观，曾作《游金泉观并序》一文道：“自今季春来游金泉观，偶成七言四韵诗一首，并序其事。余自戊辰岁（开宝元年）奉命乘轺（轻便小车）通判州事，属以干戈乍息，寇盗仍多，烽烟时起于四郊，狱讼常亲于五听（审案时的辞、色、气、耳、目五听）。公庭少暇，私宴无憀（无聊）。洎周星（周岁）已来，庶务稍减，方思命侣（邀友），同共盘游，因届名山，睹兹殊事。宝殿峥嵘而若画，睟容仿佛以如生（神像逼真）。岩岫（山洞）嵌空，是谢女（谢自然）修真之所；松篁蓊郁（松竹繁茂），有神仙受箓（道教的秘文）之踪。芝散异香，泉飘细韵，宛若桃源之内，深疑阆苑之中。历览幽奇，顿消烦鄙（除烦脱俗），因成短引，偶赋一章，遂命濡毫，镌之于壁：昔时谢女升天处，此日遗踪尚宛然。蝉蜕旧衣留石室，龙飞灵水涌金泉。碑书故事封苔藓，殿写真容锁翠烟。薄暮松巅听鹤唳，犹疑仿佛是神仙（谢自然乘鹤升天）。”

历代名人赞谢仙

果州女道士谢自然，自幼在故乡大方山（今嘉陵区西兴镇境内）修道，后移居金泉山的朝阳洞（今顺庆区西山内）修炼。历数十年之苦行，后在唐德宗贞元十年（794）冬，白日飞升成仙，一时惊动朝野，无不惊奇。果州刺史李坚，将此事奏报朝廷，德宗欣喜，封为东极真人。名人雅士蜂拥而至，来此瞻仰谢仙遗踪，千百年来，赞颂不绝。当时在朝廷做官的韩愈，闻听此事，遂写了一首《谢自然》诗，虽有讪讽之意，却阐述了成仙时的盛况。诗云："果州南充县，寒女谢自然。童騃无所识（年幼无知），但闻有神仙。轻生学其术，乃在金泉山。繁华荣慕绝，父母慈爱捐（离家学道）。凝心感魑魅，慌惚难具言。一朝坐空室，云雾生其间。如聆（听）笙竽韵，来自冥冥天。白日变幽晦，萧萧风景寒。檐楹暂明灭，五色光属联（祥云缥缈）。观者徒倾骇，踯躅讵（岂）敢前。须臾自轻举（飞升），飘若风中烟。茫茫八纮大，影响无由缘。里胥上其事，郡守惊且叹。驱车领官吏，氓俗争相先。入门无所见，冠履同蜕蝉。皆云神仙事，灼灼信可传（明白可信）。"唐朝歙州（今安徽歙县）节度使范传正（河南邓县人）游历果州，闻听人说谢自然乘鹤归来，遂作《谢真人还旧山（故乡）》一诗相赞云："麾盖从仙府（仪仗相随而下），笙歌入旧山。水流丹灶缺，风起草堂关。白鹿行为卫，青鸾（神鸟）舞自闲。种松鳞未老，移石藓仍斑。望路烟霄外，回舆岭岫间。岂惟辽海鹤，空叹令威还（汉代丁令威学道成仙，化为鹤飞回故乡）。"唐宪宗元和十五年（820 年），施肩吾（江西南昌人）考中进士，不待授官，便归隐洪州（南昌）西山学道，人称他为烟霞客。一日游于果州西山的朝阳洞，题咏《谢自然升仙》一诗云：

“分明得道谢自然，古来漫说尸解仙（留下形骸的仙人）。如花年少一女子，身骑白鹤游青天（天仙）。”又咏《幽居乐》一诗云：“万籁（自然界的一切声音）不在耳，寂寥（寂静无声）心境清。无妨数茎竹，时有萧萧声。”

宋太祖（赵匡胤）开宝二年（969），果州通判李宏游历了金泉观的谢仙殿与朝阳洞、金泉井等古迹，遂作《游金泉观》一诗云：“昔时谢女升天处，此日遗踪尚宛然。蝉蜕旧衣留石室，龙飞灵水涌金泉。碑书故事（唐碑）封苔蘇，殿写真容（谢仙殿塑像）锁翠烟。薄暮松巅听鹤唳，犹疑仿佛是神仙（跨鹤升天）。”宋神宗元丰年间（约1080）苏轼贬居黄州时，与梁湛然道士谈谢自然拜司马承祯为师学道，后来成仙的事。苏轼遂作《水龙吟》一首，记司马承祯与李白之事，其词曰：“古来云海茫茫，道山绛阙（仙宫）知何处。人间自有，赤城居士（司马承祯），龙蟠凤举（才智非凡）。清净无为，坐忘遗照（忘我的修养），八篇奇语。向玉霄（天台山玉霄峰）东望，蓬莱晻霭（云雾迷蒙），有云驾、骖风驭（云神护驾，风伯骖乘）。行尽九州四海，笑纷纷、落花飞絮。临江一见（李白江上见承祯），谪仙（李白）风采，无言心许。八表神游（神游八方），浩然相对，酒酣箕踞（游浪对坐）。待垂天赋就（李白挥笔写《大鹏赋》）骑鲸路稳（归隐），约相将去。”爱国诗人陆游，于宋孝宗乾道八年（1172）秋，游历了果州的金泉山，十四年后记忆犹新，作有《送紫霄女道士四明谢君》一诗云：“一别南充十四年，时时清梦绕金泉。山阴道上秋风早，却见神仙小自然（幼小学道的谢仙石室）。道骨仙风凛不群，清风采药到江村。自言家住云南北，知是遗尘几世孙。”宋朝果州推官鞠拯的《题谢自然》诗云：“真仙能轻举，缥缈出尘寰。碑石名常在，松枯鹤不还。风烟残照外，楼阁翠微间。为访林泉去，浮生得暂闲。”

雍翰林游徐仙洞

从前流溪县(今嘉陵区金凤镇县坝)境内,流传着一首民谣道:“韩家将军陈家相,张家知府杨家将。太霄山中徐仙洞,古禅窟内千佛像。”这首民谣包含着当地名人和名胜古迹,也阐明了百姓崇敬英雄与信仰佛道的心声。韩陈二家的先祖韩世富与陈彦真二人,都是宋朝镇守顺庆府的大将,后来解甲归田,寄居此地。到了明朝时期,韩家出了一个兵部尚书韩士英,陈家出了陈以勤与陈于陛父子宰相。明朝时期,这里出了张琚、张永、张惟、张苹,祖孙四代四知府;同时出了杨松年与杨文岳两位兵部侍郎。徐仙洞又名仙人洞,在今嘉陵区礼乐乡太霄山(今黄土山村)中,传为唐朝道士徐佐卿修炼升仙之地,后建太霄观来纪念他。民谣中所说的古禅窟,即千佛洞,在今嘉陵区大通镇梓潼庙村华池古镇的两溪合流处,洞下有华池。唐朝时,洞中凿一大佛,高一丈余,旁凿小佛千尊,栩栩如生,故名千佛洞。清朝光绪二十年(1894),当地拔贡蒲毓庚游历此洞时,曾题《千佛洞》诗云:“钓罢寒溪稳系舟,芦花深处暂勾留。桥通彼岸龙华近,树种菩提鹫岭幽。无法如来空四相,胜缘钟磬响千秋。数行蜗篆(蜗牛黏液的痕迹,屈曲像篆文的残碑)余风雨,残迹依稀映老眸(眼睛)。”

徐仙洞的神仙,乃是唐朝时期四川青城山道士徐佐卿,他常骑鹤云游各地,曾在这里的太霄山古洞修炼,后来成了神仙,遂将此洞取名徐仙洞。据《太平广记·神仙》记载:“徐佐卿,唐玄宗(李隆基)天宝十三载(754)重阳日(九月初九),猎于沙苑时,云间有孤鹤徊翔。玄宗亲御弧矢中之,其鹤遂带箭徐坠,将及地丈许,欻然矫翼西南而逝,万众极目良久乃灭。益州(成都）城西十五里有道观焉，依山临水，松桂深寂，道流（道教徒）非修习精悫（诚实）者，莫得而居之。观（道观）之东廊第一院，尤为幽寂。有自称青城山道士徐佐卿者，清粹高古，一岁率三四至焉。观之耆旧因虚其院之正堂以俟（等待）其来，而佐卿至则栖焉，或三五日，或旬朔，言归青城，甚为道流所倾仰。一日忽自外至，神采不怡（不愉快），谓院中人曰：'吾行山中，偶为飞矢所加（被箭射中），寻已恙矣（很快好了）。然此箭非人间所有，吾留之于壁，后年箭主到此，即宜付之，慎无坠失。'仍援笔记壁云：'留箭之时，则十三载九月九日也。'及玄宗避乱幸蜀（安史之乱，玄宗奔蜀避难），暇日命驾行游，偶至斯观。乐其嘉境，因遍幸道室。既入此堂，忽睹其箭，命侍臣取而玩之，盖御箭也。深异之，因询观之道士，具以实对。即视佐卿所题，乃前岁沙苑纵畋之箭也，佐卿盖中箭孤鹤耳。究其题，乃沙苑翻飞当日而集于斯欤？玄宗大奇之，因收其箭而宝（珍藏）焉。自后蜀人亦无复有遇佐卿者。”唐宋年间，这里的徐仙洞和太霄观，香火十分旺盛，很多人都来此地敬香，或游览仙洞胜迹。宋朝时，营山进士雍沿，在翰林院供职，憎恨奸相章惇，不愿同朝做官，遂于哲宗绍圣元年（1094）辞官还乡，遨游名山古迹，诗酒自娱。慕名来至太霄山，游历了徐仙洞。他见此处，上有陡峭青壁，下有澄清碧潭，缥缈古洞生紫烟，洞口萝蔓垂如帘。松柏繁茂，山花烂漫，清香四溢，流水潺潺。宛如武陵风光，世外桃源，仙山琼阁，赞叹不已。乃题《神仙洞》诗云：“龙驹昔日此升仙（徐仙骑龙升仙），洞掩碑荒不计年。胜迹依然无处问，周遭空锁薜萝（隐者居处）烟。”

绸都珍闻

南充盛产丝绸，誉为绸都；珠山之麓的万桑园中，为千年绸都第一坊。当地习俗，养蚕人崇敬嫘祖，尊称蚕神，每年蚕桑节隆重纪念；有崇祀产妇的保护神临水娘娘的圣诞节；更有元宵佳节祈福消灾的蛴蟆节。这三大节日都办得热闹非凡，异常独特。本章收集整理了当地养蚕织绸、买绸贩绸等民间珍闻，使丝绸文化世代相传。并将嘉陵丝绸公园内的诗文编进书中，略加浅注，供人欣赏，引人入胜。

张骞赴蜀买绸缎

如今的南充地方，古时候属梁州管辖，沿嘉陵江一带散居着很多巴賨族人。这些巴賨健儿们人人精于骑射，能歌善舞，勇敢善战，誉为神兵。他们曾帮助少康兴国，武王伐纣，先后被夏朝封为有果氏之国，被商朝封为賨国。有果氏之国设在今之南充市，賨国城设在宕渠山下的石笥坝（今顺庆区搬罾镇境内）。那时候有果氏之国盛产黄柑与丝绸，山上广栽黄柑，称为果山；山下广栽桑树，称为桑园。如今的果山与桑园街，就是当年的遗迹。到了周朝，将黄柑与丝绸列为贡品。汉朝初期在有果氏之国遗址设置安汉县时，住户不到千家，人口不足万人。城郊四周都是桑园，高大的桑树连枝叠叶，遮天蔽日，一片碧绿，一望无际。城中百姓，家家养蚕缫丝，织绸织绢，天上取样人间织，满城皆闻机杼（织布机）声，被誉为千年绸都，丝绸之乡。据《南充县志》记载："去城东南数里，野蚕成茧，史以为瑞，则年年有之，虽多寡盛殊，然未尝绝也。六月至八月皆可采之，负市而售，盈利颇丰，人皆习于是。届时，妇女儿童，皆肩负一篓，手持一竿，竿头缚一小钩，于桑下谛视而钩摘之。盖树高枝茂，茧隐叶中，非明目不能见。日携干粮，巡行桑陌，虽十里八里，迤逦寻觅，无分轸域（不分区域）也。城中余烟袅袅，杼声盈盈，煮茧缫丝，织绸织绢，昼夜不息。"生动地描述了当时千年绸都的盛况。

相传，两千多年前，汉武帝（刘彻）派遣张骞出使西域时，曾诏令张骞到蜀地来采购绸缎，运往西域。张骞是汉中成固（今陕西成固县）人，汉武帝时，他在朝廷里做郎中的官，守信义，多勇略，朝臣们都尊重他。当时，北方的匈奴时常侵扰汉国边境，汉武帝决意攻打匈奴。他探听到匈奴国杀了月氏国的国王，月氏国人恨透了匈奴单于，正好去联络他们，共同出兵攻打匈奴。于是汉武帝于建元三年（前 138），任命张骞为使臣，带领一百余勇士出使西域。他们跨上战马，驱赶着满载行李和礼物的驼群，开始了艰苦而伟大的西域之行。刚出陇西，遇着匈奴兵，双方争战起来，汉兵寡不敌众，全被杀死，张骞被俘。匈奴兵在张骞身上搜出出使月氏国的诏书，交给匈奴单于，将其软禁起来。过了几年，张骞趁匈奴发生内乱时，逃出匈奴，去到大宛国。大宛国王想结交汉朝，盛情款待张骞，并派骑兵和翻译，护送张骞由康居去到月氏国。张骞劝说月氏国王和汉朝联合攻打匈奴，国王没有答应，从此张骞流落西域各国，历时十三年，方从大夏国回到长安。张骞对汉武帝说："我在大夏、大宛、康居等国，看到我国蜀地出产的绸缎，在那里很畅销，价格也很昂贵。大夏国在长安西南，离蜀地很近，如果从蜀地到西域，又近又安全。"汉武帝听后，非常高兴，又派张骞做正使，到蜀地采购绸缎，再次出使西域。相传，这期间张骞曾来安汉县（今南充市）采购了大批绸缎，运回长安，然后带领将士三百余人，带着许多金银、绸缎和牛羊，二次出使西域。他们从长安出发，途经兰州、敦煌、吐鲁番，然后到达君士坦丁堡、威尼斯、罗马，直到热那亚等地。由于这时汉朝已击败了匈奴，张骞一行人顺利地到达了西域，和大宛、康居、大夏、安息等国建立了友好的贸易关系。汉武帝元鼎二年（前 115），张骞回到长安。他两次出使西域，促进了汉朝与西域各国的友情和经济、文化的交流，开辟了古代东西方国家经济文化交流的渠道——丝绸之路。

千年绸都话沧桑

南充是一座历史名城，汉初赐建的安汉县便设置在夏朝有果氏之国的遗址上。那时候，安汉县城外，全是一片茂密高大的桑园，当地百姓学会了养蚕缫丝，编织绸缎。织出的绸缎质地精良，被朝廷列为贡品，除皇宫使用外，还将绸缎赐给王公大臣。君臣和嫔妃们穿着绸缎制作的衣裳，显得更为华贵，人人都很高兴。相传最早将蚕丝织成衣裳的，是轩辕黄帝的正妃嫘祖。嫘祖是个聪明善良的人，她看到高大的扶桑上有很多天虫吐丝作的茧，便把它摘下来，用水煮熟，抽出丝来织成绸，给黄帝缝成衣服和帽子。黄帝穿戴在身上，觉得很舒适、很奇妙，便封天虫为灵虫。又诏令天下百姓栽桑养蚕，缫丝织绸。嫘祖又把养蚕与织绸的方法传播民间，一些贵族仕女喜爱织绸与刺绣，逐渐风行全国，嫘祖便成为养蚕的始祖。有的书上记载：黄帝战胜蚩尤，举国欢庆。蚕神自天而降，手里捧了两绞丝，一绞色黄如金，一绞色白如银，前来献给黄帝。黄帝命人将丝织成绢子，拿在手中又轻又软，好像行云流水一般，织成的衣裳光彩照人，华丽美观。嫘祖还亲自养蚕，缫丝织绢，百姓们纷纷仿效，蚕种滋生繁衍，愈来愈多，逐渐遍及全国各地。那时候，天上的织女住在银河东边，用一种神奇的丝织出了美丽的云彩，称为天衣，成了天的衣裳。

南充古为巴子国的辖地，这里的养蚕业，据说是从蜀国传来的。古时的蜀国第一个称王的，名叫蚕丛，他常常穿着青衣，教育百姓栽桑养蚕，缫丝织绸。蜀字甲骨文，画的就是一条蚕。那时候，人民没有一定的住地，大家时常跟随着国王蚕丛到处迁移，蚕丛所到的地方，就成了热闹的丝绸集市。蚕丛死后，鱼凫继为蜀王，开始建都在瞿上（今四川双流县），后又迁到湔山（今四川灌县），依然重视发展蚕业。阆中的仙穴山，又名灵城岩（今阆中文城镇灵岩村），葬有蜀国第五代国王鳖灵的墓。阆中是巴子国的国都，怎么能有蜀王墓呢？当时巴蜀友好，亲如手足，或许是蜀王鳖灵游巴国时，得了急病，死后葬于此地的吧。汉朝时期，也很注重发展农桑，太守与刺史每到春天，巡行所属各县，借以观民俗、劝农桑。汉朝的乐府诗中，有一篇《陌上桑》，描写了一位美丽的采桑女罗敷，巧妙地还击巡县太守对她调戏的故事。这位太守听到罗敷的丈夫是个当大官的，吓得走开了。早在春秋时期，就记载了浣纱美女西施帮助祖国，洗雪国耻的故事。越王勾践欲灭吴国，将西施献给吴王夫差。西施含羞忍辱，巧与周旋，暗助越国，输送情报，终灭吴国。后被梁辰鱼编成《浣纱记》一剧，久演不衰，千古流传。南充得天独厚，水源丰富，嘉陵江的优质水源滋养着这片土地，适宜于养蚕织绸。千百年来，形成了璀璨的丝绸文化，被誉为“中国绸都”当时，安汉县流传着一首民谣道：“天虫食扶桑，吐丝缚茧中。嫘祖织成绸，黄帝封灵虫。教民养蚕桑，嫘祖与蚕丛。有丝国家富，有绸百姓丰。成都有锦江，安汉有嘉陵。蓉城蜀锦美，果城红绫精。千年绸都地，遍城机杼声。朝廷列贡品，美名天下闻。”描述了千年绸都的沧桑岁月，唱出了人民的心声。

养蚕人崇祀嫘祖

南充养蚕织绸已逾千年，故称“千年绸都”；织绸人最多的地方，是嘉陵江畔的万桑园，故称“千年绸都第一坊”。当地习俗最敬重和崇祀嫘祖，并修建了先蚕祠来祭祀嫘祖。螺祖是轩辕黄帝的正妃，生长于西陵氏部落。数千年来对嫘祖故里众说纷纭，或说嫘祖生于四川盐亭，葬于盐亭嫘祖山；或说嫘祖生于河南西平，葬于西平，这里有嫘祖山与嫘祖陵。嫘祖是中华民族伟大的母亲，华夏文明的奠基人，她发明了栽桑养蚕，缫丝制衣。她和黄帝一道带领百姓，开创了中华男耕女织的农耕文明，被后世奉为蚕神与人文女祖，而世代尊崇。她发明的蚕桑丝绸，泽被中华，惠及全球，芸芸众生，悉赖生存，泱泱民众，咸归德化，功高与日月同辉，英灵与天地长存。

五千年前的上古时代，我国的黄河、长江流域，有很多氏族与部落，其中较为强大的是神农氏的炎帝部落与轩辕氏的黄帝部落。炎帝部落居住在我国西北方的姜水一带；黄帝部落居住在西北方的姬水附近，就以姬为姓，以轩辕为号。据说这两大部落是近亲，故后世人称为“炎黄子孙”。后来炎帝部落日渐衰落，黄帝部落日益兴盛，便迁居河北涿鹿一带定居下来，开始发展畜牧和农业。这时候，有个九黎部落的首领叫蚩尤，十分强悍凶猛，传说他有八十一个兄弟，都高大勇武，力大无穷。他们制造各种兵器，时常侵略别的部落，人皆怨恨。蚩尤侵占了炎帝的姜水，炎帝起兵抵抗，打了败仗，便逃到涿鹿，请求黄帝帮助。黄帝早就想除掉蚩尤这个祸害，就联合各部落，集结精兵强将，在涿鹿的田野上与蚩尤展开一场大决战。直杀得天昏地暗，日月无光，尸骨遍野，血流成河，终于打败了蚩尤，将他捉住杀了。打败蚩尤后，炎帝和黄帝发生了冲突，双方在阪泉（今河南涿鹿东南）地方打了一仗，炎帝失败，众部落便推举黄帝为部落联盟的首领。传说在黄帝时代，有很多发明创造，如养蚕、舟车、指南针、文字、音律、算数，以及《黄帝内经》等医学名著，其中仓颉造字的事尤为独特。我国古代采用“结绳记事”法，根据绳结的大小与远近和形状来区分史事。时间久了，无法辨识，谁也说不清楚。仓颉是黄帝的史官，负责记载史事，他想用符号来表达思想，传授经念和记载历史。于是深入民间，拜访了数千位善于思考的人，集思广益，创造出用地上万物各种东西的形状来编成符号，取名叫字，刻在甲骨上，传授给大家。自此人类有了文字，成为交流思想、传递和保存信息的珍宝。

黄帝带领大家发展生产，播种五谷，驯养动物，冶炼铜铁，制造生产工具。嫘祖负责缝制衣冠，她经常带领妇女上山剥树皮，织麻网，又用各种兽皮制作衣冠，使部落大小首领都穿上衣服，戴着帽，尽皆喜悦和尊敬她。有一天，嫘祖在一片桑树林里，发现满树结着白色的小果。经过详细观察，弄清了这些白果是一种天虫吐丝绕织而成，结茧成蛹。她叫人将这些白果全部采摘回来，用水煮熟，进行抽丝织绸，给黄帝制成衣服和帽子、鞋子。黄帝穿在身上觉得又轻又软，如行云流水一般，高兴已极，敬佩不已。嫘祖又教育人们栽桑养蚕、抽丝织绸的技术，逐渐普及天下，尊称嫘祖为蚕神。黄帝死后，葬于陕西黄陵县北的桥山，被尊称为中华民族的始祖。嫘祖生了两个儿子，大儿玄嚣，二儿昌意。昌意之子高阳继而为王，史称颛顼帝，规定农历四月二十三日为蚕桑节，来纪念祖母嫘祖发明养蚕造丝的功德。

织绸女同情兰芝

在奇丽翠绿的珠山下，有一片一望无际的桑园，这里临近嘉陵江，土地肥沃，枝叶繁茂，宛如绿色的海洋。风吹叶动，绿叶摇摆不定，如波似浪，委实壮观，俗称万桑园（今嘉陵区文峰镇观音堂村）。万桑园附近居住着很多养蚕织绸的人，日夜机声不绝，誉为千年绸坊。离万桑园不远处，有一集凤垭，垭侧住着一个名叫刘德丰，字青垣，号莲舟的读书人。他很有才华，生平不想做官，以教书为业，曾在达县、平武、蒲江、德阳等地设馆教学，或被达官富裕之家聘为家庭教师，教育子孙与本族子弟，享有盛名。他以诲人不倦为己任，勉励学子刻苦学习，并常资助贫苦学子，爱若己子。后又在涪州、高县书院任教，被当权器重与敬佩，推任高县教谕，晋升知县。他在高县广施仁政，关爱百姓，被誉为“刘青天”连任数载，辞官还乡，又在故乡南池书院任教。他将平生积蓄购买田地，筹置济仓，不惜财力，周济穷人，时称一乡善士，名载县志。刘德丰娶妻李氏，是顺庆府城外河街人。她的父亲叫李道生，为人正直忠厚，和蔼可亲，以开旅馆为业，生意十分兴隆。旅客郭柱臣与石登泰二人同住店中，走时匆忙，遗失重金。中途返回，问李道生，李道生说：“适才打扫房间，拾得重金，理当归还原主。”遂将原金奉还郭石二人，客感其德，请人做了“拾金不昧”的金字木匾相赠，以赞颂他的美德。李氏生有一男一女，男孩取名刘青山，女孩取名刘芝兰。刘芝兰是个美丽聪明、勤俭善良的姑娘，最喜欢织绸，织得又快又好，邻里们都夸奖她。她长大后嫁予同乡秀才青松。

青松的父亲名叫青文典，娶妻刘氏为刘吉安之女，青文典在清朝嘉庆十二年（1807）中举，品端学粹，楷模士林，曾任云南省云南县知县。居官清廉，颇有政声，尤善书法，得者为幸。为官一任，造福一方，深受百姓赞颂。后来辞官还乡，在南池书院任教，并将多年积蓄献出，为大通场的景福山安宁寺培修寺庙，又为诸神像装裱金衣。亲自撰写《景福山安宁寺装补诸佛圣像序》，镌碑竖立庙内。善男信女，尽皆赞颂，名载县志，流传至今。当时，青文典和刘德丰两位致仕知县，都在南池书院任教，志趣相同，都是清官，互相敬重，十分友好。刘德丰有位堂叔名叫刘吉安，是青文典的岳父，在顺庆府城外的兴顺街开设了云生客栈，誉为"旅客之家"，很有名气。有次，南部泰昌记商号二位伙计夜宿云生客栈，走时匆忙，将票金七百两遗失店中。二人回到南部方才发觉，立刻返回顺庆，在所宿客栈寻找不到，去问店主刘吉安，刘老板笑着将所拾票金归还原主，二人十分感激，请人刻了"拾金不昧"的金字木匾相赠，一时传遍全城。刘吉安和李道生是好朋友，又是世谊，由他做主，将孙女刘芝兰嫁与外孙青松为妻，亲上加亲，皆大欢喜。夫妻恩爱，如胶似漆，每夜芝兰织绸，青松读书，直至深夜方息。一夜青松读《焦仲卿妻》一诗，内容是，汉朝时期，庐江府小吏焦仲卿，娶妻刘兰芝，夫妻万般恩爱。焦母怀愤，逼儿休妻；阿兄横暴，逼妹改嫁。焦刘二人以死殉情，悲剧告终。刘芝兰听后，痛哭流涕，青松百般安慰，遂吟诗一首："汉时焦仲卿，娶妻刘兰芝。织绸快又好，婆母故嫌迟。逼儿休娇妻，仲卿暗悲啼。相约会黄泉，以死表心迹。死后忽化鸟，孔雀东南飞。奉劝织绸女，莫嫁负心人。"刘芝兰听后，破涕为笑。

果国绸都第一坊

嘉陵江畔的阆中、蓬安、南充一带盛产丝绸，享誉华夏。江岸土地肥沃，水源丰富，桑树十分茂盛。千百年来，沿江两岸的百姓们，养成了栽桑养蚕、缫丝织绸的习俗。正如宋朝爱国诗人陆游游历嘉陵江时所咏的《岳池农家》一诗中云：“谁言农家不入时？小姑画得城中眉。一双素手无人识，空村相呼看缫丝。”充分说明，当时的农村养蚕姑娘，也很讲究时髦，像城市的妇女一样，衣着华丽，搽粉画眉。她们勤劳而又白嫩的双手，养出了无数的蚕茧，互相呼唤，观看缫丝。宋朝的果州知州邵伯温所咏的《果城即事》一诗云：“从昔遨游盛两川，充城人物自骈阗（名士众多）。万家灯火春风陌，十里罗绮明月天。”足以表明，当时的果州城，市井繁华，人物俊秀，装饰新异，胜过成都。十里长街，灯火辉煌，春风明月，行人繁多。店铺中摆设着绫罗绸缎，琳琅满目，美不胜收；客商云集，生意兴隆。此诗将繁荣兴旺的丝绸之城，春暖月朗的果城夜景，描写得淋漓尽致，妙不可言。

果城附近的南郊嘉陵江边，有一座壮丽的珠山（今嘉陵区文峰乡境内），珠山下是一片一望无际的桑园。桑园深处建有无数玲珑的农家小院，家家户户皆以养蚕织绸为业，堪称“天上取样人间织，四处皆闻机杼声”的丝绸之乡，被誉为“千年绸都第一坊”。这里的人们常年栽桑养蚕，缫丝织绸；这里的人们掌握着择茧煮茧、拣丝练丝、漂绸染绸等工艺；这里的人们崇祀养蚕治丝的创造者嫘祖（轩辕黄帝妻，西陵氏之女），修建了先蚕祠，世世代代祭祀这位教民种桑养蚕、取丝织绸、缝制衣裳的祖师。唐代观察使吕颛来到果州，见人们祭祀蚕神嫘祖，十分隆重，便题咏了《先蚕祠》一诗云：“花缬（有花纹的丝织品）冰纨（细绢）寸寸丝，个中消息几人知？掇（采）桑试语巴江女，好爇（焚烧）名香报尔师（报答祖师）。”这里的人们，每年正月十五日夜，都要做年糕米粥来敬蚕神。这和《搜神记》中的《张成见蚕神》一文中所说“吴县张成，夜见一妇立于蚕室，谓成曰：我即此地之神，祭我也，必当令君蚕桑百倍”的情景一样。这里的人们，最爱摆谈马变蚕女的故事，正同《搜神记》中的《马皮蚕女》一样。其文曰：“旧说太古之时，有大人远征（出征远方），家无余人，唯有一女。牡马（雄马）一匹，女亲养之。穷居幽处，思念其父，乃戏马曰：‘尔能为我迎得父还，吾将嫁汝。’马既承此言（听了这话），乃绝缰而去，径至父所。父见马惊喜，因取而乘之。马望所自来，悲鸣不已。父曰：‘此马无事如此，我家得无有故乎（家里有事吗）？’亟乘以归。为畜生有非常之情，故厚加刍养（饲养）。马不肯食，每见女出入，辄喜怒奋击，如此非一（不止一次）。父怪之，密以问女，女具以告父，必为是故。父曰：‘勿言，恐辱家门，且莫出入。’于是伏弩（暗设弓箭）射杀之，暴皮于庭。父行，女与邻女于皮所戏，以足蹙（脚踢）之曰：‘汝是畜生，而欲取人为妇耶？招此屠剥，如何自苦（自寻苦吃）？’言未及竟，马皮蹶然（急遽）而起飞，卷女以行。邻女忙怕，不敢救之，走告其父。父还，求索，已出失之。后经数日，得于大树枝间，女及马皮尽化为蚕，而绩（吐丝作茧）于树上。其茧纶理（蚕丝）厚大，异于常茧，邻妇取而养之，其收数倍（蚕丝增加几倍）。因名其树曰‘桑’。桑者，丧也（丧亡的意思）。由斯百姓竞种之，今世所养是也。言桑蚕者，是古蚕之余类也（这是古蚕所留下的种类）。”因此，古往今来，人们说蚕是女儿，格外喜爱。马皮蚕女的事，一直流传至今。

南充红绫胜苏杭

南充生产丝绸已逾千年，质量优越，技术精湛；南充织造的锦绢，流进了皇宫贵族，汇入了丝绸之路。丝绸绘画，栩栩如生，凝聚了千年智慧；一件绸绘就是一件艺术珍品，价值连城。南充生产的红绫，色泽鲜艳，称为“巴锦”；南充生产的绢帛，美观厚重，称为“重绢”。巴锦重绢，远销中外，誉满天下，无不称赞。这些熠熠生辉的锦绢有四大特点：其一，面料高雅，舒适柔软，图案新奇，花色美观；其二，名家绘图，生动自然，艺术珍品，活灵活现；其三，色泽鲜艳，永不褪色，冬暖夏凉，护肤养颜；其四，光泽适度，轻柔耐用，馈赠佳品，观赏收藏。古往今来，南充皆被誉为“巴蜀人文胜地，秦汉丝锦名邦；历史文化名城，中国绸都蚕乡”。无桑不能养蚕，无茧不能成丝，无丝不能成绸，养蚕织绸皆辛苦，轧轧千声不盈尺。丝绸是华贵的象征，亦是美女的艳丽，皇宫贵族，离不开丝绸陈设；倾国佳丽，离不开绫罗装饰。千百年来，墨客骚人写了很多辞赋来赞颂神女美妇，写了很多诗文来赞颂养蚕织绸的人。诸如：楚国宋玉的《神女赋》中云：“其盛饰也（她的服饰），则罗纨绮缋盛文章（遍身绫罗，灿烂辉煌），极服妙采照万方（艳丽无比，照亮四方）。振绣衣（着绣襦），被桂裳（穿短裳），秾不短（不肥不瘦），纤不长（不短不长），步裔裔兮曜殿堂（步态轻盈，光彩照人）。”魏国曹植的《洛神赋》中云：“披罗衣之璀粲兮（身穿绚丽的罗衣），珥瑶碧之华琚（耳戴宝石的玉环）。戴金翠之首饰（头戴金翠首饰），缀明珠以耀躯（缀满明珠，周身璀粲）。践远游之文履（脚上绣鞋布满花纹），曳雾绡之轻裾（裙子飘动如薄雾一般）。微幽兰之芳蔼兮（兰草飘散，清幽芳香），步踟蹰于山隅（徘徊在不远的山旁）。”北宋隐士张俞（四川郫县人）曾作《蚕妇》一诗云：“昨日入城市（昨天进城去），归来泪满巾（回来很悲伤）。遍身罗绮者（富人穿绸缎），不是养蚕人（穷人没衣裳）。”南宋著名爱国诗人谢枋得（江西弋阳县人）作有《蚕妇吟》一诗云：“子规啼彻四更时（杜鹃鸟啼四更），起视蚕稠怕叶稀（蚕妇起来喂蚕）。不信楼头杨柳月（月亮已经西沉），玉人歌舞未曾归（舞女还未归来）。”

据《南充县志》记载：“南充物产之绫，原为苏杭所不及。盖苏杭之绫，失之细密；南充之绫，较为疏松。惟其疏松，故最适于书画。明代书画家，如黄香光、杨龙友，多乐用绫，其绫盖皆南充出，相沿至今。北平袁励准侍讲，所称为顺庆绫者是也。袁侍讲颇工临池（书法），尝以不得顺庆绫供书画为憾。盖今南充机业衰颓，绫业殆废，故外方无从求之也。丙寅之秋，坚（白坚）尝游日本奈良，观其帝室正仓院，所藏唐代吾国输往之古器物中，有古绫，绫上有花红色。其国文学博士内藤虎谓坚曰：‘是绫为蜀绫，其红色为蜀红。夫蜀中产绫惟顺庆，然则蜀红，盖即南充固有之红花也。自唐时，果州之绫，已为重于长安，由长安输之日本，日本皇室珍藏之，至今为其国宝。’今日本西京织绫甚盛，然终不能如蜀绫之恰到好处；染色亦极鲜丽，然终不能如蜀红之恰到好处。观览之余，深幸吾郡有此天宝，产此物华，留恋而不能去也。此坚所知，南充绫为用之大，驰誉之广，敬以奉闻石翁（《南充县志》总纂王荃善号石僧，西充进士）。如载之志乘，使南充振兴机织，因天之宝，扬物之华，供海内外之求，复唐明之盛幸何如哉！”

蚕桑丝绸掌故多

人们常说："中国绸都，四川南充，嘉陵江畔一明珠，巴蜀腹中一宝地。"南充人栽桑养蚕，缫丝织绸，自设置安汉县以来，已有两千多年的历史。汉唐以来，南充所产锦绸与红绫，质地优美，花色繁多，堪与成都蜀锦（有彩色花纹的丝织品）相媲美。被誉为"罗绡与缃绮，铺就云花雪毯；缭绫共绢纱，流呈奇光异彩"。颇享殊荣，列为贡品，专供皇宫独用。三国时期，蜀汉丞相诸葛亮数次统兵北伐魏国，财困民乏，国力虚弱。唯有当时蜀锦享有盛誉，可以获得丰厚利润，是蜀国的重要财源。诸葛亮丞相在他的《今民贫国虚教》中说道："今民贫国虚（百姓贫穷，国力虚弱），决敌之资（战胜敌人的军费），唯仰锦耳（只有仰仗蜀锦了）。"

我国栽桑养蚕、织绸制衣的事，历史悠久，始于三皇五帝时期，载于史册，流传至今。最早发现天虫（蚕）与扶桑的是轩辕黄帝的正妃嫘祖，她见天虫在扶桑上吃叶作茧，便抽茧丝织成绸，给黄帝做衣服穿。黄帝感觉很美，将蚕封为灵虫。嫘祖又将养蚕治丝、织绸的技术，传授给民间，一时传遍天下，百姓遂崇敬嫘祖为蚕神，直至今日。后来，海南岛的黄道婆，以棉麻织布改革了纺织技术，织出各种颜色的图案和花纹的布匹，逐渐传遍全国，改善了百姓衣着，百姓感激，修祠建庙来祭祀她。由于人们掌握了织布与织绸的技术，促进了人类的文明，结束了古人穿树叶与兽皮遮体的陋习。关于栽桑养蚕的事，在我国历史上亦有很多记载，诸如春秋时称养蚕的女奴为蚕妾。《左传》上记载了晋国公子重耳（晋文公）所娶齐女姜氏杀死蚕妾的事，文曰："僖公二十三年，公子重耳及齐（到了齐国），齐桓公妻之（为他娶妻姜氏），有马二十乘（四匹马为一乘），公子安之。从者（随从的人）以为不可，将行，谋于桑下（桑树之下）。蚕妾在其上（采桑），以告姜氏，姜氏杀之（将她杀了）。而谓公子曰：‘子有四方之志（远大志向），其闻之者，吾杀之矣。行也（走吧），怀与安（眷恋安乐），实败名（毁坏名声）。’”《诗经·国风》中有《桑中》一诗，这是一篇男子热烈追求女性的情歌。诗曰：“爰采唐矣（您在采唐菜吗）？沫之乡矣（我在沫城郊外）。云谁之思（您说我想啥）？美孟姜矣（美丽的姜家姑娘）。期我乎桑中（相约等候桑林），要我乎上宫（邀我城楼相会），送我乎淇之上矣（送我到淇河）。”古往今来，国家皆注重发展蚕桑生产，视为富国强民之本。春秋时期，五霸之一的齐桓公的宰相管仲，在他所著的《管子》第一篇《牧民》文中说道：“积于不涸之仓者（将粮食积存于粮仓里），务五谷也（努力生产粮食）；藏于不竭之府者（将财货贮藏府库中），养桑麻育六畜也（要种植桑麻，饲养六畜）。务五谷，则食足（民食充足），养桑麻育六畜，则民富（百姓富裕）。”据说上古时候，今之蜀地名叫西海，一片汪洋。后来水神共工和火神祝融相争为帝，互相争战。共工打了败仗，感到羞耻，一头碰倒了不周山（昆仑西北之山），半边天空坍塌下来，填平了西海，便成了今天的四川。故屈原之《离骚》中云：“路修远以多艰兮（路途漫远又艰险），腾众车使径侍（吩咐车骑径相侍卫）。路不周以左转兮（路过不周山向左转弯），指西海以为期（直指西海作为最终目的地）。”后来蚕丛和鱼凫相继为蜀王，教育百姓栽桑养蚕，缫丝织绸，国家富裕，百姓安康，歌功颂德，建祠祭祀。至今四川温江城北的万春乡，鱼凫都城遗址尚存。宋朝人孙松寿曾题《观古鱼凫城》诗云：“野寺依修竹，鱼凫迹半存。高城归野垄，故国霭荒村。古意凭谁问，行人谩苦论。眼前兴废事，烟水又黄昏。”今温江的寿安乡，尚存鱼凫王之墓。

丝绸公园赞丝绸

嘉陵区是一座美丽的江城，山环水抱，风景绝佳。举头望群山，低头见嘉陵，江边丝绸园，绸坊万亩桑。嘉陵区是一座花园城市，街道荫绿，繁花似锦。原建丝绸公园，今建南湖、滨河、陈寿、都尉四园，鸟语花香，四季如春。南充是中国绸都，嘉陵是第一绸坊，往事历千年，沧海变桑田，如今的南充城，已无昔日“天上取样人间织，满城皆闻机杼声”的织绸盛况。好在嘉陵区文峰镇的珠山下面，尚有万亩桑园，郁郁葱葱，苍翠欲滴，清风徐来，碧波荡漾。这里保存有织绸、缫丝木车等原始工具，这里继承着祭祀蚕神的风俗；这里的人们长期养蚕，这里的人们热衷种桑。这里堪称南充丝绸文化博物馆，建有蜀蚕祭坛、天蚕部落、天丝古馆、果州绣坊、蚕月舞榭、浣纱歌榭、桑林水榭、嘉陵蚕渡、桑蚕养生、仿古栈道等十大景观。人们游历其间，可以浏览昔日养蚕、缫丝、织绸、漂染等状况，追思昔日绸都与绸坊的盛况。这是历史留下的痕迹，也是辉煌岁月的见证，既是绸都的光荣，也是绸坊的荣幸。

如今嘉陵区嘉陵江畔的丝绸公园内，镌刻有赞颂古代蜀王蚕丛教民养蚕取丝和桑、蚕、丝、绸的五块大石碑，使千年绸都南充城，大增光彩。其一：“蜀，其上形目，下形娟娟（爬行的虫），葵中蚕也。蚕丛及鱼凫，开国为西蜀，古号称益州。物阜民丰，人杰地灵，俊采星驰，闻名遐迩。中国绸都，四川南充，嘉陵江畔一明珠，巴蜀腹中一宝地。东向鄂楚，北引三秦，文有相如（司马相如），武属张飞，巴蜀文化天下扬。娟娟之国，织锦之魂，古有采桑罗敷女，窈窕劳作拒使君；今时川之巧绣娘，素手纨绢惊乾坤。罗绡与缃绮，辅就云花雪毯，缭绫共绢纱，流成奇光异彩。红缕葳蕤（众多）紫褥软，彩丝茸茸（软密）锦绣灵。嗟吁！蜀真乃丝绸天堂也。”其二：“桑，赤帝（南方之神）东浴而升之扶木也。上古时蜀为西海，共工触不周（山）而天倾地陷，生今之盆地也”轩辕之妻嫘祖，见扶桑养天虫，吐丝作茧，咸抽丝织帝衣，大妙。传法世人，延植天下，与有巢、燧人（古代有巢氏造房，燧人氏取火）同功，为人类文明巨贡。’期我乎桑中，要我乎上宫’（《诗经》），陌上有贞女（罗敷），范情采桑中。长河万年，诸葛（诸葛亮）桑园，表方（张澜）改良，玉阶（朱德）督倡，有桑而万民利，大增国色也。”其三：“蚕，天虫也，受天地之气，食扶桑之叶，四龄而衰，老来吐丝作茧自缚之。嫘祖识大用，抽丝织衣，帝彰奇功，赐封灵虫。身袪风湿，蛹可佐餐，便（蚕粪）入药而奇，丝作衣而美，百姓敬之为神也。王受蔽而贵叫蚕娘，国泽利而丰呼宝宝。唐朝诗人李商隐游阆（阆中），窥蚕不食而吐丝、产卵，感其奉献无悔，写下了‘春蚕到死丝方尽，蜡烛成灰泪始干’之绝唱耳。”其四：“丝，丝者精细也，虽为十忽（蚕吐丝为忽，十忽为一丝，十丝为一毫，十毫为一厘，十厘为一分）之聚，却由桑蚕之丝独领风骚。君不见，铢丝金三，江南有丝商贾富；颗茧粮二，四川有丝天府兴。君不见，花蕊丽人（五代前蜀主王建之妃，姓徐，异常艳丽，善作词，有《花蕊夫人宫词》九十余首传世）倚绸缎，子建（曹植字子建）美妇话霓裳。北国张骞丝绸路，岭南六韶茶马帮。有道是，蜀丝绸缎欧美慕，嘉厂缫织天下扬。天子叹，无限经纶从此出；四海欢，家家姑娘绣罗裳。”其五：“绸，薄软之丝织品也。两万年前，上古人食生，取兽皮掩体。至黄帝垂衣，道婆（黄道婆改革纺织）纺锤，方有上衣下裳，世治之说。惟嫘祖得天虫吐丝，所织精细，华丽柔软，胜帛倍也。诸侯王公，衣绸而贵；红楼富妇，绕绸而妖（艳丽）。殊不知，缭绫织成费功绩，莫比寻常缯与帛，丝细缫多女手疼，轧轧千声不盈尺，成之不易尔。”

绸商子喜结良缘

从前珠山万桑园的嘉陵江边，有一个蚕渡码头，码头上住着一户姓李的人家，家主名叫李精勤，为人忠厚善良，治家有方，男耕女织，勤俭持家。李精勤见万桑园内盛产桑葚，成熟之时，万紫千红，芳香四溢，便利用桑葚酿造出桑葚酒来卖。又在这里开设酒店，生意十分兴隆。此酒殷红透明，淡甜清醇，饮后可以强身健体，滋阴养颜，补肾养血，返老还童，顾客盈门，供不应求。李精勤娶妻唐氏，温良贤淑，善于织绸。她的父亲名叫唐懋绩，木老场人，性格仁厚，尤好施济，在大松椏路旁施茶三十余年，来往行人无不感激。凡贫苦百姓死后无钱安葬的，唐懋绩便购置木匣赠给这家人安葬死人。乐善不倦，人称善人，载于县志，流传至今。李精勤生有一男一女，取名李彬、李翠。李彬聪明好学，博览群书，道光初年（1821）考取岁贡，品学兼优，将升入国子监读书，前途远大，全家高兴，亲朋祝贺，热闹数日方散。李彬为人仁孝好义，家居蚕渡码头附近，亲见每值夏秋水涨之时，摆渡舟子乘危索钱，过渡的人深感苦恼，使他含恨已久。有次，他母亲晚上生病，急需过江求医治疗，亦为舟子所难，决意创兴义渡。遂劝说父亲李精勤和外公唐懋绩，倾囊相助，又四处募化，年余得钱一千缗。于是购买木料，做成十余小船，用铁索相连，横铺木板，以利人行。冬春水落，人行浮桥；秋夏水涨，设置义渡，购买田土，养活舟子。筑舍江岸，护桥摆渡，万民利赖，咸称大善，自此蚕渡码头远近驰名。

千年绸都顺庆府，千年绸坊万桑园，很有名气。顺庆红绫，名满京都；万桑绸坊，品质精美。千百年来，很多富商巨贾寄居顺庆，租赁房舍，建立货站，贩运丝绸，运往京城各地销售。

当时有一位江西商人，名叫王纤远，和同乡章荣万二人，合伙经营丝绸生意，住在顺庆城内，已有数年。不意王纤远突然生了重病，医治无效，竟然病故。章荣万为他办理了后事，因为路途遥远，只好就地安葬，立即托人带信，通知死者家属。王纤远的儿子王杰斯听到父亲病死，奔丧来到顺庆，到父亲坟前痛哭不已。他的母亲去年死了，今年父亲又逝，万分悲痛。父亲又无积蓄，远隔千里，无钱运柩还乡，办完父亲丧事，他就在顺庆定居下来，以便祭扫父墓。章荣万见他忠厚老实，人物俊秀，就将长女章洁许配给他，做点小生意，维持生活。孰知第二年章洁又生病去世，王杰斯形单影只，更为惆怅。经人说媒，娶李精勤之女李翠为妻，王杰斯举目无亲，便移居万桑园，养蚕造丝，夫妻十分恩爱。李翠生有二子，取名曜临、恩临。曜临诚实憨厚，从事农商。恩临机智善思，他见顺庆红花出产多，销路广，不只丝绸商人购买得多，还远销国外，获利更大。于是他筹集资金，改做红花生意，从小到大，越做越精，福至心灵，渐成富翁。道光十九年（1839），王恩临在顺庆城内创办了“六吉红花店”，收购销售红花，资金已逾十多万两白银。他是一个孝子，竭力孝顺双亲；又是一个疏财仗义的人，乐善好施。他生活俭朴，从不骄奢，助人为乐，德不望报。咸丰与同治年间，天灾与战乱，很多人背井离乡，逃难到顺庆来，啼饥号寒。王恩临拿出钱粮，在城中施钱施粥，救济难民，救活无数饥民，尽皆感激。时人以为王杰斯父死来顺庆，妻死娶李翠，由穷变富是个缘分，于是编了一首民谣说：“江西顺庆隔千山，丝绸贩运心相连。万桑园中织绸女，千里姻缘一线牵。”

丝绸文化世代传

南充历史悠久，传说众多，早在夏朝时期，这里的先民们就有在山上种植果树、在江边栽桑养蚕的习俗。夏禹王召集天下诸侯会盟，四方诸侯朝贡，敬献货物众多，巴人将精美丝绸和甜蜜的柑橘进献禹王。禹王大悦，赐名“有果氏之国”，成为巴人的国都。后因有果氏国王喜新厌旧，邦交不和，内有朋党之争，暗交于邻国权奸，内外交困，遂亡其国。到了周朝初期，这里所产的丝织物，列为贡品，运往京城。追根溯源，人们种桑养蚕，源于上古轩辕黄帝时期。据古书记载：“黄帝娶西陵女嫘祖为正妃，嫘祖养蚕治丝，织绸制衣，结束了穿树皮与兽皮制衣的陋习，后世祀为先蚕（蚕神）。”古书又说：“伏羲发现了野生蚕虫，驯化作茧；嫘祖教民养蚕织绸，以作衣物。”伏羲生于华胥国的雷池（今阆中七里坝），堪称蚕桑文化的源头。古代传说：蚕是一位美丽的姑娘，披着马皮，俗称马头娘，以身化蚕，吐丝作茧以自缚，死于树上，故称其树为桑（丧）称其身为蚕（缠）。据《蜀王本纪》与《华阳国志》记载：“上古时期的蚕族部落酋长蚕丛，见周朝政治衰落，便先称王，建立蜀国，史称蚕丛王。他教育百姓栽桑养蚕，缫丝织绸，后称蜀锦，蜀人建祠祭祀，尊称始祖。”到了三国蜀汉时期，诸葛亮为丞相，亦十分重视发展蚕桑与蜀锦生产。当时的蜀锦已享有盛誉，可以获得丰厚利润，是蜀国的重要财源，故发出教令说：“如今百姓贫穷，国力虚弱，战胜敌人的军费，只有仰仗蜀锦了。”这时，安汉县（今南充市）地区生产的红绫，亦远销国外，享有盛名。唐宋年间，全国唯有浙江的湖州，蜀川的果州与阆州，为两大丝绸基地。南充所产多是精致的高档丝绸织物，皇室与权贵所用的锦绮绸缎，多为南充所贡。

享誉京华，畅销国外。果州红绫，由长安输往日本，成为皇室珍宝。南充的丝绸流入了丝绸之路，远销波斯、罗马等国，皆以能穿中国丝绸为荣，价值等同黄金。到了明清时期，四川丝绸仍以顺庆、保宁等地为盛，被誉为“胜苏杭品质之优，享天宝物华之誉”的中国绸都，世代相传。

千年绸都南充城，千年绸坊万桑园。千百年来的蚕丝生产，使当地流传着很多民俗活动，直至今日。其一，祭祀蚕神。汉唐以来，安汉县与阆中一带皆建有先蚕祠，祭祀蚕神嫘祖，尊称她为养蚕织绸的祖师，世世代代皆立祠庙祭祀。唐代观察使吕颙，途经嘉陵江一带，见养蚕人祭祀嫘祖，遂咏《先蚕祠》，诗云：“花缬冰纨寸寸丝，个中消息几人知？掇桑试语巴江女，好爇名香报尔师（螺祖）。”其二，祭马头娘。世传蚕是马头娘所变，每年正月初八日是蚕过年。这一天四乡蚕农和城市丝绸商户，皆设丰盛酒食及香烛祭蚕，祈求新年蚕桑丰收，丝绸生意兴隆。古诗有：“上市卖新丝，织素分粗精。归祀马头娘，共庆蚕桑成（丰收）。”其三，开设蚕市。每年正月至三月，阆州、果州和蓬州皆开设蚕市，买卖养蚕器具，异常热闹。当地蚕农世代相传，古代蚕从氏为蜀王，民无定居，跟随蚕丛所在致市而居，遂成遗风。即蚕将兴而名蚕市，买卖蚕农用具及花木果草药什物。北宋益州知州田况作《蚕市》诗曰：“齐民聚百货，贸鬻贵及时。乘此耕桑前，以助农绩资。物品何其伙，碎琐皆不遗。”其四，上元唤诗（丝）唐宋年间，每年元宵之夜，果州城内都要举行观诗灯和儿童唱蚕诗活动，称为唤诗（丝）宋人彭永作《上元唤诗》云：“巴人最重上元时，老稚相携看点诗。行乐归来天向晓，道旁闻得唤蚕丝（诗）。”

民间传说

民间传说起源于神话，进而发展到佛道传说、名人传说、爱情传说、动物传说等等。如我国最著名的四大民间传说牛郎织女、白蛇传、孟姜女、梁山伯与祝英台。嘉陵区境内有很多优美动人的传说，诸如：山神陈寿、任瀚学道、渔樵对讽、白龙投生、割股奉母等，而流传最广、影响最大的要数陈阶祭母、刘海戏蟾、鬼女鸣冤、太和白鹭四个民间传说。这些传说颇有历史价值和教育意义。

陈寿死后封山神

唐朝时期，流溪县（今嘉陵区金凤镇县坝）内有两个修道成仙的人。一是唐玄宗时期的徐佐卿，在富安镇太霄山（今嘉陵区礼乐乡境内）的古洞中修道成仙，时人称为徐仙洞。二是唐德宗时期的谢自然（嘉陵区西兴镇大方山人），在金泉山朝阳洞修道成仙，御封东极真人。这两位神仙修道成仙的事迹，都被载入《太平广记·神仙传》中。在谢自然传中记载着：“常昼夜独居仙女之室（大方山谢仙石室），深山穷谷，无所畏怖。常有天使八人侍侧，二童子青衣与二天神卫其门。某山神姓陈名寿，魏晋时人，并说：真人位高，仙人位卑，言已将授东极真人之任。”据《南充县志·舆地纪胜》记载：“安汉故地，历代曾立祠奉祀陈寿。唐朝时，敕封陈寿为昭德文惠侯。其封词云：‘昔在晋时，尝为史官，三国鼎分，赖尔纪次。文亚班马（班固与司马迁），学者所宗。’元代建有陈寿祠，故址在城西门外，又名昭护庙。”南北朝时期，梁国的刘勰在他所著的《文心雕龙·史传》中，对陈寿评价道：“魏代三雄（魏、蜀、吴三国），记传互出（相继问世）。《阳秋》《魏略》之属（之类），《江表》《吴录》之类，或激抗难征（过激难信），或疏阔寡要（粗略疏漏）。唯陈寿《三志》（《三国志》），文质辨洽（明晰），荀、张（荀勖和张华）比之于迁固（司马迁和班固），非妄誉也（很恰当啊）。”古人云：“忠孝之人，死必为神。”我国各地的关公庙、张爷庙就是一例。陈寿是个孝子，两次遭贬，皆因孝顺父母被人冤屈。父死贬故乡，母死贬洛阳，皆为权奸诬陷而罢官。

在漫长的封建社会时期，朝廷皆诏祀山川百神，并在五岳四海立祠祭祀。清代鸿儒纪昀（字晓岚）的《阅微草堂笔记》中，记载有《山神》一事，文曰：“有士人（书生）行桐柏山中，遇卤簿前导（仗仪队做前导），衣冠形状，似是鬼神。暂避林内，舆（车）中贵官已见之，呼出与语，意殊亲洽（亲切）。因拜问封秩（怎么称呼）？曰：‘吾即此山之神。’又拜问：‘神生何代？冀传诸人世（想告诉世人），以广见闻（增长见识）。’曰：‘子所问者人鬼（人与鬼之间的事），吾则地祇（我是地神）也。夫玄黄剖判（开天辟地之后），融结万形（万物形体）。形成聚气（元气），气聚藏精（潜藏精华），精凝孕质（孕育内质），质立含灵（蕴含灵通），故神祇与天地并生。惟圣人通造化之原（通晓天地造化的原理），故燔柴（祭天时燔柴），瘞玉（祭山时埋玉），载在“六经”。自稗官琐记（野史），创造鄙词（陈词滥调）。曰刘曰张（某神姓氏），谓天帝有废兴；曰吕曰冯（河神），谓河伯有夫妇，儒者病焉（儒士不满）。紫阳（朱熹的学说）崛起，乃以理诘天（用理来阐释天），并皇矣之下临，亦斥为乌有（否定上帝临下有赫），而鬼神之德，遂归诸二气之屈伸矣（鬼神存在归于阴阳二气）。夫木石之精（山林中的精怪），尚生夔罔（生出魍魉）；雨土之精，尚生羵羊。岂有乾坤斡运（运转），元气鸿洞（弥漫无际），反不能聚而上升（聚气而升），成至尊之主宰哉！观子衣冠，当为文士，试传吾语，使儒者知圣人飨报之由（为报功德而祭飨，尊崇上天的缘由）。’士人再拜而退。”清代蒲松龄的《聊斋志异》中，亦记载着《山神》一文曰：“益都（成都）李会斗，偶山行，值数人籍地饮（坐地饮酒）。见李至，欢然并起，曳入坐（拉他坐下），竞觞之（争着敬酒）。视其柈馔（馔盘中酒菜），杂陈珍错（山珍海味）。移时（喝了一阵），饮甚欢，但酒味薄涩（淡薄发涩）。忽遥有一人来，面狭长（脸窄而长），可二三尺许；冠之咼细称是（帽子大小很合适）。众惊曰：‘山神至矣！’即都纷纷四去（四面走散）。李亦伏匿坎窞（伏在坑里）。既而起视，则肴酒一无所有，唯有破陶器贮溲渤（装着尿），瓦片上盛蜥蜴数枚而已（只有壁虎数条）。”

陈达之还乡祭母

西晋著名史学家陈寿，一生著述甚多，只有《三国志》列为国史幸存下来，留名千古。陈寿生于安汉，卒葬洛阳，他死后五十年，东晋史学家常璩为他作传，对其家史作了简洁的叙述，中有：“华（司空张华）表欲登九卿，会受诛（张华被刺），忠贤排摈，寿（陈寿）遂卒洛下（死于洛阳）。兄子符，字长信，亦有文才，继寿著作佐郎，上廉令。符弟莅，字叔度，梁州（今陕西汉中）别驾，骠骑将军齐王辟椽（聘为椽吏），卒洛下（洛阳）。莅从弟阶，字达之，州主簿，察孝廉，褒中令，永昌西部都尉，建宁（今云南曲靖县）、兴古（今陕西略阳）太守。皆辞章粲丽，驰名当世。凡寿（陈寿）所述作二百余篇（三国志 65 篇，古国志 50 篇，诸葛亮故事 24 篇，官司论 7 篇等），符、莅、阶各数十篇。二州先达及华夏文士多为作传，大较如此。”此传对于陈寿的父亲、妻子及其子女姓名皆未提及，因为陈寿没有给家庭和本人立传。后来人们给他立传，也没有将他父亲及发妻的名字写出来。好在常璩谈到了陈寿两弟兄共生三个儿子的事，使人们知道陈寿有个哥哥和两个侄儿。哥哥叫啥名字，亦没说明。好在唐朝的房玄龄（唐初大臣）在著《晋书》时，作有《陈寿传》，文中提到陈寿父亲：“寿父为马谡参军，谡为诸葛亮所诛，寿父亦坐被髡（剃光头发）。遭父丧，有疾（陈寿病了），使婢丸药，客往见之，乡党以为贬议。及蜀平（魏灭蜀），坐是沉滞者累年。司空张华爱其才，举为孝廉，除佐著作郎。杜预荐于帝，授御史治书，以母忧（病逝）去职。母遣言葬洛阳，寿遵其志。又坐不以母归葬安汉故里，竟被贬议。”不难看出，陈寿两次遭贬，父死贬安汉，母死贬洛阳，皆因孝顺父母，权奸陷害所致。

陈寿著《三国志》时，因是国史，不便为家庭及父母列传，使人难知其家庭与身世。一些有考古癖的人，费尽心思，终于查出了陈寿的父亲名叫陈式。他壮年时期，投奔刘备，南征北战，屡建奇功，后任马谡参军。街亭失守，诸葛亮挥泪斩马谡，陈式受到株连，处以髡刑，剃光头发，以发代头。陈式蒙受耻辱，毅然解甲归田，回到安汉故乡。次年生子陈福，暗寓活着就是幸福之意。陈福生有二子，长子陈符，次子陈莅。陈参军继于后主建兴十一年（233）生子陈寿。陈寿自幼聪明好学，并教两个侄儿读书习字。相传，陈寿在成都“蜀汉大学”毕业后，已二十一岁了，他的父亲陈式便选择安汉侯王平将军的后裔，当地名门望族王某之女为媳，给陈寿完婚。次年，陈寿被聘为蜀汉名将姜维将军的主簿，办理军中文书诸事。后来荣升黄门侍郎，常在后主刘禅身旁，拟草诏书。景耀五年（262），他的父亲陈式病逝家中，便告假归家办理丧事。当时宦官黄皓专权，借故将他罢职为民。次年蜀亡。自此，陈寿闲居安汉县故乡七年，广收蜀汉史事，拟编《蜀史》。这期间，他的长兄陈福也患病逝世，一切家事全落在陈寿头上。他已生了一个儿子，取名陈阶，意即空存官阶。后来陈寿经人荐举，被晋武帝任为著作郎。发妻已故，葬于都尉坝中，全家迁居京都洛阳。陈寿母亲死了，葬于洛阳；陈寿死了，亦葬母墓之侧。这时陈阶已任云南建宁太守，安葬父亲后，特意告假还乡，到都尉坝哭祭母亲。当时，民间流传一首歌谣道：“陈寿父死葬安汉，母死遗嘱葬京城。垂老遭贬死洛阳，陈阶还乡祭母亲。”后来陈阶死了，亦葬于洛阳父墓之侧。

刘海戏蟾千古传

流溪县境内有很多民间传说，流传最广的要数刘海戏蟾的故事。唐朝时期，流溪县乡下有个名叫刘海的人，家里很穷，父亲过世得早，母亲悲伤过度，哭瞎了眼。刘海天天上山砍柴，担到城里去卖，买米回家，奉养母亲。好心的人见刘海诚实忠厚，人也长得英俊，想给他做媒娶妻。刘海谢绝道："我家很穷，母亲又是瞎子，哪有钱来养妻活子呢。从前曹庄家贫，打柴为生，娶妻焦氏，虐待母亲。曹庄杀狗惊妻，焦氏方改恶从善。我不忍杀狗，也无能娶妻，一心奉母，誓不娶妻。"大家都说刘海是个孝子，对他十分尊敬。

一天，刘海从山上砍柴回来，有些累了，在一个古井里用手捧了一些井水解渴，坐下来休息，忽然看见路旁一只三足蟾赊受了伤，没法跳动，便急忙上前给它包扎起来，蟾赊跳进井中就不见了。原来这只蟾赊乃是龙王的女儿，名叫巧姑，趁龙王外出的机会，变作一只金色的蟾赊，四处游玩。来到古井，跳出水面，不意跌伤了脚，幸喜刘海给她包扎，心中十分感激。龙女时常想念刘海，经常到井边来探望他。恰巧，这天刘海又来到井旁饮水憩息，发现一条巨蟒正要吞吃蟾赊，他急忙赶上前去，挥斧去砍巨蟒，巨蟒逃走了，忽见面前出现一位美丽的姑娘，笑着向他说道："您两次救了我的命，非常感激。您是一个好人，我送您一颗宝珠，能治百病。"于是将宝珠赠给刘海，忽然不见人影。刘海以为遇到神仙，恋恋不舍地离开古井。他回到家中，用这颗宝珠来治母亲的眼睛，霎时双眼圆睁，复明如初，母子高兴已极。刘海心地善良，用这颗宝珠治愈了很多病人，大家都很感激。刘海时常想念井边那个美人，每天砍柴回来，都要在井旁静静地坐着，期望能见到她。不意巨蟒从树林中偷偷爬出，从背后向刘海扑来。龙女见此情景，急忙从水中跃出，跳到刘海背后。刘海喜出望外，转见巨蟒扑来，他眼疾手快，抽出砍柴刀，把那条恶蟒斩成两段。刘海惊问她的来历，方知她是龙女，于是对天盟誓结成夫妇，龙女常吐金钱周济穷人。后来刘海跟着吕洞宾学道成仙，民间称为福神，能给人间带来钱财和子嗣的吉祥神，世代相传。

北宋著名词人柳永探知此事，觉得刘海是个樵夫，诚心奉母，感动了龙女，嫁他为妻，有如董永卖身葬父，七仙姑下凡相配一样，遂写了一首《洞仙歌》，来赞扬他俩的恩爱之情，其词云："佳景留心惯（初次相会的井旁）。况少年彼此（男才女貌），风情非浅（爱情深厚）。有笙歌巷陌，绮罗庭院（龙女将洞房变化为华丽的庭院）。倾城巧笑如花面（花容玉貌）。恣雅态（高雅的仪态），明眸回美盼（美目媚态，嫣然含笑）。同心绾（绵带编成的同心结）。算国绝仙材（绝色仙姿），翻恨相逢晚（相见恨晚）。缱绻（感情深厚难舍难分）。洞房悄悄（幽静），绣被重重，夜永欢余（长夜欢乐），共有海约山盟（海誓山盟），记得翠云（浓密的黑发）偷剪。和鸣彩凤于飞燕（恩爱相聚之意）。间柳径花阴携手遍（初恋之情）。情眷恋。向其间，密约轻怜事何限（无限欢乐）。忍聚散（怎忍离散）。况已结深深愿（永结同心）。愿人间天上，暮云朝雨（情爱与欢会）长相见。"当地好事之人将这首《洞仙歌》刻在碑上，竖立井边，供人欣赏。人们便把这口井称为金蟾井，并常摆谈刘海戏蟾的故事，直至今日。

谭银汉葬身西溪

宋朝宣和年间（1119—1125），徽宗骄奢淫逸，怠弃国政，暗淫名妓李师师，朝臣富商，效尤皇上，嫖娼宿妓之风遍行全国。当时，果州城内有个富商名叫谭尚德，他在城中开设了十余家丝绸铺面，收购生丝，并开办了一座绸厂，聘请江浙名师来教导织绸刺绣，销售绸缎。那时，果州盛产蚕丝，货源充足，顾客盈门，远销省外，质优价昂，获利颇丰。谭尚德便在城郊广置田产，种桑养蚕，缫丝织绸，今南充丝绸路街一带都是他的产业，还在珠山下修建绸坊，雇工织绸，逐渐成为川北首富。又在果城西溪河畔依山傍水修了一座华丽的庄园，楼台亭阁，错落有致。桃李杏梅之树，交柯密郁；兰蕙芍药之花，罗列满园。山秀水丽，连嶂如画，奇葩荣发，清香袭人。谭尚德妻妾成群，婢美妾娇，饱享艳福。中年生子银汉，姿貌姣丽，懒读诗书，胸无点墨，最喜贪色。他将父亲半生辛苦挣来的钱财，花得一干二净，贫病交加，葬身西溪。

古人云：“人之初，性本善。性相近，习相远。苟不教，性乃迁。”谭银汉生长富豪之家，穿的是绫罗绸缎，吃的是山珍海味，在花天酒地、粉团锦绣之中度日。自幼娇生惯养，放荡不羁，只知花钱，不晓来之不易；只知贪玩，不思读书上进。他的父亲望子成龙，聘请当地宿儒教他读书，他坐着就打瞌睡，老师不敢过于管教他，虽循循善诱，却置若罔闻。读书数年，依然识字不多，不文不武，老师或愤而辞馆，或不辞而别。后来长大成人，仪表堂堂，腹内空空，常同下流之人胡混，嫖赌成性。虽娶有陈家小姐，却很少在家住宿，日游花街，夜宿柳巷。父母规劝他几句，更是反目成仇，说什么“为富不仁，虐待子孙，挣钱只为用钱故，我不花钱该谁花”，活活气死双亲。陈氏美貌贤淑，恭俭温良，奉劝丈夫“要谨守父业，紧缩开支，坐吃山空，立吃地陷，只出不进，纵有万贯家财，也会用尽”，谭银汉厉声骂道：“你这贱妇，休得饶舌，银钱生不带来，死不带去，我花我的钱，关你屁事。若再多嘴，休妻再娶！”陈氏怄气伤肝，常患疾病，暗自悲啼，未几亦卒。

谭银汉自从双亲去世，贤妻病故，无拘无束，恣意妄为，更是挥霍无度。他将父亲旧时庄园改建成四大藏娇楼，仿照苏杭园林修建，假山荷池，曲廊相通，亭台水榭，华丽已极。又用重金在扬州买来四个妙龄女郎，皆颜如桃李，光彩动人，千娇百媚，绰约如仙。纳帮闲之策，以古代四大美人之名而名其楼、而名其人，取名西施、昭君、貂蝉、玉环，分住四楼。每天游憩于四楼之中，弹琴歌舞，饮酒作乐，袒体裸裎，昼夜宣淫。他不懂生产，不问经营，下人明偷暗拿，家道日衰。古人云：“淫乱而生祸患，乐极而生悲哀。”不意祸从天降，庄园无端起火，烧为灰烬，谭银汉纵淫体弱，一病不起。生意亏空，产业殆尽，仆婢们卷金而逃，四大美人亦奔随他人。谭银汉举目无亲，度日如年，走投无路，悔恨莫及，乃投西溪自尽。当地民谣云：“好个谭丧德（即谭尚德），生个贪淫汉（即谭银汉）。创业费心机，教子无义方。空积万贯财，逆儿全花光。庄园遭火焚，二代香烟亡。”

嘉陵驿鬼女鸣冤

从前充国城江陵坝（今高坪区江陵镇境内）地方，有个名叫曹峨的人，以钓鱼为业。他家住在嘉陵江南岸，每日必驾小舟过江，到江北的回水沱，坐在石上钓鱼，日落而归，晚年尚钓鱼不止。一天快黄昏了还不归家，妻子到江边遥望，见他宛然踞石垂钓如常。呼之不应，疑以为得疾，令其子摇船往视，遥见簑衣覆其体。这天又没落雨，他原先又未带簑衣去，满腹疑团，孰知走近一看，人已死了。但见蚯蚓爬满全身，啃吸血肉，若披簑茸茸。因平生取鱼用蚓为饵，遭此恶报，家人悲痛，安葬江畔。这事发生不久，附近的嘉陵驿（今顺庆舞凤镇打铁垭）又有驿女鸣冤之事。

这座嘉陵驿，建在嘉陵江畔，唐宋时期，凡来往官员多驻足此驿；广安、岳池、邻水、渠县、重庆、合川等地人进京亦经此道。宋高宗绍兴二十七年（1157）春，兴州后军统领赵丰，奉命挂帅巡视四川诸郡。他来到果州，驻足嘉陵驿，命驿吏置榻中堂。驿吏上前说道：“是堂有怪，夜必闻哭声，常时宾客至此，多避不敢就，但舍于厅之西阁。”赵丰捋须笑道：“吾岂畏鬼者耶！”竟寝堂上。至夜间，哭声从外来，若有物直赴寝所。赵丰从容说道：“汝有冤情欲言我乎？速告，吾为汝申冤，否则亟去！”果去，顷之复来，群从者皆闻履声，却不见人影。二日，赵将军把此事告诉果州太守王中孚，王以为妄。是夕赵将军赴郡宴夜归，方酒酣未寐，倚床小憩。忽来一女，散发向前泣曰：“妾乃解通判之三女，名莲，本中原人，遭乱入蜀，失身于秦司茶李季忞户部家，宾居此馆。李有女嫁郡守马大夫之子绍京，以妾为媵（陪嫁女），不幸以姿貌见私于马君（即马绍京）。李氏告其父，杖妾至死，气犹未绝，即命掘大窖，倒下妾尸坑杀。今三十年矣，幸得将军哀我，使我受生。”赵将军说道：“汝死许久，士大夫日日过此，何不早自直言？”鬼女说道：“遗骸思葬，未尝须臾忘，是间有神司守，不许数出。十年前，妾夜哭出诉，地神告我，后有赵将军来此，是汝冤获伸之时。日夜望将军至，故敢以请。”赵将军说道：“果如是，吾当怜念。”鬼女谢去，遣人随视，至堂外墙下没。明日召僧为诵佛，书作荐事，遂行。晚至潼州之东关县止，鬼女复至，已束发为高髻。赵将军说道：“吾既为汝作佛事，何为相逐！”鬼女说道：“将军赐固已大，但白骨尚在堂外墙下，非将军谁为出之。”赵将军说道：“吾为客，又已去彼，岂能为汝出力？何不诉于郡守王郎中（王中孚）。”鬼女说道：“妾非不知，戟门有神明，岂容辄入。然妾之冤，非王郎中不能理，非将军周旋，何以达于王郎中？妾骨不出，则不得生，使妾骨获出而得生，全在将军一言婉转间。”赵将军又许之，再将此事告知王太守。王乃访昔时李户部（李季忞）所使从卒，独有谭咏一人在，乃委谭咏访其骨。咏率十数兵来墙下，发土求之，凡两日，迷不得所在。咏致一巫母问之，巫自称圣婆，口作鬼语，呼咏责道：“汝当时亲手埋我，岂真忘所在耶？今发土处即是，但尚浅，当时倒下我盖以木床，木今尚在。若得木，骨即随之，顶骨最在下，千万为我必取，我不得顶骨不可生。”谭咏惊怖认罪，明日深掘，果得尸，郡守为徙葬于高原。当时马绍京为渠州邻水县尉，未几就调普州（今四川安岳县）推官，见解氏（鬼女解莲）来说当日事，绍京继踵亦卒。后来，有个名叫孙耆的人调来果州任教官，也住在嘉陵驿，闻听此事甚异，乃为文记其事。当时虞并甫为渠州太守，便把这事告诉在朝任端明阁学士的好友洪迈。洪迈学识渊博，尤好搜奇索异，闻之叹道：“赵将军泽及枯骨，大有周文王之风！”便将此事编入《夷坚志》中。

忠孝冯家美名扬

南充的凤垭山（今属嘉陵区）是个忠孝之山，山中埋葬了汉代女都尉纪兰英与明代兵部侍郎杨松年的忠骨。自从明世宗嘉靖元年（1522）致仕还乡的张惟知府在凤垭山修建了孝心观以来，当地百姓以孝亲为荣，不孝为耻。明清时期，这里出现了很多孝子，他们的孝亲事迹载入《南充县志》与《顺庆府志》，被誉为忠孝之乡。当时，凤垭山一带流传着一首《忠孝歌》道："子推割股奉文公（晋文公重耳），忠君美名千古闻。南充儿女多奇孝，割股奉亲医疾病。"民歌中谈到的"子推割股奉文公"乃是东周时期的故事。晋文公是晋献公的长子，名叫重耳。献公立幼子为嗣，重耳出奔外国十九年，由秦送回即位，后来成为霸主，名驰天下。重耳在逃亡途中，饿得不能行走，便坐在树下休息。荒郊之地，难觅饮食，忽见介子推双手捧来一碗肉汤进献他。重耳吃了这碗鲜美的肉汤，非常高兴，问道："子推呀，此地荒僻，何以得此肉汤？"介子推说道："这是臣的股（大腿）肉啊。我听说：'孝子杀身以事其亲，忠臣杀身以事其君。'如今公子缺乏饮食，所以割股做汤，以饱公子之腹。"重耳听了很感动，称他是个忠臣。清朝张子洞所著《百孝图》书中，亦记载着《黄家瑞割股医母》的故事。黄家瑞是明朝湖广省监利县北上坊村人，自幼侍奉双亲就十分忠心。在他十三岁时，母亲得了病，投医问药总不见效，他就每天守在母亲的病床前哭泣。母亲看他年幼可怜，就骗他说病已经好了。他见母亲还是茶饭不思，面色也不好，不是病好的征兆。于是在夜里祈祷神灵，保佑母亲早些痊愈，又在腿上割下一片肉，做成药汤端给母亲喝。第二天，黄母病情大有好转，想吃茶饭了，面色也渐渐红润起来，几天后就痊愈了。亲友邻舍知道了黄家瑞割股疗亲的事，都称赞他是孝子，从此名声大著。

明末清初，凤垭山下的都尉坝中，住着一些姓冯的人家，世代相传，他们是三国名将冯习将军的后裔。冯习将军战死沙场，为国尽忠。他们的先祖冯孜是个大孝子，在明英宗天顺年间（1460）当过延安知府，闻听父亲病逝，便辞官还乡，给父亲办理丧事，安葬之后，守孝三年。自此时常陪伴母亲，百般孝顺，人皆称赞他是孝子。冯孜的后裔冯瑛是个武生，父亲名叫冯光伟，患病多年，医治无效。冯瑛是个孝子，时常陪伴在父亲身旁，端茶递饭，寸步不离。冯光伟自知绝症难治，好不起来，便对冯瑛说："瑛儿呀，你母亲过世得早，我好不容易将你养大。只望养儿防老，孰知久病不愈，眼看将离人世。"说罢喘息不止，竟至昏死过去。冯瑛哭着割股和药做汤，慢慢灌入父亲口中，孝心感天，父亲忽然醒了过来，疾病居然好了。事隔数年，冯勸的父亲冯化羽也得了重病，四处求医治疗，总是医不好。冯勸也是一个孝子，他见族中冯瑛割股做汤，医好了父亲的病，至今活在人世。一天，他到孝心观去祈祷神灵，保佑父亲早日康复，回到家来，也像冯瑛那样割股做汤，端给父亲喝了，没几天，父亲果然病愈，人皆称孝。清朝康熙年间，冯家有个姑娘冯碧，嫁给曲水场张有光为媳。张有光当过直隶知府，后来辞官还乡，奉养双亲。张有光病逝后，留下老妻王氏，冯碧朝夕侍奉，衣不解带。一日婆母生病，她便焚香祈祷天地神灵保佑，又持刀割股，得少许，嫌不足，连割二次，做汤端给婆母喝，婆母喝了，疾病痊愈，大家都称赞她是孝顺媳妇。

罗寒梅钦羡罗敷

明朝时期，珠山下的万桑园中，住着一户姓杜的人家，家主名叫杜善仁。为人谦和，笑口常开，善于缫丝，手艺精湛。全村人都喜请他缫丝，一年四季，忙个不停，人们尊称他为杜师傅。杜善仁娶妻罗氏，是金宝场罗方（后任云南布政使）的大姑。罗氏貌美勤俭，善于织绸，花样翻新，人物花鸟，栩栩如生。近邻妇女皆从其学艺，呼为罗大娘。罗大娘生有一子一女，子名杜纯，人物俊秀，勤奋好学，学识渊博。小女取名素梅，窈窕淑女，聪明伶俐，善于养蚕，心灵手巧，结茧又大又厚，洁白如玉，人皆呼为小姑。小姑出门采桑，穿戴洁净，爱说爱笑，姑娘们都喜和她接近。她走到哪里，哪里就是一片欢乐，笑声不绝，万绿丛中一小姑，素手采桑口唱歌。

罗方有个小妹，名叫罗寒梅，名字是哥哥取的，意即“梅花香自苦寒来”。罗寒梅天资敏慧，美如天仙，面如桃花，冰肌玉骨。每见哥哥读书，就站在侧边听；哥哥写字，就站在旁边看，不懂就问，默记在心。有时哥哥教她读书写字，过目不忘，深受哥哥喜爱。罗寒梅最爱到珠山万桑园大姑家里来耍，这里有美丽的珠山，松柏苍翠，郁郁葱葱；这里有壮丽的嘉陵江，碧波汪洋，滚滚滔滔；这里有万桑绿园，一望无际，翠绿幽香；这里有采桑佳丽，可爱小姑，活泼天真。她每次来大姑家，就和小姑一道游山玩水，一个是大家闺秀，一个是小家碧玉，情意相投，异常欢快。大姑的疼爱，姑爷的关怀，表哥（杜纯）的钟情，小姑的敬爱，使她心情舒畅，格外高兴。她哪知大姑已和她哥哥谈妥，两家结为秦晋，亲上加亲。表哥和她，尚属不知，两小无猜，皆不留意。有一天，她见哥哥在读一首《陌上桑》的古诗，非常喜悦，便抄下来读道："日出东南隅（角落），照我秦氏楼。秦氏有好女，自名为罗敷。罗敷喜蚕桑，采桑城南隅。青丝为笼系（系篮的绳子），桂枝为笼钩（桑篮的提钩）。头上倭堕髻（偏髻），耳中明月珠（夜光珠）。缃绮（黄色绫）为下裙，紫绮为上襦（短袄）。行者见罗敷，下担捋髭须（放担捋须）。少年见罗敷，脱帽着帩头（露出纱巾）。耕者忘其耕，锄者忘其锄（神魂颠倒，忘记劳作）。来归相怨怒（乐不思归），但坐观罗敷（贪看不走）。使君（太守）从南来，五马立踟蹰（马车停止不前）。使君遣吏往，问是谁家姝（美女）？秦氏有好女，自名为罗敷。罗敷年几何？二十尚不足，十五颇有余。使君谢（问）罗敷，宁可共载不（共度岁月）？罗敷前置词：使君一何愚！使君自有妇，罗敷自有夫。东方千余骑，夫婿居上头（前面）。何用识夫婿（怎么识我夫）？白马从骊驹（白马随从黑马）。青丝系马尾，黄金络马头（金做笼头）。腰中鹿卢剑，可值千万余。十五府小吏，二十朝大夫（大夫官）。三十侍中郎，四十专城居（郡守）。为人洁白皙（白洁），鬑鬑（稀疏）颇有须。盈盈（迟缓）公府步，冉冉（从容不迫）府中趋。坐中数千人，皆言夫婿殊（与众不同）。"罗寒梅读罢，钦羡罗敷不已，赞颂道："采桑女斥责调戏人，夸夫婿折服太守官。世所罕见！"立即来到大姑家，将此诗教给杜素梅，一学就会，又转告别的女友。几日之内，万桑园中的采桑妇女们，唱起此诗，响彻云霄。明孝宗弘治十四年（1501），杜纯与罗方同中举人，杜纯被顺庆府聘为书院山长（校长）。母亲罗氏忙去娘家，催促完婚，大办宴席。同村亲友，齐来祝贺，大家请张老秀才写了一首祝贺词道："杜师傅和罗大娘，家有三匠（缫丝、织绸、教书）人敬仰。杜举人娶罗小姐，天赐良缘世无双。"洞房花烛夜，全村采桑女唱起了《陌上桑》，以表达祝贺与敬佩之情。

杜纯搜诗慰娇妻

据《南充县志》记载："杜纯，明孝宗弘治十四年（1501），与柳稷、罗方等同县考生中举。因学识渊博，文章严整，被当政者聘掌书院（山长），以教诸生，著有《三试集》存世。"当时，杜纯任教的书院，即顺庆府儒学，为宋仁宗庆历年间（约1042）所建，明太祖洪武九年（1376）重修。后来柳稷考中进士，为官刑部；罗方考中进士，官至云南布政使；而杜纯则终年任教，培育英才。

相传，杜罗两家世代联姻，杜纯母亲罗氏，为罗方的大姑；发妻寒梅，是罗方的胞妹。那时的府学设在顺庆南郊，杜纯家居珠山麓的万桑园中（今属嘉陵），杜纯喜娶娇妻，时常回家相聚。罗寒梅美丽贤淑，性好养蚕织绸，虽粗通文墨，却爱诵读古诗。杜纯投其所好，时常搜集一些采桑养蚕、缫丝织锦的诗文回家，给寒梅讲解，皆大欢喜。有次，杜纯带回唐彦谦的《采桑女》一诗，说道："唐彦谦是山西太原人，博学多才，文词壮丽，诗风淳雅，清浅爽朗。《唐才子传》赞颂他说：'唐人杜甫者，惟彦谦一人而已。'他曾任阆州刺史，作诗甚多。"随之念其诗云："春风吹蚕细如蚁，桑芽才努（冒出）青鸦嘴。侵晨（天刚亮）采桑谁家女，手挽长条泪如雨。去年初眠当此时，今年春寒叶放迟。愁听门外催里胥（衙役），官家（官府）二月收新丝。"继而说道："此诗描写了桑叶才发，蚕细如蚁，官府逼交新丝，采桑女挥泪如雨的心情。"继之又念孟郊的《织妇词》诗云："夫是田中郎（农民），妾是田中女。当年嫁得君，为君秉机杼（织机）。筋力日已疲，不息窗下机。如何织纨素（织绢的人），自着蓝缕衣（破烂衣服）。官家榜（告示）村路，更索栽桑树（植桑税）。"又对罗寒梅说道：

“孟郊是湖州武康（今浙江德清）人，曾任溧县尉，一生困顿失意，穷愁潦倒。作诗语言奇警，苦心孤诣，是唐朝著名的苦吟诗人。他与贾岛齐名，称为‘郊寒岛瘦’唐朝的秦韬玉，为官工部侍郎，作有《织锦妇》一诗，写织锦妇日夜操劳，苦心织锦，自己不能享用，豪门酬赠歌伎。”遂念其诗云：“桃花（绸缎上的图案）日日觅新奇，有镜何曾及画眉（不空打扮）。只恐轻梭难作匹（织成匹），岂辞纤手遍生胝（死茧）。合蝉巧间双盘带（美丽花纹），联雁斜衔小折枝（巧妙图案）。富贵大堆酬曲彻（曲终酬赠歌伎），可怜辛苦一丝丝（忘却织绢辛苦的人）。”杜纯接着说道：“北宋的文同，四川盐亭人，善作诗文书画，曾任邛州知府，亦作有《织妇怨》一诗，描述织妇艰辛与官府逼税的事。其诗云：‘掷梭两手倦，踏茧双足趼（足生硬皮）。三日不住织，一疋才可剪。织处畏风日，剪时谨刀尺。皆言边幅好，自爱经纬密。昨朝持入库（缴税），何事监官怒（不合格）。大字雕印文，浓和油墨污（写成退货补交）。父母抱归舍，抛向中间下。相看各无语，泪迸若倾泻。质钱解衣服（当衣服），买丝添上轴（重织）。不敢辄下机，连宵停火烛（连夜赶织）。当须了租赋（完税），岂暇恤襦裤。前知（明知）寒切骨，甘心肩骭露。里胥踞门限（衙役坐催），叫骂嗔（怒）纳晚。安得织妇心，变作监官眼（同情）。’”杜纯又说道：“明初翰林高启，江苏吴县人，一生作诗二千余首。曾作《养蚕词》诗云：‘东家西家罢来往（农忙），晴日深窗风雨响（蚕食桑叶声）。三眠蚕起食叶多，陌头桑树空枝柯（桑叶已尽）。新妇守箔女执筐（蚕具），头发不梳一月忙。三姑（蚕神）祭后今年好，满簇如云茧成早。檐前缫车急作丝（缫丝），又是夏税相催时。’”罗寒梅说道：“今天的诗，将我家养蚕、缫丝、织绸的事都写到了，真是感人肺腑，催人泪下。”杜纯说道：“一篇诗文能使人哭笑，才是传世之作啊！”

范解元娶韩小姐

人们常说："月下老人牵红线，千里姻缘一线牵。"这话是有出处的。唐朝小说家李复言在他所著的《续玄怪录》中，写了一篇《定婚店》的故事，说的是陕西杜陵县，有个名叫韦固的英俊青年，家资富豪，多方求婚，不成而罢。唐宪宗元和二年（807），游历河北清河郡，夜宿宋城南店。是夜月色如昼，分外皎洁，他散步月下，见一白发老人倚靠布囊，坐在石阶上，向月翻检书籍。韦固好奇，站在旁边偷看，尽是蝌蚪文，一字不识，遂问老人所读何书？老人说："此乃幽冥之书，婚姻簿啊。我为幽吏，职掌此簿。"韦固笑着说道："我欲早婚延嗣，十年多方求之，皆不遂意，君掌此职，能明以告我吗？"老人说："你的女人才三岁，十七岁时，方为你妇。"韦固指布囊问道："囊中何物？"老人说："系夫妻之足的红绳啊，人生时即潜系二人之足。虽仇敌之家，贵贱悬隔，天涯海角，此绳一系，终不可逃。"韦固大怒说道："老鬼奸妄，欺我太甚，偏要早婚，方消此恨。"老人倏忽不见。后来韦国又多方求婚，终无所成。直至十四年后，方结一妙龄女郎，自此月老牵红线的事流传千古。

明朝时期，彭城镇有个秀才，名叫范希正，生得风流标致，又兼才学过人，书画琴棋之类，无不通晓。他的祖先是北宋赫赫有名的范仲淹宰相，范宰相的四个儿子，有的为相，有的为将，堪称名门望族。北宋灭亡期间，范宰相的孙儿范正己在朝为官，他见国破家亡，便带着妻小逃奔四川，来到顺庆府的蓬州避难。他的后裔移居彭城镇居住了三四百年，直到明朝嘉靖年间才出了一个范希正秀才。当地的富裕人家都想把女儿嫁给范秀才，主动托媒去提亲。媒人们费尽心思，想玉成这件婚事，盛夸女孩美如天仙，才如文君。范秀才都不答应，志在功名成就，方议婚姻。离彭城镇不远的世阳场，住着一户韩氏望族，本是北宋著名将军韩世富的后裔，韩将军镇守顺庆府多年，解甲归田后，寄居世阳，他的后裔们在这里也居住了三四百年了。明朝时期，这里出了一个兵部尚书韩士英，他有个女儿名叫韩雪梅，生得天姿国色，聪明伶俐，且是将门后裔，好习武艺，骑马射箭，挥刀舞剑，样样皆精。有一年春暖花开，流水飘香，燕语莺声，蜂飞蝶舞，韩小姐十分快意，骑马挎剑，背插箭囊，带了侍儿春莺，到藏珠山龙台院去踏春敬香。恰巧这天，范秀才邀约几个同窗好友，也到藏珠山去游玩。这座藏珠山，三面环水，形如岛国风光，山上建有龙台院古寺（后改七宝寺），寺内有文昌阁与南池、古洞石室等古迹。山下七宝溪上建有一座壮丽的石桥，游人上山，必经此桥。因其山水环抱，誉为“茂树荫翳，四顾奇绝，烟霞朝暮，百鸟飞吟”的龙居之地，素为果州胜景。韩雪梅骑马来到桥头，见行人拥挤，便谦让停留。这时，范秀才也来到桥头，看见韩小姐洒然英姿，美如天仙，心中非常爱慕。恰巧韩小姐也看见了范秀才英俊潇洒，气度不凡，内心也是喜悦。彼此密探姓名，默记在心。韩小姐到了藏珠山，到寺内敬香祈祷婚事，求神庇佑。出寺游山，见一乌鸦鸣叫树梢，拔箭射去，说道：“谁得此箭，就嫁给谁。”乌鸦应弦倒地，恰落在范秀才身边，刚拾起来，春莺及时赶到，说明来意，范秀才喜之不尽，央人说媒，结成美满夫妻。

果州三贤情谊深

晚明时期，果州这里出了三个赫赫有名的大臣，三人同仕于朝，相继致仕返家，被称为“果州三贤”一是韩士英字廷延，祖籍琴台村（今高坪镇境内），后迁世阳场（今嘉陵区境内），武宗正德九年登进士，官至兵部尚书。世宗嘉靖三十五年（1556年），年七十致仕，长期闲居琴台村。一是任瀚字少海，号忠斋，自称五岳山人，果州城郊任家沟（今顺庆新建镇父子桥村境内）。嘉靖八年登进士，官至左春坊左司直，兼翰林院检讨。嘉靖二十年以宦途艰险，上疏称病请归，未准，乃自行离去，后居果州大北街别墅。一是陈以勤字逸甫，号松谷，别号青居山人，西水里平川坝（今嘉陵李渡镇境内）人，嘉靖二十年（1541）进士，官至吏部尚书，穆宗隆庆四年（1570）致仕，常居嘉湖之滨报恩寺（今南充市委礼堂）旁别墅。韩士英比任瀚大十五岁，任瀚比陈以勤大十岁。三人年龄参差，志趣相投，同是国家骨鲠之臣，如今先后回到故乡，分外亲热，常在一起品茶聊天，互相关怀，互赠诗文。嘉靖二十一年（1542），韩士英应召入朝任大司马时，任瀚作《赠韩石溪起复赴京晋司空》诗云：“汉家宫阙近蓬莱，卿月光辉接上台。韩范（韩琦与范仲淹二相）威名三殿著，西南节钺五溪回。司空暂借新恩重，密勿兼咨后命催。最是强隍多难日，好筹中帑罢楼台。”当韩士英七十致仕归来，陈以勤特作《石溪行寿韩尚书七十》一长诗相赠，中有：“谁将北斗簸余澜，散作溪流汇江水。韩翁韩翁生此中，家住石谿东复东。蓬莱缥缈今安有，讵（岂）如安汉石谿流。闻今谿上醉醽醁（美酒名），七十初回南斗宿。”到了神宗万历八年（1580），陈以勤七十大寿时，皇上令陈于陛（陈以勤子，时为翰林院修撰）归家为其祝寿。因陈以勤少时在青居读书，雅爱此山之胜迹，便在青居嘉陵江畔构筑江楼，尽情游乐。一日宴于江楼，任翰乃书《题陈松谷少傅江楼》以赠，诗云：“少傅邀我江楼坐，酒酣脚踏沧江破。捕得水龙骑上天，夺取元珠斗来大。天风射江江水立，龙飞入海无消息。八荒霖雨来不来，老翁独抱龙珠泣。”

韩、任、陈三贤致仕还乡后，皆好游善诗，互敬互爱，随心所欲，各寻其乐。韩士英年事已高，居家静养，看书习字，诗酒自娱，不管闲事。曾作家联云：“朝廷放归，誓不管闲，内外亲朋请勿开口；家庭宜静，须早完公，弟男子侄各当体心。”陈以勤遍游果州山水，作诗纪胜，热心公益事业，以经营为己任，捐俸修建了广恩桥（今南充西桥）与青居寺。任瀚三代业儒，满腹经纶，文章直词绝织，名冠海内，诲人不倦，从学者众。虽家境清贫，却著述不辍，筑舍果州大北街设馆授徒。亲书一家联云：“庞德公衣挂汉江云，谁知身在风尘里；鲁仲连脚踏沧海水，何用名垂天地间。”常徜徉故乡山水，寄情林泉幽谷，题诗作楹甚多。如咏《诸葛山寺》（今高坪镇龙头寺村境内）诗云：“诸葛山前戎垒荒，永安宫外白苹霜。大江东下古人尽，野戍[illegible]来秋兴长。北极旌旗横海岱，南天峰火隔潇湘。英雄割据终何事，烟锁寒芜空夕阳。”又咏《龙门寺》（今高坪龙门中学）诗云：“槛外莺花春可怜，寻芳遥坐翠微烟。君侯未放郎官醉，更上清江载酒船。”曾作白塔下浮桥一联云：“江关雄栈，联屯画舫千寻，直穿云雾通三峡；天堑长虹，锁断沧波万顷，不放春光下五湖。”又作清泉寺联云：“水国中孤峰倒影，似青螺浮镜，雄剑插空，此江山天南第一；烟霞外万事忘机，但短笛吹云，素琴弹月，这渔樵海内无双。”神宗万历元年（1573），四川巡抚刘思洁上疏举荐任瀚，终不肯出。任瀚晚年崇尚道家学说，栖身栖乐山栖霞洞中，潜心研读《易经》。此洞位于栖乐寺绝壁下之南侧，日月星辰起东落西，日光月华长留洞中，故名栖霞洞。一生著有《春坊集》《钓台集》《任诗逸草》《少海文集》等书。后来任宰相的陈于陛，诗书双绝的黄辉等人，皆是他的门生。万历二十一年（1593），任瀚病逝于家，终年九十三岁，葬于栖乐山中，今墓尚存。

流溪茶园谈茶酒

自从唐高宗（李治）开耀元年（681）在今之嘉陵区内建立流溪县（今嘉陵区金凤镇县坝）以来，到明太祖（朱元璋）洪武十三年（1380）并入南充县，时废时置，共置县五百一十八年。县城繁华，热闹非常，店铺林立，生意兴隆。当时，县衙南门左侧有一家流溪茶园，生意格外兴隆。讲评书的，会朋友的，打花鼓的，断道理的，都来茶园相聚，每天来此饮茶谈心的人很多。千百年来，金凤镇依然流传着很多流溪茶园的动人故事，世代相传，直至今日。

相传，宋朝年间，流溪县城里有个姓范的举人，很有才华，不愿做官，好游林泉，最喜饮酒吃茶，常在茶肆酒店给人讲故事。有一天他在流溪茶园，给大家讲了一个《茶酒争功水解围》的故事，他说："人生嗜好各不同，唯有茶酒聚亲朋。有茶有酒多兄弟，无茶无酒难变通。从前茶与酒自夸功劳，争论不已。茶说：'百草之首，万木之花，贵之取蕊，重之摘芽。呼之茗草，号之作茶，贡五侯宅，奉帝王家。时新献人，一世荣华，自然尊贵，何用论夸。'酒乃说道：'自古至今，茶贱酒贵，单醪投河，三军告醉。君王饮之，呼叫万岁；群臣饮之，赐卿无畏。和死定生，神明歆气，酒食向人，终无恶意。有酒有令，仁义礼智，自该称尊，何劳比类！'茶说：'浮梁歙州，万国来求，蜀山蒙顶，骑山蓦岭。舒城太湖，买婢买奴，越郡余杭，金帛为囊。素紫天子，人间亦少，商客来求，舡车塞绍。远销中外，无人不晓，据此踪由，阿谁合小？'酒说：'剂酒乾和，博锦博罗，蒲桃九酝，于身有润。玉酒琼浆，仙人杯觞，菊花竹叶，君王交接。中山赵母，甘甜美苦，一醉三年，流传今古。

礼让乡闾，调和军府，阿你头脑，不须干努。茶说：‘我之茗草，万木之心，或白如玉，或似黄金。名僧大德，幽静禅林，饮之语话，能去昏沉。供养弥勒，奉献观音，千劫万劫，诸佛相钦。酒能破家，广作邪淫，打却三盏，令人罪深。’酒说：‘三文一杯，何年得富？酒通贵人，公卿所慕。赵王弹琴，秦王击缶，举杯请歌，饮酒教舞。吃茶腰疼，多吃患肚，一日十杯，腹胀如鼓。’茶说：‘我之名望，蓦海骑江，争相购买，金钱盈庄。酒能昏乱，饶舌啾唧，罗织平民，佯醉轻狂。’酒说：‘古之才子，把酒咏诗，渴来一盏，能生养命。酒能消愁，酒可养贤，古人糟粕，今乃流传。致酒谢坐，礼让周旋，国家音乐，本为酒泉。酒能壮胆，古今皆然，舍生忘死，气冲霄汉。专诸刺僚（吴王僚），荆轲刺秦（秦始皇），关羽斩将（关羽温酒斩华雄），祢衡骂曹（祢衡骂曹操）。’茶说：‘酒能破家，又损精神，烂醉如泥，不闻雷霆。酒疯酒癫，怒斗揎拳，张眉竖眼，六亲不认。纣王失国，张飞被刺，刘伶醉死，李白捞月（李白酒醉捞月，坠江而死）。切须戒，饮清茶，失却万事皆贪酒，今后逢宾只待茶。’茶酒争论不休，水乃挺身而出，对茶酒说道：‘你这两个，何用匆匆？是谁许你，各自论功！言辞相毁，道西说东。人生四大，地水火风，茶不得水，作何相貌？酒不得水，作甚形容？米曲干吃，损人肠胃，茶片干吃，枥破喉咙。万物须水，五谷之宗，上应乾象，下顺吉凶。江河淮济，有我即通，活命之水，功劳无穷。亦能漂荡天地，亦能涸杀鱼龙，尧时九年灾迹，只缘我在其中。感得天下钦奉，万姓依从，由自不能说圣，两个何用争功？从今以后，切须和同，酒店发富，茶坊不穷。’长为兄弟，须得始终，若人读之一本，永世不害酒癫茶疯。”范举人讲的这个故事，颇具警示作用，劝人和谐相处，一时传遍流溪。

嘉陵盛传蛤蟆节

唐宋以来，无论城市和乡镇，都要大张灯火，庆贺元宵佳节。各地举办灯会，从正月十三至十五日，街上都有狮子、龙灯、旱船、莲萧、高跷等列队表演，热闹已极。满街灯火通明，锣鼓喧天，鞭炮齐鸣，烟花喷放，火龙翻滚，彻夜达旦，笑声不绝。唐朝宰相苏味道（苏轼的祖先）作有《正月十五夜》诗云：“火树银花合（灯光烟火连成一片），星桥铁锁开（桥上的拦路铁锁打开了）。暗尘（车马扬起的尘土）随马去，明月逐人来（明月跟着人走动）。游伎皆秾李（歌舞女子，美丽可爱），行歌尽落梅（边走边唱落梅歌）。金吾不禁夜（允许通宵游乐），玉漏莫相催（美好节日，乐不思归）。”此诗充分描写了元宵佳节的盛况，其“火树银花”，形容灯光烟花绚丽灿烂，成为千古名句。如今嘉陵区的三会、金宝、龙泉三镇，却流传着一首民谣道：“正月十五闹元宵，火树银花伴月明。嘉陵百姓风俗异，不舞龙灯送蛴蟆。”蛴蟆，又称蛤蟆、蟾蜍、虾蟆、青蛙，栖息于池塘、水沟或小河的岸边草丛中，捕食害虫，对农业有益。青蛙是由蝌蚪变成的。明代张维（河北霸县人，东宫伴读）作有《蝌蚪》诗云：“乱点斑斑撒豆纹，纵横聚散自成群。桃花浪里翻香墨，柳絮池边涨黑云（蝌蚪蛋袋，如墨如云）。孔壁遗书端足拟（比拟为蝌蚪文字），秦宫劫火（秦始皇焚书坑儒）岂能焚。到头借得风雷便（借风雷蜕变成蛙），脱落凡胎闹夕曛（变成青蛙闹夕阳）。”宋朝陆游作有《闻蛙》诗云：“科斗忽安在（蝌蚪不见，已变成青蛙）？蛙声豪有余（气魄大声音粗）。虽成两部乐（蛙鸣如音乐），恨失一编书（失去蝌蚪书）。忿怒缘何事（为啥要发怒）？号呼可奈渠（大声呼喊，无济于事）。厨人不遐弃（不远弃），犹得伴溪鱼（还得和鱼一起被烹煮掉）。”

嘉陵区的三会、金宝、龙泉三镇，每年的正月十四日夜，都要举办送蟒蟆的盛大灯会。人们不禁要问，这一习俗始创何年？为啥要送蟒蟆？三镇品字排列，龙泉居上，左为三会，右为金宝，中间便是藏珠山和七宝寺。水环山抱，形似藏珠，山下的七宝河，经金宝而流入西溪。三镇之内有无数小溪，盛产蟒蟆，当地百姓称为田鸡，最爱捕食或卖给食店，烹制佳肴，习以为常。相传，唐朝末年，天下大乱，各地农民起义，连年争战。战争和天灾，死了很多人，发生了瘟疫，四处蔓延，由陕西传染到四川，渐次传染至果州境内，死人无数，难以扑灭。当时三会、金宝、龙泉三地死人最多，遍地都是死青蛙，目不忍睹。人们就到七宝寺去求神拜佛，祈求平安。有人喝了山中南池的水，瘟疫居然好了。消息传开，远近的人都到这里来喝神水。池水饮之不竭，治好了瘟疫，万千百姓无不感激。寺中住持慧明，晓谕民众说：“我地百姓好吃青蛙，伤生害命，遭致瘟疫。青蛙与蟾赊同类，相怜相怨，故遭天谴。蟾赊居于月宫，故称蟾宫。小蟾徐行腹如鼓，大蟾张颐怒于虎。古人说：‘月照天下（月亮能普照天下），蚀于蟾赊（还会被蟾蜍咬缺）；螣蛇游雾（螣蛇能腾云驾雾），而殆于蝍蛆（还会被很小的蜈蚣制服）。’今后再不要贪吃青蛙，免招灾难。且蟒蟆产卵最多，繁衍甚众，怜爱蟒蟆，尚可多子多福。”于是当地百姓每逢正月十四日夜，家家扎起了蟒蟆灯，走出庭院，会集小道，万千灯火，形成一条长而弯曲的火龙。漫山遍野都是闪亮的光波，游走的人群，敲锣打鼓，唱着蟒蟆歌，走到数里外的小桥流水处，将灯焚烧。求福消灾，趋吉避凶，称为“蟒蟆节”，年年如此，流传至今。

龙滩河白龙投生

嘉陵区藏珠山下有条龙滩河，俗称七宝河。此河发源于西充岁堂山，经祥龙乡流入嘉陵的藏珠山。相传龙滩河观音阁（今西充祥龙乡境内）附近，住着一户贫穷的庄稼人，名叫何希富，娶了附近席家沟席世平的女儿为妻。何希富没有田地，靠租佃财主吉兴恒的土地耕种，日子虽然清苦，夫妻十分恩爱，最使他俩发愁的是，三十多岁了，还没生儿女。小两口便到观音阁去求神拜佛，敬香许愿，总想得个儿女，接续香烟后代，老有所靠。有一天，两口子从庙里烧香回来，走过一片柏树林，沿着龙滩河往家里走，忽然看见沙滩草丛中躺着一条小白蛇，眼里闪着泪花，张大着嘴，吐舌点头，好像饿饭讨吃的乞丐一样。两口子心肠好，可怜小白蛇，用衣襟将它兜回家来，喂了它一些饭和水。小白蛇吃饱喝足，顿时有了精神，朝着两口子点了点头，眨眼就不见了。这天晚上，席氏做了一个梦，梦见小白蛇变成了一个英俊可爱的小伙子，走到她面前，跪下说道："妈，儿给您磕头了。"席氏吃惊地问道："您是小白蛇，为啥叫我妈呢？"这小伙子说："妈，儿本是东海龙王的三太子，只因为我从小贪玩，把父王给我的一颗镇海宝珠耍丢了。父王非常气愤，把我赶出龙宫，并说：找不到宝珠不准回家。我千辛万苦，找了整整一年，也没找到这颗宝珠。找到这一带，又饿又渴，昏厥将死，寸步难行，全靠妈将我救活。我见您无儿无女，心地善良，愿做你们的儿子，把二老侍奉到老。"席氏高兴已极，忙把小伙子搂在怀里，笑醒，才是一个梦。席氏把这梦告诉丈夫，两人都很喜欢，但愿梦想成真，果然身怀有孕。几个月后，席氏生下一个白胖胖的男孩，取名何龙，以为是观音菩萨显灵，更加崇敬观音。

何龙从小聪明伶俐，逗人喜爱，生下来就晓得笑，三个月就会说话，五个月就能走路，一岁的人比人家五岁的娃儿还高，席氏夫妇如同得了珍宝一样。何龙非常懂事，又能吃苦耐劳，常和爹爹一起干活，左邻右舍需要人帮忙，他都乐意去做，大家都称赞他是个好人。何龙长到十八岁那年，这里遭到了百年不遇的大旱灾，颗粒无收。百姓们缺粮缺水，到处逃荒求生。何龙的父亲也饿死了，母亲又瘦又病，卧床不起。有一天，何龙到山上挖草根回家充饥，忽然跑过去一只肥大的野兔子，他想把这只野兔打死，拿回家煮给妈吃。于是拿起锄头去追兔子，追呀追呀，总是追不着，翻过山坡，别有天地。泉水遍地流，野果挂满枝，他摘了很多果子回家，并把这事告诉大家。一时，大家都到这山上来摘果担水，充饥解渴，没几天就把果子摘完吃尽，连水都喝干了。这天，何龙站在山上发愁，忽然发现一笼草长得特别嫩绿，想必草根很肥大，用锄一挖，挖出一颗金光闪闪的珠子来，便把这珠子拿回来交给母亲。席氏猛想起梦中小白龙失珠的事，流着泪对何龙说："儿啊，您是龙王三太子，失珠被责，投生人间。如今宝珠已得，必定要重返龙宫了。"何龙说："妈，儿无论是人是龙，都要照顾您一辈子。"席氏叫何龙把宝珠放在米坛里，米坛里只有一把米，忽然涨满一坛；何龙用宝珠将妈一照，诸病全消。席氏便把米分给大家吃，吃也吃不完，都很惊奇。这事被吉财主晓得了，便带领恶奴来抢宝珠，何龙忙将宝珠含在口中，误吞肚内，忽然变成一条龙，升到空中，一时闪电雷鸣，暴雨如注。这龙张开大口，把吉财主和恶奴们全吞进肚内，翻身跃入河中，顿时成了大滩，人们便把这河称为龙滩河，把这地方称为祥龙场。

渔樵对讽吉安河

嘉陵区境内有六条较大的溪河，源于西充的西溪与龙滩河；源于遂宁的流溪与盐溪；源于集凤镇天台山的曲水；盐溪与流溪在龙岭镇汇合后，下游为吉安河。从前的吉安河水源丰富，河面宽阔，山水佳丽，迂回曲折。流经马兰坝、柏林咀、双店乡与吉安镇的竹笼桥、蔡家坝等地。吉安河下游的高山下，建有一座唐代古刹，名叫灵隐寺，寺下有一个深潭，常有大鱼出没。寺侧建有义渡，供四乡百姓至庙敬香。有个名叫蔡有余的渔翁，常在河上捕鱼，挣得钱来，停舟深潭，饮酒取乐。有个名叫杜有才的樵夫，常到灵隐寺后山去砍柴，卖得钱来，买米回家，奉养母亲。蔡、杜二人自幼同窗攻书，长大各谋生计，彼此十分友善，时常相聚，饮酒谈天。

有一天，杜有才在街上卖柴转来，恰遇蔡有余在潭上独自饮酒，招他上船同饮。蔡说："杜老弟，今天我俩来个说唱比赛，各夸其乐，谁输了就给酒钱，行吗？"杜说："好呀，您是老兄，请先唱吧。"蔡唱道："小小渔船又无舵，芦席遮船两头破。钓得鱼儿三五条，拿去街上买酒喝。饮罢美酒醉且卧，管他日起与日落。宽怀度过安乐日，犹如住在神仙窝。"杜唱道："深谷静坐不自在，独步闲行上山岩。闷向清泉唱山歌，喜去山中扫松柴（松果）。黄毛猛虎堪同伴，白面猿猴献果来。淡饭黄菜吃一顿，不管他兴衰成败。独坐夜深观皓月，逍遥胜似步金台。"蔡唱道："东风解冻清源透，三阳开泰春光厚。桃花映水红艳艳，白鹤水鸭闲打斗。蓑衣斗笠无新旧，不恋金银和丝绸。若把青山比水秀，担柴压得容颜瘦。钓鱼多少我不愁，举棹（桨）轻摇水中游。"杜见蔡在讥笑他，乃唱道："我家茅屋构山垄，一到春来翠色浓。高林好鸟声相送，更喜不寒杨柳风。虽然担柴不离身，强似朝班听晓钟。若将水面比山中，船小舟轻最怕风。把眼睁睁色色空，红尘几个人相共？”蔡又唱道：“夏天六月热风满，唯有渔翁好消遣。榴花映水红灿灿，荡桨宛如笙歌响。或下钓来或下网，强如举子登金榜。可笑樵子不如俺，肩上担柴汗如雨。多不管来少不管，五湖四海时时渔。”杜唱道：“夏至一临才数伏，桑榆杨柳青簇簇。野杏山桃颗颗熟，常伴松柏君子竹。砍得柴来买酒喝，胜过朝中享俸禄。可笑渔翁忙促促，大风船翻葬鱼腹。多不虑来少不虑，万丈深山一片绿。”蔡唱道：“水白风清秋令节，举棹去把红莲摘。分水破浪水上漂，悠闲摇船过岁月。可叹樵夫上山冈，路滑柴翻死岩穴。一担干柴值几何？阴雨连绵生活迫。”杜唱道：“飒飒金风诸叶坠，闲花野草多狼狈。唯有松梅不畏寒，只听宾鸿空呼泪。堪笑渔翁真受累，连阴久雨遭颠沛。美酒野味自陶醉，月明千里映山翠。”蔡唱道：“冬至一阳才数九，撑着船儿河上走。滩头酌酒呼朋友，无拘无束烟波叟。可笑樵夫真可丑，急急好似丧家狗。有柴无米受饥寒，向人乞讨难开口。”杜唱道：“春夏秋冬四季换，闲时打柴忙时赶。烧得火来浑身暖，茅草铺床胜丝棉。水上渔翁不如俺，冰冻水寒下网难。缩头乌龟船中憩，无钱买米充饥寒。”二人面红耳赤，争唱不休，横眉怒目，各不相让。恰巧灵隐寺住持来到河边，笑着说道：“一个采樵，只为衣食缺；一个打鱼，不过挨岁月。哪个强来哪个拙？都是九霄云外客。一杯浊酒喜相逢，何必煮酒论英雄（曹操欲杀刘备的事）。”蔡渔翁和杜樵夫听后，方停止争论，饮酒言欢。

作者寄语

古人说："聪明的人喜爱水，仁德的人喜爱山。聪明的人喜欢动，仁德的人喜欢静。聪明的人快乐，仁德的人长寿。"我不能自夸聪明和仁德，却喜爱山水，我既好动也好静，期求快乐和长寿。我喜爱山水，并非聪明和仁德，是自幼养成的习惯。我生长在三面环水、一方靠山的营山石桥铺半岛上，抬头见高山，低头见流水，故和山水有着深厚的感情。这个半岛小街，如像一条小船，每当山洪暴发、河水陡涨之时，小街后店全被水淹，波浪冲击流荡，令人惊恐不安。1951年秋，我离开学校，参加工作，收税管市，往来穿行于山乡小道，翻山越岭，习以为常，甚为快意。十八岁时，调到蓬安县城工作，这是一座美丽的江城，嘉陵江环绕东南西三座城门，只北面城门，建在玉环山下。一条玉环溪穿城而过，溪水两岸，遍植杨柳。山色空蒙，古木淡烟，城堞半围青嶂外，人家多在绿荫中。年近二十，当了县府科员，住在县府职工宿舍后面。人们引玉环溪水建造的花园，有假山、凉亭、石船、荷池。池水清澈，游鱼可数，景色佳丽，冬暖夏凉。工余空暇之时，我最喜爱在花园之中读书，绿树繁茂，幽静清香，奇花异卉，芳香四溢，处于幽雅环境之中，更是高兴。当时的县府，原为蓬州衙门，大门朝着南方，直穿大街便是古城南门口，出门下数十石梯，到了一望无际的大沙坝，穿过沙坝，便是嘉陵江的南门古渡。江对岸的高山上建有青云塔，面对玉环山，山光水色，风景绝佳，是蓬州八景的"嘉陵晚渡"胜景，被誉为"玉环佳气郁葱葱，塔影穿云远卓空"的江岸美景。那时，我每天早晚常走出南门，越过沙坝，到江边去玩，向着高山流水，尽情歌唱，其乐无穷。可喜的是，当时南充的航运十分兴旺，常有航船载着游客或商贩，往来于嘉陵江中，上通广元，下达重庆。因工作之便，我曾乘船游览了广元的皇泽寺和江边的千佛岩，也游览了重庆的朝天门和奉节的白帝城。至于阆中到南充的三百里江岸奇景，更是一览无余，为生平一大幸事。数年前嘉陵江岸的阆中、蓬安和南充三座古城，已荣获历史文化名城称号。当时的南充市委、市政府，拟将阆中建成第一江山，蓬安建成第一桑梓，南充建成第一曲流。为适应党的旅游事业和文化大发展、大繁荣的需要，我将多年收集的历史资料，编成《阆苑仙境》《相如桑梓》《辉煌顺庆》三部曲，并在2005年12月5日的《南充晚报》上，发表了《让嘉陵江文化苏醒》的文章，将嘉陵江畔数十处名胜古迹与历代名人游览嘉陵江的盛况简介给读者，激励人们热爱嘉陵，建设嘉陵。借以酬谢嘉陵江给我带来健康与快乐，来表达我对嘉陵江的深厚感情和无限的爱。

数十年来，我爱嘉陵、游嘉陵、梦嘉陵、写嘉陵。如今居住在嘉陵区嘉陵江边的香洲郡，静心养老，著书为乐。这里江水如龙，岸畔有朱凤、舞凤、凤垭、火凤四山，堪称“龙凤呈祥”的风水宝地。据我考察发现，唐宋以来，有七将（蒙恬、纪信、蒲猛、冯绲、王平、韩世富、陈彦真），二相（文彦博、范仲淹），一尚书（苏轼）十位名人的后裔寓居嘉陵。到了明朝时期，这里出了二宰相、二尚书、二布政使、二御史、二兵部侍郎、十知府、五翰林、十才子的盛况。历时数年，编著成《壮丽嘉陵》一书，记录千载名胜，以示我爱山乐水的深情厚意。

耄耋老人李荣普羊年孟春写于南充养怡书斋